ALISSA CALLEN

Zwei Herzen im Outback

Weitere Titel der Autorin:

Eine Farm im Outback
Eine Liebe im Outback

Über die Autorin:

Alissa Callen lebt in einem kleinen Streifen ländlichen Australiens im Westen von New South Wales. Als ehemalige Lehrerin und Rechtsberaterin interessiert sie sich noch immer für die Lebensgeschichten von Menschen. Daneben hat sie eine Schwäche für historische Häuser und Gärten, für die sie auch stundenlang über ihren Kontinent fährt. Für ihre Romane lässt sie sich von der ländlichen Umgebung um sich herum inspirieren. Wenn sie nicht gerade schreibt, kümmert sie sich um ihre vier Kinder, drei Hunde, zwei Pferde und eine ständig weglaufende Kuh, die denkt, das Gras sei auf der anderen Seite des Zauns tatsächlich grüner.

ALISSA CALLEN

ZWEI HERZEN IM OUTBACK

ROMAN

Aus dem australischen Englisch
von Angela Koonen

lübbe

MIX
Papier aus verantwortungsvollen Quellen
FSC® C014496
www.fsc.org

Dieser Titel ist auch als E-Book erschienen.

Vollständige Taschenbuchausgabe

Deutsche Erstausgabe

Titel der australischen Originalausgabe: »Red Dirt Road«
Originalverlag: Harlequin Enterprises (Australia)
First published by Harlequin Enterprises (Australia)
Pty Ltd, Sydney, Australia, in English in 2018.
This German edition published by arrangement with
Harlequin Enterprises (Australia) Pty Ltd.

Textredaktion: Anne Schünemann, Schönberg
Umschlaggestaltung: Tanja Østlyngen unter Verwendung von Illustrationen von
© shutterstock: Jen Watson | Taras Vyshnya | Charcompix | Celli07 | Nella
Satz: hanseatenSatz-bremen, Bremen
Gesetzt aus der Goudy Old Style
Druck und Verarbeitung: GGP Media GmbH, Pößneck
Printed in Germany
ISBN 978-3-404-17998-5

2 4 5 3 1

Sie finden uns im Internet unter
www.luebbe.de
Bitte beachten Sie auch: www.lesejury.de

Für Luke

1

Innerhalb eines Augenblicks kann sich das Leben vollkommen ändern. Für Dr. Felicity Knight geschah das zwischen dem ersten Schrei eines neugeborenen Babys und dem letzten Atemzug von dessen junger Mutter.

Fliss, wie Felicity von ihren Freunden genannt wurde, ging durch den staubigen Flur des Farmhauses, das mittlerweile zu ihrem Zuhause geworden war. Ihre dicken Socken hinterließen verwischte Fußspuren auf dem abgenutzten Boden. Egal, wie oft sie fegte, der feine Sandstaub des Outback wehte durch die undichten Fensterrahmen immer wieder herein. Sie unterdrückte ein Schaudern. Was sich sonst noch durch die Risse und Spalten des alten Gemäuers einen Weg nach drinnen bahnte, wollte sie lieber nicht wissen.

Ihre Schwester Cressy hatte sie immer wieder wegen des Spalts unter der Hintertür gewarnt. Eine Maus und sogar ein Tannenzapfenskink konnten sich dort hindurchzwängen. Und Fliss wollte mit Sicherheit auch keine Bekanntschaft mit einer der braunen Schlangen machen, die sich in ihrem wuchernden Garten heimisch fühlten. Auch wenn sie bisher noch keine von ihnen gesehen hatte, die trockene Schlangenhaut am Tor bewies, dass hier nicht nur die kleinen Prachtstaffelschwänze die Frühlingssonne genossen.

An der Vordertür schlüpfte sie in ihre Arbeitsstiefel. Wegen der dicken Socken musste sie sich regelrecht hineinzwängen. Cressy hatte ihr die dunkelblauen Wollsocken voriges Weihnachten geschenkt. Damals hatte Fliss sich nicht vorstellen können, sie jemals zu tragen, denn da wohnte sie noch in Sydney. In ihrem neuen Leben hatte sie sie sofort hervorgekramt, nachdem sie sich die ersten Blasen gelaufen hatte. Jetzt waren die Socken ihr bevorzugtes Modeaccessoire. Bei ihrem letzten Ausflug nach Woodlea hatte sie sich dann sechs solche Paare gekauft.

Sie stieß die Fliegengittertür auf und trat nach draußen. Die Welt hier war ihr so vertraut, und doch hätte sie vor Kurzem nie gedacht, dass sie noch einmal im Outback leben würde. Hier schrillten keine Sirenen durch eine Landschaft aus Beton. Hier hingen keine Abgase in der Luft. Stattdessen umwehte sie ein frischer warmer Wind, der den süßen Glyzinienduft und die Stille des Buschlands mitbrachte. In den vergangenen zehn Minuten war nur das fröhliche Zwitschern der zwei Nymphensittiche zu hören gewesen, die tief über den Blausteinstall hinweggeflogen waren.

Fliss blieb an der Verandatreppe stehen und blickte hinauf in den granitgrauen Himmel. Die Wolken kündigten noch mehr Regen an. Es war ein nasser Winter gewesen, und jetzt folgte ein nasser Frühling. An den Straßenrändern wuchs üppiges grünes Gras, die Weideböden waren durchweicht und die Bäche vom Regenwasser angeschwollen. Es kam ihr vor, als weinte Mutter Natur die Tränen, die sie selbst nicht fließen lassen konnte.

Bei dem Gedanken wurde sie wieder von Trauer und Angst überschwemmt. Mit weichen Knien ließ sie sich auf die oberste Verandastufe sinken. Sosehr sie auch versuchte, ihre Gefühle unter Verschluss zu halten, sie kamen immer wieder hoch, wie ein Korken, der unablässig an die Wasseroberfläche drängte. Langsam atmete sie tief ein und aus und ließ die Heiterkeit ihrer Umgebung auf sich wirken.

Sie durfte sich nicht länger in Selbstmitleid ergehen und jede der Entscheidungen anzweifeln, die sie während der Behandlung getroffen hatte. Die Tragödie jener Nacht durfte nicht noch ein Leben zerstören. Das war sie der Familie ihrer Patientin schuldig. Der betrunkene Autofahrer hatte ihnen schon genug genommen. Karl schickte ihr regelmäßig Fotos von der kleinen Jemma, damit sie sah, wie wunderbar das Mädchen sich entwickelte, und um ihr das Gefühl zu nehmen, sie sei für den Tod seiner Frau verantwortlich. Um zu bekräftigen, dass sie alles Menschenmögliche getan hatte.

Es war trotzdem ihre Schuld. Sie hätte mehr tun müssen. Sie hatte das Leben der jungen Mutter nicht gerettet.

Das heisere Tuckern eines Dieselfahrzeugs störte die Stille und durchbrach Fliss' quälende Erinnerungen. Auf dieses Geräusch hatte sie gewartet. Sie stemmte sich von der Stufe hoch und wischte sich den Hosenboden ab. Großstadtgewohnheiten waren nun einmal schwer abzulegen. Sie hätte die Veranda fegen können, aber der Staub saß tief in den Holzrillen und ließ sich nie endgültig verbannen.

Ein Sonnenstrahl brach durch die Wolken, und Fliss schirmte die Augen mit einer Hand ab, während sie die Zufahrt zu ihrem Hof hinunterspähte. Der Regen der vergangenen Nacht hatte die pulverige rote Erde in zähen dunklen Schlamm verwandelt. Heute Morgen hatte sie törichterweise gedacht, sie könnte zu der Milchkanne am vorderen Tor laufen, um die Post zu holen. Schon nach vier Schritten war sie ausgerutscht und wäre fast aufs Gesicht gefallen.

Das Motorbrummen wurde lauter, als der ehemals weiße Land Cruiser in die Straßensenke steuerte, durch die das Regenwasser strömte. Die Scheibenwischer arbeiteten beständig gegen den Dreck an, der bei der Fahrt auf die Frontscheibe spritzte. Fliss bewunderte, wie geschickt und mühelos ihre jüngere Schwester bei

Nässe fuhr. Hätte sie selbst am Steuer gesessen, wäre sie mit Sicherheit in den Straßengraben oder gegen einen Baum gerutscht. Sie wollte nicht enden wie die Unfallopfer, die sie bisher behandelt hatte.

Cressy behielt ihr Tempo bei und steuerte zielstrebig auf den Hof zu. Nur an der Biegung beim Gartentor, wo der Boden aufgeweicht und schlammig war, entschleunigte sie den Wagen, bis die Reifen wieder Halt fanden. Fliss trat von der Veranda herunter und lief auf dem festen Schotterweg. Der Anblick ihres vernachlässigten Rasens erinnerte sie daran, dass sie unbedingt den Machtkampf mit dem launischen Rasenmäher gewinnen musste. Wenn der bei Denham anspringen konnte, dann gefälligst auch bei ihr.

Ihre Schwester hatte den Land Cruiser mittlerweile geparkt und stieg aus. Als Fliss sie sah, breitete sich ein warmes Gefühl in ihrer Brust aus. Anders als Cressy hatte sie keine Farmergene geerbt, aber so verschieden sie waren, hatten sie schon immer eine enge Bindung zueinander gehabt. Cressy war mehr als eine Schwester, sie war Fliss' beste Freundin, und sie liebte und unterstützte sie bedingungslos.

Der Wind frischte auf und zerrte an Cressys schwarzem Woodlea-Rodeo-Hut, und sie drückte ihn sich fester auf den Kopf. Heute trug sie ihre üblichen Stiefel, ein violettes Arbeitshemd und ausgebleichte Jeans. Ausnahmsweise hatte sie Tippy, ihren betagten Kelpierüden, und die junge Juno nicht bei sich.

»Na du?« Fliss trat durch das Gartentörchen und umarmte ihre Schwester. Cressy roch immer nach Orangenblüten. »Heute ohne Hunde?«

»Ja. Juno hat sich im Schlamm gewälzt. Sie kommt definitiv nicht nach ihrer Schaupudel-Mutter. Tut mir leid, bin spät dran.«

»Macht nichts. Ich war mir nicht sicher, ob du es überhaupt

schaffst. Nach dem Regen von heute Nacht stehen die Straßen bestimmt unter Wasser.«

»So ist es.« Cressys hellbraune Augen, die ihren so ähnlich waren, leuchteten auf. »Und es sollte unser kleines Geheimnis bleiben, dass Denhams Land Cruiser auf dem Weg hierher mit dem Heck ein bisschen gerutscht ist.«

»Meine Lippen sind versiegelt. Ich weiß, wie sehr er an dem Wagen hängt.« Als Cressy die Beifahrertür öffnete, entdeckte Fliss mehrere Taschen mit Lebensmitteln auf dem Beifahrersitz. »Aber an dir hängt er mehr.«

Cressy lächelte ihr über die Schulter zufrieden zu, und Fliss versuchte, das brennende Gefühl von Einsamkeit, das in ihr aufstieg, zu ignorieren. Lange Zeit hatte sie sich nur für ihre Karriere als Ärztin interessiert, aber das war nicht der einzige Grund, warum keine ihrer Beziehungen gehalten hatte. Kein Mann hatte sie je so angesehen wie Denham seine Cressy. Und wenn sie ehrlich war, verdiente sie eine so tiefe Liebe auch nicht. Sie hatte immer eine gewisse Zurückhaltung gewahrt. Ihr war noch kein Mann begegnet, den sie atemberaubend fand und für den sie alles aufgeben wollte, um mit ihm zusammen zu sein.

Cressy überreichte ihr ein großes Vorratsglas mit Marmeladenplätzchen. »Liebe Grüße von Meredith.«

»Danke.« Die Plätzchen von Denhams Tante aß sie am liebsten, und sie konnte sich nie mit nur einem begnügen. »Ich brauche dringend eine Zuckerdröhnung.«

Cressy schaute zu der dichten Wolkendecke auf, die jetzt keinen Sonnenstrahl mehr durchließ. »Besser, wir bringen alles schnell ins Haus.«

Nachdem sie die dritte Fuhre in der Küche abgeladen hatten, blickte Fliss auf den großen Sack Nudeln, den sie gerade auf der

Sitzbank abgestellt hatte. »Möglich, dass ich wieder vom Wasser eingeschlossen werde, aber das sind genug Vorräte, um ganz Woodlea zu ernähren.«

Ihre Schwester stellte ein paar Tüten auf den Tisch und sah sie ernst an. »Wir haben doch neulich erst darüber gesprochen, wie sehr ich mir Sorgen um dich mache, weil du ganz allein hier draußen bist.«

»Ja. Und wie ich da bereits sagte, ist das kein Problem für mich, wirklich. Ich kann auf mich aufpassen. Ich bin nicht die Risikofreudige von uns beiden, wenn du dich erinnerst.«

»Stimmt.« Schmunzelnd griff Cressy in eine der Einkaufstüten. »Normalerweise machst du dir um mich Sorgen.«

Sie holte eine Dose Kaffee heraus, und Fliss runzelte die Stirn. Sie trank keinen Kaffee.

»Wann genau kommt Denhams alter Rodeofreund? Nächste Woche, oder?«

Cressy stellte die Dose auf den Tisch, bevor sie antwortete. »Es gab eine kleine Planänderung. Er … kommt heute schon.« Sie legte ihre Hand auf Fliss'. »Ich habe dir nicht Bescheid gesagt, weil du dann einen Vorwand gefunden hättest, um nicht hier sein zu müssen.«

Fliss seufzte. Cressy kannte sie zu gut. Die vergangenen Monate waren schlimm gewesen, besonders wenn sie sich auf Leute einlassen und reden musste. Ihre Angst machte sie stumm und raubte ihr das Selbstvertrauen, wenn sie es am wenigsten erwartete. »Ich hatte gehofft, du vergisst vielleicht, Hewitt zu fragen, ob er herkommt.«

»Da hast du Pech. Du brauchst hier jemanden, der dir hilft. Das Haus war jahrelang unbewohnt, und dein Garten ist ein Schlangenparadies.«

Fliss schwieg. Das war alles wahr. Als sie das heruntergekommene Farmhaus, das sie letzten Herbst gekauft hatte, zum ersten Mal betreten hatte, hing im Wohnzimmer eine tote Schlange verheddert in der Spitzengardine.

Cressy stellte eine große Schachtel Tee neben die Kaffeebüchse. »Es geht nicht nur darum, deinen Garten in den Griff zu bekommen, da wäre auch noch die reale Gefahr der Überschwemmung, mit der du allein wärst.«

»Zufällig bin ich gern allein. Ich brauche das Alleinsein.«

Fliss konnte den Schmerz hinter ihren Worten nicht verstecken, und die Gesichtszüge ihrer Schwester wurden weicher.

»Keine Sorge, dir bleibt genügend Raum für dich. Hewitt wird dich nicht stören, und da er drüben im Stall wohnt, wirst du ihn kaum bemerken.«

»Können wir nicht zu Plan B übergehen? Ich möchte lieber Reggie hier haben. Ich füttere ihn mit Möhren, und er leistet mir Gesellschaft.«

»Die Bodenbretter der Veranda können einen Brahman-Bullen nicht tragen. Und er wird jeden Morgen vor deiner Tür auf sein Frühstück warten«, entgegnete ihre Schwester. Dann wurde Cressys Ton wieder ernst. »Wenn Hewitt hier wohnt, ist das für alle von Vorteil.«

Fliss nickte bedächtig. Cressy hatte ihr bereits erklärt, dass Hewitt ebenfalls Freiraum für sich brauchte. Sie hatte gar nicht genauer wissen wollen, warum der Cowboy vorübergehend auf eine einsame Farm ziehen wollte. Es war besser, wenn jeder seine persönlichen Dämonen verborgen hielt.

In Sydney wusste auch niemand, wie sehr sie der Tod der jungen Caitlyn erschüttert hatte, nicht einmal Lewis, ihr Mentor an der Uni. Es gab keine Treppe oder Flurecke in der Klinik, wo sie nicht Zuflucht gesucht hatte. Und schließlich hatte sie nicht mehr die Kraft gehabt, in ihrem Zustand weiterzuarbeiten. Hilflos und verunsichert hatte sie die stressige Notaufnahme verlassen, um wieder in den Westen zu ziehen, wo die Sonne das Laub der Eukalyptusbäume versilberte und die langsame Rötung des Himmels bei Sonnenaufgang ein Gefühl von Frieden brachte.

Cressy deutete mit dem Kinn nach draußen. »Hewitt wird deinen Rasenmäher zum Laufen bringen. Er wird den Garten in den Griff kriegen, die Zäune reparieren, damit meine Kühe nicht mehr herumstreunen können, und er wird achtgeben, wenn sie kalben. Er wird da sein, wenn irgendwas … passiert.«

Fliss seufzte. Cressy überzeugen zu wollen, dass sie Hewitt nicht brauchte, war genauso aussichtslos, wie mit ihrem unpraktischen Stadtauto über schlammige Nebenstraßen zu fahren. »Gar nichts wird passieren. Aber gut. Ich werde mich von meiner besten Seite zeigen.«

»Danke. Ich hoffe nur, du verstehst darunter dasselbe wie ich. Oder muss ich dich daran erinnern, dass du den Rekord für das kürzeste Date hältst?«

»Wenn mein sogenanntes Date aufs Luftholen verzichtet hätte, während er auflistete, wie sehr ich ihn an seine Ex erinnere, hätte es eine Minute anstatt fünf gedauert. Aber diese fünf Minuten lang habe ich mich wirklich benommen.«

Cressys Mundwinkel zuckten, während sie die übrigen Lebensmittel auf den Tisch legte. »Ich bin überzeugt, du hast das zwei Sekunden lang geschafft.« Sie ging zur Tür. »Jetzt müssen wir nur noch die Pflanzen ausladen, die Sue für dich eingetopft hat. Die pinkfarbenen Geranien stammen von Ablegern, die Mum ihr vor Jahren geschenkt hat. Danach sollten wir Wasser aufsetzen. Die Jungs werden bald hier sein.«

Fliss folgte ihr voller Unbehagen. Schon bald würde jemand in ihren Zufluchtsort eindringen und ihren zerbrechlichen Frieden stören. Lautes Quaken ertönte aus dem rostigen Wassertank an der Seite des Hauses. Es würde bald regnen. Kurz darauf mischte sich Motorbrummen in den fröhlichen Chor der Frösche, und ihr wurde mulmig. Angespannt stieß sie den Atem aus. Wer immer dieser Hewitt war, wenn er bereit war, so weit außerhalb der Stadt zu wohnen, wollte er sicherlich keine Gesellschaft. Das wenigstens sprach für ihn.

Ein ihr unbekannter schwarzer Pick-up fuhr die Zufahrt zum Hof entlang. Auf der Ladefläche war ein Quad festgeschnallt. Denham saß auf dem Beifahrersitz des Wagens und hob grüßend die Hand, als Fliss und Cressy durchs Gartentor traten. Fliss erwiderte die Geste, ihre Aufmerksamkeit galt jedoch dem Mann am Steuer. Durch die Windschutzscheibe erkannte sie sein maskulines Gesicht, nach dem sich garantiert jede Frau umdrehte.

Der schwarze Pick-up nahm geschmeidig die Biegung und hielt neben Cressys weißem Land Cruiser. Denham stieg aus, während Hewitt um die Wagenfront herum auf sie zuschritt. Ihr erster Eindruck war richtig gewesen. Groß, breite Schultern, schmale Hüften. Ihr Gast sah umwerfend aus. Er hatte dunkle Haare, trug ein blaues Hemd, Jeans und Stiefel. Und Fliss war sich sicher, dass seine attraktive Erscheinung die Gerüchteküche von Woodlea ordentlich anheizen würde.

Sie musterte sein gebräuntes, markantes Gesicht. Er verzog keine Miene, und obwohl er lässig auf sie zuging, wirkte er verschlossen. Das erleichterte sie enorm, und sie war schon nicht mehr halb so nervös wie gerade noch. Er würde genauso wenig mit ihr zu tun haben wollen wie sie mit ihm. Nichts würde sich ändern, nur weil auf der anderen Seite ihres Gartens ein Cowboy wohnte.

Dann lächelte er. Obwohl seine Aufmerksamkeit Cressy galt, kam es Fliss vor, als schaute er ihr direkt in die Augen. Seine harten Gesichtszüge entspannten sich und wurden weicher. Es war ihr unmöglich, den Blick abzuwenden, und sie musste den Impuls verdrängen, die Stirn zu runzeln. Seit wann ließ das Lächeln eines Mannes Wärme durch ihren Körper strömen, die sich anfühlte wie ein Zuckerrausch nach einer langen Nachtschicht? Normalerweise fand sie nur langsam an jemandem Gefallen. Und an so etwas wie überspringende Funken glaubte sie nicht.

Eine weitere ihrer Angewohnheiten aus der Großstadt war es, Leute gründlich einzuschätzen. Wenn ein Patient die Ersteinschätzung der Notaufnahme durchlaufen hatte, achtete Fliss permanent auf Anzeichen für alles, was der Patient verschwiegen haben mochte. Hatte er wirklich Schmerzen? Kam er zurecht? Wo lag seine Schmerzgrenze? Und als Hewitt nun seine grauen Augen auf sie richtete, konnte sie nicht umhin, ihn eingehend zu betrachten.

Er mochte ruhig und aufrecht dastehen, hielt die Arme locker an den Seiten, doch in seinem Blick lag etwas Dunkles, Freudloses, das von unausgesprochenem Leid erzählte. Seine leicht hochgezogene linke Schulter und die Falten neben seinem Mund bestätigten, dass er auch körperliche Schmerzen hatte – und nicht gerade wenige. Ein anderer hätte schon längst die Schultern gebeugt.

Fliss verspannte sich innerlich. Cressy hatte ihr versichert, dass Hewitt sie nicht stören und sie ihn kaum bemerken würde. Aber weit gefehlt. Er störte sie jetzt schon, und sie würde auch nicht vergessen können, dass er da war.

Denn dieser starke, stoische Cowboy mit den Lachfältchen in den Augenwinkeln war anders als alle Männer, denen sie bisher begegnet war.

Hewitt Sinclair starrte die Frau an, die seine neue Nachbarin werden sollte, und begriff, dass er einen schweren Fehler begangen hatte.

Er hätte Denhams und Cressys Vorschlag, sich nach Bundara zurückzuziehen, ablehnen sollen.

Cressys Schwester war schön. Als Denham sie ihm beschrieb und meinte, sie sehe aus wie Cressy, sei nur ein bisschen größer, hatte Hewitt sich auf eine Hübsche mit langen dunklen Haaren und hellbraunen Augen eingestellt. Doch ihr intensiver, wacher Blick überraschte ihn.

Er unterdrückte den Impuls, die Schultern zu rollen. Das würde seine Anspannung verraten und die Schmerzen in seiner gebrochenen Schulter steigern. Fliss sah ihn weiterhin an. Die scharfe Intelligenz in ihren Augen ließ keinen Zweifel, dass sie ihn mit der Genauigkeit eines Lügendetektors analysierte. Laut Cressy konnte sie Dummköpfe nicht gut ertragen. Er war also gewarnt. Im Lauf der Jahre hatte er schon viele Geschichten über ihre scharfsinnige, willensstarke Schwester gehört.

Ein Regentropfen traf ihn an der Wange und erinnerte ihn daran, dass er etwas sagen sollte. Aber da Fliss ein wenig die Augenbrauen zusammenzog, schwieg er. Er konnte ihr wegen ihrer Skepsis keinen Vorwurf machen. Er sah aus, als käme er gerade von der Weizenernte, war unrasiert und länger nicht beim Friseur gewesen. Cressy hatte kurz angedeutet, dass Fliss eine schwere Zeit durchmachte, und die Schatten unter ihren Augen bestätigten das. Sie sah verletzlich aus. Da durfte er zu zusätzlichen Sorgen keinen Anlass geben.

»Hi, Felicity, ich bin Hewitt.« Er streckte ihr die Hand entgegen. »Danke, dass du mich aufnimmst.«

Er war sich sicher, dass sie kurz zögerte, bevor sie ihm die Hand gab. »Gern geschehen. Bitte … nenn mich Fliss.«

Als er ihre zierlichen Finger umfasste, spürte er, wie angespannt sie war, und mäßigte den Händedruck, um ihr zu zeigen, dass er ihr keinerlei Unannehmlichkeiten bereiten würde. Für einen Moment erschlafften ihre Finger, und er sah etwas in ihren Augen aufleuchten, dann kniff sie die Lippen zusammen und zog die Hand weg.

Ihm wurde wieder bewusst, dass Denham neben ihm stand. Sein Freund beugte sich vor, um Fliss einen Kuss auf die Wange zu geben. »Bin froh, dass du noch nicht weggeschwemmt wurdest.«

»Ich auch. Ich wüsste nicht, wann mal so viel Regen gefallen ist.« Sie tippte an sein smaragdgrünes Hemd. »Also, Mr Bullenreiter, hast du mir etwas zu beichten?«

Denham stöhnte und wandte den Kopf zu Cressy.

Die hob die Hände. »Sieh nicht mich an, Denham Rigby. Ich habe kein Wort gesagt.«

Fliss verkniff sich sichtlich das Lachen, aber ihr Ton blieb ernst. »Ich dachte, deine Rodeozeit wäre vorbei. Du meintest, deine Gelenke knacken wie bei einem Hundertjährigen.«

Hewitt kannte Denham seit über zehn Jahren. Einmal hatte er versucht, ihn wegen seiner gebrochenen Hand vom Reiten abzuhalten, und es war ihm nicht gelungen. Sie musste eine starke Frau sein, wenn sie ihn ins Gebet nahm, weil seine Rodeokarriere ihn körperlich zu viel kostete.

Ein Schmerz durchfuhr ihn, der ausnahmsweise nichts mit seiner gebrochenen Schulter zu tun hatte. Diese Frau sah nicht nur atemberaubend aus, sie hatte auch Charakter. Sie würde immer neben einem Mann stehen, nie hinter ihm. Doch er hatte kein Recht, eine Frau verlockend oder schön zu finden, und durfte sich durch seine Einsamkeit oder Sehnsüchte nicht vom Kurs abbringen lassen. An dem Tag, als sein Bruder Brody umgekommen war, hatte er sich der Pflicht verschrieben, für dessen Familie zu sorgen.

Denham trat verlegen auf das andere Bein, als er Fliss wieder ansah. »Das tun sie, aber … es war nur ein einziger Ritt.«

Sie zog eine ihrer schönen Augenbrauen hoch. »Ein Ritt auf einem Bullen, auf den sich in dieser Saison noch keiner gesetzt hat.«

»Ich habe Helm und Schutzweste getragen. Wenn ich den Nachwuchs des Bullen kaufen soll, muss ich wissen, wozu er fähig ist. Cressy war auch da.«

Fliss wechselte einen Blick mit ihrer Schwester. »Und deshalb lese ich dir nicht die Leviten.«

Denham schaute verlegen. »Woher weißt du es denn?«

»Das Internet ist eine wunderbare Sache, obwohl meine Verbindung hier draußen langsamer ist als die Schildkröte in meinem Garten.«

Denham warf Hewitt einen ironischen Blick zu. »Dann ist es ja gut, dass ich oben geblieben bin und mich nicht lächerlich gemacht habe. Ich bin ein wenig eingerostet auf meine alten Tage.«

Cressy ging zu ihrer Schwester und hakte sich bei ihr unter. »Du weißt, ich hätte angerufen, wenn etwas passiert wäre. Du bist die einzige Ärztin, auf die Denham hört.«

Über Fliss' Gesicht huschte eine schmerzliche Regung.

In dem Moment klatschte ein großer Regentropfen auf Hewitts Unterarm, ein anderer traf seine linke Stiefelspitze. Ohne ein weiteres Wort wandten sich alle dem Pick-up zu. Während Denham den Werkzeugkasten, der neben dem Quad verstaut war, von der Ladefläche hob, griff Hewitt nach der Kühlbox. Als er die

Hand um den Griff schloss, ermahnte ihn das Ziehen im Oberarm, dass er nichts Schweres heben sollte.

Er wechselte die Hand, hob die volle Kühlbox über die Seitenwand und stellte sie auf dem Boden ab, bevor er nach dem dunkelblauen Seesack griff. Als er sich damit umdrehte, stand Fliss hinter ihm und musterte seine verletzte Schulter. Er verkniff sich ein Seufzen. Aus irgendeinem Grund nahm sie schon wieder sein körperliches Handicap aufs Korn. Selbst Denham kannte das wahre Ausmaß seiner Unfallverletzung nicht.

Kurz hielt sie seinen Blick fest, dann nahm sie ihm den Seesack aus der Hand. »Ich bringe den in den Stall. Trägst du die Kühlbox schon mal in die Küche?«

Er nickte wortlos. Seine Schulter schmerzte höllisch, und Fliss kam ihm zu nah. Viel zu nah. Ihm war aufgefallen, wie glatt und weich ihre Lippen waren, und der Duft von Gardenien umwehte sie. Seine Anspannung war ihm offenbar anzusehen, denn sie presste die Lippen aufeinander und drehte sich weg.

Ihr erster Eindruck von ihm konnte nicht gut sein. Und seine angespannten Kiefermuskeln erinnerten ihn daran, dass ihm ein harter Gesichtsausdruck im vergangenen Jahr zur Gewohnheit geworden war. Er wirkte also nicht nur grob, sondern auch finster und keinesfalls beruhigend.

Ohne den Regentropfen Beachtung zu schenken, die jetzt auf die Kühlbox trommelten, lief er gemächlich auf das Haupthaus zu. Nach den von Dürre und Trockenheit geprägten Jahren auf der Farm seiner Familie, die weiter im Westen lag, genoss er den erdigen Geruch von Regen und das Gefühl, nass zu werden. Wasser rann ihm in den Hemdkragen und kühlte seine erhitzte Haut.

Denham und Cressy trugen den Werkzeugkasten und eine Harke zu dem Blechschuppen, der linker Hand unter einer alten

Zeder stand. Hewitt betrachtete den Hof durch den dünnen Regenschleier. Wo er auch hinsah, gab es Arbeit zu erledigen.

Der Rasen musste gemäht, in den Beeten das Unkraut gejätet, die Zaunpfosten begradigt und der Draht gespannt werden. Und das war nur die To-do-Liste für den Garten. Er ließ seinen Blick über die Front des Hauses gleiten, ein Blausteinbau im Föderationsstil. Es hatte liebevolle Zuwendung dringend nötig. Die Fenster brauchten neue Scheiben, das Holz musste gestrichen und die Regenrinnen mussten erneuert werden. Durch ein Loch in der verrosteten Regenrinne strömte ein Wasserfall in einen Eimer.

Irgendwo brüllte eine Kuh, und er schaute am Haus vorbei zu dem hügeligen Grünland, auf dem Cressys schwarze Angusrinder standen. Denham hatte erwähnt, dass Bundaras Wiesen an Glenmore grenzten, was Cressy leichten Zugang zu den Grasweiden für ihre Zuchtherde verschaffte.

Hewitt erreichte die Veranda und stellte die Kühlbox ab. Hinter ihm polterten Cressy und Denham die Stufen herauf. Regen glitzerte auf ihrer Haut und hing in ihren Haaren, aber sie lächelten freudig. Hewitt wandte den Blick ab, als Denham seine Verlobte an sich zog und liebevoll küsste. Schon vor Jahren war die Verbindung zwischen den beiden besonders gewesen. Eine Zeit lang hatte Denham als Bullenreiter in Amerika verbracht. Es freute Hewitt, zu sehen, dass sein Freund endlich seinen Frieden mit dem Verlust von Vater und Bruder gemacht hatte und Cressy nun wieder in seinen Armen hielt. Einsamkeit breitete sich in ihm aus, doch er ignorierte das Gefühl, so gut er konnte.

Fliss rannte die kleine Treppe herauf, um ins Trockne zu gelangen. Sie war ernst und blass, und als sie sich durch die Haare strich, wirkte sie seelisch erschöpft.

»Hewitt, deine Blechkiste wäre jetzt vielleicht geeigneter für die Fahrten zu den Weiden als dein Quad.« Denham hob die Stimme, denn der Regen trommelte mittlerweile ohrenbetäubend auf das Dach.

Nachdenklich betrachtete Hewitt die Bäche, die sich bereits in den Furchen des Gartenweges sammelten. »Stimmt. Ich wusste, ich hätte mein Angelzeug mitnehmen sollen.«

Fliss lachte kurz mit ihnen, bevor sie die Fliegengittertür aufzog. »Möchte jemand Kaffee?«

»Ja, bitte«, meldete sich Cressy. »Ich hätte auch gern einen von Meredith' Brownies. Die waren noch nicht fertig, als ich losgefahren bin, deshalb hat sie versprochen, den Jungs welche mitzugeben.«

Die beiden Frauen verschwanden zusammen im Haus, und Denham bückte sich nach der schweren Kühlbox. »Sie hat uns nicht nur Brownies mitgegeben.« Als er sich aufrichtete, rieb er sich schwelgerisch den Bauch. »Von dem Sixpack kannst du dich verabschieden.«

Hewitt lächelte noch, als Denham ins Haus ging. Sie witzelten seit Jahren, dass sie in ihre Gürtel neue Löcher stanzen müssten, wenn sie die Rodeos zugunsten eines leichteren Lebens aufgäben. Aber bisher hatten sie den Gürtel ein Loch enger schnallen müssen. Er sah zu Fliss, und seine Heiterkeit verebbte.

Durch ihre nassen Haare kamen ihre Wangenknochen und die Symmetrie ihrer Züge noch mehr zur Geltung. Aber es war nicht ihre Schönheit, die ihn innehalten ließ. Vorsicht und tiefer Ernst lagen in ihren Augen. Es kam ihm vor, als könnte sie direkt durch seine Fassade auf den Schmerz blicken, der seine körperlichen Beschwerden bei Weitem überstieg.

»Kommst du rein?«, fragte sie leise.

Er antwortete nicht sofort. Das Prasseln des Regens auf dem

Vordach war so laut wie sein Herzklopfen. Wenn er auch nur ein Quäntchen Vernunft besaß, würde er dem Impuls seines Selbsterhaltungstriebs folgen. So nah neben einer starken, schönen und scharfsinnigen Frau wie Dr. Felicity Knight zu wohnen war eine schlechte Idee.

Er blickte zu seinem Pick-up, dann machte er einen Schritt auf die Tür zu. »Ja.«

Jetzt konnte er nicht mehr kneifen. Er mochte vieles sein, aber feige war er nicht.

Fliss brauchte Hilfe und er eine Bleibe jenseits der Familienfarm, an einem Ort, an dem die schönen Erinnerungen ihn nicht jeden Morgen verhöhnten, wo er untertauchen konnte, während sein Körper heilte. Ihm wurde eng um die Brust. Er brauchte einen Platz, wo er mit der Trauer und der Schuld ringen konnte, die er bisher verdrängt hatte, so als könnte er sie dadurch einfach abschütteln.

2

Welchen Unterschied drei Tage und ein funktionierender Rasenmäher doch ausmachten.

Fliss stellte ihre saubere Tasse ins Trockengestell und schaute durchs Küchenfenster. Die Kontrollsüchtige in ihr jubelte. Der überwucherte Garten war gestutzt worden.

Ein kurzer, samtiger Rasen erstreckte sich jetzt zwischen dem Haus und dem Stall. Wenn eine Schlange versuchen sollte, den Spalt unter der Hintertür anzusteuern, würde sie sie sehen. Lilafarbene, gelbe und weiße Blumen wiegten die Köpfe in den vom Unkraut befreiten Beeten. Wer hätte gedacht, dass zwischen dem wuchernden Grün etwas blühte? Ein Schwarm weißer Schmetterlinge schwebte flatternd über dem Blumenmeer. Es sah beinahe aus, als ob der Garten funkelte.

Sie zögerte, dann beugte sie sich nach rechts. Aus diesem Winkel hatte sie einen ungehinderten Blick über den Hof … und auf Hewitt. Ihr Interesse war nicht persönlicher Art. Sie wollte nur wissen, wie sich das Mähen und Jäten auf seine Schulter auswirkte. Suchend blickte sie zum Garten, bis sie ihn drüben beim Schuppen entdeckte. Der Kontakt zwischen ihnen musste sich aufs Nötigste beschränken. Er brauchte das Alleinsein genauso sehr wie sie. Als sie ihm nach seiner Ankunft die Tür aufgehalten hatte, wäre er beinahe auf dem Absatz umgekehrt und weggefahren. Das hatte sie ihm angemerkt.

Gerade kümmerte er sich um den Wasserhahn, an dem sich zwei vierbeinige Besucher in der Nacht das Fell gerieben hatten, wodurch das Rohr an der Basis abgeknickt war. Am Morgen hatte Fliss ein lautes Muhen unter ihrem Fenster geweckt, und kurz darauf hatte sie die Fontäne aufsteigen sehen. Nachdem sie die beiden Kühe vom Hof gejagt und die Pumpe zugedreht hatte, recherchierte sie am Computer, wie man so etwas reparierte. Denn mithilfe einer Internetanleitung hatte sie mal eine zerbrochene Fensterscheibe ersetzt. Aber als sie schließlich wieder nach draußen gegangen war, hatte Hewitt sich der Sache bereits angenommen.

Das verblasste rote Baumwollhemd spannte über seinem Rücken, wenn er sich mit der Schaufel bückte, um das Wasserrohr im Boden freizulegen. Sie griff nach einem schmutzigen Teller und tauchte ihn ins Spülwasser. Oh nein, das kam überhaupt nicht infrage. Hewitt mochte schöne Muskeln haben, aber was sie jetzt am wenigsten brauchte, war ein ausgeprägtes Interesse daran, wie gut er bei körperlicher Arbeit aussah. Auch wenn sie bei seinem warmen, beruhigenden Händedruck für einen Moment das Gefühl gehabt hatte, die Welt stünde still.

Wieder blickte sie nach draußen. Aber diesmal achtete sie nur auf die Verletzung, die er so entschieden verbarg. Während der Arbeit belastete er die linke Seite so wenig wie möglich, und wenn er sich bückte, um in das Loch zu schauen, massierte er sich kurz die Schulter. Wegen seiner kleinräumigen Bewegungen tippte sie auf ein Problem der Rotatorenmanschette oder des Acromioclaviculargelenks.

Der Löffel, den sie in den Besteckkorb fallen ließ, blinkte in der Sonne. Sie schien durch das große Fenster herein und tauchte die Küche in warme Helligkeit. Die wenigen Federwolken am Himmel würden nicht so bald für Regen sorgen. Also konnte Fliss problemlos in die Stadt fahren und sich mit ihrer alten Schulfreundin treffen. Kellie wollte mit ihrer Tochter Zoe auf dem Heimweg von Sydney in der örtlichen Klinik vorbeischauen.

Sie trocknete sich die Hände am Geschirrtuch ab, und es überraschte sie nicht, dass ihre Finger zitterten. Aber auch wenn sie für ihre Angst gute Gründe hatte, würde sie doch wohl etwas so Einfaches tun können, ohne zu beben wie ein Nervenbündel? Eine Fahrt auf den roten staubigen Straßen in die Stadt ihrer Kindheit sollte nicht weiter schwer sein. Je eher ihre Nerven von der höchsten Warnstufe runterschalteten, desto besser.

Tief in Gedanken versunken, hörte sie nicht, wie Hewitt die Veranda betrat. Erst als er an die Tür klopfte, schreckte sie auf. Schnell strich sie sich über die Haare, bevor ihr einfiel, dass sie ihren eleganten Look längst aufgegeben hatte, zusammen mit ihrer gut geschnittenen Kleidung, den Klinikkitteln und dem Stethoskop. Sie ließ die Arme sinken und zog das weite dunkelblaue T-Shirt zurecht, das sie zu ihren Jeansshorts trug.

Anstatt noch einmal zu klopfen, rief er nach ihr. »Fliss?«

Der Klang seiner tiefen Stimme ging ihr durch und durch. Seufzend verließ sie die Küche. Sie war schon so lange allein, da war es nur natürlich, wenn eine attraktive männliche Stimme sie daran erinnerte, dass sie eine Frau war.

»Ja.« Im Flur verlangsamte sie ihr Tempo. Sie wollte nicht atemlos erscheinen. »Morgen.« Sie drückte die Fliegengittertür auf. »Die Kühe haben ganze Arbeit geleistet, nicht wahr?«

Hewitt nickte reserviert. »Der Wasserhahn ist hinüber. Ich brauche ein neues T-Stück.«

Sie trat zu ihm auf die Veranda. Seit er kurz nach seiner Ankunft auf einen Kaffee in der Küche gewesen war, hatte er ihre höflichen Einladungen, doch hereinzukommen, immer abgelehnt. Ihre Mutter hatte ihr beigebracht, wie wichtig gute Manieren waren. Zu ihrer Erleichterung war Hewitt für sich geblieben, und ihr Kontakt hatte sich auf beiläufige Unterhaltungen über den Garten beschränkt. »Ich werde heute in die Stadt fahren. Da kann ich eins besorgen, wenn es dir recht ist.«

Hewitt drehte sich nach ihrem bronzefarbenen Pkw um, der neben dem Carport Staub ansetzte. Sie registrierte den Schlammspritzer unterhalb seiner Kehlgrube, wo das Hemd offen stand, gab sich aber alle Mühe, nicht länger hinzusehen.

»Nimm meinen Pick-up. Mit dem fährt es sich hier besser.«

Sie schüttelte schon den Kopf, bevor er zu Ende gesprochen hatte. Es wäre vernünftig, mit seinem Wagen zu fahren, wegen des Allradantriebs. Doch sie hätte während der ganzen Fahrt Angst, dass etwas Schlimmes passieren könnte. Nach Caitlyns Tod verfolgte Fliss diese Befürchtung ständig, und sie wusste nur zu gut, dass ein Wagen in einem Sekundenbruchteil ins Schleudern geraten konnte.

»Danke, aber auf unbefestigten Straßen zu fahren ist zugegebenermaßen nicht mein Ding. Wenn dein Pick-up hier stehen bleibt, ist das für ihn das Beste.«

Hewitt sagte zunächst nichts, sondern rieb sich das Kinn, und Fliss hörte das Kratzen seiner Bartstoppeln. »Ich … könnte fahren.«

Sie blickte ihn prüfend an. An seinem ernsten Gesichtsausdruck hatte sich nichts geändert, nur sein Ton war tiefer, leiser. »Nochmals danke, aber es ist nicht nötig, dass wir beide in die Stadt fahren.« Sie hielt inne, um sich ihre Wortwahl gut zu überlegen. »Besonders, da wir sie vielleicht beide am liebsten meiden würden.«

»Stimmt. Aber ich benötige ein paar Dinge, und wenn die Brücke überschwemmt wird, könnte es eine Weile dauern, bis wir wieder hinfahren können. Ich fahre gern, wenn du willst.«

Ein leises Lächeln versicherte ihr, dass er wirklich damit einverstanden war, den Chauffeur zu spielen. Ihre Erleichterung, sich nicht selbst hinters Steuer setzen zu müssen, war ihr wohl anzusehen, denn in seinen Augen flackerte eine kurze Regung auf, die sie aber nicht genauer deuten konnte.

»Ich möchte mich nur schnell umziehen.« Sie griff nach der Türklinke. »Ich will keinen Unfall auslösen, wenn ich die Hauptstraße entlanglaufe. Woodlea ist noch nicht darauf vorbereitet, mich in Farmklamotten zu sehen.«

»Lass dir Zeit!«, rief er ihr nach, als sie zu ihrem Schlafzimmer eilte. »Ich will vorher noch duschen.«

Trotzdem beeilte sie sich, und kurz darauf verließ sie das Zimmer in engen Jeans, einer ärmellosen schwarzen Bluse und schwarzen Keilsandaletten. Mit ein wenig Glück würde ihr französischer Haarknoten halten. Und sie hatte es geschafft, sich das Lipgloss auf die Lippen und nicht übers Kinn zu schmieren.

In der Küche angekommen, ging sie zum Küchentresen und nahm ihr Handy, die Sonnenbrille, das eingepackte Geschenk und ihre buttergelbe Handtasche, die sie am liebsten trug. Sie schloss die Vordertür ab und spürte die Sonnenstrahlen auf den nackten Armen, als sie zu Hewitts Pick-up ging, der neben dem Stall stand. Einen Moment lang blieb sie stehen, weil sich links zwischen den Bäumen, die bis in den Bachgraben hinunter standen, etwas Schwarz-Weißes bewegte. Angestrengt spähte sie dorthin. Sie hätte schwören können, einen Hund gesehen zu haben. Doch dann hörte sie die Stalltür aufgehen und drehte den Kopf. Der Hund war vergessen, und sie konnte nur noch Hewitt anstarren. Sonnenlicht fing sich in seinen noch feuchten Haaren und umspielte seine Schultern. Er hatte sich ein frisches blauweiß kariertes Hemd angezogen, und beim Näherkommen fiel ihr die glatte, feste Kontur seines Kinns auf. Er hatte sich rasiert. Hastig konzentrierte sie sich darauf, die Beifahrertür zu öffnen. Diese übertriebene Reaktion musste ihren angegriffenen Nerven geschuldet sein. Der Anblick eines gut aussehenden, gründlich rasierten Mannes führte gewöhnlich nicht dazu, dass sie keinen klaren Gedanken mehr fassen konnte.

Hewitt setzte sich hinters Steuer, und in der Fahrerkabine verbreitete sich der Zederndüft seines Rasierwassers. Wie in Zeitlupe legte Fliss den Anschnallgurt an. In dem engen Raum ließ sich nicht ignorieren, wie gut er roch und aussah. Das Schwelgen ihrer Sinne zeigte nur, wie wenig sie sich im Griff hatte und wie weit sie noch davon entfernt war, vernünftige Entscheidungen für ihr weiteres Leben zu treffen.

Als Hewitt sie kurz von der Seite ansah, hatte sie das Gefühl, sein Blick würde auf ihrem Mund verweilen, doch sie konnte es nicht mit Gewissheit sagen. »Das ist also die Dr. Felicity Knight, an die Woodlea gewöhnt ist?«

»Ja.« Sie musste sich anstrengen, um locker zu klingen. »Nicht ganz die, die meine Kollegen in Sydney tagtäglich zu Gesicht bekamen, aber die, die ich jetzt bin.«

Hewitt nickte, dann ließ er den Motor an und tippte auf das Display am Armaturenbrett. Leise Country-Musik hüllte sie ein und entband sie von der Notwendigkeit, zu plaudern. Fliss faltete die verschränkten Hände auseinander und lehnte sich ein wenig tiefer in den Sitz.

Der Pick-up ratterte über das Viehgitter, dann folgte Hewitt der roten Fahrspur, die sich zwischen den hellen Stämmen der Zitroneneukalyptusbäume hindurch zum Bach wand. Als sie die einspurige Brücke erreichten, bremste er ab und schaute, ob ihnen jemand entgegenkam. Normalerweise floss der Bach träge unter der weißen Holzkonstruktion dahin. Heute zog eine reißende Strömung an den Zweigen der Weiden, die bis ins Wasser hingen.

Während der Wagen über die knarrenden Bohlen rollte, sprach Hewitt aus, was sie dachte: »Ist ganz gut, dass wir jetzt in die Stadt fahren. Wenn das Wasser noch ein bisschen steigt, können wir den Hof nicht mehr verlassen.«

»Dann werde ich einige Packungen H-Milch kaufen. Auf die Gefahr hin, unbescheiden zu erscheinen, muss ich gestehen, dass ich kakaosüchtig bin, ein tragischer Fall. Ich habe extra meinen Milchaufschäumer aus Sydney mitgebracht.«

Hewitts Mundwinkel zuckten, aber er sagte nichts dazu und wich stattdessen einer kleinen runden Gestalt aus, die den Fahrweg kreuzte.

Fliss drehte sich nach der Schlangenhalsschildkröte um. »Wenigstens einer freut sich über das nasse Wetter. Ich dachte neulich, ich hätte eine braune Schlange im Garten gesehen, bis mir auffiel, dass die unter einem Panzer hervorlugte.«

Hewitt lachte. »Da dein Garten jetzt ordentlich ist, sollte es keine Verwechslungen mehr geben.«

»Hoffentlich. Mehr verkraftet mein Blutdruck nicht.«

»Die Geranien, die du in das Beet neben der Veranda gepflanzt hast, werden auch etwas nützen. Meine Mum schwört, dass sie Schlangen fernhalten.«

»Das hat meine Mutter früher auch getan.«

Der Fahrweg wurde zu einer asphaltierten Straße, und gelegentlich kam ihnen ein Auto entgegen. Jedes Mal hob Hewitt grüßend die Finger vom Lenkrad. Im Outback grüßte man jeden, auch Fremde.

Ein grüner Weidenteppich überzog die hügeligen Ausläufer

des Höhenzugs am Rand des fruchtbaren Tals. Die erste Windmühle kam in Sicht, dann die zweite und die dritte. Woodlea wurde aus gutem Grund die Stadt der Windmühlen genannt.

Sie passierten den verrosteten Tank, der auf neun Holzpfählen ruhte. Seit einer Überschwemmung vor Jahrzehnten war das Gestell stark zur Seite geneigt und sah aus, als würde es beim nächsten Windhauch umkippen. Irgendwie trotzte der Tank aber der Schwerkraft, und immer wieder hielten Touristen am Straßenrand an, um ihn zu fotografieren.

Als der Pick-up über die kurz vor dem Stadtrand gelegene Anhöhe fuhr, brach Fliss das Schweigen.

»Wollen wir vielleicht unsere Handynummern tauschen?«

»Gute Idee.«

Nachdem sie das getan hatten, schob sie das Handy in die Tasche und lehnte sich wieder zurück, aber nicht so entspannt wie vorher. Sie verschränkte die Hände im Schoß, als das Willkommensschild an ihnen vorbeizog.

Hewitts Freundlichkeit hatte ihr nur ein bisschen Aufschub verschafft. Der Stress, den sie üblicherweise bei einer Fahrt auf nassen Straßen verspürte, war ihr erspart geblieben, aber gleich würde sie wieder unter Leuten sein. Obwohl jeder wusste, dass sie nicht wieder hierher gezogen war, um als Ärztin zu praktizieren, brachte es doch jeder Stadtbesuch mit sich, dass sie der eine oder andere um ärztlichen Rat bat. Und jedes Mal überschwemmten sie dann Unsicherheit und Selbstzweifel.

Die Angst zog ihr den Magen zusammen. Niemand außer Cressy und ihren Freundinnen Ella und Taylor konnte ahnen, dass ihre Gelassenheit nur eine fragile Fassade war.

Hewitt ließ den Motor im Leerlauf tuckern und schaute Fliss hinterher, die die Hauptstraße entlangging. Mit ihren dunklen Haaren, dem hübschen Gesicht und der weiblichen Figur würde sie selbst in ihrer Farmkleidung einen Verkehrsstau auslösen. Sie winkte dem Fahrer eines schlammüberzogenen Hilux zu, der im Vorbeifahren hupte. Wer ihr ruhiges heiteres Gesicht sah, würde es nicht für aufgesetzt halten.

Aber er wusste, dass es nur eine Fassade war. Sowie sie die Ortsgrenze von Woodlea überquerten, hatte sie die Lippen aufeinandergepresst und die Hände im Schoß verkrampft. Welche Hölle sie auch durchmachte, sie ließ sich davon nicht übermannen. Deshalb wäre sie auch mit ihrem Stadtauto gefahren, obwohl sie offensichtlich allein die Vorstellung stresste. Ihr schönes erleichtertes Lächeln, mit dem sie sein Angebot annahm, hatte ihn vollkommen überwältigt.

Hewitt sah sie ins Postamt verschwinden. Der Gardenienduft hing noch in der Fahrerkabine, die ihm jetzt sonderbar leer vorkam. Entschlossen trat er aufs Gas und lenkte den Wagen auf die Straße. Er durfte nicht aus den Augen verlieren, weshalb er nach Bundara gezogen war.

Fliss sah zu viel mit ihren großen hellbraunen Augen und verstand mehr, als gut war für sie selbst und für ihn. Seine Schuldgefühle und Trauer gingen nur ihn etwas an. Nach dem Tod seines Bruders Brody, als sein Vater stille Tränen weinte, seine Mutter das Bett nicht mehr verlassen wollte und die verwitwete Ava nicht mehr wusste, welcher Tag gerade war, hatte er ihrer aller Schmerz auf sich genommen. Er hatte gekocht und Vorräte eingekauft, die Zwillinge zu den Spielstunden gebracht, wenn die mobile Vorschule in die Stadt kam, hatte das Vieh getränkt und den Farmbetrieb aufrechterhalten.

Er bremste und ließ einen Mann mit einem braunen Kelpie die Straße überqueren. Um alles hatte er sich gekümmert bis zu dem Tag, als er auf der Koppel, über die er schon Hunderte Male gefahren war, in seiner seelischen und körperlichen Erschöpfung den großen Stein übersah. Anstatt die Kuh einzuholen, die durch das Gatter abhauen wollte, stürzte er vom Quad.

Denham besuchte ihn daraufhin im Krankenhaus und erwähnte dabei, dass Fliss einen Helfer gebrauchen könnte. Falls Hewitt ein ruhiges Plätzchen zum Genesen suchte, würde sich das anbieten. Er sah ein, dass er für niemanden von Nutzen sein würde, solange er den Verlust seines Bruders nicht irgendwie verarbeitete. Der nächste Unfall wartete praktisch schon auf ihn. Daher bat er einen Nachbarn, Mayfields Winterhafer einzuholen, arrangierte es, dass Ava für die sechs Wochen, die seine gebrochene Schulter zum Heilen benötigen würde, Besuch von ihrer Mutter bekäme, und packte seinen Seesack. Und so war er jetzt in Woodlea.

Vor dem historischen Pub setzte er den Blinker und bog rechts ab. Die weißen schmiedeeisernen Verzierungen leuchteten in der Morgensonne. Ein Pub durfte anscheinend nirgendwo fehlen. Selbst in Dörfern, die nur aus einer Handvoll Häusern bestanden, gab es einen.

Er parkte neben einem alten Pick-up vor dem Laden für Farmbedarf. Auf seinem Einkaufszettel standen außer dem T-Stück auch Holz und Nägel, mit denen er den Spalt unter der Hintertür des Haupthauses schließen wollte. Außerdem würde er Vorhängeschlösser und Zutritt-verboten-Schilder kaufen. Denham hatte erzählt, dass die hiesigen Farmer zurzeit Ärger mit Diebstählen und mutwilliger Zerstörung hatten. Durch die einsame Lage war auch Bundara für Diebe attraktiv.

Er fand alles, was er benötigte, und als er das Geschäft wieder verließ, fühlte er sich entspannt.

Genau das brauchte er: Anonymität und einen normalen Alltag. Niemand kannte ihn hier als den Pick-up-Reiter, der zu langsam gewesen war, als der Rodeobulle seinen Bruder abwarf. Er legte die Einkäufe in den Wagen und überquerte die Straße, um in eine Seitengasse einzubiegen. Ein Regenbogenschal mit gehäkelten Lutschern, Gummibärchen und Bonbons schmückte den Zaun vor einem Süßigkeitenladen – ein Werk der Handarbeits-Guerilla, die Woodlea mit bunten Kreationen verschönerte und dem Städtchen damit die Aufmerksamkeit der Touristen sicherte.

Die Türglocke klingelte, als Hewitt den Laden betrat. Ein Farbenmeer leuchtete ihm aus großen, ordentlich aufgereihten Glasdosen entgegen. Er wählte einige Lutscher für Lizzie und Quinn aus, außerdem Schokoladenmandeln für Ava und eine Tüte Lakritz für seinen Vater. Seine Mutter war keine Naschkatze wie die anderen Sinclairs, daher würde er anderswo nach einer Kleinigkeit für sie suchen.

Zurück auf der Hauptstraße, fand er einen Geschenkeladen und entschied sich für ein besticktes Taschentuch mit ihrem Anfangsbuchstaben. Als er das nach Lavendel duftende Geschäft verließ, schaute er auf sein Handy. Noch keine Nachricht von Fliss, dass sie zur Rückfahrt bereit wäre.

Als er aufsah, bemerkte er eine Frau mit kurzen, modisch frisierten grauen Haaren auf dem Bürgersteig gegenüber stehen, die ihn anstarrte. Sie war gut gekleidet und trug eine schwere Perlenkette um den Hals. Er nickte ihr höflich zu, bevor er den Weg zur Post einschlug. Dort hatten die Guerilla-Stricker ebenfalls zugeschlagen. Der Briefkasten war mit leuchtenden Häkel- und

Strickquadraten überzogen. Er machte davon ein Foto für seine Mutter, dann ging er hinein.

Er legte seine Geschenke und den Karton, den er in dem Ständer an der Seitenwand ausgesucht hatte, auf den Packtisch und hielt inne, denn die grauhaarige Frau von der anderen Straßenseite kam herein. Der Farmer neben ihm deckte schnell die Adresse auf dem großen Umschlag zu, den er beschriftet hatte, während die Teenagerin gegenüber hastig in ihrer Tasche verschwinden ließ, was sie eigentlich verschicken wollte. Wer immer die Frau war, sie würde wohl seine Angelegenheiten bald zu ihren machen.

Breit lächelnd kam sie in einer Parfümwolke angesegelt. Ihr scharfer, spekulierender Blick erinnerte ihn daran, dass es nicht nur in jedem Dorf einen Pub gab, sondern auch eine Frau, die gern überall die Hand im Spiel hatte. Die zwei anderen Kunden gingen zum Schalter.

»Hallo.«

Ihre überschwängliche Stimme verströmte Interesse und freudige Erregung. Wenn er gekonnt hätte, hätte er sich seinen Hut tief in die Stirn gezogen, aber den hatte er mit Absicht auf Bundara gelassen. Schließlich sollte er sich der Welt wieder zuwenden und sich nicht verstecken.

Er lächelte sie unverbindlich an und wandte sich wieder dem leeren Karton zu. Doch die Frau ignorierte seine nonverbale Botschaft.

Sie streckte ihm die Hand hin. »Edna Galloway. Sie müssen Hewitt sein. Willkommen in Woodlea.«

Er schüttelte ihr die Hand, und ihr fester Händedruck überraschte ihn nicht. »Danke.«

»Ist mir ein Vergnügen. Ich habe mich schon gefragt, wann

Sie kommen. Für Cressy ist es eine Erleichterung, dass jemand bei Felicity wohnt. Die beiden Mädchen stehen sich so nahe, wissen Sie.«

Hewitt nickte. Ihm fiel auf, dass sie Fliss' ungekürzten Vornamen mit einer gewissen Schärfe aussprach.

Da sie ihn nicht aus der Reserve gelockt hatte, redete sie weiter. »Sie kennen Denham also noch aus seiner Rodeozeit?«

»Ja.«

»Und so haben Sie auch Cressy kennengelernt?«

»Ja.«

Da er sich noch immer nicht weiter dazu äußerte, zog Edna ihre fein gezupften Augenbrauen hoch und blickte auf die Lutscher, die Hewitt gekauft hatte. »Da wird sich aber jemand sehr freuen, wenn er das Päckchen öffnet.«

»Ja.«

Wohlüberlegt packte er die Geschenke in den Karton. Er machte sich keine Illusionen, was Ednas Schweigen anging, und ihm entging auch nicht, dass sie auf seinen linken Ringfinger schaute. Sie würde ihm nicht von der Seite weichen, bis sie ihre Neugier befriedigt hatte. Er legte das bestickte Stofftaschentuch auf die Lakritztüte und schloss den Kartondeckel. Ihre Unterhaltung war beendet, ob ihr das gefiel oder nicht.

Ein großer Mann mit sonnengebräunter Haut und dunkelblonden Haaren betrat das Postamt. Seine Wrangler-Jeans und die Stiefel wiesen ihn als Viehtreiber aus. Seine blauen Augen begegneten Hewitts Blick, und da der Mann ihn angrinste, hatte Hewitt keinen Zweifel mehr, wer er war. Das musste Tanner sein, Denhams Cousin und Meredith' Sohn. Hewitt nickte ihm zu.

»Hallo, Edna«, grüßte Tanner und kam näher. »Da sehen wir uns schon wieder.«

Hewitt war sich sicher, dass Edna betörend mit den Lidern flatterte. »In der Tat. Schon dreimal in drei Wochen kreuzen sich unsere Wege in der Stadt. Wie schade, dass Bethany heute nicht mitgekommen ist. Erst heute Morgen sagte sie noch, dass sie dich eine Weile nicht gesehen hat.«

»Ja, es ist einen Monat her, seit ich ihr mit dem Fohlen geholfen habe.«

Tanner warf Hewitt einen vielsagenden Blick zu, der darauf drang, hier möglichst schnell zu verschwinden. Den Ausdruck kannte Hewitt. Man sah ihn gewöhnlich bei Viehtreibern, wenn eine Frau auf sie zusteuerte, um sie auf die Tanzfläche zu schleppen. Wenn er auf Wetten stünde, würde er sein Geld darauf setzen, dass Bethany Ednas Tochter war und Tanner Ednas Erwartungen an einen künftigen Schwiegersohn von A bis Z erfüllte.

Edna lächelte noch breiter. »Ein prächtiges Tier, aber ich glaube, es gibt noch ein paar Probleme damit. Komm doch am Sonntag zum Essen, dann kann sie dir davon erzählen, ja?«

»Ich bin am Wochenende weg, aber Bethany kann mich jederzeit anrufen.«

»Das ist sehr liebenswürdig. Ich werde ihr ausrichten, dass du ihren Anruf erwartest.«

»Das … kannst du gerne tun.« Tanner zog an seinem Hemdkragen. »Tut mir leid, dass ich Hewitt entführen muss, aber ich habe Fliss versprochen, ihm die Stadt zu zeigen, und eine Führung durch Woodlea ist ohne einen Imbiss im Royal Arms ihren Namen nicht wert.«

»Das ist wahr. Mein Rodger hatte schon immer eine Vorliebe für das Hähnchenschnitzel, obwohl er sagt, dass er meins am liebsten isst.« Edna blickte Hewitt entschlossen in die Augen. »Wir werden uns ganz bestimmt wiedersehen.« Sie schaute auf sein Päckchen. »Dann können wir unsere Unterhaltung zu Ende führen.«

»Oder eine andere anfangen.«

Edna kniff ihre rosa geschminkten Lippen aufeinander. Die Entschlossenheit in seinem ruhigen Ton war ihr also nicht entgangen. Doch als sie an ihre Perlenkette griff und damit spielte, sah er keinen Verdruss in ihren Augen, sondern Respekt.

»Tun wir es doch gleich. Als Mitglied des Spendenkomitees möchte ich Sie gern persönlich zu unserem diesjährigen Wanderritt einladen.« Ihr Blick wechselte zu Tanner. »Wenn die Ridley-Jungen kommen, wirst du eine starke Hand brauchen, damit sie keinen Unsinn anstellen. Seit Denham mit Cressy zusammen ist, ist er weich geworden.«

Tanner lachte. »Das erzähle ich Denham besser nicht.«

Hewitt verkniff sich ein Grinsen. »Edna, ich würde gern aushelfen, aber ich fürchte, ich werde nicht lange hier sein.«

Ehe sie den Mund öffnen konnte, um ihm das Gegenteil zu empfehlen, schritt er zum Schalter. Als er sich umdrehte, stand Tanner bereits an der Tür, Edna neben ihm.

Erst als sie einen halben Block vom Postamt entfernt waren, verabschiedete sich Edna fröhlich winkend, aber nicht ohne Tanner zu erinnern, dass er mit Bethanys Anruf rechnen müsse.

Nach ein paar Schritten warf Tanner einen Blick über die Schulter und ging langsamer. Er atmete erleichtert auf. »Okay. Jetzt sind wir in Sicherheit.«

Er blieb stehen und streckte Hewitt die Hand hin. »Danke, dass du mitgespielt hast. Ich konnte nicht schnell genug da raus.«

Hewitt schüttelte ihm die Hand. Er fand ihn sympathisch, unabhängig davon, dass Tanner mit Denham verwandt war. »Kein Problem. Danke, dass du vorbeigekommen bist.«

Sie gingen weiter. »Jederzeit gern. Ich bin Fliss über den Weg gelaufen, und sie hat mich gebeten, schleunigst einzugreifen, falls Edna dich aufspürt. Ich habe Edna noch nie so schnell laufen sehen wie eben, als sie die Straße überquert hat, um dir in die Post zu folgen.«

»Ist Bethany ihre Tochter?«

»Ja, und laut Edna ist sie Single. Aber laut Bethany geht sie mit einem Kerl aus Sydney, den sie an der Uni kennengelernt hat und den ihre Mutter nicht billigt.«

»Autsch.«

»Ich weiß.« Tanner hielt ihm die Pubtür auf, und ein intensiver Biergeruch wehte ihnen entgegen. »Eines ist sicher: Mir gefällt es jetzt schon, dass du hier bist. Es kommt nicht oft vor, dass Edna persönliche Einladungen ausspricht.«

Hewitt nickte nur und betrat den Pub. Er zog sein Handy hervor, aber Fliss hatte noch immer nicht geschrieben. Seine Freude darüber, dass sie ihm Tanner zur Verstärkung geschickt hatte, verdrängte er hastig. Er musste seine emotionale Distanz aufrechterhalten. Als er an dem großen Fenster vorbeiging, schaute er suchend die Hauptstraße entlang. Wo immer sie gerade war, hoffentlich lief sie nicht Edna in die Arme, und hoffentlich hatten sich ihre Befürchtungen, die sie vorhin so nervös gemacht hatten, inzwischen zerstreut.

3

Am Ende der Main Street blieb Fliss stehen und schaute zurück zu den alten Platanen, die im frischen Frühlingsgrün leuchteten. Im Schatten ihrer ausladenden Zweige dösten Hunde auf den Ladeflächen einiger Pick-ups.

Woodlea hatte sich im Lauf der Jahre sehr wenig verändert. Früher hatte sie das gestört, aber jetzt empfand sie bei jedem vertrauten Anblick eine Zugehörigkeit, die sie überraschte. Als Teenager hatte sie es nicht erwarten können, eines Tages wegzuziehen und die Lichter der Großstadt zu sehen. Doch seit ihrer Rückkehr überkam sie immer mehr das beunruhigende Gefühl, vielleicht doch hierher zu gehören. Sie hatte Bundara gekauft und zu ihrem Zuhause gemacht, aber in Wirklichkeit wusste sie nicht, wo ihre Zukunft lag.

Sie seufzte und wickelte sich die Schnüre der pink leuchtenden Heliumballons, die für Zoe bestimmt waren, um die Hand. Ednas weißer Allrad-Truck stand noch an derselben Stelle zwischen dem Friseursalon und dem Second-Hand-Laden. Dank einer Nachricht von Taylor, Woodleas Friseurin, die kürzlich erst aus London zurückgekehrt war, hatte sie der berüchtigten Klatschtante ausweichen können. Es war kein Geheimnis, dass Edna sie nicht besonders gut leiden konnte.

Hoffentlich war es Tanner gelungen, Hewitt vor Ednas Willkommen-in-Woodlea-Befragung zu retten. Bei einem Notfall gab es keine bessere Anlaufstelle als Edna, denn sie kannte jedermanns Adresse samt Telefonnummer und wusste, wer zu welcher

Familie gehörte. Aber wenn es um Vertrauliches ging, konnte man nicht auf ihre Diskretion zählen, denn Ednas Leidenschaft für Klatsch war groß. Die übertraf nur ihre Entschlossenheit, Bethany mit einem reichen Landbesitzer zu verheiraten.

Fliss setzte ihren Weg fort, musste aber ein zweites Mal anhalten, um der Ballons Herr zu werden, deren metallisch-pinkfarbene Schnüre sie einzuwickeln drohten. Der Besuch des schrulligen Geschenkeladens war nicht ihre beste Idee gewesen. Die Ballons zusammenzuhalten war in etwa wie einen Sack Flöhe zu hüten. Sie wand eine Schnur von ihrem Hals und umfasste sie allesamt noch weiter oben.

Mit zügigen Schritten lief sie am weißen Lattenzaun des Museums entlang und hielt auf die anglikanische Kirche zu, einen Steinbau mit markantem Glockenturm. Ihre Wadenmuskeln brannten. Die Straße stieg steil an, und Fliss kam es vor, als stiege sie die Wendeltreppe zu den Kirchenglocken hoch. Voriges Jahr hatten sich die Einwohner zusammengetan und Geld gesammelt, um den Glockenstuhl erneuern zu lassen. Die Glocke würde nun wieder für die nächsten hundert Jahre läuten können.

Sie biss sich auf die Wange und ging langsamer. Sosehr sie darum bemüht war, dass die Folgen ihres Versagens nicht noch andere Menschen in Mitleidenschaft zogen, sie hatten sich dennoch auf Cressys Leben ausgewirkt. Sie und Denham hätten als erstes Paar nach der Glockenstuhlerneuerung heiraten sollen, aber da Fliss ihre Hochzeit organisierte und nach Caitlyns Tod nicht mehr dazu imstande gewesen war, hatten sie die Trauung verschoben. Die Glocke läutete stattdessen bei der Hochzeit von Shaun und Brooke, dem Agrarwissenschaftler und der Tierarzthelferin, kurz bevor Fliss nach Bundara zog. Shaun und Brooke waren dann nach Süden gezogen, um näher bei Shauns betagten Eltern zu leben.

Cressy hatte ihr versichert, dass sie und Denham es nicht eilig hätten und warten würden, bis Fliss so weit war, um die Planung wieder aufzunehmen. Bei dem Gedanken spürte sie einen Kloß im Hals. Cressy tat so viel für sie. Wenn sie ihr Leben wieder im Griff hatte, würde sie alles geben, damit ihre Schwester die Hochzeit bekam, die sie sich erträumte.

Ohne Pause lief sie weiter, selbst, als sie vor Anstrengung schnaufte und die Ballons ihr gegen den Kopf schlugen, marschierte sie zielstrebig vorwärts. Sie erreichte das obere Ende der Main Street und bog nach links. Es hatte seinen Grund, warum das rote Backsteingebäude vor ihr liebevoll das Bergkrankenhaus genannt wurde. Für den Rundumblick, den es bot, würden Hausbesitzer in der Großstadt ein Vermögen geben.

In der hügeligen Landschaft, die Woodlea umgab, blühten die ersten Rapsfelder. Das intensive Gelb leuchtete zwischen dem frischen Grün der Hafer- und Weizenfelder. Es hatte viel geregnet, sodass alles beispiellos gedieh, aber das Risiko einer Überschwemmung war ebenfalls gewachsen, da der Grundwasserspiegel stieg. Als sie vorhin in der Apotheke den alten Clarry getroffen hatte, beklagte er sich, weil er einen Teil seiner Futterernte verloren hatte, bis er das Thema wechselte und von seinen Ballenzehen anfing. Zum Glück erlöste sie ein junger Verkäufer aus der Situation, sonst hätte sie sich lächerlich gemacht, denn vor lauter Selbstzweifeln hatte sie nicht gewusst, was sie sagen sollte.

An der Tür des Krankenhauses blieb sie stehen und rang mit der Panik, die ihren Puls in die Höhe trieb. Sie war die dritte Generation der Knights, die durch diese Tür ging. Ihre Mutter war Krankenschwester gewesen, bevor sie ihre beiden Töchter aufzog, ihre geliebte Großmutter hatte hingebungsvoll ehrenamtliche Pflege geleistet. Aber solch eine Familientradition bedeutete wenig, wenn man von Schuldgefühlen geplagt wurde. Ihr eigenes Versagen, ihre Patientin zu retten, schmälerte die gute Arbeit ihrer Vorfahren.

Sie zögerte, dann drückte sie die Tür auf, und Erinnerungen stürmten auf sie ein. Die Pieptöne der Überwachungsgeräte und der Geruch der Desinfektionsmittel versetzten sie zurück in die Notaufnahme, die sie hinter sich gelassen hatte. Ihre Hände zitterten, und ihr wurde übel. Als sie damals die Wiederbelebungsmaßnahmen abbrach und in Caitlyns Gesicht blickte, war das, als bräche die Welt um sie herum zusammen. Sie konnte nicht atmen. Sie konnte nicht begreifen, was passiert war. Unsinnigerweise blickte sie zu ihren Schuhen hinunter, ob sie Blut abbekommen hatten. Dann erst hatte sie tief Luft geholt und ausgesprochen, was Karls Leben und das seines neugeborenen Kindes für immer veränderte.

Einen Moment lang hielt Fliss inne. Der Drang hinauszulaufen erwies sich als so stark, dass sie sich halb umdrehte. Hinter den Gleittüren zu ihrer Linken winkte ihr eine junge Brünette vom Schreibtisch aus zu. Fliss schluckte und erwiderte Christis Geste. Eine Kollegin schrieb an einer Weißwandtafel, und als sie Fliss bemerkte, lächelte sie herzlich.

Mit Mühe gelang es Fliss zurückzulächeln. Dann schlug sie den Weg zum Warteraum ein. Erleichtert stellte sie fest, dass er leer war. Kellie und Zoe waren noch unterwegs von Sydney hierher. Fliss riss sich zusammen und besann sich darauf, weshalb sie hergekommen war. Vor zwei Jahren war Zoe im Kinderkrankenhaus in Sydney wegen Leukämie behandelt worden. Gestern war die Siebenjährige mit ihrer Mutter zu einer Nachuntersuchung gefahren und hatte Entwarnung bekommen. Und gleich würden die beiden sich hier mit ihr treffen, um das zu feiern.

Fliss stellte das kleine Gewicht, das die Ballons festhielt, auf den Tisch neben der Vitrine, in der die handgearbeiteten Geschenkartikel ausgestellt waren. Alle Einnahmen aus dem Verkauf bestickter Gästehandtücher und hübscher Lätzchen wurden für den Kauf eines tragbaren Ultraschallgeräts gesammelt.

Janet kam in den Warteraum und umarmte sie. Fliss kannte die alte Krankenschwester, seit sie als kleines Mädchen ihre Mutter und die waghalsige Cressy regelmäßig zur Notaufnahme begleitet hatte.

»Wie geht es dir?«, fragte Janet, als sie Platz nahmen.

Fliss gab sich entspannt und antwortete mit ruhiger Stimme: »Gut, danke. Ein alter Rodeofreund von Denham hilft mir seit Kurzem, Bundara in Schuss zu bringen. Ich habe jetzt sogar einen gepflegten Garten.«

»Deine Mutter würde sich freuen. Sie hat ihren Garten geliebt. Er hat ihr Frieden gegeben.«

»Mir auch.«

Janet beugte sich vor und tätschelte ihr die Hand. »Denk daran: Dr. Sam braucht noch immer einen zweiten Allgemeinmediziner. Falls dir das Gärtnern mal nicht mehr reicht.«

»Ich werde es im Hinterkopf behalten. Mit der Entscheidung lasse ich mir aber noch Zeit. Ich weiß noch nicht, was ich demnächst tun will. Ich habe etwas auf der hohen Kante, mit dem ich ein Weilchen über die Runden komme.«

Sie drängte eine neu aufwogende Angst zurück, in die sich neue Schuldgefühle mischten. Es war schwer, Landärzte zu bekommen, und noch schwerer, sie zu halten. Im vergangenen Monat hatte das Krankenhaus an zwei Wochenenden ohne diensthabenden Arzt auskommen müssen. Ein Vertretungsarzt aus Orange hatte die Lücke im Dienstplan gefüllt, aber das war nur eine vorübergehende Lösung, da er bald zu seiner Familie nach Sydney zurückkehren würde.

Dem Krankenhaus mangelte es nicht nur an Personal, auch das Leistungsangebot verringerte sich stetig. Fliss und Cressy waren hier zur Welt gekommen, aber inzwischen gab es keine Entbindungsstation mehr. Die werdenden Mütter mussten nach Dubbo oder Orange fahren. Man hörte ab und zu Geschichten, dass die Frauen ihr Baby auf dem Weg dorthin im Auto oder auf dem Parkplatz eines Fastfood-Restaurants zur Welt brachten.

Die Tür schwang auf, und eilige Kinderfüße trampelten den Flur entlang. Kurz darauf setzte sich Zoe auf ihren Schoß. Fliss lachte vor Freude, schloss die Kleine fest in ihre Arme, und Zoe kuschelte sich an sie. So hatten sie schon viele Stunden verbracht, wenn Fliss sie während der Chemotherapie besucht und ihr vorgelesen hatte. Sie küsste das Mädchen auf den blonden Lockenkopf, der immer nach Erdbeeren roch.

»Du bist ja noch größer geworden seit dem letzten Mal.«

Zoe lehnte sich zurück, und Fliss registrierte die gesunde Rundlichkeit ihres kleinen Gesichts. »Das hat Dr. Martin auch gesagt. Und dass es mir besser geht.«

»Ich weiß. Er hat mich angerufen. Und die«, Fliss zog die Ballons an den Tischrand, »sind für dich zur Feier des Tages.«

Zoe sprang von ihrem Schoß und schlug gegen den vordersten Ballon. Ihr entzückter Blick war jede Ballon-Kopfnuss wert, die Fliss abbekommen hatte. Sie griff nach ihrer Handtasche und holte das andere Geschenk heraus. »Das ist auch für dich.«

Freudig grinsend setzte sich Zoe neben sie, um es zu öffnen. Kellie kam den Korridor entlang und ließ ihr Handy in die Tasche gleiten. Sie und Jason hatten die glückliche Neuigkeit bisher für sich behalten, aber unter dem weit geschnittenen weißen Shirt zeichnete sich inzwischen ihr Schwangerschaftsbauch ab. Als bei Zoe Leukämie festgestellt worden war, hatte Kellie ihr zweites Baby verloren, auf das sie und Jason jahrelang gehofft hatten. Nun war sie wieder mit einem Kind gesegnet, und Zoe würde die Schwester oder den Bruder bekommen, den sie sich schon lange wünschte.

Ein Freudenschrei lenkte Fliss' Aufmerksamkeit wieder auf Zoe, die nun ein Buch an die Brust drückte. »Das habe ich noch nicht gelesen.«

Als kleine Pferdenärrin liebte sie besonders die Kinderbuchreihe über eine Gruppe Mädchen, die im Stall einer Kleinstadt arbeiteten und Kriminalfälle lösten.

»Das ist erst letzte Woche erschienen.«

»Danke.«

»Gern geschehen, mein Liebling.«

Zoe lief zu ihrer Mutter, zog einen violetten Umschlag aus deren schwarzer Handtasche und gab ihn Fliss. »Ich habe dir noch ein Bild gemalt.«

»Die anderen hängen an meinem Kühlschrank. Ist wieder ein Pferd darauf?«

Zoe nickte.

Fliss klappte die Umschlaglasche hoch und faltete das Bild auseinander: zwei Reiterinnen, eine dunkelhaarige auf einem grauen Pferd und eine kleinere mit blonden Locken auf einem kleinen, sehr runden weißen Pony. Zoe setzte sich wieder auf Fliss' Schoß. »Das sind wir, wenn wir beim Wanderritt mitmachen.«

Fliss drängte die aufwallende Angst zurück. Bei dem Gedanken, drei Tage lang von Leuten umgeben zu sein, schnürte sich ihr die Brust zusammen, und die Vorstellung, dass sie dabei im

Falle eines medizinischen Notfalls eingreifen müsste, bereitete ihr Übelkeit.

Es dauerte einen Moment, bis sie antworten konnte. »Wir sehen aus, als hätten wir Spaß dabei.«

»Haben wir.«

»Denk daran, ich muss Cressy fragen, ob ich Jazz reiten darf. Ihre Gelenke schmerzen gelegentlich, und sie wird vielleicht nicht mitkommen können.«

»Dann kannst du Minty reiten und ich Stella.«

Fliss tippte auf das Pony. »Ob Minty mich gern tragen würde? Wie es aussieht, würden meine Füße über den Boden schleifen.«

Alle lachten, und zu Fliss' Erleichterung kam Kellie nach ihrer Begrüßung schnell auf das aufmunternde Untersuchungsergebnis von Dr. Martin zu sprechen. Als Zoe einige Zeit später herzhaft gähnte, wurde es Zeit für die beiden, nach Hause zu fahren. Sie waren früh in Sydney aufgebrochen, um am Vormittag in Woodlea zu sein.

Sobald die zwei aufbrachen, schrieb Fliss eine kurze Nachricht an Hewitt. Dann winkte sie dem Wagen ihrer Freundin, und Zoe warf ihr aus dem Autofenster Luftküsse zu. Kurze Zeit später hörte sie, wie ein Diesel den Hügel zum Krankenhaus hinauftuckerte. Es dauerte nicht lange, bis Hewitts Pick-up neben ihr hielt.

Sie stieg ein und ließ sich auf den Beifahrersitz gleiten. »Hi.«

»Hi«, grüßte er und grinste.

Ihre Anspannung löste sich endlich in Luft auf. Genau wie bei ihrer ersten Begegnung, als sie ihm die Hand gegeben hatte, fühlte sie sich durch sein Lächeln beruhigt. Er war nicht nur äußerst tüchtig, er konnte auch mitfühlend und sanft sein.

Sie schnallte sich an. Hewitt sollte in ihr besser nicht das Gefühl auslösen, bei ihm gut aufgehoben zu sein. Das war gefährlich.

Bisher war sie immer unabhängig gewesen. Sie hatte nicht vor, plötzlich anlehnungsbedürftig zu werden, besonders nicht zu einer Zeit, in der es wichtiger denn je war, sich zusammenzureißen.

Sein Blick wanderte über ihr Gesicht, bevor er ihr einen To-go-Becher reichte. »Ich dachte, den brauchst du vielleicht. Tanner und ich haben zusammen Kaffee getrunken, und Sally hat mir deine übliche Bestellung mitgegeben.«

»Danke.«

Sie nahm den Becher entgegen und achtete darauf, seine Finger nicht zu berühren. Sie wollte nicht noch einmal riskieren, von der Anziehung überrumpelt zu werden. Sie war sich seiner Nähe sowieso schon viel zu sehr bewusst. Genießerisch nahm sie einen Schluck von der heißen Schokolade und schwelgte in dem süßen Geschmack.

»Nach Hause?«

»Ja, bitte. Unterwegs können wir noch meine Lebensmittel abholen.«

»Schon erledigt.« Hewitt bog auf die Straße ein, die stadtauswärts führte. »Das Mädchen hinter dem Tresen hat sie mir gegeben.«

»Kaum zu glauben, dass ich das sage, aber in einer Kleinstadt zu leben, wo jeder jeden kennt, hat auch seine Vorteile.« Fliss lehnte sich entspannt zurück. »Wenn Tanner dich gefunden hat, heißt das, Edna auch?«

»Ja. Danke, dass du ihn mir geschickt hast.«

»Gern geschehen. Er ist ein prima Kerl.«

Hewitt sah sie einen kurzen Moment lang an. Vielleicht schätzte er ab, ob zwischen ihr und dem blonden Viehtreiber etwas war, aber sie hielt sich mit dem Gedanken nicht auf. »Hat Edna auch ihre Tochter Bethany erwähnt?«

»Hat sie, aber nicht mir gegenüber. Ich habe in der Post ein Päckchen an Lizzie und Quinn gepackt. Vermutlich hat sie sich gefragt, ob ich noch Single bin oder nicht.«

Fliss merkte auf und nahm einen weiteren Schluck, um Zeit zu gewinnen. Sie hatte ihn für ledig gehalten und war nicht auf die Idee gekommen, er könnte Kinder haben. Einen Ring trug er nicht, aber viele Männer auf dem Land verzichteten aus Sicherheitsgründen auf ihren Ehering, wenn sie mit Maschinen oder dem Vieh arbeiteten. Vielleicht war seine Beziehung in die Brüche gegangen und er hatte sich deshalb nach Bundara zurückgezogen? Und wenn dem so war, gab es absolut keinen Grund, weshalb es sich für sie anfühlte, als wäre etwas lang Ersehntes wieder ein Stück mehr außer Reichweite gerückt.

»Du kannst dich darauf verlassen, dass sie keine Ruhe gibt, bis sie es herausgefunden hat.« Froh darüber, dass ihre Stimme normal klang, wagte sie einen Blick zur Seite. »Lizzie und Quinn, das sind sehr hübsche Namen. Deine Kinder?«

Hewitt zuckte zusammen. An ihrer Frage war er selbst schuld. Er hatte die Tür zu einem Gesprächsthema geöffnet, über das er nicht reden wollte. Aber als er Fliss' Blick begegnete, wusste er, dass er antworten würde.

Edna gegenüber mochte er unmissverständlich klargestellt haben, dass sein Privatleben niemanden etwas anging, aber wenn er mit Fliss allein war, verebbte seine Zurückhaltung. Ein konsequenterer Mann hätte sie vielleicht überredet, allein mit seinem Pick-up in die Stadt zu fahren, damit sie den Tag nicht zusammen verbrachten. Aber so einer war er nicht.

Das Schweigen zog sich in die Länge. Unsicher, was er sagen sollte, sah er sie noch einmal an. Ihre Augen waren jetzt mehr bernstein- als haselnussbraun. Die Farbe schien ein Barometer ihrer Befindlichkeit zu sein. Er schaute wieder nach vorn auf die Straße. Sosehr er es wollte, er konnte nicht verhindern, dass seine Augen verrieten, was in ihm vorging. Er würde das Gespräch nüchtern halten und ihr eine Kurzfassung der Geschichte geben.

»Nichte und Neffe. Aber … seit dem Tod meines Bruders … kümmere ich mich um sie.«

»Dein Verlust tut mir sehr leid.«

Bei dem aufrichtigen Mitgefühl in ihren leisen Worten biss er sofort die Zähne zusammen. Er durfte sich nicht dazu verleiten lassen, seinen Schild zu senken. »Danke.«

Als Fliss nichts weiter sagte oder fragte, warf er noch einen schnellen Blick zur Seite. Sie musterte ihn ernst.

»Hewitt … ich weiß, du hast deine Gründe, warum du bei mir wohnst, und ich will nicht neugierig sein, aber wenn du reden möchtest, weißt du, wo du mich findest.«

Ednas aushorchende Fragen waren für ihn nicht halb so bedrohlich gewesen wie das kurze, unaufdringliche Gespräch mit Fliss. Ihr ehrlich gemeintes Angebot rüttelte an den Mauern, hinter denen er seine Emotionen sorgsam verbarg. Sie würde ihn ausreden lassen und nicht verurteilen. Sie würde ihm wirklich zuhören. Unbedacht rollte er die Schultern, um die Trauer zu zerstreuen, die ihn nie verließ. Ein stechender Schmerz fuhr ihm in den Oberarm, und er musste sich beherrschen, damit sie ihm nichts anmerkte.

Sie passierten das Willkommensschild am Ortsrand, ohne es zu beachten.

Fliss blickte auf seine linke Schulter. »Ich bin auch jederzeit bereit, ärztlichen Rat zu erteilen.«

Angespannt kniff er die Lippen zusammen. Er hatte richtig

vermutet, sie hatte das Ausmaß seiner Verletzung erkannt. »Ist mein Schulterproblem so offensichtlich?«

»Nur für mich.« Sie stellte ihren Becher in die Vertiefung der Konsole. »Ein Unfall mit dem Quad?«

»Woher weißt du das?«

»Du lebst auf dem Land.«

Über Knochenbrüche zu reden war viel leichter, als das Gespräch auf Lizzie und Quinn zu bringen. Er griff Fliss' Plauderton auf. »Also bin ich nur ein angepasster Typ?«

»Ich fürchte, ja. Ich habe ein Praktikum bei den fliegenden Ärzten absolviert. Daher weiß ich, dass die meisten Quadfahrer keinen Helm tragen und viel zu schnell fahren.«

»Dann möchte ich eigens darauf hinweisen, dass ich nicht schnell gefahren bin, und was den Helm betrifft, berufe ich mich auf mein Recht zu schweigen.«

»Nächstes Mal musst du dich hoffentlich nicht darauf berufen.«

»Es wird kein nächstes Mal geben. Ich muss Quinn ein Vorbild sein. Er soll nicht denselben Fehler machen wie ich.«

»Gut.« Fliss lehnte sich herüber und betrachtete seine Schulter genauer. »Hast du dir das Schulterblatt gebrochen? Dazu gehört einiges, denn das bricht nicht leicht.«

»Ja, aber es ist der Arm, der mir den meisten Kummer macht, besonders wenn ich etwas heben will.«

Er glaubte schon, Fliss würde ihn dort anfassen, aber sie behielt die Hände verschränkt im Schoß. »Wurde etwas über die Rotatorenmanschette gesagt?«

»Nein. Weil ich nach dem Sturz bewusstlos war, hatte mein Arm nicht oberste Priorität. Außerdem habe ich das Krankenhaus so bald wie möglich verlassen.«

Ihr Stirnrunzeln verschaffte ihm einen kurzen Einblick in das Leben der Dr. Felicity Knight. Er konnte sich gut vorstellen, wie streng sie einen Patienten anblickte, der sich unvernünftig verhalten hatte. Mit der Strenge ging allerdings Besorgnis einher. Die Besorgnis, so sagte er sich, galt nicht ihm persönlich. Dass sie ihm am Nachmittag seiner Ankunft den Seesack abgenommen hatte, damit er die verletzte Schulter nicht gebrauchen musste, verriet ihm, dass es in Fliss' Natur lag, sich um andere zu sorgen.

»Wann ist das alles passiert?«

»Vor sechs Tagen.«

»Sechs Tagen?« Sie hob den Kopf und sah ihn an. Er musste ihren Blick nicht erwidern, um zu wissen, dass sie erneut die Augenbrauen zusammenzog. »Und seit drei Tagen wohnst du auf meinem Hof, wo du dich nicht gerade geschont hast.« Ihr Ton war nüchtern und streng. »Hat man dir im Krankenhaus nicht gesagt, was du tun und was du lassen solltest?«

»Doch. Aber ich hab mich schon oft genug verletzt, um zu wissen, worauf ich achten muss. Und was meine Schulter betrifft … ich hatte schon schlimmere Brüche.«

Sie schüttelte den Kopf. »Jetzt frage ich mich nicht mehr, warum du und Denham so gute Kumpel seid. Seine Krankengeschichte füllt einen Aktenschrank.«

»Meine ist nicht so lang, ehrlich. Ein Pick-up-Reiter wie ich lebt viel ungefährlicher als ein Bullenreiter.«

Im Laufe seiner Antwort senkte er die Stimme. Ob er mitteilsam wurde, weil sie bereit war, ihm zuzuhören, oder weil er sich bei dem Gespräch über seine Schulter wohlgefühlt hatte, wusste er nicht, aber in seinem Kopf bildeten sich Sätze, die er seit einem Jahr nicht hatte aussprechen können. Und er redete, bevor ihn der Mut dazu verließ.

»Mein Zwillingsbruder … Brody … war Bullenreiter. Dadurch habe ich ihn verloren.«

Die leise Berührung an seinem Arm hielt er für Einbildung, bis er deutlich spürte, wie Fliss die Hand um seinen Unterarm schloss und ihn drückte. Sie bot ihm Trost an, aber er zögerte, ihn anzunehmen. Er musste Distanz wahren. Andererseits war er nach Woodlea gezogen, um mit seiner Trauer fertigzuwerden. Er war es Lizzie und Quinn schuldig, das durchzuziehen. Und er würde damit anfangen, indem er das Ende seiner Geschichte erzählte, so sehr ihm das auch zusetzte.

»Ich war eigentlich Pick-up-Reiter beim Wildpferdreiten mit Sattel. Aber mein Pick-up-Partner Seth brachte einen neuen Kerl mit, um ihn anzulernen. Also war ich nicht in der Arena. Aber Brody hatte einen besonders wilden Bullen bekommen, deshalb war ich überhaupt noch da. Ich wollte ihn reiten sehen, bevor ich meine Stute in den Stall stellte.« Er räusperte sich. »Eigentlich sind die Rodeo-Clowns dafür zuständig, den Bullen abzulenken, wenn er den Reiter abgeworfen hat. Aber als Brody abgeworfen wurde … schien niemand zu kapieren, dass der Bulle angreifen würde, außer mir … Ich erinnere mich nicht mal, wie ich das Gatter geöffnet habe, ich weiß nur noch, dass ich galoppiert bin, um dem Bullen den Weg abzuschneiden … aber ich kam zu …«

Das letzte Wort brachte er nicht über die Lippen. Er packte das Lenkrad so fest, dass seine Schulter schmerzte. Diesmal griff Fliss sofort nach seinem Unterarm und ließ die Hand darauf liegen.

»Es war nicht deine Schuld.«

Er drehte den Kopf zu ihr, obwohl er wusste, dass ihm seine Qual anzusehen war. »Ich hätte sofort erkennen müssen, wozu der Bulle fähig war. Ich hätte schneller bei Brody sein müssen.«

Fliss' große dunkle Augen spiegelten seinen Schmerz wider. »All das macht dich nicht zum Schuldigen. Wir können nur jeder unser Bestes tun. Und daran müssen wir festhalten.«

Er war so aufgewühlt, dass er nichts darauf sagen konnte. Finster blickte er auf die Straße.

»Hewitt. Das ist es, was wir tun müssen«, sagte Fliss mit großem Nachdruck. »Ich weiß das ... weil ich das auch muss.«

Sie nahm die Hand von seinem Arm, und als er sie erneut ansah, schluckte sie mühsam.

»Ich ... habe eine Patientin verloren. Deshalb bin ich hierher gezogen. Caitlyn war erst dreiundzwanzig und mit ihrem ersten Kind schwanger. Sie hatte ihr Leben noch vor sich. Sie ging über eine Kreuzung, um sich mit ihrem Mann zum Abendessen zu treffen. Dabei wurde sie von einem Betrunkenen angefahren. Ich konnte ihr Baby retten, aber ... Caitlyn nicht.«

Hewitt griff nach ihrer Hand, mit der sie krampfhaft den Sicherheitsgurt umklammerte. Sie hatte ihm Trost angeboten, und er wollte dasselbe für sie tun, auch wenn sie die Berührung vielleicht zurückwies. Zu seiner Überraschung ließ sie den Gurt los und verschränkte die Finger mit seinen. Ihre zarte Hand ließ nichts von der inneren Stärke vermuten, mit der sie sich aufrechthielt.

»Bei der Ausbildung zum Arzt lernt man nicht, mit Verlust und Trauer umzugehen, und auch nicht, wie man die schreckliche Nachricht den Angehörigen mitteilt. Ich habe schon vorher Patienten verloren, und so leid mir das jedes Mal tat, sie sind nicht unerwartet gestorben. Caitlyns Tod dagegen kam unerwartet und war so ungerecht. Das hat mich schwer getroffen.«

Hewitt nickte, und als sie seine Hand fester umschloss, schwieg er und ließ Fliss reden.

»Aber genau so ist es … das Leben ist ungerecht. Schlechte Dinge passieren guten Menschen.« Sie klang resigniert und traurig. »Ich muss akzeptieren, dass ich in vielen Dingen machtlos bin.«

»Unvorstellbar, was du und die Familie durchgemacht habt.« Er strich mit dem Daumen über ihren zarten Handrücken. »Aber ich weiß genau, du hast alles getan, um deine Patientin zu retten. Cressy und Denham sagen beide, wie engagiert du als Ärztin bist. Du gehst jeder Kleinigkeit nach.«

Wie erhofft entspannte sich Fliss' Hand, und ein kleines Lächeln hob ihre Mundwinkel, bevor sie ihn losließ. »Bei Denham bedeutete das gewöhnlich mindestens zwei Anrufe, damit er sich bei einem Arzt blicken ließ, wenn er sich bei der ProRodeo Tour in Amerika verletzt hatte.«

»Das klingt ganz nach ihm.«

»Hoffen wir, dass sich seine Krankenhausaufenthalte verringern, da er nun wieder zu Hause und mit Cressy zusammen ist.« Ihre Stimme klang wieder normal, und als er sie ansah, wirkte sie gefasst. »Lizzie und Quinn sind bestimmt großartig.«

»Das sind sie. Lizzie ist sehr organisiert, liebt Tiere, und ihr Zimmer ist immer aufgeräumt. Sie ist ein sehr herzliches Mädchen. Quinn kam ein paar Minuten später zur Welt. Er ist wortkarg und ein scharfsinniger Denker, immer beschäftigt, am liebsten im Sandkasten, oder er fährt mit seinem Kinderquad.« Hewitt stockte mit belegter Stimme. »Ich würde alles für sie tun.«

»Du vermisst sie bestimmt. Im Haus ist reichlich Platz. Sie können jederzeit zu Besuch kommen.«

»Danke. Ja, sie fehlen mir, aber ich muss die Zeit hier nutzen, um mich von Brody zu verabschieden. Dann erst kann ich zu ihnen zurück und mich um sie und Ava kümmern, wie er es getan hätte.«

»Ich verstehe.«

Fliss verschränkte die Arme und starrte aus dem Seitenfenster. Müdigkeit beugte ihre Schultern. Sie brauchte ihm nicht zu erklären, dass sie einen ähnlichen Weg vor sich hatte. Nach dem tragischen Verlust der Patientin musste sie Frieden finden.

Hewitt bremste ab, als der Asphalt aufhörte und die unbefestigte rote Erdstraße begann. Ihre gemeinsame Rückfahrt war bei Weitem nicht so unpersönlich verlaufen wie die Hinfahrt. Und das bereute er. Welcher Teufel hatte ihn geritten, dass er so viel von sich erzählte? Er hatte einer Frau, die er erst seit drei Tagen kannte, praktisch sein Herz ausgeschüttet. Einer, die bis heute dafür gesorgt hatte, möglichst wenig mit ihm zu tun zu haben.

In der Ferne konnte er das weiße Holzgerüst der einspurigen Brücke sehen, aber der Gedanke, in Kürze auf dem Hof anzukommen und sich in seine Wohnung verziehen zu können, brachte ihm keine Erleichterung.

So viel zu seinem Plan, für sich zu bleiben und nichts von sich preiszugeben. Er hatte die Grenze zum Privaten nicht bloß überschritten, er hatte sich darüber hinwegkatapultiert wie die Kieselsteine, die er und Brody früher mit ihren selbst gemachten Schleudern verschossen hatten. Und jetzt musste er irgendwie den Rückzug antreten.

4

»Und wie läuft es mit Hewitt?«

Cressys beiläufiger Tonfall konnte Fliss nicht täuschen. Ihre Schwester brannte vor Neugier. Das Handy zwischen Ohr und Schulter geklemmt, steckte sie die blau geblümten Papierförmchen in die Vertiefungen des Muffinblechs.

»Du hast recht gehabt. Ich brauche hier draußen jemanden. Es macht einen großen Unterschied, ihn hier zu haben. Er hat sogar den Zaun repariert, damit deine Kühe nicht mehr bei Sonnenaufgang unter meinem Schlafzimmerfenster muhen. Sie sind schlimmer als der Hahn, der uns als Kinder gejagt hat.«

»Oh ja, Mr Red. Er war ganz verträglich, nachdem ich meine Peitsche habe knallen lassen.«

Fliss setzte das letzte Förmchen ein. »Dir gegenüber. Ich bekam mit der Peitsche keinen Knall hin und war weiterhin Freiwild für ihn. Und da hast du dich gewundert, warum ich es nicht erwarten konnte, aufs Internat zu kommen.«

»Da gab es in der Tat keine wilden Hähne, nur Autofahrer, die nicht vor Zebrastreifen anhielten. Und von der erstickenden Enge in der Bahn zur Rushhour ganz zu schweigen. Ich konnte es nicht erwarten, wieder auf dem Land zu wohnen.«

»Eigentlich hast du recht. Mr Red war gar nicht so übel, und er hat niedliche Küken gezeugt.«

»Felicity Knight.« Cressys spöttische Verblüffung klang ihr im Ohr. »Bist du endlich auf die dunkle Seite gewechselt und gibst zu, dass hier draußen nicht alles furchtbar ist?«

»So weit würde ich nicht gehen. Sagen wir, dich und Großvater kann man nicht völlig verrückt nennen, nur weil ihr das Landleben so dermaßen liebt.«

»Siehst du«, erwiderte Cressy lachend, »wir sind uns doch ein bisschen ähnlich. Apropos, wenn du heute Nachmittag vorbeikommst, können wir Mums Sachen vom Speicher holen. In den Kisten müsste doch etwas sein, das uns bei unserem Stammbaum weiterhilft.«

»Gute Idee. Unsere DNA-Ergebnisse sollten auch bald kommen. Hast du dich auf der Seite angemeldet?«

»Noch nicht. Das will ich heute Nachmittag tun.«

Meredith hatte kürzlich ihre Familiengeschichte erforschen lassen und ihnen vorgeschlagen, das auch zu tun. Sie waren noch Studentinnen gewesen, als ihre Eltern bei einem Autounfall ums Leben kamen, und da sie über die Vorfahren ihrer Mutter kaum etwas wussten, hatten sie beschlossen, einen DNA-Test zu machen.

Fliss hegte den Verdacht, dass hinter Meredith' sanfter Ermutigung mehr steckte als nur ihr gewohnter Tiefsinn. Vielleicht hoffte sie, die Recherche würde Fliss' Interesse an Genetik und folglich an der Medizin wieder entfachen. Nun ja, sie mochte zwar mit Hewitt über seine Schulterverletzung reden können, aber die Vorstellung, ihr altes Leben wieder aufzunehmen, bereitete ihr Magenschmerzen.

»Fliss … bist du noch da?«

Fliss hörte Cressys Frage nur mit halbem Ohr. Durchs Küchenfenster sah sie Hewitt aus dem Stall kommen. Sie rückte an die Fensterecke, von der aus sie den ganzen Garten im Blick hatte, aber Hewitt ging nur zu seinem Pick-up und gleich wieder zurück. Seit zwei Tagen hatte sie ihn immer nur kurz von Weitem gesehen.

»Ja, entschuldige. Ich backe gerade Blaubeermuffins. Wenn ich vorbeikomme, bringe ich welche mit.«

»Hast du Hewitt gefragt, ob er mitkommt? Tanner freut sich darauf, sich wieder mit ihm über Pferde zu unterhalten.«

»Nein, es hat geregnet. Da bin ich im Haus geblieben.«

Sie wollte Cressy nicht erzählen, dass sie sich aus dem Weg gingen.

»Okay. Dann rufe ich ihn an.«

»Nein, lass nur. Ich gehe gleich mal zum Stall rüber.« Sie schaute nach den Muffins im Ofen, die schon Farbe annahmen. »Ich will ihm sowieso ein paar Muffins bringen, zum Dank, weil er mich neulich in die Stadt gefahren hat.«

»Darüber bin ich wirklich froh. Der Weg von eurer Farm nach Woodlea in deinem Auto wäre ein Albtraum.« Cressy ging zu einem neckenden Ton über. »Du musst dir ein anderes kaufen … oder dich weiter von Hewitt herumkutschieren lassen.«

»Da wäre er ganz bestimmt begeistert. Er hat so schon genug um die Ohren, ohne dass er Chauffeur für eine Prinzessin spielt, die über ihre Ängste hinwegkommen muss. Schon bei der Vorstellung, durch Schlamm zu fahren, kriege ich Panik.«

»Du bist keine Prinzessin, und es ist okay, wenn du bei der Nässe nicht fahren willst. Ich will mir gar nicht vorstellen, was du in der Notaufnahme an Unfallopfern gesehen hast. Wenn Hewitt keine Lust auf einen Besuch hat, wird Tanner dich abholen. Sei ein bisschen netter zu dir selbst.«

Für einen Moment verstummte Fliss. Sie mochte die durchsetzungsstarke, unabhängige große Schwester sein, aber sie wusste nicht, wie sie ohne Cressy klarkommen sollte.

»Danke. Mach ich. Jetzt hole ich besser die Muffins aus dem Ofen, bevor sie zu Türstoppern werden. Bis später, Liebes.«

Sie stürzte die Muffins auf ein Abkühlgitter und befüllte das Blech ein zweites Mal. Dabei warf sie immer wieder einen kurzen Blick zum Stall hinüber. Seit zwei Tagen regnete und stürmte es. Der Himmel war grau, und der Wind rüttelte an den lockeren Fensterscheiben. Das Licht draußen war so trübe wie die Stimmung zwischen ihr und Hewitt. Natürlich brauchten sie beide Raum für sich, nachdem sie einander offenbart hatten, warum sie auf den Hof gezogen waren. Aber sosehr sie allein sein wollte, sehnte sie sich auch nach seiner Gesellschaft.

Sie stand an der Spüle und blickte stirnrunzelnd zum Stall. Der Abstand zwischen ihnen musste gewahrt bleiben. Also würde sie sich an ein paar Grundregeln halten. Sie würde das Flattern ignorieren, das sich in ihrem Bauch ausbreitete, wenn er mit weicher Stimme von Lizzie und Quinn erzählte. Und obwohl sie an seiner Trauer Anteil nahm, würde sie ihm professionell durch diese Phase helfen, als wäre er einer ihrer Patienten.

Während die zweite Fuhre Muffins im Ofen buk, räumte sie die Küche auf und schaute dann im Laptop nach neuen E-Mails. Lewis schrieb ihr regelmäßig und fragte, wie es ihr ging.

Vor dem Beginn ihres Medizinstudiums hatte Meredith ihr den Namen eines Freundes gegeben, der Endokrinologe und Jugendarzt war. Als Fliss damals staunend und naiv an der Universität von Sydney ankam, hatte Professor Lewis Barclay ihren Anruf bereits erwartet, und bald war er zu ihrem Mentor und einem vertrauenswürdigen Freund geworden. Seine Frau Jean war mit Anfang zwanzig von einem Auto angefahren worden und hatte eine Hirnverletzung erlitten, die ihr Seh- und Sprachvermögen beeinträchtigte. Die Treue der beiden hielt Fliss vor Augen, dass die Ehe nicht immer eine anstrengende, angespannte Beziehung sein musste wie bei ihren Eltern.

Fliss antwortete auf Lewis' jüngste Mail. Jean war es in letzter Zeit nach einem leichten Schlaganfall nicht gut gegangen.

Als auch das zweite Blech Muffins auf dem Gitter auskühlte, ging Fliss zum Stall hinüber. Ein paar Sonnenstrahlen schienen auf die dunklen, von Hand behauenen Blausteine. Die vorigen Besitzer hatten in dem renovierten Stallgebäude gewohnt, während sie das Haupthaus in Schuss brachten. Als ihr Enthusiasmus zusammen mit ihrem Geld dahinschwand, hatten sie den Hof zum Verkauf angeboten.

Ein Gartenfächerschwanz badete in der großen Pfütze, die sich in der Senke im Kiesweg gebildet hatte. Trotz des vielen Regens hatte Cressy ihr versichert, dass die Brücke und die Verbindungsstraßen befahrbar bleiben würden. Als Fliss sich näherte, hüpfte der kleine Vogel ein paar Schritte weit und flog dann auf einen schiefen Zaunpfosten.

Ehe sie anklopfen konnte, ging die Stalltür auf.

Hewitt empfing sie mit einem reservierten Lächeln. »Guten Morgen.«

Er war unrasiert, und seine dunklen Haare standen an einer Seite zerzaust ab, als wäre er mit der Hand hindurchgefahren. Ein smaragdgrünes Hemd schmiegte sich an seinen Oberkörper und hing über seine ausgebleichten Jeans.

»Hallo.« Sie hielt ihm die Muffins hin. »Ich möchte mich bedanken, weil du mich neulich in die Stadt gefahren hast.«

»Keine Ursache. Jederzeit gern.« Hewitt nahm ihr den Teller ab. »Die duften großartig.«

»Nach Meredith' unfehlbarem Rezept. Aber sie sehen nicht ganz so aus wie ihre. Meine sind … blauer.« Fliss senkte den Blick auf die Muffins. Wenn sie weiter in seine klaren grauen Augen starrte, würde sie noch vergessen, was sie ihn fragen sollte. »Und ich soll dir von Cressy ausrichten, dass sie dich nach Glenmore zu einem frühen Abendessen einlädt.«

Hewitt zeigte kaum eine Reaktion, nur seine Mundwinkel schienen sich anzuspannen. »Heute?«

»Ja. Nur Cressy, Denham und Tanner sind da.«

Er suchte ihren Blick. »Willst du auch hin?«

Sie nickte. »Es ist okay, wenn du einen ruhigen Abend verbringen möchtest. Tanner kann mich abholen. Ich bräuchte also nicht selbst zu fahren.«

»Ich werde fahren. Ein Abend unter Freunden wird mir guttun.«

»Prima. Ich gebe Cressy Bescheid.« Das war der Moment, um sich zu verabschieden und wieder ins Haus zu gehen. Aber ihre Füße verweigerten den Dienst.

Hewitt warf einen Blick auf die Muffins und sah ihr dann wieder in die Augen. »Ich werde gleich nach Cressys Kühen schauen. Vielleicht möchtest du mich begleiten? Es sind drei Kälber zur Welt gekommen.«

Sie zögerte. Sie würde schon den Abend mit ihm verbringen. Eine sanfte Windböe erfasste ihre Haare und erinnerte sie daran, dass sie seit Tagen nicht an der frischen Luft gewesen war. Die neuen Kälber zu sehen würde ihr Freude machen.

»Danke … das möchte ich gern.«

»Gut. Ich ziehe mir Stiefel an, dann können wir los.«

Zwei Augenblicke später kam er in Cowboystiefeln und mit einem angebissenen Muffin in der Hand zurück.

»Wieso fahren wir mit dem Pick-up und nicht mit dem Quad?« Während sie nebeneinander auf seinen Pick-up zugingen, bereute Fliss bereits ihre Entscheidung, ihn zu begleiten.

Bei Hewitt fühlte sie sich sicher, aber auch in einer Weise beunruhigt, die nichts mit den ihr so vertrauten Ängsten zu tun hatte. Ständig überkam sie der verrückte Wunsch, die Finger mit seinen zu verschränken, um seine Wärme und Kraft zu spüren. Entschlossen ballte sie die Finger zu Fäusten.

»Weil wir dann nicht nass werden, wenn es regnet. Außerdem stehen die Kühe drüben bei dem breiten Feldweg.«

Sein vorsichtiger Ton und ernster Gesichtsausdruck deuteten an, dass auch er es lieber unpersönlich halten wollte. Es würde keine bewegten Gespräche oder tröstenden Berührungen mehr geben. Fliss kletterte auf den Beifahrersitz des Pick-ups und ließ die angespannten Schultern sinken.

Während sie am Geräteschuppen vorbeifuhren, begann sie eine beiläufige Unterhaltung. »Waren die Muffins genießbar?«

»Ja.«

»Wunderbar. Dann kann ich Meredith berichten, dass sie keine Riesenenttäuschung geworden sind. Meinen letzten Biskuitkuchen wollten nicht mal die Elstern fressen.«

Sie hielten an einem Gatter, und Fliss griff zum Türöffner. Auszusteigen und das Gatter zu öffnen war ein Zeichen von Unabhängigkeit und hatte nichts damit zu tun, dass sie Abstand zum Durchatmen brauchte, weil Hewitt ihr ein Lächeln zugeworfen hatte.

Als sie wieder im Wagen saß, schaute sie aus dem Fenster, und Hewitt fuhr den Weg entlang, der mitten über die Weide führte. Die Kühe scharten sich an der nahen Staumauer zusammen. Ihr glattes schwarzes Fell hob sich deutlich von dem frischen Grün der Hügellandschaft ab. Die Gegend wirkte normalerweise nicht so fruchtbar und üppig. Doch dank des Regens sah es aus, als wäre die Weide umgeben von englischen Feldern und Wiesen, deren Farbpalette nur aus Grüntönen bestand.

Fliss lachte freudig auf, als zwei Kälber einander mit erhobenem Schwanz durch die Wasserrinnsale jagten, die der Sturzregen auf der Weide hinterlassen hatte. »Sieh sie dir nur an. Sie sind entzückend.«

»Das stimmt. Diese beiden wurden an dem Tag geboren, als wir in Woodlea waren.«

Auf einem kurzen Umweg fuhr er zu einer Kuh, die abseits der anderen stand. Hewitt hielt ein Stück von ihr entfernt an. Die Kuh hob den Kopf und schaute zu ihnen herüber.

Fliss beugte sich nach vorn, um das kleine schwarz glänzende Kalb, das die Kuh sauber leckte, besser sehen zu können. »Das ist das vierte.«

»Es ist noch keine Stunde alt. Hier scheint alles in Ordnung zu sein, also lassen wir die beiden in Ruhe.«

Fliss blickte ihn verstohlen von der Seite an. Er sprach mit sanfter Stimme und weicher Miene.

Sie fuhren weiter zu einer Schar Kühe, die sich unter einem Buchsbaum ausruhten. Einige standen auf, während andere wiederkäuend liegen blieben.

Stirnrunzelnd lenkte Hewitt den Wagen in die Kurve und fuhr zurück. »Ein Kalb fehlt. Die Mütter sind sehr geschickt darin, sie im hohen Gras zu verstecken, aber ich würde mich gern vergewissern, ob alles in Ordnung ist.«

»Ich werde auf meiner Seite Ausschau halten.«

Suchend blickten sie über die Weide rechts und links des Weges.

Beim Stahlzaun bremste Hewitt ab. »Da sind sie, unten bei der Tränke.«

Die Kuh stand auf der einen Seite des Zauns, das Kalb auf der anderen. Er wendete und fuhr darauf zu.

»Wie ist das Kalb dorthin gelangt?«, fragte Fliss. Das Kalb beugte die Läufe und schob den Kopf durch die Zaundrähte, um an die Zitzen seiner Mutter zu gelangen.

»Ich fürchte, deine Zäune haben so viele Löcher wie ein Golfplatz.«

Er hielt vor dem Gatter an. Anstatt auszusteigen und es zu öffnen, blieb Fliss sitzen. Sie mochte mehr Großstadtpflanze als Mädchen vom Land sein, aber die weisen Ratschläge ihres Großvaters hatte sie nicht vergessen. Einer davon lautete: Stell dich niemals zwischen eine Kuh und ihr Kalb, egal wie friedlich sie aussehen mag.

Hewitt wandte ihr den Kopf zu. »Die Kuh steht auf deiner Seite, darum gehe ich das Gatter öffnen. Mit etwas Glück macht sie uns keinen Ärger und bleibt, wo sie ist.« Er schwenkte das Gatter zur Seite, und während er die Kuh im Auge behielt, steuerte er den Pick-up hinter das Kalb. Das blickte zu dem langsam heranrollenden Wagen und lief dann am Zaun entlang. Als es merkte, dass das Gatter offen stand, machte es einen Satz durch die Lücke. Seine Mutter rannte zu ihm und führte es weg zu der Tränke, wo sie stehen blieb und es am Hals anstupste. Das Kleine senkte sofort sein Maul zu ihrem Euter und begann schwanzwedelnd zu trinken.

Fliss stieg aus und zog das Gatter zu. Als sie wieder im Wagen saß, sah sie, dass sich schon weißer Milchschaum um das Maul des Kälbchens gebildet hatte.

»Wenn es so weitersaugt, wird es tagelang satt sein.«

Sie hörte Hewitts leises Lachen kaum, denn sie starrte angestrengt durch die Windschutzscheibe zu einer Gruppe von Weiden, die das andere Bachufer säumten. »Hast du das gesehen? Ich glaube, da war wieder der schwarz-weiße Hund, der mir neulich schon aufgefallen ist. Da drüben.«

Hewitt spähte zu der Stelle hinüber. »Nein, aber ich habe Pfotenabdrücke gesehen.« Wieder runzelte er die Stirn. »Cressy will keine wilden Hunde in der Nähe ihrer Herde, egal ob es tatsächlich wilde oder ausgesetzte sind. Hoffen wir, dass wir keine Kälber mit abgerissenen Ohren oder Schlimmeres sehen werden.«

»Ich weiß. In einem Jahr hatte mein Großvater viel Ärger mit solch einem Rudel. Das Leittier war ein Deutscher Schäferhund.«

Auf der Rückfahrt stieg Fliss immer wieder aus, um die Gatter, die sie auf ihrem Weg passierten, zu öffnen und zu schließen. Beim letzten spritzten Regentropfen auf ihre Öljacke. Zu Hause angekommen, parkte Hewitt den Pick-up vor dem Stall. Als der Motor verstummte, drehte er sich zu ihr und lächelte sie an.

»Danke, dass du mitgekommen bist und die Gatter geöffnet hast.«

»Gern geschehen. Also dann bis um fünf?«

Fliss wartete nicht, ob er nickte, sondern wandte sich der Wagentür zu. Sie konnte nicht schnell genug aussteigen, obwohl inzwischen dichter Regen fiel. Ihre unberechenbaren Hormone verursachten ein regelrechtes Gefühlschaos in ihrem Innern. Die Hitze, die ihr in die Wangen stieg, und das Flattern in ihrem Bauch hatten diesmal so gar nichts mit ihren Ängsten zu tun.

Eine weitere Grundregel war nötig. Wenn Hewitt lächelte, musste sie mindestens eine Armlänge von ihm Abstand halten. Nur dann würde sie sich an die anderen Grundregeln überhaupt erinnern.

Die Sonne brach durch ein Loch in der dichten Wolkendecke und warf lange Schatten über die Schotterstraße, als Hewitt zu Cressys Farm fuhr. Leise atmete er auf, als die Schornsteine von Glenmore zwischen den Eukalyptusbäumen auftauchten. Gleich würde er nicht mehr mit Fliss allein sein. Während der Fahrt hatten sie entweder geschwiegen oder sich über unverfängliche Dinge unterhalten, aber er hatte sich dabei nicht entspannen können.

Fliss duftete nach Blumen, und sie trug ein weißes Oberteil und enge schwarze Jeans. Als sie ihm so entgegengekommen war, wäre ihm fast die Kinnlade heruntergeklappt. Seit sie am Morgen zu den Kühen gefahren waren, hatte er um seine Zurückhaltung und Selbstbeherrschung gerungen.

Es hatte ihn tief berührt, wie freudig Fliss lachte, als die Kälber durch das Wasser rannten. Sie hatte so unbeschwert geklungen, und ihr Lächeln war so schön gewesen, dass er unmöglich wegsehen konnte. Das war die Seite von Fliss, die hinter ihren Schuldgefühlen verborgen lag.

Seit ihrem Gespräch auf der Rückfahrt von Woodlea war er entschlossen, die emotionale Distanz zwischen ihnen wiederherzustellen. Und das war ihm zwei Tage lang gelungen. Er war für sich geblieben. Aber seine neue Nachbarin ging ihm unter die Haut. Wenn er nicht auf ihre Schritte auf dem Gartenweg lauschte, dann dachte er an sie. Ihre Vorsicht, Verletzlichkeit und Angst, die er beim Ausflug in die Stadt so deutlich wahrgenommen hatte, verstand er inzwischen. Sie war ebenfalls nach Bundara gezogen, um über etwas hinwegzukommen. Und obwohl sie mit allerhand zu kämpfen hatte, war sie bereit gewesen, einen fremden Menschen auf ihrem Hof wohnen zu lassen. Wenn er etwas tun konnte, um ihr dabei zu helfen, ihre Probleme aus der Welt zu schaffen, dann würde er es tun.

Entschlossen blickte er zu der Schar Rosakakadus, die am Straßenrand fraßen. Sosehr Fliss seine Selbstbeherrschung ins Wanken und sein Testosteron zum Kochen brachte, seine Aufmerksamkeit hatte allein Ava und den Kindern zu gelten. Seit dem Tag, als er Brody im Stich ließ, gehörte sein Leben nicht mehr ihm selbst.

Er bremste ab, als die Kakadus aufschreckten und sich wie eine grau-rosafarbene Wolke in die Luft erhoben. Der Pick-up überquerte das klappernde Viehgitter vor der Einfahrt von Glenmore. Obwohl das Farmhaus noch ein Stück entfernt lag, waren die breite Veranda und die Dachkanten schon zu erkennen. Fliss beugte sich vor und schaute durch die Windschutzscheibe zu den grünen Hügeln hinüber. Ihr locker geflochtener Zopf fiel über ihre rechte Schulter nach vorn.

»Glenmore sieht ganz anders aus als voriges Jahr um diese Zeit. Es hat Cressy fast das Herz gebrochen, als es überhaupt nicht regnen wollte.«

»Denham meint, die Dürre hat alles erschwert.«

»Ja. Ich war sehr besorgt um sie. Sie stand unserem Großvater sehr nahe, und sein Erbe liegt ihr am Herzen.«

Hewitt hatte in seiner Heimatgemeinde gesehen, was eine Dürre nach sich ziehen konnte. Durch den Mangel an Therapeuten und die Stigmatisierung von Depressionen hatten sie zwei namhafte Farmerpersönlichkeiten verloren. Inzwischen hatte die Gemeinde eingesehen, wie wichtig es auch während einer guten Saison war, darauf zu achten, dass es den Leuten gut ging.

»Wenn ich bei meiner Großmutter zu Besuch war, habe ich viel gelesen und wollte mich nicht schmutzig machen, Cressy war dagegen draußen in der staubigen Hitze unterwegs und hat das Vieh zusammengetrieben. Glenmore war ihre Bestimmung, das hat sie immer gewusst … auch als unser Vater die Farm übernahm, der ihre Leidenschaft dafür nicht teilen konnte.« Fliss lächelte ihn kurz an, ihr Blick blieb jedoch ernst. »Entschuldige …

ich klinge noch immer verbittert, weil mein Vater alles aufs Spiel gesetzt hat, was mein Großvater aufgebaut hatte und seine jüngste Tochter liebte. Und das alles, weil er zu gern auf Pferde wettete.«

»Spielen kann zerstörerisch sein. Ein Kumpel von mir hat lange gebraucht, um auch nur zuzugeben, dass er ein Problem hat.«

»Bei Dad waren es über zehn Jahre. Ich möchte gern glauben, dass er sich vorgenommen hatte, davon wegzukommen, als er und Mum unterwegs nach Tasmanien waren.«

»Den Gedanken solltest du dir bewahren.«

Durch Cressy wusste er von dem Autounfall. Ihre Eltern waren mit einem Langholzlaster zusammengestoßen und nicht mehr heimgekehrt.

»Das finde ich auch.«

Fliss wandte den Kopf ab, aber er sah noch, wie traurig sie plötzlich aussah. So wütend sie auf ihren Vater noch war, er schien ihr sehr zu fehlen.

Als sich die Straße vor ihnen gabelte, folgte Hewitt der Zufahrt zum Haus. Im Schatten einer Zeder parkte ein blauer Pick-up neben Denhams weißem Land Cruiser. Drüben in der Scheune bei den Landmaschinen standen der Farm-Hilux und Cressys Wagen, der schon bessere Tage gesehen hatte. Zwei Hunde kamen über den sattgrünen Rasen angerannt und schossen durch das offene Gartentor auf sie zu.

»Achtung!« Fliss umklammerte ihre Transportbox mit den Muffins fester. »Da kommt das Begrüßungskomitee.«

Sie stieg vom Beifahrersitz, und Tippy kam schlitternd vor ihr zum Stehen.

»Hallo, Miss Tippy.« Fliss kraulte die Hündin hinterm Ohr. »Juno hat dich noch nicht in die Verzweiflung getrieben?«

Während sie das sagte, stemmte Juno auch schon die Pfoten gegen ihre Beine und kläffte. Die kleine Kelpie-Pudel-Hündin war ungeheuer flauschig und ungeheuer aufgeregt.

Fliss lachte. »Ja, Juno, ich weiß, du bist auch noch da, aber lass mich zuerst Tippy begrüßen.«

Während sie Juno tätschelte, lief Tippy zu Hewitt, um sich streicheln zu lassen.

»Ich hoffe, Denhams Rodeokühe benehmen sich«, sagte er und kraulte Tippy im Nacken, als sie die Vorderpfoten an seine Beine stützte. Ein lautes Kreischen gellte ihm in den Ohren, bevor ein weißer Kakadu aus einem nahen Eukalyptusbaum herabgestürzt kam und auf dem Überrollbügel seines Pick-ups landete, um von dort auf Fliss' Schulter zu fliegen.

Sie kraulte ihm das gelbe Brustgefieder. »Hey, Kevin, hast du uns kommen sehen?«

»Und ob.« Cressy lief freudestrahlend auf sie zu. Der Saum ihres schlichten weißen Kleides streifte den Schaft ihrer rosafarbenen Cowboystiefel. »Er krächzte los, als ihr über das Viehgitter fuhrt. Es verblüfft mich immer wieder, dass er einen Wagen eher hört als die Hunde.«

Der Vogel blieb auf Fliss' Schulter hocken, während sie ihre Schwester umarmte.

Mit schmerzender Kehle wandte Hewitt den Blick ab. Seit dem Tod seines Bruders verging kein Tag, an dem er ihn nicht unsäglich vermisste. Sie waren im selben Internat gewesen, hatten zusammen Agrarwissenschaften studiert und waren dann heimgekehrt, um die Familienfarm zu führen. Sie waren ein Team gewesen, bis Hewitt eine Entscheidung fällte, die alles veränderte. Die Reue brannte in seiner Brust. Denn er hatte nicht erst versagt, nachdem Brody sich auf den Teufelsbullen gesetzt hatte, seine Schuld hatte schon viel früher begonnen. Aber das hatte er Fliss nicht erzählt.

Bedrückt nahm er die Flasche Rotwein aus dem Wagen. Als er sich zu den Schwestern umdrehte, musterte Fliss sein Gesicht. Wie am Tag seiner Ankunft hatte er den Eindruck, dass sie ihn vollkommen durchschaute.

Cressy umarmte ihn. »Ich freue mich sehr, dass du mitgekommen bist. Die Jungs stehen schon hinter dem Haus am Grill. Ich habe sie in die Pflicht genommen, bevor sie sich mit einem Bier in der Hand in die Scheune verkrümeln konnten.«

Hewitt drückte sie herzlich. »Dann gehe ich mal und überwache sie. Ich weiß, was Denham einem Steak antun kann. In seinen Augen ist es erst fertig, wenn es die Konsistenz einer Schuhsohle hat.«

»Danke. Sag ihm, wenn er Tippy und Juno noch ein Würstchen gibt, kann er Ella selbst erklären, warum sie so fett geworden sind. Beim letzten Tierarztbesuch war schon vom Bootcamp die Rede.«

Hewitt ging durch den blühenden Garten hinters Haus, wo eine Pergola dem Grillplatz Schatten spendete. Als er um die Ecke bog, schlug ihm der Duft von brutzelnden Zwiebeln und Fleisch entgegen.

Denham und Tanner standen am Grill. Sie drehten sich um, als sie seine Stiefelabsätze auf den Steinplatten hörten.

Denham griff in die eisgefüllte Kühlbox, die neben ihm stand. »Du kommst genau richtig.« Er reichte ihm ein kaltes Bier. »Sie Steaks sind fast fertig.«

»Danke. Wenn sie nur halb so gut schmecken, wie sie riechen, nehme ich drei.«

Denham grinste. »Das ist allein mein Verdienst. Tanner hat bisher nichts weiter getan, als mein Bier zu vernichten.«

»Hab ich nicht. Ich war damit beschäftigt, Tippy und Juno mit Würstchen zu füttern, damit du sagen kannst, du warst es nicht.«

Hewitt stellte die Weinflasche auf den Tisch zu der Vase mit weißen Rosen. »Cressy weiß genau, was ihr beide vorhabt.«

Seufzend stellte Denham seine leere Flasche in den Kasten. »Ihr entgeht aber auch nichts.« Sein stolzer, liebevoller Ton strafte seine gekränkte Miene Lügen.

Tanner stellte seine leere Flasche ebenfalls in den Kasten. »Ich opfere mich mal und gehe Getränke holen.« Breit grinsend lief er ins Haus.

Der Kakadu flog über sie hinweg zur Pferdekoppel. Ohne auf den Falben zu achten, der missbilligend den Kopf hob, hockte er sich auf den Rand der Zementtränke und tauchte den Schnabel ins Wasser.

Denham wendete die Würstchen. »Hätte nie gedacht, dass ich das mal sage, aber ich glaube, Bandit hat seinen Meister gefunden. Ich bin sicher, dass Kevin nur von der Tränke trinkt, um ihn zu ärgern.«

Der übellaunige Wallach war früher ein Rodeopferd gewesen, und auch jetzt noch war Denham der Einzige, den er auf seinem Rücken duldete.

Hewitt senkte den Blick auf sein Bier. Bandit hatte sich auch früher schon einmal jemandem gefügt. Das war, als Hewitt auf seiner Stute Garnet als Pick-up-Reiter gearbeitet hatte. Bevor die Welt für ihn plötzlich grau geworden war. Wenn Bandit damals in die Arena raste und seinen Reiter abwarf, wusste Garnet in ihrem tapferen Herzen genau, was sie tun musste, damit Bandit ihm keine Schwierigkeiten machte.

»Wie geht es Garnet?«, fragte Denham leise, als hätte er seine Gedanken gelesen.

»Gesundheitlich gut. Ihre Verletzungen sind verheilt, aber …« Seine Stimme verebbte. Er und seine Stute würden erst wieder ganz die Alten sein, wenn sie den ersten Ausritt unternahmen.

Denham klopfte ihm auf die Schulter. »Ihr beide werdet wieder ein Team sein, da habe ich keine Zweifel. Deshalb bist du ja jetzt auf Bundara.«

Tanner kam mit einem Sixpack zurück und reichte jedem eine neue Flasche.

Hewitt stieß mit den beiden an. »Bist du Edna noch mal über den Weg gelaufen?«, fragte er den Treiber.

»Nein, aber nur weil ich nicht mehr in der Stadt war. Ihr dreimal in drei Wochen zu begegnen war genug, fand ich.«

Denham hob die Steaks und Würstchen mit einer Zange vom Grill auf eine ovale Platte. »Wenn du hinfährst, solange Edna dich für einen geeigneten Schwiegersohn hält, bist du tapferer als ich.«

Tanners blaue Augen funkelten. »Dank Hewitt könnte ich den Titel bald verlieren. Edna war sehr beeindruckt von ihm. Er hat sie nämlich in die Schranken gewiesen, als sie ihre Neugier nicht zügeln konnte.«

Denham zog seine dunklen Augenbrauen in die Höhe. »Hewitt, du hast doch nicht etwa … Edna liebt nichts so sehr wie starke Männer. Ich bin dazu übergegangen, in ihrer Nähe als Memme aufzutreten. Ich sage immer nur: ›Ja, Edna, nein, Edna, immer gern, Edna.‹«

»Das wissen wir«, sagte Hewitt, und Tanner lachte. »Sie meinte, du seist weich geworden.«

Die Hintertür schlug laut zu, als Cressy und Fliss auf die Terrasse traten, jede mit zwei Salatschüsseln im Arm. Hewitt beeilte sich, Fliss zu helfen, der eine Flasche Tomatensoße unter dem Ellbogen wegzurutschen drohte.

»Was ist so lustig?«, fragte sie neugierig. »Oder habt ihr schon zu viel Bier auf nüchternen Magen getrunken?«

»Die Gefahr besteht bei Denham und Tanner nicht.« Cressy warf einen Blick auf die Platte mit Steaks und Würstchen. »Tippy und Juno haben ganz bestimmt nicht neun Würstchen gefressen, auch wenn sie jetzt mit runden Bäuchen in ihrem Körbchen schlafen.«

Die Männer lachten. Fliss begrüßte Denham mit einem Kuss auf die Wange und Tanner mit einer Umarmung. Die blieb flüchtig und freundschaftlich, wie Hewitt registrierte, und er trank einen Schluck Bier, damit ihm niemand anmerkte, wie erleichtert er darüber war. Seit sie gesagt hatte, dass sie ebenso gut mit Tanner zu ihrer Schwester fahren könne, hatte er sich sonderbar leer gefühlt.

Sobald alle saßen, wurde Wein eingeschenkt, Steaks und Salat auf die Teller gehäuft, und sie unterhielten sich über den streunenden Hund, den Fliss gesehen hatte.

»Meinem Eindruck nach war es ein Border Collie, ein langhaariger«, sagte sie und schaute zu ihrer Schwester hinüber. »Aber deinen Kälbern wird nichts passieren. Hewitt sieht ständig nach ihnen. Es sind mittlerweile vier, und heute Morgen, als wir herumgefahren sind, war eines gerade erst zur Welt gekommen.«

Hewitt schloss die Faust um seine Gabel und zog damit Denhams Blick auf sich. Cressy war nicht die Einzige, der nichts entging. Denham wusste natürlich, dass er auf den Hof gezogen war, um mit sich allein zu sein, und nicht, um Kontakte zu knüpfen. Er wusste außerdem, dass Hewitt nie etwas tat, was er nicht wollte. Sie hatten sich beim Rodeo nie von einem tiefen Dekolleté vom Wesentlichen ablenken lassen.

Als Tanner sprach und Denham seine Aufmerksamkeit dem

Treiber zuwandte, gelang es Hewitt, seinen Griff um die Gabel wieder zu lockern. »Wenn der Hund allein herumstreunt, ist er vielleicht nicht verwildert. Er könnte ausgesetzt worden oder bei der Wildschweinjagd zurückgeblieben sein. Aber Border Collies sind eigentlich nicht dafür gezüchtet.«

Denham nickte. »Er könnte auch gestohlen sein. In letzter Zeit werden hier nicht nur Motorräder und Benzin geklaut, sondern auch Hunde, besonders in der Stadt. Bei Ellas Nachbarin wurde der Staffordshire aus dem Garten mitgenommen. Das Vorhängeschloss am Tor war aufgebrochen. Die drei kleineren Hunde haben die Diebe lediglich rausgelassen.«

Cressy seufzte. »Die einen brauchen Geld für ihre Drogen, die anderen laufen bei der Wildschweinjagd unerlaubt über Privatgrundstücke, niemand scheint mehr Grenzen zu kennen. Sei vorsichtig auf deinem Hof, Fliss. Du wohnst sehr abgelegen.«

»Mach dir keine Sorgen.« Fliss blickte zu Hewitt. »Uns passiert nichts, nicht wahr?«

Hewitt hatte Mühe, ein neutrales Gesicht zu wahren. Dieses »Uns« sollte ihm nicht dermaßen viel bedeuten. »So ist es«, bekräftigte er und wich Denhams Blick aus.

Die Unterhaltung ging zu Reggies Kälbern über, und Cressy erklärte, warum der Bulle, den sie als Kalb vor der Schlachtung gerettet hatte, ihrer Ansicht nach keinen furchterregenden, rodeotauglichen Nachwuchs zeugen könnte. Dann erzählten sie sich Geschichten über wilde Bullen, bis sie den Nachtisch, eine Pavlova mit Passionsfrüchten und Sahne, restlos verspeist hatten.

Cressy schob ihren Stuhl zurück. »Ehe ihr zum nächsten Bier greift und anfangt, von den alten Zeiten zu schwärmen, als ihr noch Superhelden wart – ich habe ein paar Kisten auf dem Speicher stehen, die heruntergeholt werden müssen.«

Fliss erhob sich. Mit einem Blick auf Hewitts Schulter stellte sie die schmutzigen Teller ineinander. »Auf dem Speicher ist nicht genug Platz, als dass drei Cowboys dort herumtrampeln könnten. Hewitt, ich habe eine besondere Aufgabe für dich.«

»Geht klar.«

Er stand auf und schnappte sich die Tortenplatte. Es wäre dumm, in ihre Fürsorglichkeit etwas hineinzuinterpretieren. Sie würde das für jeden Patienten tun. Sie wollte nur verhindern, dass er Kisten trug.

Er folgte ihr und dem leichten Gardenienduft zum Haus. »Lass mich raten. Es ist eine, bei der ich mir die Hände nass machen muss.«

Darauf blickte sie über die Schulter, und ihre Augen funkelten vor Belustigung.

»Nicht, wenn du in Cressys hübsche rosafarbene Spülhandschuhe schlüpfst.«

5

Fliss war vor zwei Stunden von dem Grillabend bei Cressy heimgekehrt, aber sie lag noch immer wach.

Zum zweiten Mal klapperte draußen etwas Metallisches. Die Tür zum Gartenschuppen schlug wohl im Wind. Ein Ziegelstein davor würde Abhilfe schaffen. Sie schlug die schwere Bettdecke zurück. Bevor das nicht erledigt war, würde sie kein Auge zutun.

Mit nackten Füßen tappte sie über die kalten Dscharrabaumdielen durch das Zimmer, um sich das alte Rugby-Shirt ihrer Uni über den kurzen Pyjama zu ziehen. Auf dem Weg in die Küche, wo die Taschenlampe lag, klapperte es draußen erneut. Das war eindeutig die Schuppentür.

In der Stadt war sie auch bei Sirenengeheul immer problemlos eingeschlafen, und hier brauchte sie nun völlige Stille, um sich zu entspannen. Sie war so sehr mit den Nerven am Ende, dass sie sogar das gleichmäßige Zirpen der Grillen störte. Es mochte peinlich sein, aber sie hatte schon ein paarmal unter ihrem Schlafzimmerfenster gestanden und mit einem Stiefel gegen die Hauswand geschlagen, damit sich die Grillen nicht immer in die Ritzen zwischen den Blausteinen setzten.

Auf der Veranda schlüpfte sie in ihre Stiefel. Als sie sich aufrichtete, rieb sie sich nachdenklich die Schläfe. In ihrem Kopf jagte ein Gedanke den anderen. Es waren nicht nur die Geräusche von draußen, die sie wach hielten. In einem der Stallfenster konnte sie einen schmalen Lichtstreifen erkennen. Der Hauptgrund für ihr Schlafproblem war ebenfalls noch wach.

Sie schaltete die Taschenlampe ein und lief hinter dem Lichtkegel her zum Schuppen. Den ganzen Abend lang hatte sie sich an alle ihre Regeln gehalten. Aber selbst in der Gegenwart der anderen waren ihre Sinne nur auf ihren neuen Nachbarn ausgerichtet gewesen. Sie achtete auf jede Kleinigkeit: wie er sie anlächelte, wie er zu ihr hinüberblickte, wie aufmerksam er ihr gegenüber war, wie sein tiefes, rauchiges Lachen klang, als er versuchte, seine großen Hände in Cressys Spülhandschuhe zu schieben.

Sie hatte ein bisschen von dem Mann gesehen, der er vor dem Schicksalsschlag gewesen sein musste. Und ihr Bewusstsein wollte die Bilder des Abends nicht loslassen. Auch ernst und still war Hewitt umwerfend. Aber entspannt und lustig war er unvergesslich.

Sie wusste nicht, ob es an seinem ruhigen Selbstvertrauen oder seinem souveränen Blick lag, aber etwas an ihm sprach sie an. In seiner Gegenwart fühlte sie sich entspannt. Er war ein Mann, der standhielt, ganz gleich, was ihm das Leben aufbürdete, und das tat er mit Bescheidenheit und Anstand. Er war kein eitler Selbstdarsteller. Er wusste, wer er war und was er konnte, er brauchte niemandem etwas zu beweisen. Es passte zu ihm, dass er als Pick-up-Reiter arbeitete. In einer kritischen Situation packte er zu und wich nicht aus.

Der Wind fuhr in die Zweige der Zeder und drückte die Schuppentür auf. Fliss fing sie ab, ehe sie zuschlagen konnte. Im Schuppen hörte sie etwas scharren und leuchtete hinein. War der Tannenzapfenskink etwa wieder da?

Sie leuchtete den Boden ab und holte erschrocken Luft. Es war kein Reptil, dessen große Augen im Lampenstrahl leuchteten, sondern ein schwarz-weißer Hund. Fliss richtete die Taschenlampe zur Decke und zog sich hastig zurück. Das musste der Hund sein, den sie zwischen den Bäumen gesehen hatte.

Da sich der Border Collie nicht vom Fleck rührte und auch nicht knurrte, senkte sie den Lichtkegel wieder. Der Hund hatte die Segeltuchplane vom Rasenmäher heruntergezogen und sich daraufgelegt. An seinem Bauch lagen sechs winzige Welpen.

»Du bist eine kluge Mama, dass du dir den warmen, trockenen Schuppen ausgesucht hast, um deine Jungen zu bekommen.« Die Hündin blickte sie still und reglos an. »Ich glaube, Tanner hat recht. Du bist nicht verwildert. Sonst hättest du nämlich ein paar Bisswunden an dir und bräuchtest eine Tetanusspritze.«

Die wachsame Anspannung der Hündin schien nachzulassen. Sie drehte den Kopf zur Seite und beleckte den vordersten Welpen.

Fliss schaute über die Schulter zum Stall. Es war zu spät, um Cressy oder Ella anzurufen und zu fragen, was sie heute Nacht noch für die Hundefamilie tun sollte. Und eigentlich war sie es gewohnt, Probleme allein zu lösen. Aber der gesunde Menschenverstand sagte ihr, dass Hewitt die praktische Erfahrung besaß, auf die sie sich verlassen konnte, was für Ratschläge im Internet nicht unbedingt galt.

Sie ging hinüber zum Stall und schaltete die Taschenlampe aus, als der Bewegungsmelder für Licht sorgte. Diesmal hatte sie noch nicht einmal die Hand zum Klopfen gehoben, als die Tür schon aufschwang.

»Fliss, ist alles in Ordnung?«

Ob es an seinem besorgten Ton lag oder daran, dass er nur in einer tief sitzenden Jeans vor ihr stand, konnte sie nicht genau sagen, aber sie brachte kein Wort heraus.

Sie war Ärztin. Sie kannte den Namen jedes einzelnen Muskels unter seiner glatten, gebräunten Haut, die Aufgabe jeder Sehne. Aber noch nie hatte der Anblick eines halbnackten Mannes ihr die Sprache verschlagen oder verhindert, dass sie einen klaren Gedanken fasste.

Sie umfasste die Taschenlampe fester. So viel zu ihrer Skepsis in Bezug auf gewisse Funken und zwischenmenschliche Chemie. Das Verlangen, mit den Fingerspitzen über seinen Oberkörper zu streichen, irritierte sie. Ihr Leben war ihr schon genug entglitten, da sollten nicht auch noch ihre Hormone das Ruder übernehmen.

Mit heißen Wangen rief sie sich zur Ordnung. »Ja, alles gut. Wir haben einen unerwarteten Gast.«

Die Intensität in Hewitts Blick ließ nicht nach. Seine Körperspannung vermittelte den Eindruck, als wäre er auf dem Sprung, der Jahrtausende alte Kampfreflex auf eine Bedrohung.

»Besuch von einer Schlange?«

»Nein, von einem Border Collie. Der Hund, den ich heute Morgen aus der Ferne gesehen habe, ist im Gartenschuppen eingezogen … und hat sich vermehrt.«

»Eine Hündin mit Welpen?« Er rieb sich das Kinn.

Fliss musste sich zwingen, in sein Gesicht zu blicken und nicht auf seinen gewölbten Bizeps. »Ja, sechs neugeborene Winzlinge.«

Hewitt trat von der Tür weg. »Ich zieh mir schnell ein Hemd über und hole das Essen von gestern aus dem Kühlschrank.«

»Okay. Ich besorge alles, was wir sonst noch brauchen.«

Noch mitten im Satz lief sie los. Sie hatte genug gesehen. Hewitts Rückansicht war so beeindruckend wie die Vorderansicht. Wenn sie heute Nacht noch zum Schlafen kommen wollte, sollte sie nicht auf seine breiten Schultern gaffen oder auf die braune Haut über seinem tief sitzenden Hosenbund.

In ihrem Haus angekommen, klemmte sie sich zwei weiche Handtücher unter den Arm und schnappte sich zwei große Schüsseln, dann lief sie wieder hinaus. Sie traf ihn vor dem Gartenschuppen. Das Licht an der Stalltür warf fahles Licht über den Rasen. Hewitt hatte sich ein graues T-Shirt angezogen, aber unter dem dünnen Baumwolljersey zeichnete sich jede Bewegung seiner Muskeln ab.

Auf dem Boden neben ihm stand eine Auflaufform. Er hatte zwei Ziegelsteine vor die Tür gelegt, damit sie offen blieb. Fliss stellte ihre Schüsseln ab und leuchtete dann behutsam mit der Taschenlampe in den Schuppen. Hewitts Arm streifte ihren, als er neben sie trat, um einen Blick auf die Hündin zu werfen, die ihnen entgegenschaute. Einen Moment lang rührte sie sich nicht, dann begann sie zaghaft mit dem Schwanz zu wedeln.

»Hey, schönes Mädchen.« Fliss betrachtete Hewitts Profil, während er mit dem Tier redete. Er tat das in demselben weichen Tonfall, in dem er auch über die Zwillinge sprach. »Du hast eine harte Zeit hinter dir, hm?«

Sein Blick wanderte von den Pfoten über die Ohren bis zu den Hinterläufen der Hündin, und Fliss wurde klar, dass er ihren Gesundheitszustand einschätzte, genau wie sie es bei ihren Patienten tat.

Langsam trat er in den Schuppen. »Das ist nicht dein erster Wurf, stimmt's?« Er sprach leise und näherte sich behutsam. »Das hast du alles schon mal durchgemacht. Du hast Menschen schon mal vertraut, sonst hättest du deine Jungen nicht hier zur Welt gebracht.«

Inzwischen wirkte das Schwanzwedeln schon zuversichtlicher. Hewitt bewegte sich umso langsamer, je näher er kam. Die Hündin winselte und hob den Kopf, als erwartete sie seine Berührung. Er ging in die Hocke und streichelte ihre Ohren.

»Sie ist eindeutig nicht verwildert, trägt aber kein Halsband«, sagte er gerade so laut, dass Fliss es hören konnte. »Und sie braucht eine ordentliche Mahlzeit. Dem Aussehen nach sind sie und die Welpen reinrassige Border Collies.«

Fliss nickte nur. Sie wollte nicht sprechen, um nicht die Verbindung zwischen Hewitt und dem vernachlässigten Tier zu unterbrechen.

»Gut«, sagte er, nachdem er die Hündin am Hals gekrault hatte. »Ich werde jetzt deine Kleinen untersuchen, und dann werden wir es euch gemütlich machen.«

Behutsam legte er nacheinander die Hand auf die einzelnen Welpen. »Alles in Ordnung. Sie sind warm und ihre Bäuche gefüllt.«

Er tätschelte den Border Collie noch einmal liebevoll und ging zur Tür, wo Fliss ihm die Handtücher und die Taschenlampe reichte. Nachdem er ein weiches Nest gebaut hatte, das gemütlicher war als die Segeltuchplane, füllte er eine Schale mit Wasser, die andere mit den Essensresten und stellte sie daneben. Die Hündin leckte ihm die Hand, bevor sie Wasser trank. In dem stillen Schuppen hörte man ihre durstigen Zungenschläge.

Gerührt wandte Fliss sich ab. Hewitts Magie wirkte nicht nur bei ängstlichen Großstadtmädchen, die es aufs Land verschlagen hatte. Auch die verlassene Hündin fühlte sich bereits bei ihm sicher.

Hewitt kam aus dem Schuppen. Die Lampe an der Stalltür hatte sich abgeschaltet, und nur die Taschenlampe spendete ihnen Licht. Ein Windstoß umfing sie, und Fliss fuhr sich durch die Haare, um sich die Strähnen aus dem Gesicht zu streichen. Ein Regentropfen landete auf ihrer Unterlippe. Sie leckte ihn mit der Zungenspitze weg.

Hewitt gab ihr die Taschenlampe zurück und verschränkte die Arme. Im düsteren Zwielicht konnte sie seinen Gesichtsausdruck nicht beurteilen, aber seine steife Körperhaltung sagte ihr, dass die unbeschwerte Atmosphäre zwischen ihnen sich verflüchtigt hatte. Von dem entspannten Hewitt, der beim Grillabend mit anderen lachte und der das Vertrauen eines fremden Hundes gewann, war nichts mehr zu spüren. Er war wieder der ernste, verschlossene Mann wie am ersten Tag. Seine Verletzung machte ihm offenbar zu schaffen.

Wenn er sie ließe, würde sie die Schulter abtasten, um zu sehen, ob sich das Schlüsselbein verschoben hatte. Höchstwahrscheinlich hatte er sich am AC-Gelenk verletzt. Die Vorstellung, ihn anzufassen, und sei es nur, um den Zustand des Schultergelenks zu prüfen, ließ ihren Puls in die Höhe schnellen.

Sie meinte zu erkennen, dass Hewitts Blick auf ihren Lippen ruhte, aber dann zuckte ein Blitz über den Himmel, und sie wandte den Kopf dorthin.

»Danke für deine Hilfe«, sagte sie. Ein kalter Regentropfen fiel auf ihre Nase. »Morgen früh werde ich als Erstes Ella anrufen. Hoffentlich hat die Hündin einen Mikrochip, damit sich herausfinden lässt, wem sie gehört.«

»Keine Ursache. Und ich bin mir sicher, sie hat einen. Der Besitzer wird schon nach ihr suchen.« Er nahm die Arme auseinander. »Wir sehen uns morgen.«

»Gute Nacht.«

Große Tropfen platschten nun auf den Plastikschaft der Taschenlampe und wurden im Lichtkegel sichtbar. Der Himmel würde gleich die Schleusen öffnen. Froh über die Ablenkung rannte Fliss zum Haus. Es war kein Verlass darauf, dass ihr in der Dunkelheit nichts anzusehen war. Einen heiklen Moment lang hatte ihre Miene sicher verraten, dass sie bei seiner Ankündigung, sich morgen wiederzusehen, mal etwas anderes als Angst empfunden hatte. Sie fühlte wieder Hoffnung.

Lizzie kreischte hell erfreut, was Hewitt daran erinnerte, die Lautstärke an seinem Laptop herunterzuregeln, wie immer, wenn er mit seiner Nichte per Internet plauderte. Bei Quinn dagegen musste er sie aufdrehen, wenn sein Neffe überhaupt einmal lange genug still saß, dass eine Unterhaltung zustande kam.

»Sechs Welpen? Im Schuppen?« Lizzie zappelte aufgeregt auf dem Küchenstuhl, und ihre grauen Augen strahlten noch heller als sonst. »Wie heißen sie?«

»Fliss hat sie entdeckt. Wir haben ihnen noch keine Namen gegeben.

»Nicht?« Lizzie schaute verblüfft. »Das macht nichts. Ich helfe euch dabei.«

Ihre niedliche großzügige Art rührte ihn jedes Mal wieder und bestärkte ihn darin, alles zu tun, damit sie glücklich und in einem sicheren Umfeld aufwachsen konnte. »Danke. Du weißt, ich kann jede Hilfe gebrauchen.«

»Klar. Aber, Onkel Hewy, du kannst ein Kätzchen nicht Tiger nennen. Snowball ist weiß.«

Ein sommersprossiges Gesicht tauchte hinter Lizzie auf. Quinn streckte der Kamera die Zunge heraus. Er sprach nur wenig, steckte aber voller Übermut und Energie. Er hatte die gleichen roten Locken und grauen Augen wie seine Schwester, und außer dem gemeinsamen Nachnamen und der Augenfarbe deutete nichts darauf hin, dass Hewitt ihr Onkel war. Ein grüngelber Spielzeug-Traktor tauchte im Bild auf und fuhr über Lizzies Kopf.

»Hallo, Quinn«, sagte Hewitt in die lauten Traktorgeräusche seines Neffen hinein.

»Hallo.« Quinn beschränkte sich auf das eine Wort und verschwand wieder aus dem Blickfeld.

Daran gewöhnt, für ihren Bruder zu sprechen, füllte Lizzie die plötzliche Stille. »Er vermisst dich und will wissen, wann du wieder nach Hause kommst.«

»Ihr fehlt mir auch.« Hewitt achtete darauf, weiter unbeschwert zu klingen. »Ich komme zurück, sobald meine Schulter wieder heil ist. Ist die Überraschung noch nicht angekommen? Sie müsste in der nächsten Post sein.«

Lizzie hüpfte wieder aufgeregt. »Ist es ein Pony?«

»Nein.« Diesmal war Hewitts fröhlicher Ton nicht aufgesetzt. »Das würde nicht in Daves Postauto passen.«

»Außer es ist ein Spielzeug.«

»Stimmt. Aber meine Überraschung kann man essen.«

Quinn trat wieder in Erscheinung. Dem erwartungsvollen Leuchten in seinen Augen nach zu urteilen, hatte er erraten, dass die Post Lutscher bringen würde. Hewitt sprach ihn an, ehe der Junge abtauchen konnte.

»Wie steht's mit dem Sandkasten?«

»Gut.«

Den hatte Hewitt in den düsteren, harten Tagen nach Brodys Begräbnis gleich als Erstes gebaut. Quinn war ihm nicht von der Seite gewichen, und der gelbe Sand hatte seine stillen Tränen aufgesaugt. »Hast du ihn überschwemmt?«

Lizzie verdrehte die Augen. »Ja. Drei Mal. Er hat total rumgematscht.«

Hewitt zwinkerte seinem fünfjährigen Neffen zu. Der überschwemmte den Sandkasten immer, wenn Lizzie die rechthaberische ältere Schwester herauskehrte und ihre Autorität geltend machte.

Quinn winkte ihm zu und verschwand. Eine leise Stimme meldete sich im Hintergrund. Lizzie stand auf, damit ihre Mutter sich vor den Laptop setzen konnte, und schob sich auf ihren Schoß. Ava strich ihr die Locken zurück, bevor sie die Wange an ihren Kopf lehnte und die Arme um sie legte. Sie war blond und hatte blaue Augen, aber das gleiche herzförmige Gesicht wie ihre Tochter.

In der letzten Zeit hatte sie die Hälfte ihres Körperumfangs eingebüßt. Seit sie verwitwet war, hatte sie das Interesse an allem außer ihren Kindern verloren. Seine Schuldgefühle schlugen ihre Krallen in seine Schultern.

»Hat es bei euch viel geregnet, Hewitt?«

»Hier ist es so nass, da beschweren sich sogar die Enten.«

Lizzie kicherte. »Jemima wäre froh. Sie hüpft ständig in die Wasserschalen der Hunde, um zu schwimmen.«

Hewitt nickte. »Sie vergisst wohl schon, dass sie eine Ente ist.«

Lizzies weiße Streichelente hatte am Wehr reichlich Platz zum Schwimmen, zog es aber vor, in der Nähe des Hauses zu bleiben, wo sie Gesellschaft von zwei Seidenhühnern hatte.

Ava lächelte. »Das glaube ich auch. Deine Mum ist in der Stadt, und dein Dad … ruht sich weiter aus.«

»Es freut mich zu hören, dass sie etwas unternimmt.«

Mehr wollte er im Beisein von Lizzie nicht sagen. Seine Mutter fing gerade erst an, wieder außer Haus zu gehen und die Farm gelegentlich zu verlassen.

»Mich auch. Ich war auch schon in der Stadt. Und außerdem habe ich meine Mum heimgeschickt.« Sie zögerte. »Hewitt … Garnet vermisst dich.«

Er sagte nichts dazu, sondern rieb sich nur den Nacken. Bei dem Gedanken, zu reiten, wurde ihm flau im Magen. An Garnets Sattel hingen zu viele Erinnerungen. Das Knarren des Leders und der Pferdegeruch würden ihn nur in den Moment zurückversetzen, in dem er Brody am Boden liegen sah. Ein Bild, das sich ihm für alle Zeiten eingebrannt hatte.

»Deine Schulter braucht sicher noch Zeit, um zu heilen, aber wenn ich dir Garnet bringen soll, brauchst du es nur zu sagen. Ich könnte mit den Kindern einen Ausflug machen.«

»Danke. Werde ich tun.«

Durch das Stallfenster registrierte er eine Bewegung beim nahen Gartenschuppen. Fliss war aufgestanden und sah wohl nach den Überraschungsgästen.

Er warf Lizzie einen Luftkuss zu. »Ich melde mich jetzt ab und rufe morgen wieder an. Dann reden wir über Hundenamen. Hoffentlich kommt das Päckchen heute an.« Dann rief er: »Bis dann, Quinn!«

Von irgendwoher kam die gedämpfte Antwort: »Bis dann, Onkel Hewitt.«

Ava winkte ihm, und Lizzie warf ihm Luftküsse von beiden Handflächen zu, dann wurde der Bildschirm schwarz.

Hewitt atmete auf. Ihre täglichen Internetgespräche wurden nicht leichter. Die Kinder fehlten ihm sehr. Aber eher würde er sich noch die andere Schulter brechen, als auf die Gespräche verzichten. Er strich sich übers Gesicht. Doch seine Emotionen wurden an diesem Morgen mit Sicherheit nicht zum letzten Mal auf die Probe gestellt.

Umgeben von Dunkelheit und dem Geruch von Zitroneneukalyptus war er gestern Abend schwach geworden. Als Fliss sich durch ihr üppiges Haar strich und mit der Zungenspitze den Regentropfen von der Unterlippe leckte, hatte sie ihn mächtig angezogen. Er hatte nur noch daran denken können, sie in die Arme zu nehmen und zu küssen. Es hatte ihn seine ganze Willenskraft gekostet, die Hände bei sich zu lassen und vorsichtshalber die Arme zu verschränken.

Sie war so schön, dass er das Wesentliche aus den Augen verlor. Das durfte nicht noch mal passieren. Sie berührte ihn schon mehr, als sie sollte. Seine eigenen Bedürfnisse waren nicht mehr wichtig, nicht mal seine Zukunft. Er musste sich zusammenreißen, damit er wieder für die Leute sorgen konnte, die auf ihn angewiesen waren. Steifbeinig stand er da und massierte seine schmerzende Schulter. Heute war ein weiterer Tag, um seinem Ziel näher zu kommen.

Er verließ den Stall und wurde von dem Gelächter eines Kookaburras begleitet, der sich offenbar freute, weil die Sonne durch die dicke Wolkendecke brach. Der stürmische Regen der vergangenen Nacht hatte den ohnehin schon nassen Boden durchtränkt. Aber nun versprach der Tag sonnig und trocken zu werden.

Fliss drehte sich um und betrachtete ihn, während er auf sie zulief. Das Kirschrot ihres T-Shirts strahlte auf ihr Gesicht ab und betonte ihre glänzenden kaffeebraunen Haare.

»Morgen«, grüßte sie gut gelaunt.

»Morgen.« Er blieb neben ihr stehen und blendete den zarten Gardenienduft aus, der sie wie immer umhüllte. »Wie ist es unseren Gästen im Schuppen ergangen?«

»Ich glaube, sie haben gut geschlafen. Dein Hackfleischauflauf ist weg, und die Welpen liegen dicht am Bauch ihrer Mutter.«

Fliss zog ihr Handy aus der Hosentasche. »Cressy möchte ein Foto von ihnen, damit sie es auf Seiten für verlorene Hunde einstellen und auf Handzettel drucken kann.« Fliss machte ein paar Aufnahmen. »Ella ist auf dem Weg hierher und bringt einen Mikrochip-Scanner mit.«

»Sehr gut.« Hewitt schaute auf den Behälter, den sie neben die Tür auf den Boden gestellt hatte. »Frühstück?«

»Ja. Ella meinte, ich soll Haferflocken mit rohen Eiern verschlagen.« Sie bückte sich danach. Der Border Collie wedelte mit dem Schwanz. »Mir dreht sich dabei der Magen um, aber unsere junge Mutter will offenbar genau das.«

Fliss ging in den Schuppen. Unter dem vertrauensvollen Blick der Hündin stellte sie ihr den Brei hin. Anstatt zu fressen, winselte das Tier und schob die Schnauze in Fliss' Hand. Zögernd bückte sie sich und tätschelte es.

Hewitt beobachtete, welche Empfindungen sich in ihrem Gesicht abzeichneten. Zuerst erkannte er Vorsicht und Befürchtungen, dann Unsicherheit. Als der Border Collie spielerisch mit der Pfote nach ihrem Arm schlug, gewann Fliss Zutrauen und lachte leise. »Oh, ich sehe schon, du wirst lieber getätschelt, als Haferbrei zu fressen.«

Hewitt war gerührt. Er wusste, wie sehr sich der Verlust ihres Selbstvertrauens nicht nur in ihrem Beruf, sondern in jedem Aspekt ihres Lebens auswirkte. Ihre Angst war unablässig und bei allem präsent. Er konnte es sehen, wenn sie es ablehnte, auf morastigen Straßen zu fahren, wenn sie im Gras auf Schlangen achtete und dabei auf der Unterlippe kaute und wenn sie nervös hin und her blickte, sobald sie sich unbeobachtet glaubte. Aber jetzt in diesem Moment, da sie und die Hündin sich anfreundeten, schienen all ihre Selbstzweifel verschwunden zu sein.

Aus der Ferne war lautes Muhen zu hören. Er drehte sich um und blickte suchend über die grüne hügelige Umgebung. Gestern

Abend war eine Kuh kurz davor gewesen zu kalben, und er hoffte, dass nicht sie es war, die da brüllte. Fliss kam zu ihm, auf ihren Lippen lag noch immer ein Lächeln wegen ihrer Begegnung mit der Hündin.

»Alles in Ordnung?«

»Ich hoffe es. Andernfalls wird Ella nicht nur Bundaras Überraschungsgäste untersuchen müssen.« Er ging zurück zum Stall. »Ich werde mal nach dem Vieh sehen.«

»Ich komme mit.« Fliss holte ihn ein. »Ich kann die Gatter auf- und zumachen.«

Die Fahrt zur Kuhweide verlief schweigend. Hewitt konzentrierte sich auf den morastigen Feldweg, während Fliss auf die Kühe achtete, an denen sie vorbeifuhren, und ab und zu aufs Handy blickte.

Als sie zu den Stahlpferchen kamen, brauchte Hewitt nicht weiterzufahren. Bei der Kuh, die er gestern mit dem prallen Euter gesehen und die sich von der Herde abgesondert hatte, lag kein Kalb im Gras. Stattdessen sah er, als sie sich umdrehte, unter dem Schwanz einen Kalbsfuß herausragen. Sie hatte zu kalben begonnen, aber die zweite Phase der Wehen war nicht wie erwartet verlaufen.

»Ich gebe Ella Bescheid«, sagte Fliss.

Hewitt stieg aus, um das Tor zu der Umzäunung zu öffnen. Dann lenkte er den Wagen hinter eine Gruppe von drei Kühen, die in der Nähe weideten. Daran gewöhnt, dass Fahrzeuge an sie heranfuhren, bewegten sie sich gemächlich in die gewünschte Richtung. Die kalbende Kuh würde zufriedener und leichter in den Pferch zu treiben sein, wenn sie Gesellschaft hatte. Als sich die drei zu ihr gesellten, lenkte er sie an den Zaun. Er hielt an, als die schwarzen Tiere in die Stahlumzäunung schritten. Fliss schloss das Tor. Nach einem Blick aufs Handy lief sie hinüber zum abgestellten Wagen.

»Ella ist nicht weit weg. Sie kommt direkt hierher, hat sie geschrieben.«

Er holte einen Eimer von der Ladefläche. »Sie wird Wasser brauchen. Ich gehe welches holen, dann stelle ich die Kuh in den Untersuchungsstand.«

Als er von der Tränke zurückkam, befand sich Fliss in den Stahlpferchen und öffnete die Innentore, die zu dem runden Pferch führten. Auch nach den vielen Jahren in der Großstadt kannte sie sich noch mit einer Pferchanlage aus. Hewitt nickte dankend und wich ihrem Blick aus. Obwohl er den Eimer Wasser in seiner rechten Hand getragen hatte, brannte die linke Schulter.

Ruhig und ohne den Fluchtweg der Kuh zu queren, löste er sie aus der kleinen Herde. Sie ging zum Ende des Laufgangs, wo er ihren Kopf in der Halsfangvorrichtung sicherte, damit Ella das Tier untersuchen konnte.

»Bei dir sah das so leicht aus«, sagte Fliss, als er in den Pferch trat. »Ich wüsste nicht, dass es bei meinem Vater je so friedlich zuging, wenn er mit einem Rind beschäftigt war. Cressy und ich haben einen Haufen neuer Ausdrücke gelernt, als wir ihn zum ersten Mal Vieh in Lkws verladen sahen.«

»Du musst Cressy danken. Ihre Rinder sind an eine ruhige Behandlung ohne Stress gewöhnt, und das heißt, das niedrige Stressniveau gilt auch für die Leute, die mit ihnen arbeiten.«

Sie unterbrachen das Gespräch, als sich der Wagen der Tierärztin langsam auf dem morastigen Weg näherte. Ella parkte neben Hewitts Pick-up, und Fliss ging zu ihr, um sie mit einer Umarmung zu begrüßen.

Ella winkte Hewitt zu und löste dann die Plane am Heck ihres

Wagens. Geübt zog sie einen dunkelblauen Overall über ihre Kurven und lange Jeanskleidung, belud einen Blecheimer mit einem Geburtshelfer, einer Flasche Gleitmittel, Handschuhen und ein paar anderen Dingen. Selbst in Arbeitskleidung und ohne Make-up sah Ella fantastisch aus. Hewitt bezweifelte nicht, dass sie zu vielen einsamen Farmern gerufen wurde, um nach den Tieren zu sehen. Und sie war nicht nur schön, sie verströmte auch eine ansteckende Herzlichkeit.

Sie ging zu ihm und streckte ihm aufrichtig lächelnd die Hand hin.

»Hallo, Hewitt. Freut mich, Sie kennenzulernen.« Unter dem Rand ihrer Veterinärsmütze funkelten ihre Augen. »Ich habe von Edna schon viel Gutes über Sie gehört.«

Hewitt schüttelte ihr die Hand. »Davon entspricht nichts der Wahrheit. Edna hat mich an einem guten Tag erwischt.«

»Das kann ich nicht so ganz glauben. Cressy und Denham singen ebenfalls Loblieder auf Sie, und wir wissen beide, ihr Urteilsvermögen trifft ins Schwarze.«

Hewitt sah zu Fliss, die still neben der Tierärztin stand, und ihre Blicke trafen sich. Es war ihm wichtig, ihr zu zeigen, dass er sie nicht vergaß, auch wenn er mit einer Schönheit wie Ella zu tun hatte.

»Also, wo ist unsere Patientin?« Ella drehte sich um und betrat die Pferchanlage. »Sie wird ihr Kalb lieber jetzt als gleich zur Welt bringen wollen.«

Die schwarze Angus-Kuh stand still da, während Hewitt das Tor am Ende des Laufgangs öffnete. Ella schüttete Desinfektionsmittel in den Wassereimer und wusch das Hinterteil der Kuh. Nachdem sie sich die langen Handschuhe übergezogen hatte, suchte sie nach dem Grund für den Geburtsstillstand.

Fliss stand ruhig daneben, und Hewitt bemühte sich, seine lässige Haltung beizubehalten, damit sie nicht bemerkte, wie sehr seine Schulter schmerzte.

»Wenn ich dieses Frühjahr für jeden Notfall«, sagte Ella leise, während sie konzentriert nach den Vorderläufen des Kalbs tastete, »bei dem ich ein Kalb herausziehen musste, einen Dollar bekommen hätte, wäre die Anschaffung des Ultraschallgeräts für das Krankenhaus schon erledigt. All das Futter führt nicht nur zu großen Kälbern, sondern beschert auch einigen pummeligen Ponys Hufrehe. Und die dürfen dann nicht beim Woodlea-Wanderritt mitgehen.« Sie wusste nun, wie das Kalb lag. »Zum Glück wird es diesmal leichter als bei den anderen. Der linke Fuß lag ungünstig, ist jetzt aber in der richtigen Position.«

Nachdem sie Gleitmittel aufgetragen hatte, befestigte sie die Seilschlingen oberhalb der Fesselgelenke des Kälbchens und platzierte die Ansatzstütze. Bei den Kontraktionen drückte sie den Griff nach unten und zog damit die Hinterläufe des Kalbs Zentimeter um Zentimeter durch den Geburtskanal. Als der zweite Huf hervorlugte und dann der Kopf, hielt Ella inne, um der Kuh Ruhe zu gönnen und das Kalb atmen zu lassen.

Sobald die Kontraktionen wieder einsetzten, ließ sie den glitschigen schwarzen Körper herausgleiten. Sie löste die Schlingen von den Läufen, untersuchte die Kuh, und dann nickte sie Hewitt zu, damit er die Kuh freiließ.

»Es gibt keinen schöneren Anblick«, sagte Ella zufrieden, als die Kuh ihr Kalb ableckte. »Nun zum nächsten Patienten. Ich bin sehr gespannt auf euren rätselhaften Gast.«

Während Ella die benutzten Instrumente reinigte und dann zu ihrem Wagen trug, stand Hewitt bei Fliss und beobachtete, wie die Kuh und ihr Kalb sich miteinander vertraut machten.

Fliss zögerte nicht lange mit ihrer Frage. »Geht es mit deiner Schulter?«

»Es zwickt nur ein bisschen.«

»Darf ich sie mir mal ansehen?«

Er drehte sich zu ihr und musste bei der simplen Bewegung sein Unbehagen überspielen. Der Schmerz strahlte von der Schulter in die Seite aus. Aber egal wie stark die Schmerzen waren, es war keine Option, Fliss so nah an sich heranzulassen, erst recht nicht, nachdem er gestern Abend überlegt hatte, sie zu küssen. Schlimm genug, dass sich die emotionale Distanz zwischen ihnen verringert hatte. Er durfte nicht auch noch körperlichen Kontakt zulassen. Entschlossen setzte er einen neutralen Tonfall auf, der die Anziehung, die er fühlte, verbarg.

»Nein, alles gut. Wirklich. Wie wär's, wenn du mit Ella zum Gartenschuppen fährst? Ich bleibe noch hier, bis das Kalb die erste Milch getrunken hat.«

Fliss presste die Lippen aufeinander und ging ohne ein Wort zu Ellas Wagen. Als sie ihm vom Beifahrersitz aus winkte, sah er sie auf seine Schulter starren.

6

»Männer.« Fliss seufzte.

Ella schaute in den Rückspiegel. »Ich nehme an, wir sprechen von einem bestimmten Mann?«

»Ja. Einem frustrierenden, starrsinnigen Mann, der so starke Schmerzen hat, dass seine Haut zementgrau aussähe, wenn er nicht so braun gebrannt wäre.«

Ella warf ihr einen Blick zu. »Gut, dass du von uns beiden die Humanmedizinerin bist. Es ist mir ehrlich nicht aufgefallen. Wenn überhaupt, dachte ich, Hewitt sieht … gut aus.«

Fliss kämpfte gegen die verräterische Wärme in ihren Wangen an. Hewitt sah immer mehr als gut aus, besonders wenn er nichts weiter als ein Paar Jeans trug. »Das stimmt, bis man ihn genauer betrachtet. Er überspielt die Schmerzen meisterhaft. Ich bin schon mit vielen schwierigen Patienten fertiggeworden, aber er bleibt … unzugänglich.«

Es spritzte und klatschte laut, als die Tierärztin durch eine tiefe Pfütze fuhr. »Ich bin ihm eben zum ersten Mal begegnet, aber soweit ich gesehen habe, ist er anders als die Männer, mit denen du gewöhnlich zu tun hast.«

Fliss seufzte wieder. Ella war vor fünf Jahren in die Kleinstadt gezogen, und da sie eine enge Freundin von Cressy war, hatte sie auch Fliss' Beziehungskatastrophen mitbekommen – zuletzt die mit ihrem Kollegen, den das Dekolleté seiner blonden Praktikantin in einen Hinterhalt gelockt hatte, während Fliss in London war.

»Stimmt, aber trotzdem weiß ich nicht, warum ich ihm nicht gewachsen bin. Ich habe selbst Denham problemlos dazu gebracht, sich ärztlich behandeln zu lassen, und er ist stur wie ein Ochse.«

Ella sah sie von der Seite an, ein wenig ernster als bisher. »Hör auf mich, und gib bei ihm nicht auf. Ich will damit nicht andeuten, dir würde es um etwas anderes gehen als darum, ihm zu helfen, aber manchmal erweist sich der leichte Weg als der schwierigste.«

Aus dem Wenigen, was Ella im Lauf der Jahre an Details über ihr eigenes Privatleben entschlüpft war, hatte Fliss geschlossen, dass Ella während ihrer Zeit in Übersee Liebeskummer gehabt hatte. Sehr zum Bedauern der ledigen Männer von Woodlea wollte sie ihr Herz nicht neu vergeben.

Fliss drückte ihre Hand. »Werde ich nicht. Bei all seiner Sturheit ist Hewitt ein anständiger Kerl. Bis er meinen Hof wieder verlässt, wird ihm die Schulter keine Probleme mehr bereiten.«

Als Ella diesmal zu ihr herüberschaute, sprühten ihre Augen wieder vor guter Laune. »Weiß Cressy, dass du Hewitt für einen ›anständigen Kerl‹ hältst? Diese Worte habe ich dich nie verwenden hören, wenn du jemanden vom anderen Geschlecht beschreibst.«

Fliss lachte, um ihre Verlegenheit zu überspielen. Ella hatte recht. Gewöhnlich merkte sie in Bezug auf Männer nur an, wie gut ihr Dienstplan zu ihrem passte. »Ganz bestimmt. Schließlich ist er noch hier.«

Ella lachte noch, als Fliss ausgestiegen war und das Doppeltor öffnete. Ihr war klar, dass Ella an das Blind Date im Royal Arms dachte. Als Cressy und Ella an besagtem Abend den Pub betraten, um zu sehen, wie es lief, stürmte der Mann gerade an ihnen vorbei nach draußen. Fliss' Frage, was er nach ihrem Date erwartete, hatte ihm nicht gefallen, und auch nicht ihre Ansicht, dass Frauen nicht nur gesehen, sondern auch gehört werden sollten. Cressy hatte ihr daraufhin geraten, bei künftigen Dates keine waffenscheinverdächtigen High Heels mehr zu tragen.

Während der weiteren Fahrt zum Farmhaus ließen Ella und Fliss all die Begebenheiten wiederaufleben, bei denen hohe Absätze zu Kleiderpannen und zerstörten Grasnarben geführt hatten.

Als Ella schließlich die jüngsten Gäste Bundaras sah, stimmte sie Hewitts Einschätzung zu, dass die Hündin und ihre Welpen reinrassige Border Collies waren. Sie bestätigte außerdem ihren guten Gesundheitszustand.

»Du bist so eine süße Mama«, sagte Ella, während sie mit dem Mikrochip-Scanner den Hals der Hündin abfuhr. »Mal sehen, ob wir einen finden.« Sie hielt inne, um auf das kleine Display zu schauen. »Und da haben wir ihn. Sehr gut.« Sie blickte zu Fliss, die in der Schuppentür stand. »Wenn ich wieder in der Praxis bin, sehe ich gleich mal in das bundesweite Register und sage dir Bescheid, wenn ich etwas herausgefunden habe.«

»Danke. Es gibt bestimmt eine einleuchtende Erklärung, warum sie hier ist.« Die Hündin stupste einen Welpen mit der Schnauze an, damit er dicht an ihrer Seite blieb. »Niemand, der bei Verstand ist, würde sie aussetzen.«

Ella tätschelte den Border Collie zum Abschied.

Fliss trat von der Tür weg. »Ich bin nicht darauf erpicht, sie wieder herzugeben. Ich wusste gar nicht mehr, wie schön es ist, einen Hund zu haben.«

»Wann immer du einen pelzigen Freund möchtest, lass es mich wissen.« Ella folgte ihr nach draußen. »Denn leider kenne ich ein paar Hunde, die dringend ein liebevolles Zuhause brauchen.«

Fliss nickte und drehte den Kopf weg. Sie wollte sich nicht anmerken lassen, wie sehr der Gedanke, Verantwortung für ein Haustier zu übernehmen, ihr Unbehagen bereitete. Sie würde erst dafür bereit sein, wenn sie ihre Angst überwunden hatte. Sie wollte nicht den ganzen Sommer lang immer gleich das Schlimmste denken, nur weil ihr Hund anschlug.

Als sie noch ein Kind gewesen war, hatte eine Westliche Braunotter ihren Jack Russell Terrier getötet. Der Schock darüber saß tief. Midge war gebissen worden, weil er sie und Cressy beschützen wollte. Sie tobten damals um den Sprinkler herum. Nach dem Angriff lief Midge zu ihnen, und als Fliss ihren Hund in die Arme nahm, brach er zusammen. Er hatte eine tödliche Giftdosis abbekommen, und kein Immunserum oder Gebet hatte ihn noch retten können.

Nachdem Ella weggefahren war, um ihren nächsten Patienten zu behandeln, ging Fliss ins Haus. Das Summen des Wasserkochers wurde lauter, während sie sich mit dem Laptop an den Tisch setzte, um ihre E-Mails abzurufen. Als Bildschirmschoner hatte sie ein Foto von Cressy, ihrer Mutter und sich ausgewählt, das kurz vor der Tasmanienreise aufgenommen worden war. Normalerweise löste der Anblick glückliche Erinnerungen aus. Aber heute dachte sie nur an Hewitt.

Er war eigentlich nicht ihr Patient, aber wie sie Ella versprochen hatte, würde sie nicht aufgeben, ganz gleich, wie beharrlich er seine Schmerzen aushielt oder ihre Hilfe ablehnte. Wenn er zurückkam, würde sie mit ihrer Arzttasche hinübergehen und fragen, ob er etwas brauchte.

Der Wasserkocher schaltete sich ab, und noch immer starrte sie auf den Bildschirm. Sie war daran gewöhnt, wie Männer sich in Ellas Gegenwart benahmen. Sie sprachen mit tieferer Stimme und hakten die Daumen in die Jeanstaschen. Doch Hewitt benahm sich unbeeindruckt. Und als er Fliss mit einem Blick bedacht hatte, war sie sehr erleichtert gewesen. Er erwies sich als der Mann, für den sie ihn gehalten hatte – achtbar und besonnen, und er würde sich nicht durch ein hübsches Gesicht ablenken lassen, auch nicht von einer Schönheit wie Ella.

Mit einem Klick öffnete Fliss den Posteingang. Dort wartete eine neue E-Mail von Lewis. Er schrieb nur kurz, dass Jean ins Krankenhaus gebracht worden war und dass er am Abend anrufen würde, um sie auf den neusten Stand zu bringen.

Hewitts Pick-up fuhr auf den Hof. Sie hörte den Kies unter den Reifen knirschen. Zuerst schrieb sie ihre Antwort an Lewis zu Ende und schickte sie ab, dann nahm sie ihre Arzttasche und ging durch den Garten zum Stall hinüber.

Nachdem sie geklopft hatte, vergingen diesmal ein paar Augenblicke, bis er die Tür öffnete. Dann stand er mit angespannten Mundwinkeln vor ihr. »Ist das ein Hausbesuch?«

»Du hast zwar gesagt, es geht dir gut, aber nur für den Fall, dass dir die Schmerztabletten ausgegangen sind, bringe ich dir welche vorbei.«

Im ersten Moment glaubte sie, er würde sie abweisen, aber dann zuckte ein Muskel an seinem Kiefer, und er trat zur Seite, um sie hereinzulassen.

»Sie sind mir eigentlich nicht ausgegangen, aber ich kann sie nicht finden. Ich weiß genau, dass ich eine Schachtel in die Tasche geworfen habe, bevor ich das Krankenhaus verlassen habe.«

Kopfschüttelnd betrat Fliss das Stallgebäude. »Woher wusste ich nur, dass du keine eingenommen hast?«

»Weil ich ein Mann bin und außerdem angepasst?«

Lächelnd stellte sie ihre Tasche auf den Küchentresen.

Die Stallwohnung bot wenig Raum, machte das aber mit ihrem Charme wett. Ein kleines Fenster in der voll ausgestatteten Küche eröffnete einen Blick hinaus auf die Weiden. Die dicken Balken an der Decke waren als Homage an die Vergangenheit erhalten geblieben. Nackte Blausteinwände gaben den Räumen Farbe und interessante Oberflächen, und eine Holztreppe führte nach oben zu Schlafzimmer und Bad.

Als sie Bundara gekauft hatte, wollte sie zuerst in die gemütliche Stallwohnung ziehen, aber das große, unfertige Farmhaus hatte etwas ausgestrahlt, das ihre innere Leere ansprach. Auch sie steckte in einer Phase der Veränderung.

Fliss kramte in der Tasche und legte schließlich eine kleine Packung auf die Bank. Als sie sich zu Hewitt umdrehte, lehnte er mit locker verschränkten Armen am Tisch. Mit dieser Haltung konnte er sie nicht täuschen. An seiner Mundpartie sah sie, dass er Schmerzen litt.

»Okay, Mr Angepasst, darf ich mir jetzt deine Schulter ansehen? Dazu musst du das Hemd ausziehen.«

Wieder überraschte er sie mit seiner Reaktion. Im ersten Moment versteifte er sich, dann löste er die Arme aus der Verschränkung. Als er den obersten Knopf seines blauen Hemds öffnete und seinen starken, gebräunten Hals entblößte, beging sie den Fehler, ihm in die Augen zu blicken. Manchmal waren sie hellgrau, manchmal graublau oder dunkelgrau.

Die Wirklichkeit verschwand um sie herum. Sie nahm nichts mehr wahr außer dem Sog der Anziehung. Sie hörte nichts außer dem rauschenden Puls in ihren Ohren. Hewitts Finger hielten am zweiten Hemdknopf inne. Sein Blick senkte sich auf ihren Mund. Ihre Lippen öffneten sich, und sie war bereit, ihm auf halbem Weg entgegenzukommen.

Wie aus weiter Ferne drang ein elektronisches Gluckern zu ihr und rückte die Welt wieder ins Blickfeld. Sie blinzelte verwirrt und holte tief Luft.

Hewitt drehte sich zu seinem Laptop um, der hinter ihm auf dem Tisch stand, und klickte auf den Bildschirm. Das Gluckern verstummte, und eine Kinderstimme war zu hören.

»Hallo, Onkel Hewitt. Warst du bei den Welpen? Ich habe vorhin schon mal angerufen. Ich habe mir ein paar Namen überlegt.«

Hewitt warf Fliss einen Blick zu, der so freimütig und intensiv war, dass ihr die Luft wegblieb. Auch er wirkte ziemlich überwältigt von dem, was gerade geschehen war.

Behutsam setzte er sich auf den Stuhl vor dem Notebook. »Hallo, Zwerg.« Er räusperte sich. »Tut mir leid. Ich war draußen bei einer Kuh, die gekalbt hat.«

»Das ist okay. Quinn meinte, du steckst wahrscheinlich mit dem Pick-up in einem Schlammloch.«

Sein rauchig tiefes Lachen berührte etwas tief in Fliss. Sie drehte sich zur Bank hin und nahm die Tablettenschachtel. Wie zärtlich und liebevoll Hewitt mit seiner Nichte redete. Sie nahm ein Glas aus einem Küchenschrank und füllte es mit Wasser. Nachdem sie zwei Tabletten aus dem Streifen gedrückt hatte, stellte sie das Glas auf eine Tischecke und legte die Tabletten daneben. Sie glaubte, den Kamerabereich gemieden zu haben, bis Lizzie fragte: »Wer ist das?«

Fliss wich zur Seite und sagte lautlos »Entschuldigung«.

Hewitt schob vorsichtig den Stuhl ein Stückchen zurück und winkte ihr, zu ihm zu kommen. »Nein, *ich* muss mich entschuldigen. Edna ist nichts gegen die kleine Miss Lizzie. Du musst dich einer Befragung unterziehen.«

Fliss beugte sich zum Bildschirm, damit Lizzie ihr Gesicht sehen konnte und nicht nur ihr rotes T-Shirt. »Hallo, Lizzie. Ich bin Fliss.«

Lizzie musterte sie mit großen grauen Augen, die Hewitts sehr ähnlich waren. »Du bist hübsch.«

»Danke.«

Lizzie musterte sie weiter. »Quinn, da ist jemand bei Onkel Hewy. Eine Frau. Gefällt dir der Name Poppy für einen Welpen?«

»Ja. Besonders wenn der Welpe eine Hündin ist. Bei einem Rüden wäre er seltsam.«

Lizzie kicherte, und ihre roten Locken wippten, als sie sich nach jemandem umdrehte. »Quinn, beeil dich. Komm und sag Fliss guten Tag. Sie ist nett. Nicht wie die andere, die Onkel Hewy mal mitgebracht hat und die Katzen nicht ausstehen konnte.«

Hewitt stöhnte leise. »Ich habe auf unangenehme Weise lernen müssen, dass Lizzie und Quinn nicht jede meiner Bekanntschaften billigen.«

Fliss lächelte in die Kamera. Sie mochte die gebieterische kleine Miss Lizzie jetzt schon. Ein Jungengesicht erschien auf dem Bildschirm. Er hatte die gleiche blasse Haut und rotbraunen Haare wie seine Schwester, aber Sorge überschattete seine hellgrauen Augen. Fliss schmolz das Herz.

»Hallo, Quinn. Ich bin Fliss. Danke, dass ihr euren Onkel entbehrt, damit er mir auf der Farm helfen kann. Er wird bald wieder nach Hause kommen.«

Quinn nickte, sagte aber nichts. Die Falte zwischen seinen Augenbrauen verschwand jedoch.

»Welche Hundenamen gefallen dir?«, fragte Lizzie ihn.

»Ich mag viele, außer Gertrude oder Percival oder Rufus.«

Lizzie lachte, und auf Quinns Gesicht breitete sich langsam ein Lächeln aus.

»Ich bin kein Experte für Namen«, sagte Fliss. »Darum überlasse ich es euch beiden, welche auszusuchen. Und jetzt gehe ich besser mal nach den Welpen sehen und lasse euch mit eurem Onkel plaudern.«

Fliss winkte und trat vom Laptop weg. Hewitts dunkle Augen hielten ihren Blick fest, dann beugte er sich nach vorn, um auf Lizzies Frage zu antworten, wie viele Hündinnen und Rüden unter den Welpen waren.

Draußen vor der Stalltür blieb sie stehen und hielt ihr erhitztes Gesicht in den kühlen Wind. Sie war sich nicht sicher, was gerade zwischen ihr und Hewitt passiert war. Aber eines war sicher: Egal, wie viele Grundregeln sie aufstellte, sie würden nicht verhindern, dass das wieder passierte. Sie boten ungefähr so viel Schutz wie eine Placebospritze. Unruhig und gereizt lief sie zurück zum Haus und schaltete den Wasserkocher ein. Eine Tasse Tee reichte schon nicht mehr. Was sie jetzt brauchte, war heiße Schokolade.

Während das Wasser heiß wurde, schaute sie nach, ob Lewis schon geantwortet hatte. Aber es war nur eine E-Mail von der Ahnenforschungsfirma gekommen, der sie und Cressy eine DNA-Probe geschickt hatten. Cressys Ergebnis war schon eingegangen und hatte ihnen keine entfernten Verwandten eingebracht. Fliss folgte dem Link zu ihren eigenen Ergebnissen. Wie erwartet wurde Cressy als einzige nächste Verwandte aufgeführt. Jetzt müsste sie die anderen Übereinstimmungen durchgehen und daraus einen Stammbaum erarbeiten, um die unbekannten Verbindungen auf mütterlicher Seite zu identifizieren.

Während sie schlückchenweise ihre heiße Schokolade trank, suchte sie nach einer anderen DNA-Seite, die sie noch aus ihrer Uni-Zeit kannte. Während die Rohdaten ihrer DNA-Ergebnisse hochgeladen wurden, schaute sie nach Hundenamen, um der kleinen Miss Lizzie einen Schritt voraus zu sein. Sobald sie auf ihre Ergebnisse zugreifen konnte, ging sie die aufgelisteten Resultate durch. Jetzt hatte sie mehr ausführliche numerische Daten und konnte zwischen autosomalen und X-DNA-Übereinstimmungen wechseln.

Dann entdeckte sie etwas. Sie stellte ihre Tasse ab. Während sie weiterhin die Liste las, öffnete sie eine weitere Webseite mit einer Centimorgan-Tabelle, in der sich anhand der Centimorgan-Zahl der Verwandtschaftsgrad ablesen ließ. Nach einem Blick auf zwei Kästchen griff sie zum Telefon. Aufgeregt wartete sie darauf, dass Meredith abnahm.

Nach dreimaligem Klingeln erklang ihre höfliche Stimme. »Hallo, Fliss. Gerade habe ich an dich gedacht.«

»Hallo.« Fliss schluckte. »Meine DNA-Ergebnisse sind gekommen.«

Das sehr leise, erschrockene Luftholen, das aus dem Lautsprecher drang, bestätigte ihr, dass Meredith' freundliche Ermutigung nicht mit der Absicht erfolgt war, Fliss' Interesse an der Medizin neu anzufachen. Meredith hatte vielmehr vermutet, dass die DNA-Ergebnisse ein Geheimnis zutage fördern würden.

»Du hast es gewusst?«, fragte Fliss in schmerzlichem Ton und kraftlos.

»Es tut mir so leid, Liebes. Ich hatte gehofft, dass es nicht wahr ist. Ich wusste es nicht sicher. Es war nur eine Vermutung. Jedes Mal, wenn ich den Sohn sehe, den ich glaubte verloren zu haben, werde ich daran erinnert, dass Geheimnisse nur Kummer bringen. Deine Mutter hat immer an die Wahrheit geglaubt, und wenn sie nicht so früh gestorben wäre, hätte sie es euch gesagt. Da hege ich keinerlei Zweifel. Wie hat Cressy darauf reagiert?«

»Sie weiß es noch nicht. Sie wird einen Blick auf ihre Ergebnisse geworfen haben, ohne die Bedeutung der Centimorgans zu erkennen.« Fliss' Stimme versagte, als ihr klar wurde, dass sie ihr das würde sagen müssen. »Sie kann daraus nicht ablesen, dass wir nicht denselben Vater haben.«

Hewitt klappte den Laptop zu und stand ganz langsam vom Stuhl auf. Er schluckte die beiden Tabletten, die Fliss ihm bereitgelegt hatte, und als er das Glas wieder abstellte, sprang draußen ein Auto an. Ungeachtet der brennenden Schulter zog er sich die Stiefel über und lief hinaus. Das schlechte Gewissen trieb ihn an. Hoffentlich hatte der Beinahe-Kuss Fliss nicht genauso aufgewühlt wie ihn. Und wenn doch, dann musste er die Sache geradebiegen. Er durfte nicht zulassen, dass sie auf den glitschigen Straßen herumfuhr, nur um Abstand zu ihm zu gewinnen.

Als er ihre düstere Miene sah, zog es ihm den Magen zusammen. Aber sie fuhr nicht an ihm vorbei, sondern hielt an und ließ das Fenster herunter.

Bevor sie etwas sagen konnte, kam er ihr zuvor. »Ist alles in Ordnung?«

Sie blickte ihn nicht an. »Ich muss mit Cressy reden.«

»Fliss, es tut mir leid wegen vorhin. Das Letzte, was du gerade brauchst, sind Komplikationen, und wir wissen beide, dass ich dich küssen wollte.«

»Mir tut's auch leid.« Sie wagte einen kurzen Blick. »Und wir wissen beide, dass ich dich auch geküsst hätte. Aber ich fahre nicht deshalb weg.« Jetzt sah sie ihm in die Augen. »Obwohl wir uns reichlich unüberlegt verhalten hätten.«

Er nickte und hatte Mühe, ein neutrales Gesicht zu wahren. Fliss hatte recht, aber sein Testosteron wollte ihr nicht beipflichten. Aus ihrem Pferdeschwanz hatte sich eine Strähne gelöst, die über ihre Wange fiel. Er krümmte die Finger zur Faust, damit er nicht durchs Fenster griff und sie ihr hinters Ohr strich.

Mit hochgezogenen Schultern starrte sie wieder nach vorn durch die Windschutzscheibe. »Es … geht um familiäre Dinge.«

»Okay. Nimm meinen Pick-up. Der rutscht dir im Schlamm nicht weg.«

Sie biss sich auf die Unterlippe und wirkte erst unschlüssig, dann ängstlich. »Ich … hatte vergessen, dass die Straßen so nass sind.«

Hewitt schwieg. Er musste ihr Freiraum lassen. Sie war wegen etwas aufgewühlt, und das konnte keine geringfügige Angelegenheit sein. Aber er verspürte den starken Drang, dafür zu sorgen, dass sie unbeschadet bei Cressy ankam. Der Gedanke, ihr könnte etwas zustoßen, trieb seinen Puls in die Höhe.

»Mir ist wirklich nicht wohl dabei, deinen Pick-up zu fahren. Ich weiß, deine Schulter tut weh, aber du möchtest nicht zufällig mitkommen und Denham sehen? Es ist wirklich wichtig, dass ich mit Cressy rede. Je eher, desto besser.«

»Ich komme mit. Denham hat einen Pflug, der repariert werden muss.«

Ihre Erleichterung war sein Dank, noch bevor sie leise Danke sagte.

Es überraschte ihn nicht, dass die Fahrt nach Glenmore schweigend begann. Fliss war in Gedanken versunken, und er wollte nicht neugierig sein. Außerdem brauchte er Zeit, um seine Gelassenheit wieder hervorzukehren. Er hätte gern ihre Hand genommen und sie getröstet, und deshalb hielt er das Lenkrad mit beiden Händen fest umklammert. Es war heute schon einmal knapp gewesen.

Nachdem sie die weiße Holzbrücke passiert hatten, fing Fliss an zu reden. »Ich dachte, das Schicksal würde mich jetzt erst mal in Ruhe lassen.«

Er betrachtete ihr angespanntes Gesicht. »Wird es bald. Es ist anscheinend unfähig, nur einzelne Schläge auszuteilen.«

Sie seufzte. »Also geht es nicht nur mir so.« Ihr Mitgefühl ließ ihre Züge weicher werden. »Kann ich irgendwie helfen?«

Er lächelte sie an, um sie aufzumuntern. Er konnte ihr jetzt unmöglich von den Schuldgefühlen erzählen, die ihn nachts wachhielten. »Du hast schon viel für mich getan, indem du mich bei dir wohnen lässt.«

Sie erwiderte das Lächeln nicht. »Hat die andere Sache mit Brody zu tun?«

Hewitt überlegte sich jedes Wort genau. »Das Leben kann einen Schlag nach dem anderen austeilen, aber es bringt manchmal auch eine Glückssträhne. Brody ist zwar nicht mehr da, aber sein Andenken lebt fort in Quinn und Lizzie.«

Fliss nickte, sah aber nicht weg. »Hewitt … erzähl es mir.«

»Du hast heute genug zu bewältigen.«

Sie rieb sich die Schläfe. »Glaub mir. Jetzt ist der beste Moment dafür. Ich muss dringend an etwas anderes denken.«

»Wenn es hilft, höre ich dir gern zu.«

»Tut es bestimmt, aber ich muss zuerst mit Cressy sprechen.« Sie drehte sich auf dem Sitz zu ihm. »Deshalb willst du nicht noch einen Schicksalsschlag bewältigen?«

Kurz erwiderte er ihren Blick.

Sie antwortete auf seine unausgesprochene Frage. »Du bist ein Pick-up-Reiter. Pferde sind ein bedeutender Teil deines Lebens, und trotzdem hast du ein Quad mitgebracht, mit dem du zu Cressys Rindern fährst.«

Er rieb sich den Nacken. Fliss blickte ihn unverwandt und

durchdringend an. Er würde es ihr erzählen, aber nur, um sie abzulenken, und nicht, um sein Innerstes nach außen zu kehren.

»Ich bin ein Jahr lang nicht geritten. Der Bulle hat nicht nur Brody angegriffen. Als ich bei ihm am Boden kniete, hat er meine Stute Garnet durchbohrt. Ich hätte sie fast verloren. Sie ist schützend dazwischengegangen.«

»Das ist nicht deine Schuld.«

»Eigentlich doch.« Er hatte Mühe, den Plauderton beizubehalten. »Denn ich war nicht nur zu spät bei Brody, ich war auch der Grund, weshalb er sich auf den Bullen gesetzt hat. Als Lizzie und Quinn geboren wurden, gab er die Wettkämpfe auf. Er ist nur geritten, weil er das Geld brauchte, um mir meinen Anteil an der Familienfarm abzukaufen.«

Er biss die Zähne zusammen, um seine Gefühle zurückzuhalten. Fliss umfasste seinen Unterarm und sagte nichts.

»Brody ist also meinetwegen auf den Bullen gestiegen, und außerdem war ich auch der Grund, warum Seth mit einem neuen, unerfahrenen Partner ritt.« Trotz aller Mühe klang er verbittert. »Mit zwei Farmen drei Familien zu ernähren wäre hart gewesen. Darum bin ich gegangen, um etwas anderes zu machen.«

»Es ist kein Verbrechen, seinen eigenen Weg gehen zu wollen.«

»Nein, aber die eigenen Bedürfnisse über die anderer zu stellen ist nicht gerade bewundernswert. In Wirklichkeit bin ich gegangen, weil ich einsam war. Wäre ich geblieben, wäre ich wie unsere Nachbarn auf der Ostseite geworden. Ich kenne niemanden, der härter arbeitet und bescheidener ist, aber sie haben nie geheiratet. Sie leben nur für die Farm.«

»So etwas habe ich auch schon mit angesehen. Ich kenne wunderbare Frauen, deren ganze Welt die Medizin ist. Die haben weder einen Partner noch Kinder. Dass du wegziehen wolltest, ist ganz normal und keineswegs egoistisch.«

»Aber das hatte Folgen. Brodys Tod ist in vielerlei Hinsicht meine Schuld.«

»Nein, das ist nicht wahr. Menschen ziehen aus verschiedensten Gründen von ihrer Familie weg. Sieh mich an. Ich wollte Dinge vom Leben, die man hier nicht bekommen kann.« Sie löste ihre Hand von ihm. »Ich war schon immer … anders als Cressy.«

Es war nur ein leiser verletzlicher Unterton, ein Schwanken ihrer Stimme, aber er gab dem Drang nach, sie zu trösten. Er griff nach ihrer Hand. Ihre Finger verschränkten sich mit seinen, dann seufzte sie und drehte sich wieder zur Windschutzscheibe. Schweigen erfüllte die Fahrerkabine, als die Schornsteine von Glenmore zwischen den Bäumen auftauchten.

Fliss ließ es zu, dass er ihre Hand hielt, bis er den Wagen am vorderen Gartentor parkte. Da erst zog sie die Hand weg, schnallte sich ab und neigte sich zu ihm, um ihm einen Kuss auf die Wange zu hauchen. »Ich danke dir.«

Dann stieg sie aus und ließ einen schwachen blumigen Duft zurück und ein Gefühl der Leere. Hewitt blieb sitzen, damit sie erst einmal mit ihrer Schwester allein sein konnte. Cressy erschien an der Seite der breiten Veranda und lief ihr entgegen, in Jeans, einem grünen Arbeitshemd und Stiefeln. Sie traf Fliss auf dem Rasen, und Hewitt konnte es ihr ansehen, als sie begriff, dass der Besuch einen schwerwiegenden Grund hatte. Mit ernster Miene hakte sie sich bei ihrer Schwester unter, und so stiegen sie die Verandastufen hoch und verschwanden im Haus.

Kevin krächzte und segelte von einem Eukalyptusbaum herunter, um sich auf den Frontschutzbügel zu setzen. Als Hewitt ausstieg, flog der Kakadu auf seine gesunde Schulter.

Hewitt kraulte ihm die Brust. »Scheint, als wären wir nur zu zweit, Kumpel.«

»Hol ein Sixpack«, krächzte der Kakadu.

»Gute Idee.«

In dem Moment hörte er das Knirschen von Kies unter harten Sohlen. Denham kam rechts von den Schuppen auf ihn zu. Tippy und Juno liefen an seiner Seite, flitzten dann aber zum Pick-up, um den Morast an den Reifen zu beschnuppern.

»Dachte mir schon, dass du es bist. Durch den vielen Regen gibt es keine Staubwolke, die einem verrät, aus welcher Richtung jemand kommt. Ist Fliss auch hier?«

»Ja. Kevin meinte, wir brauchen ein Sixpack Bier, aber nur zur Vorwarnung, ich denke, es sind die Mädchen, die einen Drink nötig haben werden. Fliss hatte es sehr eilig, mit Cressy zu sprechen.«

Denham wurde ernst. »Fliss ist immer sehr selbstständig. Es muss schon etwas Großes sein, damit sie mal zugibt, dass sie ein Problem nicht allein lösen kann.«

Hewitt blieb stehen, als Denham den Weg zum Haus einschlug. Er wollte nicht stören, solange die Schwestern miteinander redeten. Denham drehte sich um und hielt an.

»Das geht in Ordnung. Cressy wird nichts dagegen haben, dass du mit reinkommst, und Fliss auch nicht. Außerdem brauche ich vielleicht Unterstützung.«

Also gingen sie zusammen ins Haus. Denham drückte die Küchentür auf, und sie betraten den großen gemütlichen Raum. Fliss stand am Küchentisch und hängte Teebeutel in zwei Tassen, während Cressy Milch aus dem Kühlschrank holte und dann

Platz nahm. Nach Fliss' nachdenklicher Miene zu urteilen, hatte sie den Grund ihres Besuchs noch nicht genannt.

Sie drehte den Kopf zu ihm. »Kaffee? Oder Tee?«

»Ich brauche nichts, danke.«

»Ich auch nicht.« Denham ließ sich neben Cressy am Küchentisch nieder und legte den Arm um ihre Schultern. Nun hörte Fliss auf, die Lippen aufeinanderzupressen, und setzte sich ihrer Schwester gegenüber. Offenbar hatte sie erst noch auf Denham warten wollen.

Hewitt nahm an Denhams freier Seite Platz und wich seinem Blick mit Bedacht aus. Das Bedürfnis, Fliss zu trösten und für ihr Wohlbefinden zu sorgen, war nicht geringer geworden, und Denham würde es ihm sofort ansehen.

Fliss ließ sich noch einen Moment Zeit und starrte in ihren Tee. Dann räusperte sie sich. »Cressy … du weißt, unsere DNA-Ergebnisse sind gekommen. Tja … sie offenbaren etwas … Unerwartetes.«

»Du bist mit Edna Galloway verwandt?« Denhams trockner Witz brachte Cressy kurz zum Grinsen, aber Fliss verzog keine Miene.

»Nicht ganz.« Sie schluckte mühsam. »Cressy … es tut mir sehr leid, was ich dir sagen muss, aber … wir sind nur Halbschwestern.«

Cressy saß reglos da. Auch die anderen verhielten sich still. Denham legte nur den Arm fester um ihre Schultern.

Hewitt wechselte einen Blick mit ihm. Vermutlich schaute er genauso bestürzt wie Denham drein. Dann sah er zu den silbernen Fotorahmen auf der Anrichte. Während er Fliss neulich nach dem Grillen beim Abwaschen half, hatte er heimlich einen Blick auf die Schnappschüsse geworfen, auf denen Fliss als Kind und als junges Mädchen zu sehen war. Da dachte er noch, wie sehr sich die Schwestern ähnelten. Sie hatten die gleiche Augenpartie und beide dunkelbraune Haare.

Die Hände auf dem Tisch fest verschränkt, redete Fliss weiter: »Auf unseren Geburtsurkunden ist zwar Dad als unser Vater eingetragen, aber die Testergebnisse zeigen, dass wir nicht denselben Vater haben.«

Cressy blinzelte, dann griff sie über den Tisch nach Fliss' Händen. »Das ändert nichts zwischen uns. Du bist meine Schwester.«

Fliss nickte, und ihre Augen glänzten. »So denke ich auch darüber.«

Hewitt musste wegsehen. Er hatte einen Kloß im Hals. Die bedingungslose Liebe zwischen den beiden verdeutlichte ihm, wie leer sein Leben seit Brodys Tod war.

»Wissen wir auch … wie und warum?«

Er hatte Cressy erst einmal so gedämpft erlebt, nämlich als sie anrief, um ihm zu erzählen, dass Denham nach Amerika geflogen war.

Fliss' Seufzer klang, als käme er aus ihrer tiefsten Seele. »Nein. Bevor ich losgefahren bin, habe ich mit Meredith telefoniert. Sie hat keine Ahnung. Die Ehe unserer Eltern war nicht einfach, aber sie wusste von keinem anderen Mann in Mums Leben außer … Dad.«

Cressy ließ ihre Hände los und fuhr sich durch die Haare. »Ich weiß nicht, wie es euch geht, aber ich brauche jetzt frische Luft.«

Denham schob seinen Stuhl zurück. »Ich komme mit.«

Cressy stand auf und nahm seine Hand. Dabei schaute sie ihre Schwester prüfend an. »Wir wissen nicht, wer von uns beiden einen anderen Vater hat, oder?«

»Nein.« Fliss stand ebenfalls auf und ging um den Tisch herum zu Cressy.

Die Schwestern umarmten sich lange und innig. Aber als Fliss sie losließ, gaben ihre betrübten Augen Anlass zu der Vermutung, dass sie es doch bereits wusste.

7

All die Jahre hatte sie mit einer Lüge gelebt.

Fliss schaute von der Veranda über die Gartenbeete, die violett und weiß blühten. Eine dampfende Tasse Tee stand neben ihr. Mittlerweile war es ihr Frühstücksritual, auf den Stufen zu sitzen. Sie streichelte der Border-Collie-Hündin, die den Kopf auf ihren Schoß gelegt hatte, die Ohren. Die Augen der Welpen hatten sich noch nicht geöffnet, aber ihre Mutter ließ sie schon ab und zu für kurze Zeit allein.

»Weißt du, wir haben etwas gemeinsam. Wir wissen noch nicht, wie du heißt, und ich kenne meinen wirklichen Namen auch nicht.«

Ella hatte das bundesweite Register durchsucht, aber unter der Mikrochip-Nummer nichts gefunden. Nun hoffte sie, dass der Besitzer den Hund in einem regionalen Register hatte eintragen lassen, aber es brauchte seine Zeit, die Register der einzelnen Bundesstaaten durchzugehen. Sie hatte außerdem das Tierasyl benachrichtigt und die Beschreibung des Hundes angegeben für den Fall, dass der Besitzer sich dort meldete. Da Ella innerhalb der gesetzlichen Frist, in der entlaufene Hunde zum Tierarzt oder in ein staatliches Tierheim gebracht werden mussten, eingeschaltet worden war, durften die Hündin und ihre Welpen vierzehn Tage bei Fliss bleiben. Bis dahin hatte der Besitzer Zeit, seinen Anspruch geltend zu machen.

Drüben auf der Weide brüllte eine Kuh, und ein Kalb antwortete ihr. In den vergangenen paar Tagen waren fünf Kälber zur

Welt gekommen. Nicht dass sie die gesehen hätte. Sie war nicht noch einmal mit Hewitt zu den Weiden gefahren. Stattdessen war sie vollauf mit ihren DNA-Übereinstimmungen beschäftigt gewesen und hatte nach Häufungen ähnlicher Namen oder DNA-Segmente gesucht. Da Jean noch im Krankenhaus lag, konnte sie Lewis gerade schlecht mit der Frage behelligen, was sie als Nächstes tun sollte, um ihre Ergebnisse auszuwerten. Sie würde auf seinen Scharfsinn verzichten müssen.

Sie hob ihre heiße Teetasse von der Stufe und schlang die Hände darum. Noch immer schockierte sie die Entdeckung, dass Cressy nur ihre Halbschwester war, und sie stellte mittlerweile alles infrage, was sie über ihre Familie wusste. Kein Wunder, dass sie Cressys Leidenschaft für Glenmore nie geteilt hatte. Kein Wunder, dass sie größer war und keine so helle Haut hatte. Kein Wunder, dass sie es damals nicht erwarten konnte, die Neonlichter der Großstadt um sich zu haben.

Voller Unsicherheit und Trauer hatte sie ihren Schmerz genutzt, um Antworten auf ihre Fragen zu finden. Zwei Tage lang hatte sie sich viele Familienstammbäume angesehen und dann den Beweis gefunden, dass sie keine Nachfahrin der Knights war, die im Bell River Valley gelebt hatten. Sie biss sich auf die Wange. Sie war mit ihrer geliebten Großmutter nicht blutsverwandt. Aber das war ihr egal. Sie blieb trotzdem ihre Großmutter und die Frau, die sie zu ihrem Medizinstudium inspiriert hatte. Durch Komplikationen nach einer Hüftoperation hatte die großzügige, freundliche Frau viel zu früh von ihnen gehen müssen.

Was ihren Vater anging, war sie sich nicht sicher, ob er gewusst hatte, dass sie nicht seine Tochter war. Er hatte sie und Cressy immer gleich behandelt. Aber er war stets im Hintergrund geblieben. Er hatte keine Geschwister gehabt und wäre mit zwei Jahren fast an einer Lungenentzündung gestorben. Deshalb konnte sie nachvollziehen, warum er zügellos gewesen war und nicht immer für sein Handeln hatte geradestehen müssen. Es war ihre Mutter gewesen, die am Krankenbett ihres Großvaters saß, nachdem er vom Getreidesilo gestürzt war. Und sie war es auch, die Cressy und Fliss in den Arm genommen und ihnen erklärt hatte, dass er nicht mehr heimkehren würde.

Sie trank einen Schluck Tee, um den Schmerz in der Kehle zu lindern, und besann sich darauf, den Frieden ihrer Umgebung in sich aufzunehmen. Über ihr flog eine Schar Kakadus in die alte Zeder. In den vergangenen Tagen hatte die Sonne geschienen, und heute war der Himmel wolkenlos blau. Ein Kakadu landete auf dem Stalldach, seine Krallen klickten, als er über das Blech trippelte.

Die Stalltür schwang auf, und Hewitt trat heraus. Sein leichter, lockerer Gang täuschte über seine Körperkraft hinweg. Nur ein Dummkopf würde ihn unterschätzen. Selbst mit gebrochener Schulter würde er bis zum Letzten kämpfen. Kein Wunder, dass Edna von ihm angetan war. Der Border Collie rannte zu ihm, und Hewitts sanftes Lächeln löste ein Flattern in Fliss' Bauch aus. Aber was sie am meisten an ihm beeindruckte, war sein Charakter.

Während ihrer gemeinsamen Fahrt nach Glenmore hatte sie erfahren, dass er zu tiefem Mitgefühl fähig war und über wie viel innere Stärke er verfügte. Sie wusste, er hatte über die zusätzlichen Gründe seiner Schuldgefühle nicht gesprochen, damit er allmählich damit abschließen konnte, sondern um sie von ihrem Kummer abzulenken. Er hatte ihre Bedürfnisse über seine gestellt. In den Tagen danach hatte er ihr Abendessen gebracht, als sie keinen Kopf dafür hatte, sich etwas zu kochen, und hatte sich als

Zuhörer angeboten, falls sie mit jemandem reden wollte. Er bezeichnete sich als egoistisch, weil er die Familienfarm verlassen wollte. Dabei kannte sie niemanden, der selbstloser war als er.

Sie stand auf und verzichtete bewusst darauf, sich den Staub vom Hosenboden zu klopfen. Obwohl sie endlich jemanden gefunden haben mochte, der sie interessierte, konnte der Zeitpunkt dafür nicht schlechter sein. Für sie beide. Die Intensität jenes Augenblicks, als sie sich fast geküsst hätten, warnte sie, dass es nicht nur bei ihr gefunkt hatte. So unvermeidlich wie die Hügel im Sommer die Farbe verloren, würde Hewitt zu seiner Familie zurückkehren, weil er dort gebraucht wurde. Es gab genügend anderes, mit dem sie fertigwerden musste, auch ohne dass sie ihn vermisste, wenn das Leben seine einsame Gangart wiederaufnahm. Und er musste ebenfalls mit vielem fertigwerden. Da durften sie sich nicht von der schwelenden Anziehung zwischen ihnen blenden lassen.

»Morgen«, sagte sie, als er vor ihr stehen blieb.

»Morgen.«

Heute trug er ein königsblaues Hemd, durch das seine Augen graublau erschienen. Seine dunklen Haare waren zerzaust, und Bartstoppeln überzogen sein Kinn. Sie umfasste ihre Tasse fester, um nicht daran zu denken, wie sich die Stoppeln wohl anfühlten, wenn sie sacht darüberstreichen würde.

»Wie geht es Lizzie und Quinn?«

»Gut. Ich habe gerade mit ihnen gesprochen. Sie backen Schokosplitterkekse. Quinn hatte riesige Hamsterbacken, und Lizzie schaute finster drein. Wahrscheinlich ist nicht mehr viel Teig zum Backen übrig.«

»Ich weiß genau, was in Lizzie vorgeht. Cressy hat auch immer den Teig gefuttert, und ich habe mich darüber aufgeregt.«

Hewitts Miene wurde ernst. »Gibt es DNA-Neuigkeiten?«

Sie seufzte. »Nein, bisher nicht. Es wird einige Zeit brauchen, um festzustellen, welche Treffer zur Familie meines Vaters gehören könnten.«

»Was hältst du von Cannelloni zum Abendessen?«

»Du weißt, du musst nicht für mich kochen …« Sie lächelte. »Aber das klingt wunderbar.«

Hewitts Blick sank zu ihrem Mund, nur für einen kurzen Moment, aber ihr stockte der Atem. Ihre Hormone hatten noch nicht begriffen, dass er tabu war.

Die Hände in den Hosentaschen trat er einen Schritt zurück und betrachtete die Fassade ihres Hauses.

»Also …« Er räusperte sich. »Die Viehtränken sind gereinigt. Ich habe die Wäscheleinen neu gespannt und den Ast weggeschafft, der draufgefallen ist, auch die Drähte an den Zäunen sind neu gespannt. Jetzt müssen nur noch die Arbeiten am Haus getan werden.«

Fliss betrachtete seine leicht eingefallenen Wangen. Vom ersten Tag an, den er im Garten arbeitete, hatte sie betont, dass er auf Bundara war, um sich auszuruhen und gesund zu werden. Jetzt musste sie ihm das wohl von Neuem einschärfen. Doch ehe sie etwas sagen konnte, gab der Border Collie neben ihr ein tiefes, drohendes Knurren von sich.

Hewitt drehte sich um und blickte die Zufahrt hinunter, dann bückte er sich und streichelte den Hund, um ihn zu beruhigen.

»Erwartest du jemanden?« Bei seinem viel zu ruhigen Ton musste sie an die neuen Betreten-verboten-Schilder und Vorhängeschlösser an den Zauntoren denken.

Blinzelnd schaute sie gegen die helle Morgensonne und sah einen vertrauten Wagen die rote, staubige Straße entlangfahren.

»Nein, aber ich hätte mir denken können, dass uns ein prominentes Gemeindemitglied besuchen wird.«

»Wirklich?«

Fliss konnte sich das Grinsen nicht verkneifen, während sie die Verandatreppe hinunterging. »Ja, wirklich. Ich bin nicht die Einzige, die Hausbesuche macht. Edna tut das auch. Offenbar hat sie herausgefunden, dass du Single bist.«

Hewitt stöhnte.

Die Hündin lief zu ihren Welpen, und Fliss ging mit Hewitt den Gartenweg entlang. Edna hielt vor dem kleinen schmiedeeisernen Tor. Ihr weißer Allrad-Truck war schlammbespritzt.

Fliss hielt ihrer Besucherin das Törchen auf. »Du bist früh auf den Beinen.«

Edna umarmte sie, und Fliss hielt solange die Luft an, um ihr starkes Parfüm nicht einzuatmen.

»Ich musste dich einfach besuchen, Felicity.«

Aus den Augenwinkeln sah sie Hewitts schiefes Grinsen.

Edna trat einen Schritt zurück und musterte Fliss von oben bis unten. »Ich muss sagen, du siehst …«

»Nach Landleben aus«, ergänzte Fliss, ehe Edna ihre bequeme, praktische Kleidung und windzerzausten Haare weniger schmeichelhaft etikettieren konnte.

»Ah … ja … Landleben.«

Edna schwenkte herum. »Hallo, Hewitt.« Sie trat an ihn heran. »Darf ich Sie umarmen? Mein Mann Noel sagt ja, ich hätte schon immer eine Neigung gehabt, Leute zu umarmen.«

Damit drückte sie ihn rasch an sich. Fliss zuckte ein bisschen zusammen und hoffte, dass seine Schulter Ednas Überschwang gut überstand.

Als die Umarmung die gesellschaftlich akzeptierten drei Sekunden überdauerte, schritt Fliss ein. »Kann ich dir eine Tasse Tee oder Kaffee anbieten, Edna? Das Wasser hat gerade gekocht.«

Edna ließ Hewitt los und schaute kaum in ihre Richtung. »Das wäre nett. Hewitt und ich hatten noch keine richtige Gelegenheit, uns zu unterhalten.«

Hewitt gelang es, ein neutrales Gesicht aufzusetzen, während Edna neben ihm her ins Haus ging. Aber nachdem er ihr die Tür aufgehalten hatte, warf er Fliss schnell einen spöttisch genervten Blick zu.

Nachdem sie ihm seinen Kaffee gereicht hatte und die Teekanne unter der gehäkelten Haube auf dem Tisch stand, setzte sie sich dicht neben Hewitt. Aus irgendeinem Grund war es ihr wichtig, ihm zu zeigen, dass er auf ihre Unterstützung zählen konnte.

Das schärfte Ednas Aufmerksamkeit. »Felicity, hast du etwas Süßes für mich? Du weißt ja, dass mein Blutzuckerspiegel um diese Zeit immer sinkt.«

Fliss goss Tee in die geblümten Tassen. »Sagtest du nicht, du achtest darauf, was du zu dir nimmst?«

»Ja.« Edna schenkte Hewitt ihr schönstes Lächeln. »Meine Schwester hat einen sehr hohen Cholesterinwert, und darum ist Dr. Sam besorgt um mich. Aber wie ich Fliss und ihm schon erklärte, habe ich schwere Knochen und bin gar nicht der Typ, um gertenschlank zu sein.«

Fliss schob ihren Stuhl zurück. Edna vergaß geflissentlich, zu erwähnen, dass Dr. Sam sie ermahnt hatte, abzunehmen und Sport zu treiben, um ihr LDL-Cholesterin zu senken. Andernfalls würde sie bald Tabletten schlucken müssen. »Wie wär's, wenn ich uns rasch etwas zubereite?«

»Das wäre fabelhaft. Hewitt und ich können uns derweil ein bisschen kennenlernen.«

Fliss nahm zwei Möhren aus dem Gemüsefach ihres Kühlschranks und eine Frischhaltedose mit Hummus.

»Also, Hewitt«, begann Edna selbstgefällig, »Sie sind immer noch hier.«

»So ist es.«

Beim Möhrenschälen sah Fliss verstohlen zu ihm. Sein trockener Tonfall passte zu seinem reservierten Gesichtsausdruck.

Aber Edna ließ sich nicht beirren. »Meine persönliche Einladung, an unserem Wanderritt teilzunehmen, steht noch. Tanner ist sicherlich ein tüchtiger Bursche, aber es sind immerhin drei Ridley-Jungen zu beaufsichtigen.«

»Es schmeichelt mir, dass Sie glauben, ich könnte dabei von Nutzen sein, aber unglücklicherweise hatte ich einen Unfall mit dem Quad und bin nicht so fit, wie ich sein sollte. Ich habe keine Zweifel, dass Tanner der Aufgabe voll und ganz gewachsen ist.«

Fliss hielt beim Schneiden inne. Hewitt meinte das aufrichtig, klang aber auch ein wenig hart. Sie blickte in sein Gesicht. Als er seinen Unfall neulich erwähnte, war es ihr bereits so vorgekommen, als ob er sich dafür selbst einen Vorwurf machte.

»Ach du liebe Zeit.« Ednas Respekt einflößendes Stirnrunzeln hätte manch anderen veranlasst, seine Antwort noch mal zu überdenken. »Sie sehen nicht aus, als hätten Sie eine Verletzung.«

Fliss schaltete sich ein. »Hewitt hat sich das Schulterblatt gebrochen.«

»Vielen Dank, Felicity«, sagte Edna, ohne aufzublicken.

Fliss schnitt die nächste Möhre der Länge nach durch. Eines Tages würde Edna ihr noch verzeihen, dass sie ihren kostbaren Rodger mit dreizehn fallengelassen hatte. Rodger hatte sich damals in ein anderes Mädchen verknallt, und damit er glaubwürdiger erschien, taten sie beide so, als hätte Fliss mit ihm Schluss gemacht. Er war ihm zwar gelungen, das Mädchen seiner Träume für sich zu gewinnen, aber nur für zwei Tage, dann hatte sie ihm das Herz gebrochen.

Fliss stellte einen Teller mit Möhrenstreifen und Hummus auf den Tisch und setzte sich wieder. Edna schürzte enttäuscht die Lippen, bevor sie nach dem dicksten Möhrenstück griff.

Dann richtete sie ihren Blick erneut auf Hewitt. »Wir werden außerdem einen Wohltätigkeitsball veranstalten. Den Erlös bekommt das Krankenhaus für die Anschaffung des Ultraschallgeräts. Sie werden sicherlich auch mit gebrochener Schulter tanzen können, besonders mit einer Partnerin wie meiner Bethany. Sie ist ungemein leichtfüßig.«

Hewitt trank gemächlich einen Schluck von seinem Kaffee. »Das glaube ich gern, aber ich will mich zu nichts verpflichten. Die Farm meiner Familie wartet auf mich.«

»Das ist höchst … ungünstig.«

Fliss hörte Ednas Ernüchterung, und fast tat sie ihr leid. Es kam nicht oft vor, dass Ednas Pläne durchkreuzt wurden.

Ihr Handy vibrierte, und sie zog es aus der Hosentasche. Ein Anruf von Lewis. »Entschuldigt mich bitte, da muss ich rangehen.«

Sie verließ die Küche und ging in das karg möblierte Esszimmer.

»Hi, Lewis.«

»Hallo, Fliss.«

Sie erschrak. Seine kultivierte Stimme klang rau und bewegt.

»Jean ist von uns gegangen. Diesmal war es ein irreversibler Schlaganfall, kein ischämischer.«

Fliss spürte, wie heiße Tränen in ihr aufstiegen, und sie schloss die Augen. »Das tut mir ungeheuer leid.«

»Ich wusste, es würde eines Tages passieren. Jean musste an so vielen Fronten kämpfen. Aber jetzt, da sie wirklich nicht mehr bei mir ist … ist es schlimmer als gedacht.«

Fliss wischte sich eine Träne weg und ging zur Tür. »Wenn Meredith und ich gleich losfahren, können wir abends in Sydney sein.«

»Das hat sie auch gesagt, aber ich habe ein schlechtes Gewissen, wenn ihr alles stehen und liegen lasst.«

»Sei nicht albern.« Ihre eiligen Schritte hallten durch den Flur. Sie lief ins Schlafzimmer, um zu packen. »Ich hole sie ab. Wir kommen und leisten dir ein paar Tage Gesellschaft.«

Hewitt setzte sich auf die oberste Verandastufe, wo der Border Collie seit dem Frühstück wartete, den Kopf auf den Pfoten und den Blick auf die Tür gerichtet. Es war nicht mal zwei Tage her, seit Fliss weggefahren war, und sie fehlte ihnen beiden.

Ihm war nicht klar gewesen, wie sehr sie inzwischen zu seinem Leben gehörte. Er dachte an ihr fröhliches Lachen und ihren raschen Verstand. Ihre Schönheit, der die Arbeitskleidung keinen Abbruch tat, fand er atemberaubend. Vor ihrer Stärke und Entschlossenheit konnte er nur den Hut ziehen. Resolut und zielstrebig kämpfte sie gegen ihre Selbstzweifel und Ängste.

Bei der Abreise war sie nicht nur traurig, sondern auch angespannt gewesen. Mit fahrigen Händen hatte sie das Gepäck ins Auto geladen. Den Schock über die Erkenntnis, nur Cressys Halbschwester zu sein, hatte sie in Energie umgewandelt und sich in die Suche nach ihrem leiblichen Vater gestürzt, aber in ihrer Trauer schaute sie oft geistesabwesend ins Leere. Trotzdem hatte sie seit Lewis' Anruf nur daran gedacht, wie sie ihrem Mentor durch die ersten schweren Tage nach seinem Verlust helfen konnte.

Hewitt streichelte der Hündin über die Schnauze, als sie den Kopf auf seinen Schoß legte.

»Wir müssen uns beide gut beschäftigen, sonst werden uns die fünf Tage viel länger vorkommen.«

Er stand auf und ging um das Haus herum, um sich anzusehen, was zu tun war. Die Hündin blieb an seiner Seite, bis ein schrilles hungriges Gebell sie zu ihren Welpen trieb.

Die Sonne kam kurz heraus, als Hewitt über das rostige Dach kletterte, um die Regenrinnen zu inspizieren und sie von Laub und Zweigen zu befreien. Zum Glück war das Frühjahr ziemlich nass und der heiße Sommer noch fern, denn Fliss' Hof war nicht im Geringsten gegen Buschbrände gesichert, auch wenn der Garten mittlerweile gejätet war. Seit sie weg war, blühten Narzissen neben der Verandatreppe, und die Kamelie neben dem Wassertank hatte leuchtend rote Blüten bekommen.

Er stieg gerade von der untersten Leitersprosse, als sein Handy klingelte. Mit klopfendem Herzen wartete er ein paar Augenblicke ab. Fliss hatte ihm zuvor mehrere Nachrichten geschickt und geschrieben, sie werde bei erster Gelegenheit anrufen und sich erkundigen, wie es den Hunden gehe. Wenn der Anruf von ihr kam, wollte er nicht den Eindruck machen, als hätte er sehnsüchtig darauf gewartet. Sie brauchte nicht zu wissen, wie sehr er den Klang ihrer Stimme vermisste.

Als er auf das Display schaute, erkannte er Ellas Nummer.

»Hi, Hewitt.«

Im Hintergrund war aufgeregtes Hundegebell zu hören.

»Hi. Da klingt aber jemand glücklich.«

»Entschuldige, das ist die kleine Goose. Sie liebt es, in meine Praxis zu kommen. Zum Glück braucht sie nur ihre jährlichen Spritzen. Bei ihrem letzten Besuch hier hatte sie einen Grassamen im Ohr. Es war unmöglich, sie stillzuhalten.«

Allem Anschein nach gehörte Goose einer Rasse an, die leicht in Aufregung verfiel.

»Warte mal kurz«, sagte Ella, »ich schließe schnell die Tür. So, jetzt ist es ruhiger. Und wie hältst du die Stellung?«

»Bisher haben sich keine Dramen abgespielt. Bis Fliss zurückkommt, werden die Welpen die Augen geöffnet haben.«

»Das heißt, die Tage, an denen man Stiefel unbeaufsichtigt auf der Veranda stehen lassen kann, sind gezählt.«

»Auch Wäsche auf der Leine wird gefährdet sein.«

Ella kicherte. »Bei allem Unsinn, den sie anstellen, ist doch nichts so rührend wie ein Wurf flauschiger Border-Collie-Welpen.«

»Stimmt.« Er schaute zu der Hündin, die neben seinen Stiefeln lag und ihn beobachtete. »Hast du schon einen Hinweis auf ihre Herkunft in einer Datenbank gefunden?«

»Deswegen rufe ich an. Ich möchte Fliss jetzt nicht damit belasten. Also kannst du ihr bitte ausrichten, dass ich gute und schlechte Neuigkeiten habe?«

»Mache ich. Demnach hat unser rätselhafter Gast einen Namen?«

»Ja. Sie ist im Register von Viktoria eingetragen. Ihr Zuchtname ist Bonnyrigg Golly Miss Molly. Und sie hört auf Molly, was wohl niemanden überraschen dürfte.«

»Molly … das passt zu ihr.«

»Und jetzt die schlechte Nachricht. Ich habe bei der angegebenen Kontaktadresse dreimal angerufen, und niemand hat sich gemeldet. Wenigstens haben wir noch eine Woche Zeit, um den Besitzer ausfindig zu machen.«

»Er könnte verreist sein.«

»Das vermute ich auch. Molly stammt von einem Gehöft im Gebirge. Deshalb habe ich bei einem Universitätsfreund, der unten im Süden arbeitet, einen Gefallen eingefordert. Er wird an seinem nächsten freien Tag zu der Farm fahren.«

»Die Nachbarn werden vielleicht etwas wissen.«

»Klopf auf Holz. Ich halte dich und Fliss auf dem Laufenden.«

»Danke.«

»Keine Ursache. Viel Spaß mit den Welpen, und pass auf deine Stiefel auf.«

»Mach ich.«

Hewitt legte auf und schickte Fliss eine Nachricht. Dann steckte er das Handy in die Hemdtasche.

»Also, Miss Molly … du hast einen Namen. Wenn dein Herrchen wüsste, dass du nicht mehr zu Hause bist, würde er nach dir suchen, da bin ich mir ganz sicher.« Er kraulte sie hinter den Ohren, als sie sich gegen sein Hosenbein lehnte. »Du bist nicht bloß ein Arbeitshund, sondern bestimmt auch eine treue Gefährtin.«

Er stieg wieder aufs Dach, um den Abfluss der vorderen Regenrinne zu reinigen. Da der ursprüngliche Stall zur Wohnung umgebaut worden war, hatte der Vorbesitzer neue Ställe um einen runden Hof errichtet. Vom Dach aus konnte Hewitt auf alle drei Ställe sehen. Zu Hause streckte Garnet immer den Kopf über die halbe Stalltür, wenn sie ihn sah, und wieherte.

Er hielt inne, aber die kalte Anspannung im Magen blieb diesmal aus. Stattdessen sehnte er sich bloß danach, seine kastanienbraune Stute wiederzusehen.

Er wandte sich wieder dem Abflussgitter zu, schaute aber häufig zu den leeren Ställen hinüber.

Nachdem er die Leiter in den Schuppen gestellt hatte, kochte er sich Kaffee und setzte sich auf die Verandatreppe, um Molly Gesellschaft zu leisten. Als er einen Blick auf sein Handy warf, sah er eine Nachricht von Fliss.

Er kraulte Molly hinter den Ohren. »Fliss findet, dass dein Name genau zu dir passt. Und Lizzie wird er auch gefallen, meint sie.«

Gerade als er die Tasse zum Mund hob, spitzte Molly die Ohren und blickte zur Zufahrt. Sie knurrte, und im nächsten Moment war ein weißer Land Cruiser zu erkennen, der den mittlerweile trockenen Weg entlangsteuerte.

»Alles okay. Das ist nur Denham. Du wirst ihn mögen. Er ist keine Gefahr für deine Kleinen.«

Wie Hewitt vermutet hatte, schloss die Hündin mit Denham sofort Freundschaft.

Denham tätschelte sie grinsend. »Kein Wunder, dass du Fliss um die Pfote gewickelt hast. Du bist ein echter Schatz.«

Dann überreichte er Hewitt ein Sixpack Bier. »Das ist von mir, und die ganzen Vorräte in der Kühltasche sind von Cressy. Man könnte meinen, du wärst hier für ein Jahr auf dich allein gestellt.«

»Danke.« Hewitt nahm das Sixpack und die Kühltasche entgegen und ging mit Denham zum Blausteinstall.

Mit einem Bier in der Hand traten beide kurz darauf wieder nach draußen, um die Sonne zu genießen. In der kommenden Woche würde sich der Himmel erneut zuziehen und viel Regen bringen.

Hewitt ließ sich auf der Verandatreppe nieder. »Fliss braucht ein paar Gartenmöbel. Ich habe eine alte Tür entdeckt, aus der sich ein ordentlicher Tisch bauen ließe.«

Denham setzte sich ebenfalls auf die Stufen und kraulte Molly den Bauch, als sie sich zu ihm legte. »Eine gute Idee. Zufällig habe ich einen Schuppen voller Männerspielzeug, das du dafür brauchen wirst.«

Hewitt kicherte. »Jede Wette. Wie läuft es mit dem Grenzpflug?«

»Langsam. Ich muss die Achsen und die Kugellager auswechseln.«

»Wenn ich den Tisch gebaut habe, komme ich rüber und helfe dir.«

»Danke.« Denham trank einen Schluck Bier und schaute über den gepflegten Garten. »Der Hof ist nicht wiederzuerkennen. Cressy schläft besser, seit sie weiß, dass ihre Schwester den Garten nicht mehr mit Schlangen teilen muss.«

»Ich schlafe auch besser, seit ich hier bin.«

»Du kommst mir auch entspannter vor.«

»Ich arbeite daran. Ich bin noch nicht darüber hinweg, dass Brody nicht mehr da ist, aber du hast recht … es geht mir schon wesentlich besser.«

»Du bewegst dich auch geschmeidiger. Verheilt deine Schulter allmählich?«

Hewitt hielt mit der Flasche am Mund inne. Nicht mal Denham wusste Genaueres über seine Unfallverletzung.

Sein Freund schüttelte den Kopf. »Denk nicht, ich wäre ahnungslos, was deine Schmerzen angeht.«

»Nicht du auch noch. Fliss hat es sofort bemerkt, als ich hier ankam.«

»Willkommen in meiner Welt. Ich weiß nicht, was härter war:

der Sturz von dem Bullen oder das Telefonat mit Fliss, nachdem sie erfahren hatte, dass ich verletzt war.«

»Ich kann mir ihre Reaktion nur allzu gut vorstellen. Und ich dachte immer, Cressy hat einen starken Willen …«

»Hat sie. Aber Fliss auch.«

Denham sah ihn durchdringend an und bestätigte damit, was Hewitt sich schon gedacht hatte: Seinem Freund war bei dem Grillabend und dem Besuch in der vorigen Woche nicht entgangen, wie sehr er auf Fliss achtete. Aber anstatt eine Bemerkung zu machen, hob er sein Bier und stieß mit Hewitt an.

»Auf die starken Knight-Mädchen.«

In der Nacht und am folgenden Tag ging Hewitt der Tonfall seines Freundes nicht aus dem Kopf, mit dem Denham auf Fliss und Cressy angestoßen hatte. Er hatte zärtlich und ernst geklungen. Und damit unmissverständlich klargestellt, dass die Schwestern etwas Besonderes waren.

Hewitt verstand seine Botschaft. Und er war selbst bereits zu der gleichen Erkenntnis gelangt. Seit er Bundara zum ersten Mal betreten hatte, verdrängte er die Tatsache, dass er noch nie eine Frau wie Fliss kennengelernt hatte. Aber es war nicht entscheidend, wie sehr sie ihn berührte oder wie sehr er sich zu ihr hingezogen fühlte. Ava und die Kinder zählten auf ihn. Auch nachdem er Fliss reinen Wein eingeschenkt hatte, was seine Rolle in Bezug auf Brodys Tod betraf, fühlte er sich nicht weniger schuldig. Solange Fliss fort war, hatte er die Chance und den Freiraum, sich neu zu besinnen und neu aufzustellen. Er musste einen Weg finden, seinen Bruder gehen zu lassen und sein Leben weiterzuleben.

Mit Eifer machte er sich daran, die alte Tür abzuschleifen, damit er sie in Denhams Schuppen weiter bearbeiten konnte. Dann entwarf er Pläne für eine Feuerstelle, die er zusammenschweißen wollte, und machte sich an die Bepflanzung des freien Gartenbeets entlang der seitlichen Stallwand. Er grub die Schmucklilie aus dem überwucherten Beet an der Hausrückseite aus, teilte den Wurzelballen und setzte die Teile neu ein. Nachdem die letzte Pflanze gewässert war, gab er seinen Schulterschmerzen nach und hockte sich auf die Veranda, um den Sonnenuntergang zu betrachten.

Eine kleine schwarz-weiße Schnauze erschien am Gartenschuppen. Die Welpen hatten die Augen geöffnet und wurden von Tag zu Tag unternehmungslustiger. Molly leckte ihm die Hand und begab sich zu ihren Jungen. Der Welpe, den Quinn nach seinem Lieblingstraktor John Deere genannt hatte, kam auf molligen Beinchen aus dem Schuppen und lief ihr entgegen.

Nicht nur die Welpen entwickelten sich. Er selbst veränderte sich ebenfalls. Bundaras Heiterkeit und raue Schönheit hatten ihn eingenommen und hielten ihn fest. Die vernachlässigte Farm auf Vordermann zu bringen gab ihm Frieden und Erfüllung.

Er schaute zu den Weiden hinter dem Zaun, die ihm inzwischen so vertraut waren wie die Farm seiner Familie. Vielleicht lag es am Frühling und an dem neuen Leben ringsherum, jedenfalls schöpfte er allmählich Hoffnung.

Nach dem vielen Grau des dicht bewölkten Himmels zeigte sich heute ein spektakulärer Sonnenuntergang. Leuchtendes Gelb, Rot und Orange überzogen den Himmel in kühnen Streifen. Hewitt betrachtete die gezackte Silhouette des Höhenzuges im Westen, den man nur zu Pferd erreichen konnte. Von den Granithängen aus wäre der Sonnenuntergang noch schöner anzusehen.

Als sie noch jung waren und das Leben noch einfach gewesen

war, waren Brody und er oft auf ihren Ponys zum höchsten Punkt von Mayfield geritten, um die Sonne untergehen zu sehen. Dabei hatten sie immer das Gefühl gehabt, sie könnten den Himmel berühren und wären selbst mit Farbe überzogen. Jetzt schaute er zu dem Höhenzug und akzeptierte seine aufwühlenden, widerstreitenden Emotionen. Der Wind strich ihm über die Haut, als wollte er ihn ermutigen. Er brauchte die kühle Luft, wenn er und Garnet die waldigen Hänge erklommen und hinunter auf eine stille Welt blickten. Er brauchte es, still dazusitzen und die Sonne langsam sinken zu sehen.

Er stand auf und zog das Handy aus der Hemdtasche, um Ava anzurufen. Bundaras Ställe würden nicht länger leer stehen. Es war Zeit zurückzufordern, was er verloren hatte.

8

Die Vormittagssonne schien durchs Küchenfenster in Lewis' Wohnung und tauchte den minimalistischen Raum in Licht.

»Wie sieht das aus?«, fragte Fliss, als sie geschmolzene Schokolade über die cremige Karamellschicht auf dem Biskuitboden strich. Das war ihr zweiter Versuch, da die erste im Mikrowellenkrug geklumpt hatte.

»Wunderbar«, sagte Meredith. »Eine Karamellschicht kommt immer gut an.«

Sie hatten beide geholfen, die Beerdigung zu planen, und hatten Jeans Kleidung und persönliche Dinge durchgesehen. Da die Beerdigung am nächsten Tag stattfinden sollte, bereiteten sie heute den ganzen Tag den Leichenschmaus vor. Jean hatte sich eine schlichte Zusammenkunft gewünscht, also wurden Verwandte und Freunde anschließend in Lewis' Wohnung eingeladen.

Fliss ließ heißes Wasser ins Spülbecken laufen, um die letzten Backutensilien abzuwaschen. Sie blickte zu Meredith, die gerade die Zutaten für ihren berühmten Biskuitkuchen zusammenstellte. Das Rezept dafür hatte Fliss' Mutter in ihr Kochbuch geschrieben.

»Wir haben zwar schon auf der Fahrt darüber gesprochen, aber ich muss noch mal nachhaken. Warum hast du vermutet, dass ich kein Flitterwochenbaby war? Ich habe mir das Datum auf der Heiratsurkunde meiner Eltern angesehen, und es passt mit meinem Geburtsdatum zusammen.«

»Es ist nicht so, dass deine Mutter etwas Besonderes gesagt

oder getan hätte. Mein Verdacht ergab sich mehr aus meiner eigenen Situation.«

Fliss nickte. Vor etlichen Jahren war Meredith von ihren Eltern gezwungen worden, ihren geliebten Sohn aufzugeben. Sie war von einem noch in der Ausbildung befindlichen Farmarbeiter schwanger geworden, den sie geliebt und durch einen Reitunfall verloren hatte.

Mit nachdenklicher Miene siebte Meredith das Mehl in eine große Glasschüssel. »Die ersten Jahre nachdem Simon verunglückt war und ich Tanner weggegeben hatte, versank ich in Trauer und Schuldgefühlen … und manchmal glaubte ich, in Ruths Augen den gleichen Ausdruck zu sehen, wenn sie dich betrachtete. Was mir merkwürdig vorkam. Aber nach Cressys Geburt kam ich immer mehr zu der Überzeugung, dass etwas nicht stimmte. Es hatte immer geheißen, du hättest es eilig gehabt, auf die Welt zu kommen. Du warst ja bei der Geburt auch recht klein. Also schien das eine passende Erklärung zu sein. Aber Cressy kam nach vollen neun Monaten und war noch kleiner als du.«

»Mum hat immer gesagt, ich hätte sie ausgelaugt und sie habe mit Cressy nicht so viel Gewicht zugelegt wie mit mir.«

»Was auch glaubwürdig war, weil du ein sehr … energiegeladenes Kleinkind warst.«

»Das ist nett ausgedrückt und heißt eigentlich, ich war schrecklich.«

»Sagen wir einfach, Cressy schlief in ihrem ersten Monat mehr als du in den ersten zwei Jahren. Und ich nehme an, das hat sich bis heute nicht geändert.«

»Entschuldige, habe ich dich geweckt?« Sie hatte gehofft, Meredith habe sie während der Nacht nicht herumlaufen hören. »Ich habe versucht, leise zu sein. Ich bin nach unten gegangen, um mir ein Buch zu holen, aber die erste Bodendiele knarrt immer.«

»Kein Problem. Ich habe auch gelesen. Der Verkehr hält mich wach, obwohl ich auch mal hier gelebt habe.«

Fliss spülte den letzten Teller und wischte sich die Hände an einem roten Geschirrtuch ab. »Ich werde Lewis fragen, ob er eine Tasse Tee möchte, und dann gehe ich Eier kaufen.«

»Danke.« Meredith öffnete den Eierkarton, den sie am Morgen aus dem Kühlschrank genommen hatte, damit die Eier Raumtemperatur annahmen. »Die werde ich jetzt alle brauchen, und dann müssen wir auch noch das Bananenbrot backen.«

Fliss klopfte leise an die Tür des Arbeitszimmers. Lewis war still und ernst und verbrachte Stunden an seinem Computer, wo er die Totenrede schrieb und Fotos für die Trauerfeier aussuchte. Als er sie hereinrief, öffnete sie die Tür und betrat das sonnige Zimmer, an das ein gepflegter Garten grenzte. Jean hatte Vögel geliebt und stundenlang am Erkerfenster gesessen, um ihren Gesang zu hören.

Lewis hörte auf zu tippen und wandte sich Fliss zu. Die Trauer hatte seine Wangen ausgehöhlt, aber sein Blick wurde warm, als er Fliss erblickte. Er war groß, sein Haar an vielen Stellen grau, und Fliss hatte ihn noch nie anders als gut rasiert gesehen.

»Wie geht es mit der Trauerfeier voran?« Sie setzte sich in den Ledersessel neben seinem Schreibtisch. Viele ihrer Studienprobleme hatten sich lösen lassen, während sie in diesem Sessel gesessen und mit ihrem Mentor geredet hatte.

»Sie nimmt Gestalt an.« Lewis setzte die Brille ab und rieb sich die Augen. »Ich muss nur noch das letzte Musikstück aussuchen. Wie geht es in der Küche voran?«

»Sagen wir, Meredith hat eine Engelsgeduld. Diesmal ist mir die Schokolade klumpig geworden.«

Einen Moment lang lächelte er. »Ich fand es ein bisschen still ohne den Alarm des Rauchmelders.«

Fliss stöhnte. »Tut mir leid wegen gestern. Wer kann denn ahnen, dass der losgeht, nur weil man die Spülmaschine gleich nach Programmende öffnet?«

Lewis sah sie prüfend an. »Ich weiß, Jeans Tod setzt uns allen zu … aber beschäftigt dich noch etwas anderes?«

Fliss verzog keine Miene. Sie hätte sich denken können, dass ihm auffallen würde, wie abgelenkt sie war. Sie hatte noch nie etwas vor ihm verbergen können. Aber sie konnte ihm jetzt unmöglich erzählen, dass sie gerade versuchte, sich mit ihrem erschütternden DNA-Ergebnis zu arrangieren. Schließlich war sie nach Sydney gefahren, um ihn zu unterstützen.

»Nichts, was die Zeit auf Bundara nicht richten kann.«

»Dort hinzuziehen war eine gute Entscheidung.«

»Ja. Du musst mal vorbeikommen und mich besuchen. Es ist sehr still und friedlich.«

»Das glaube ich gern. Ich komme bestimmt … irgendwann.« Trauer dämpfte seine Worte, und er setzte die Brille wieder auf. »Also erzähl mir von diesem Hewitt, der dir mit dem Garten hilft.«

»Da gibt es nicht viel zu erzählen. Er ist ein alter Rodeofreund von Denham, der eine Auszeit braucht. Er hat vor einem Jahr seinen Bruder verloren und sich kürzlich bei einem Unfall mit dem Quad das Schulterblatt gebrochen.«

»Gibt er sich lieber mit Vektoren als mit Menschen ab?«

»Nein. Nicht dass ich mich näher mit Hewitt einlassen will, aber du wirst mich nie vergessen lassen, welchen Fehlgriff ich mit dem Physiker getan habe, hm?«

Lewis' Lippen zuckten. »Nein. Und auch nicht den Fehlgriff

mit dem anderen Physiker, der Wodka mehr schätzte als Vektoren.«

»Und da war noch der Chirurg, dessen Ego dreimal so groß war wie seine Aufmerksamkeitsspanne.«

Lewis kicherte, und Fliss war erleichtert, ihn lachen zu hören. »Nein, den wollen wir auch nicht vergessen. Aber er war charmant. Das muss ich ihm lassen.«

»Das kann man wohl sagen, besonders zu kurvenreichen blonden Praktikantinnen.«

»Das Leben wurde immer interessant, wenn du jemanden zu … uns mitbrachtest.«

Es ergriff Fliss tief im Herzen, als seine Trauer die Heiterkeit wieder verdrängte.

»Du kannst von Glück reden, denn ich werde dir vorläufig niemanden vorstellen. Ich muss entscheiden, was ich mit meinem Leben künftig anfangen will, und bis dahin habe ich nicht den Kopf frei für eine neue Dating-Katastrophe.«

Lewis' Blick ruhte einen Moment länger auf ihrem Gesicht, als sie es von ihm gewohnt war. Sie fragte sich, ob sie das beunruhigen sollte. »Du wirst zu einem Entschluss kommen, wo du hinwillst, und dein nächstes Date wird keine Katastrophe werden, da bin ich absolut zuversichtlich. Auch für dich gibt es den Richtigen. Jean hat immer gesagt, dass nur ein furchtloser Mann dich verdient.«

»Ich bin mir nicht sicher, dass so einer existiert, aber das ist in Ordnung. Ich werde die beste ledige Tante überhaupt, wenn Cressy und Denham ihren kleinen Farmernachwuchs großziehen.« Sie stand auf und legte ihm die Hand auf die Schulter. »Möchtest du eine Tasse Tee oder eine von den belgischen Pralinen, bevor ich einkaufen gehe?«

Er legte seine Hand auf ihre. Trotz seiner wissenschaftlichen Erfolge und herausragenden medizinischen Laufbahn hatten seine Finger Schwielen, weil er schon sein Leben lang im Garten arbeitete.

»Nein, danke.« Er drückte ihre Hand und wandte sich wieder seinem Computer zu. »Ich arbeite jetzt weiter an Jeans Trauerfeier.«

Fliss nahm die Einkaufsbeutel in die andere Hand. In der hohen Luftfeuchtigkeit und der Nachmittagssonne geriet sie auf dem Heimweg ordentlich ins Schwitzen. Rechts von ihr bewegte sich ein konstanter Verkehrsstrom mit dem Lärm der Rushhour. Lewis' wohnte am Stadtrand in einem ruhigeren Viertel. Trotzdem hatte sie in einer Stunde mehr Autos gesehen als in einem Monat in Woodlea.

Sie gab den Fußweg frei, weil ihr eine schlanke Frau in schwarzem Lycra walkend entgegenkam, die einen langhaarigen weißen Hund an der Leine führte. In dem Moment bekam sie Sehnsucht nach Bundara. Es fehlte ihr, morgens mit Molly auf der Verandatreppe zu sitzen. Nachdem Ella nun den Namen und die Adresse der Border-Collie-Hündin herausgefunden hatte, würde sie auch den Besitzer bald aufspüren. Schon jetzt machte der Gedanke sie traurig, weil der Gartenschuppen dann nur noch den launischen Rasenmäher beherbergen würde. Der weiße Hund trabte vorbei und bedachte sie mit einem flüchtigen, gelangweilten Blick. Die Frau grüßte weder, noch bedankte sie sich, weil Fliss ihr Platz gemacht hatte.

Sie seufzte. So war das nun mal in der Großstadt. Sie befand sich in Sydney, nicht in der ländlichen Gemeinde von Woodlea, wo jeder jeden kannte. Sie trat wieder in die Mitte des Bürgersteigs und ging weiter, musste nach ein paar Schritten aber wieder anhalten, weil ein schnittiger schwarzer Wagen vor ihr in eine Toreinfahrt einbog. Der Anzug tragende Fahrer schien sie gar nicht zu sehen. Sie setzte ihren Weg fort.

Sauber geschnittene Hecken und Rasenflächen und stattliche alte Häuser kennzeichneten den reichen Vorort. Aber trotz grüner Vorgärten und der großen Abstände zwischen den Häusern roch es nach Abgasen. Das war also das tolle städtische Leben, das sie aus dem Busch gelockt hatte. So gründlich sie sich auch umsah, sie konnte nichts Reizvolles daran entdecken. Früher war das die Welt gewesen, in der sie leben wollte, und jetzt fand sie sie enttäuschend.

Zurück in Lewis' Haus goss sie sich ein Glas Eiswasser ein und ging mit dem Laptop in den Garten. Über ihr rauschten die Blätter, als sie sich an den Tisch unter dem alten Amberbaum setzte. Seit sie nach Sydney gefahren war, hatte sie Hewitt Nachrichten geschrieben und einmal kurz mit ihm telefoniert. Aber das hatte nicht gereicht. Sie verspürte ein fast körperliches Bedürfnis, ihn zu sehen.

Bevor sie den Mut dazu verlor, klappte sie den Laptop auf und klickte auf Anrufen. Das elektronische Rufzeichen verstummte, und Hewitts Stimme war zu hören, bevor sein Gesicht den Bildschirm ausfüllte. »Hi, Fliss.«

»Hi.« Sie umklammerte die Tischkante und riss sich zusammen, um nicht atemlos zu klingen. »Ich wollte eigentlich schreiben und fragen, wie es den Welpen geht, aber mein Laptop war aufgeklappt, und da …«

Hewitt grinste. »Warte kurz.« Er stand auf, und das Bild schwankte, da er seinen Laptop nach draußen trug und auf den Rasen stellte. Winzige schwarz-weiße Welpen tapsten vor die Kamera, und im nächsten Moment leckte eine rosa Zunge über die Linse.

»Die sind so süß. Ich möchte sofort nach Hause fahren und sie auf den Arm nehmen.«

Das Bild schwankte erneut, weil Hewitt wieder in seine Wohnung ging. »Sie stellen schon viel Unsinn an. Ich besitze einen Lederhandschuh weniger.« Er zögerte kurz, und danach schien seine Stimme ein bisschen dunkler zu klingen. »Was meinst du, wann du heimkommst?«

»Die Beerdigung ist morgen, also vielleicht übermorgen. Das hängt davon ab, wie es Lewis geht.«

»Bleib so lange, wie du es für richtig hältst. Ich habe hier alles im Griff.«

»Danke. Ich werde dir erzählen, wie es hier läuft. Wie geht es Lizzie und Quinn?«

»Sehr gut. Laut Ava gab es in letzter Zeit nur eine Sandkastenüberschwemmung.«

Fliss nickte und hoffte, dass es auf dem Bildschirm nicht zu erkennen war, wenn sie auf seinen Mund starrte. Sein Lächeln hatte sogar via Internet die Macht, all ihre Sinne zum Leben zu erwecken. »Das hört sich alles wunderbar an.« Sie klang ungewollt wehmütig.

»Ist es auch. Aber du bist nicht hier. Molly wartet jeden Morgen auf der Veranda auf dich.«

»Wirklich? Bitte sag mir, dass sich der Besitzer nicht gemeldet hat. Sie hat zwar schon ein Zuhause, aber ist es falsch von mir zu hoffen, dass ich sie noch eine Weile behalten kann?«

»Bisher haben wir von keinem gehört, und natürlich darfst du dir wünschen, sie länger bei dir zu haben.« Sie dachte, er wollte noch mehr dazu sagen, aber dann fuhr er sich mit der Hand übers

Kinn. »Ich mache jetzt besser Schluss. Es fängt an zu regnen, und die Welpen müssen in den Schuppen. Ich hoffe, dass bei euch morgen alles glatt läuft.«

»Ich auch. Bis bald.«

Als der Bildschirm schwarz wurde, fühlte sie sich plötzlich leer. Sie hatte noch nie solches Heimweh gehabt, nicht einmal während der Internatszeit. Hewitt zu sehen und seine Stimme zu hören sollte sie nicht derart aus der Bahn werfen. Sie strich sich durch die Haare. Bisher hatte sie sich noch zu keinem Mann so stark hingezogen gefühlt, geschweige denn sich so sehr nach seiner Nähe gesehnt. Es war eine wirklich schlechte Idee, sich in Hewitt zu verlieben, und sei es auch nur ein bisschen. Er würde Bundara bald wieder verlassen.

Sie starrte auf den Bildschirm. Während der paar Tage in Sydney war bei ihr keine Sehnsucht nach dem Großstadtleben aufgekommen. Es hatte sie nur darin bestärkt, dass sie sich verändert hatte und jetzt etwas anderes wollte. Nun galt es nicht nur herauszufinden, wer ihr Vater war, sondern auch, wer sie selbst war.

Als Hewitt durch den Ortskern von Woodlea fuhr, hatten sich die dichten Wolken am Himmel aufgelöst. Die Sonne schien in den Vorgärten auf weiße Blütenbüschel und leuchtend gelbe Narzissen.

Drüben in Sydney nahm Fliss jetzt Abschied von Jean. Hoffentlich war die Beerdigung für sie nicht zu viel. Sie hatte wieder verletzlich geklungen, und die dunklen Schatten unter ihren Augen waren ihm nicht entgangen.

Als sie gestern anrief, war er heilfroh über die Ablenkung durch die Welpen gewesen. Heute würde Garnet auf dem Hof eintreffen, und am Abend wollte er seit Langem wieder ausreiten. Die Aussicht, Fliss und ihr herzliches, schönes Lächeln bald wiederzusehen, wühlte ihn zusätzlich auf. Egal, wie sehr er sich mit Arbeit beschäftigt hielt, er vermisste sie. So stark, wie er es nicht für möglich gehalten hätte.

Er ließ die gesunde Schulter kreisen, dann sah er auf die Uhr. Ihm blieb noch eine Stunde Zeit, dann würde er sich mit Ava, seiner Mutter und den Kindern im Park treffen. Ava hatte ihm angeboten, Garnet nach Bundara zu bringen, aber um ihre ohnehin lange Fahrt zu verkürzen, hatten sie einen Treffpunkt in der Stadt vereinbart. Nur sein Vater hatte nicht mitfahren wollen. Hewitt würde seiner Mutter darum eine große Tüte Lakritz für ihn mitgeben.

Ein Stückchen von dem Friseursalon entfernt, dem einzigen in Woodlea, fuhr er in eine Parklücke. Seine Mutter hatte lange genug dulden müssen, wie ungepflegt er aussah. Außerdem musste er Quinn ein gutes Beispiel geben. Der Fünfjährige weigerte sich inzwischen, sich von Ava die Haare schneiden zu lassen, weil er wie Onkel Hewy aussehen wollte.

Eine schlanke blonde Friseurin, die einer Dame die langen grauen Haare föhnte, blickte erwartungsvoll auf, als er den Salon betrat.

»Was kann ich für dich tun?«, fragte sie mit einem leichten Akzent.

Hinter ihm lachte ein Mann. »Dem Aussehen nach braucht er dasselbe wie ich.«

Hewitt drehte sich um. Auf einem Stuhl saß ein älterer Herr mit grau melierten Haaren, die ihm schon bis über den Hemdkragen reichten. Hewitt nickte ihm zu, bevor er der Friseurin antwortete: »Wenn gerade ein Termin frei ist, bräuchte ich einen Haarschnitt.«

»Kein Problem. Ich kann dich nach Arnold reinquetschen.

Ich würde ja sagen, hol dir nebenan einen Kaffee, aber ich habe das starke Gefühl, dass du dann nicht wiederkommst.«

»Ich werde hier warten.«

Er setzte sich auf einen freien Stuhl und gab Arnold die Hand. »Ich heiße Hewitt.«

»Freut mich, Sie kennenzulernen. Taylor hat zu mir dasselbe gesagt, und sie hatte recht. Wenn ich mich nicht gesetzt hätte, wäre ich weggeblieben.«

»Dann sind wir schon zwei.«

»Sie sind nicht von hier?«

»Nein, von weiter westlich.«

Rechts von ihnen hielt Taylor einen Spiegel hoch, damit ihre Kundin sich von hinten sehen konnte.

Arnold runzelte die Stirn. »Mir steht ein Familientreffen bevor. Ich hoffe, Taylor schneidet nicht zu viel ab. Mein alter Hund verleugnet mich jedes Mal, wenn ich geschoren aus der Stadt zurückkomme.«

Taylor winkte ihn zu dem frei gewordenen Platz, worauf sich der Mann schwer seufzend dorthin begab. Sie ging einen Stapel Zeitschriften durch und reichte Hewitt eine. Auf der Titelseite prangte ein Mähdrescher.

»Nur falls dich die neusten Extensions oder Schminktrends nicht interessieren. Ist Fliss schon zurück?«

»Noch nicht.«

Ohne Zögern beantwortete die Friseurin seine unausgesprochene Frage: »Fliss und ich sind zusammen aufgewachsen. Meine Mum war hier die Bibliothekarin. Cressy kam früher immer vorbei, um sich Pferdebücher auszuleihen. Und für Fliss hatte Mum immer ein Buch parat, in dem sie Antworten auf ihre tausend Fragen fand.«

Er konnte sich gut vorstellen, wie die kleine Cressy ihre Nase in ein Pferdebuch steckte und Fliss ihren Wissensdurst stillte. Sie und Lizzie hatten viel gemeinsam.

Taylor griff nach dem Besen. »Bitte richte Fliss aus, dass es mir leidtut wegen Lewis' Frau und dass wir bald mal wieder quatschen müssen.«

»Mach ich.«

Hewitt brachte die Wartezeit herum, indem er sich die landwirtschaftlichen Maschinen in der Zeitschrift ansah und Arnolds Geschichten über das scheue weiße Känguru lauschte, das in der Nähe seines Blockhauses lebte, zwei Stunden von der Stadt entfernt. Allzu bald stand Arnold mit kurz geschnittenen Seiten und Hinterkopf von dem Stuhl auf, und Hewitt war an der Reihe, sich den schwarzen Umhang umbinden zu lassen.

»Viel Glück«, sagte Arnold und rieb sich den ausrasierten Nacken. »Der Wind draußen wird sich ein bisschen frisch anfühlen.«

Arnolds Prophezeiung erwies sich als wahr. Ein kalter Wind strich über Hewitts Nacken, als er den Friseursalon verließ. Er schlug den Hemdkragen hoch und winkte Taylor noch einmal durch das Schaufenster.

Laut Avas letzter Nachricht hatten sie das Willkommensschild von Woodlea passiert. Also hatte er gerade noch Zeit für eine schnelle Besorgung. Er überquerte die Straße und ging in den Geschenkeladen.

Mit zwei großen eingepackten Schachteln auf dem Beifahrersitz fuhr er durch das breite Tor des städtischen Parks. Eine Reihe von Pappeln schirmte die Picknicktische und Grillplätze ab. Der Kinderspielplatz lag an der Rückseite eines großen weiß eingezäunten Ovals. Im Lauf der Jahre hatte der historische Sportplatz schon viele Kricket- und Rugby-Spiele gesehen, aber auch Märkte und Schäferhundprüfungen fanden dort statt.

Hewitt parkte bei einem drehbaren Klettergerüst mit dicken Seilen. Als er das Klappern eines Pferdeanhängers vernahm, schaute er zur Seite. Seine verkrampfte Schulterhaltung verriet, wie nervös er war, und er versuchte bewusst, sich zu entspannen. Heute ging es nicht um Reue und Schuld, sondern darum, nach vorn zu blicken und zu akzeptieren, dass das Leben eine andere Richtung eingeschlagen hatte.

Quinn sprang als Erster aus Avas stahlblauem Allrad-Truck. Freude durchströmte Hewitt, als Quinn ihm entgegensprang und die Arme so fest um seinen Hals schlang, dass ihm fast die Luft wegblieb. Lizzie folgte dicht hinterdrein und begnügte sich damit, seine Beine zu umklammern. Als er Quinn herunterließ, drückte er seine Nichte. Sie schmiegte den Kopf in seine Halsbeuge, wie sie es schon als Baby getan hatte. Sie roch nach Sonnenschein und der rosafarbenen Seife, die sie so mochte.

Quinn flitzte davon, um auf das Klettergerüst zu steigen. Lizzie schloss sich ihm an, kletterte aber langsam und vorsichtig.

Dann kam Ava zu ihm und drückte ihn. »Die letzte halbe Stunde kam mir wie eine Ewigkeit vor. Quinn kann einfach nicht still sitzen.«

Hewitt grinste und war erleichtert, weil Avas Gesicht nicht mehr so schmal war. »Keine Sorge, ich mache ihn müde.«

Avas blaue Augen strahlten wie schon lange nicht mehr. »Ist es gemein, zu sagen, dass ich darauf gehofft habe?«

Er wandte sich seiner Mutter zu, die hinter Ava stand und so elegant aussah wie immer. Vor einiger Zeit hatte sie ihm noch bis ans Kinn gereicht, und jetzt konnte sie problemlos unter seinem Arm durchlaufen. »Hallo, Mum.«

»Hallo, mein Lieber.«

Sie schloss ihn in die Arme, und er ließ es geschehen, so lange, wie sie es brauchte. Als sie ihn losließ, lächelte sie ihn an und sah damit um Jahre jünger aus. »Es wurde aber auch Zeit, dass du mal auf deine alte Mutter hörst und dir die langen Haare abschneiden lässt.«

Er legte den Arm um ihre schmalen Schultern. »Ich höre doch immer auf dich.«

»Ava, wollen wir ihn zusammen an all die Male erinnern, die er nicht auf mich oder andere gehört hat?«

Ava lachte. Sie entriegelte gerade die Vordertür des Pferdeanhängers. »Wenn ich den ganzen Tag Zeit hätte, würde ich das glatt tun. Aber hier ist noch jemand, der darauf brennt, dich wiederzusehen.«

Hewitt gab seiner Mutter einen Kuss auf den Scheitel und ging zu seiner Stute. Leise wiehernd begrüßte sie ihn, als er in den Anhänger stieg.

Er streichelte ihr samtiges Maul. »Hallo, mein Mädchen. Es tut mir leid, dass ich so lange gebraucht habe, um die Kurve zu kriegen.«

Sie schnaubte ihm gegen die Wange, als er sie am Hals streichelte, wo sie es am liebsten hatte.

»Wir werden heute Abend einen schönen Ausritt unternehmen.«

Lizzies Stimme erklang hinter ihm. »Onkel Hewy, hast du noch mehr Fotos von den Welpen? Ich will sehen, wie Delilah jetzt aussieht.«

»Hab ich.« Hewitt strich noch einmal über Garnets Hals, dann verließ er den Anhänger.

Er reichte Lizzie sein Handy. »Wenn hier alle zufrieden sind, bringe ich Garnet jetzt zum Tierarzt, um sie noch einmal durchchecken zu lassen, bin aber bald zurück.«

»Lass dir ruhig Zeit.« Ava gab ihm die Wagenschlüssel. »Ich glaube, nicht mal der Anblick eines vorbeifahrenden Baggers würde Quinn vom Spielplatz loseisen.«

Und tatsächlich war sein Neffe noch auf dem Klettergerüst, als Hewitt zurückkam.

Er hob die Arme, um die Aufmerksamkeit des Kleinen auf sich zu lenken. »Mittagessen!«

Quinn kletterte sofort herunter.

Ava seufzte. »Du ahnst nicht, wie froh ich sein werde, wenn du wieder zu Hause bist. Ich hätte ihn mindestens dreimal rufen müssen.«

»Pass auf, was du dir wünschst. Du weißt, wenn Quinn und ich im Schuppen sind, musst du mich auch mindestens dreimal rufen.«

Ava grinste ihn an. »Wohl eher fünfmal.«

Hewitt öffnete die Wagentür für die Kinder, damit sie einsteigen konnten. Als ihm auffiel, wie Ava sich das Kreuz rieb, bot er an zu fahren.

Im Windmill Café angekommen, beratschlagten die Kinder, was sie essen sollten, und entschieden sich wie immer für einen Vanilleshake und ein Käsesandwich. Anschließend gingen sie in den Bonbonladen. Hewitt machte einen Schnappschuss von den entzückten Gesichtern der Zwillinge, als sie die vielen Lutscher in den Glasdosen sahen. Seine Mutter blieb draußen und fotografierte den bestrickten Gartenzaun. Allzu bald war es für Ava Zeit, die Rückfahrt anzutreten, damit sie nicht auf zu viele Kängurus trafen, die in der Abenddämmerung gern am Straßenrand grasten.

Sie fuhren noch einmal zum Park, damit die Kinder kurz auf den Spielplatz konnten und um Hewitt bei seinem Pick-up abzusetzen. Nachdem er Quinn und Lizzie ein paarmal auf der Schaukel angestoßen hatte, umarmte er sie zum Abschied. Als sie schließlich in ihren Kindersitzen angeschnallt waren, gab er ihnen die Geschenke.

»Das ist eine Überraschung für euch, die ihr zu Hause auspacken könnt.«

Quinn nickte müde, und Lizzie gab ihm einen Luftkuss.

Ava lächelte ihn dankbar an, als sie sich von ihm verabschiedete.

Dann nahm er seine Mutter in den Arm. »Grüß Dad von mir, und sag ihm, ich komme in einem Monat nach Hause.«

Sie nickte unter Tränen.

Bedrückt winkte er ihnen nach. Aber als er mit Garnet im Anhänger die Stadt verließ, spürte er Hoffnung in sich und war froh darüber. Auf Bundara hatte er zum ersten Mal seit Brodys Beerdigung Zeit für sich gehabt. Zum ersten Mal hatte er Zeit gehabt, wirklich zu trauern.

Heiter und voller Vorfreude kam er auf der Farm an und holte Garnet aus dem Anhänger, um sie in den Round-Pen zu führen. Obwohl die Nachmittagssonne schon lange Schatten über den Rasen warf, blieb noch Zeit genug für einen Ritt hinauf zum Bergkamm. Als die Stute begriff, dass der Sattel und das Zaumzeug, das er herantrug, für sie bestimmt waren, warf sie den Kopf hin und her und tänzelte.

»Das wird ein gemächlicher, ruhiger Ausritt«, erklärte er und legte den Sattel auf den obersten Balken. Als er den Round-Pen betrat, kam sie sofort zu ihm. Er legte ihr das Zaumzeug an und strich über die Narben an ihrer Schulter, die sie von ihrem Kampf mit dem Rodeobullen zurückbehalten hatte. »Aber es wird der Erste von vielen.«

Seine Zweifel, ob er das Richtige tat, lösten sich in Luft auf, sobald er in den Sattel stieg. Das Knarren des Leders und das freudige Zucken der Pferdeohren gaben ihm das eindeutige Gefühl, dass er war, wo er sein sollte, und der letzte Rest Anspannung fiel von ihm ab.

Neugierige Kühe hoben den Kopf, als er über die Koppeln zum Ende der Weiden ritt, wo die Eukalyptusbäume dichter standen. An dem steilen Hang, der zum Kamm hinaufführte, ließ er Garnet das Tempo bestimmen.

Das Tal blieb unter ihnen zurück, das Blau des Himmels verblasste, und als das erste Rot erschien, zügelte Hewitt seine Stute.

Er rieb ihr den Hals. »Da sind wir.«

Er stieg aus dem Sattel und setzte sich auf einen Granitblock. Garnet trat neben ihn. Die Kälte des Steins ließ ihn frösteln, und die kalte Luft zwickte auf seiner Haut, aber er blieb eine Weile ruhig sitzen.

Die Stille hüllte ihn ein. Die Farben umfingen ihn. Das Licht brach sich in leuchtenden Schwaden von Gold, Orange und Rosa. Langsam sank die Sonne hinter den Horizont.

Hewitt gab sich glücklichen Erinnerungen an seinen Zwillingsbruder hin. Als die Sonne untergegangen war, sagte er mit belegter Stimme: »Auf Wiedersehen, Brody.«

9

Das muntere Krächzen einer Elster, die in der alten Tanne von Claremont saß, hieß Fliss wieder im Busch willkommen.

»Meredith, deine heiße Schokolade ist die beste.« Dankbar nahm sie einen Schluck aus der roten Mohnblumen-Tasse. Es wehte ein sanfter Wind, der keine penetranten Abgase mit sich trug.

»Danke.« Meredith stellte einen Teller mit Kokosnussscheiben und Zitronenzesten auf den Gartentisch und setzte sich Fliss gegenüber auf den Eisenstuhl. »Leider habe ich keine Marmeladenplätzchen mehr. Ich dachte eigentlich, ich hätte welche in die Tiefkühltruhe gelegt, bevor wir nach Sydney aufgebrochen sind.«

»Das hast du sicher getan, aber wenn Phil oder Tanner so süchtig danach sind wie ich, dann wundert es mich nicht, dass du keine finden kannst.«

Ein milder Ausdruck trat in Meredith' blaue Augen. Jahrelang hatte sie für alle Leute gebacken, außer für den Sohn, den sie nicht gekannt, und den Mann, den sie aus der Ferne geliebt hatte. Nun da Denham bei Cressy auf Glenmore lebte, war Claremont das Zuhause von Meredith und Phil und auch von Tanner, wenn er mal nicht beim Viehtrieb war.

Fliss schaute über den großen parkähnlichen Garten, der schon Dürren, Brände und Heuschreckenplagen überstanden hatte. Viele Ableger ihrer Mutter, die sie Denhams Mutter Audrey geschenkt hatte, gediehen in den sorgsam gepflegten Beeten. Meredith, Audrey und ihre Mutter Ruth hatten sich mit Anfang zwanzig in Sydney kennengelernt. Ihre Freundschaft wurde umso enger, als sie sich im Westen niederließen. Fliss erinnerte sich noch an das Gelächter, das vom Tennisplatz herüberklang, wenn die drei morgens Tennis gespielt hatten.

Sie nahm sich ein Stück Kokosnuss vom Teller. »Das ist genau das Richtige, bevor ich nach Bundara fahre.«

»Das waren ein paar anstrengende emotionale Tage. Jeans Sachen durchzugehen war eine Riesenaufgabe. Aber ich bin froh, dass wir es getan haben, denn für Lewis wäre das zu viel gewesen.«

»Da hast du recht. Er war ungeheuer still und verschlossen. Meinst du, er kommt zurecht?«

»Er braucht nur Zeit. Immerhin war er über dreißig Jahre mit ihr verheiratet. Aber er ist stark.«

»Und du kennst ihn auch schon so lange?«

»Länger sogar.« Meredith nahm sich ebenfalls eine Kokosnussscheibe. »Aus der Zeit, als ich bei Audreys Familie lebte. Er hat ihnen den Rasen gemäht, um sich während des Studiums etwas dazuzuverdienen.«

Fliss musterte Meredith' schönes, altersloses Gesicht. Es hatte ihr einmal den Titel der Miss Woodlea Showgirl eingebracht. »Hast du in Sydney nicht auch meine Mutter kennengelernt?«

»Ja, aber erst nach einiger Zeit. Ihren Eltern gehörte ein Haus am Strand, an dem ich beim Spazierengehen vorbeikam. Einmal ist ihr Cocker Spaniel weggelaufen, und ich habe ihn bei den Felstümpeln gefunden. Aber unser Kontakt ging über eine Bekanntschaft nicht hinaus. Das änderte sich erst, als sie deinen Vater heiratete und nach Glenmore zog.«

Fliss trank von ihrer Schokolade.

»Ich habe ihre Sammel- und Fotoalben alle durchgesehen.

Nichts deutet darauf hin, dass es in ihrem Leben einen anderen Mann als Dad gegeben hat.«

Meredith seufzte. »Ich weiß. Ich habe mir den Kopf zerbrochen. Sie hat nie angedeutet, dass sie sich in Sydney mit jemandem getroffen hat. Ihre Eltern waren sehr streng, das hatten wir gemeinsam.« Meredith dachte einen Augenblick nach. »Aber vielleicht hat sie sich doch mal mit einem Mann getroffen. Ich denke, deine Mutter wusste, dass ich schwanger war, obwohl ich das lange verheimlicht habe. Manchmal, wenn wir den Strand entlanggingen, schaute sie prüfend auf meinen Bauch. Ich dachte immer, sie sei entsetzt, aber vielleicht hatten diese Blicke einen anderen Grund. Vielleicht ... waren sie sehnsüchtig?«

Fliss beugte sich nach vorn und legte die Hand auf Meredith'. »Danke. Das ist der erste Hinweis, wenn auch ein vager. Mum ist kurz nach der Hochzeit hierher gezogen, und da sie schon kurz vorher mit mir schwanger gewesen sein muss, dürfte mein Vater in Sydney gelebt haben.«

»Genau.« Meredith drückte Fliss' Hand. »Befass dich weiter mit den DNA-Übereinstimmungen, und ich denke weiter nach.«

Fliss fuhr über die dicken Bohlen der weißen Holzbrücke. Die Strömung war immer noch reißend, der Wasserstand hoch, aber eine Überflutung der Brücke mussten sie nicht mehr befürchten. Bei Lewis hatte sie jeden Morgen den Wetterbericht für Woodlea abgerufen und war furchtbar besorgt gewesen, bis sie sah, dass es nicht regnen würde. Die Aussicht, auf schlammigen Straßen heimzufahren, hatte ihr Magenschmerzen bereitet.

Sie passierte den Briefkasten und fuhr über das Viehgitter, durch die nun trockene Senke in der Straße und zum Farmhaus. Einem Farmhaus, das sie nicht mehr als vorübergehenden Wohnort ansah, sondern als Zuhause. Irgendwann hatte es aufgehört, lediglich eine Zuflucht zu ihrer seelischen Heilung zu sein, und war nun vielleicht ihre Zukunft.

Sie fuhr langsamer, weil die letzten Sonnenstrahlen über die violetten Glyzinien schienen, die am Gestell des Wassertanks hochrankten, und sie sich an dem Anblick erfreuen wollte. Die weißen Blüten an dem Baum neben dem Carport welkten allmählich, und gerade fuhr ein Windstoß in den Baum, und es schneite winzige Blütenblätter. Sie stieg aus und ging direkt zum Gartentörchen, hinter dem Molly umgeben von ihren pummeligen Welpen saß.

Fliss öffnete es nur einen Spaltbreit und zwängte sich rasch hindurch, damit keiner der Kleinen an ihr vorbeiflitzen konnte. »Hallo, Miss Molly.« Sie tätschelte den Border Collie, der den Kopf an ihr Bein schmiegte. »Sieh nur, wie deine Babys gewachsen sind.«

Ungeachtet ihrer schicken schwarzen Hose setzte sie sich auf den Rasen. Molly legte sich neben sie, und kurz darauf kletterten die Welpen über ihre Beine, kauten an ihren Absätzen und drängten sich unter ihre Arme. Sie lachte, als eine feuchte Hundeschnauze sie am Kinn stupste.

»Ihr seid die größten Zeitverschwender überhaupt. Wie soll ich mein DNA-Rätsel lösen, solange ich euch zum Spielen habe?«

Hinter sich hörte sie Hewitts dunkles Lachen. »Na, das nenne ich mal einen herzlichen Empfang.«

Sie wollte etwas erwidern, machte aber schnell den Mund zu, weil ihr ein Welpe übers Gesicht leckte.

»Stürmischer Empfang wäre wohl treffender«, meinte er dann. »Komm …« Er bot ihr die Hand, um ihr aufzuhelfen, und da eines der Hündchen gerade ihre Haare fressen wollte, ergriff sie sein Handgelenk und ließ sich hochziehen.

Dabei blickten sie einander in die Augen. Sie registrierte, wie warm seine Hand war und wie mühelos er sie auf die Füße zog, aber vor allem staunte sie über sein verändertes Aussehen. Seine kurz geschnittenen Haare lenkten den Blick auf die ausgeprägten Wangenknochen, das kantige Kinn und das klare Grau seiner Augen.

Als ihr bewusst wurde, dass sie ihn anstarrte und noch immer festhielt, zog sie schnell die Hand zurück. Ihm konnte unmöglich entgangen sein, wie wild ihr Herz klopfte.

»Danke. Es war nicht gerade vorausschauend, sich auf den Boden zu setzen.«

»Die Welpen fanden es klasse.«

Klang er plötzlich heiser oder war das ihr Wunschdenken?

Hewitt hob eines der kleinen Fellknäuel hoch, das sich an ihren Hosensaum hängte. »Ich bringe alle in den Schuppen, damit wir dein Gepäck in Ruhe ins Haus tragen können.«

Fliss strich Molly noch einmal über die Ohren, dann folgten ihm Hündin und Welpen, als wäre er der Rattenfänger von Hameln.

Fliss ging zum Wagen. Drüben im Geräteschuppen stand ein grau-weißer Pferdeanhänger neben dem Quad. Sie blickte sich um. Bei den Goldakazien auf der Koppel am Bach graste eine braune Stute.

Sie drehte sich zu Hewitt um, der gerade zu ihr an den Kofferraum trat. »Du bist wieder ein Pick-up-Reiter mit Pferd?«

»Ja. Ava hat mir Garnet gestern gebracht und mich zusammen mit den Zwillingen und meiner Mutter besucht.«

»Bist du schon geritten?«

»Ja, gestern Abend, zum Kamm hoch.«

Fliss schaute zu den Granitfelsen über den bewaldeten Hügeln. »Die Aussicht muss fantastisch sein.«

»Ist sie.«

Sie wandte sich ihm wieder zu. Er wirkte weniger ernst als vor ihrer Fahrt nach Sydney. Sein Lächeln hatte eine gewisse Unbeschwertheit, und die Falten neben seinen Mundwinkeln waren nicht mehr so tief. Das Wiedersehen mit seiner Familie und der Ausritt mit Garnet hatten seine Trauer wohl gelindert und ihn ein bisschen glücklicher gemacht. Sein altes Leben, das in die Brüche gegangen war, wurde nach und nach gekittet. Sosehr sie sich für ihn freute, konnte sie den Anflug von Verlustangst, der sie ergriff, nicht verdrängen.

»Muss ich erst meinen Doktor-Fliss-Hut aufsetzen? Deiner Schulter mag es besser gehen, trotzdem ist der Bruch noch nicht verheilt. Wenn ich dich röntgen ließe, würde man ihn sehen.«

»Ich komme zurecht.«

Hewitt griff nach einer Reisetasche. Das amüsierte Funkeln in seinen Augen hatte einen noch größeren Effekt auf sie als sein Grinsen. Es war unmöglich, in seiner Nähe Gleichmut zu wahren. Erstens war sie erschöpft und deshalb dünnhäutig, und zweitens lagen ihre Emotionen dicht unter der Oberfläche und zwangen sie, den Tatsachen ins Gesicht zu sehen, nämlich wie froh sie war, ihn wiederzusehen, und wie einsam ihr Bundara ohne ihn vorkommen würde.

»Ich meine es ernst, Hewitt.«

Die Worte kamen ihr schärfer über die Lippen als beabsichtigt. Verlegen spürte sie, dass sie rot wurde.

Behutsam streckte er die Hand nach ihren Haaren aus. »Ist schon gut.« Sein Ton war sanft, seine Augen dunkel. »Ich werde vorsichtig sein.«

Er ließ die Hand sinken, und sie sah ein weißes Blütenblatt davonfliegen. Dann bückte er sich, um die übrigen Taschen aus dem Kofferraum zu heben, sodass sie sein Gesicht nicht länger sehen konnte. »Wie wär's, wenn wir alles ins Haus tragen, und ich berichte dir sämtliche Neuigkeiten? Cressy kommt am Abend zum Essen vorbei. Du bist jetzt Besitzerin einer Feuerstelle. Und da dachten wir, die könnten wir heute einweihen.«

Fliss nickte und entspannte sich. Das klang nach einer schönen Ablenkung von dem, was zwischen Hewitt und ihr vorging.

Als sie durch den Garten liefen, fielen ihr außer der geschweißten Feuerschale, die auf dem gepflasterten Platz vor der alten Backsteinmauer stand, noch mehr Veränderungen auf. Neue Fensterscheiben glänzten in den Rahmen, und die vordere Fliegengittertür hing nicht mehr schief in den Angeln.

»Danke für alles, was du getan hast«, sagte sie, als er ihr die Tür aufhielt. »Es bedeutet mir viel, wie gut du Bundara in Schuss gebracht hast.« Sie presste die Lippen aufeinander, ehe sie noch mehr von ihren Emotionen preisgab. Er hatte nicht nur auf ihr Zuhause eine enorme Wirkung.

Er lächelte erfreut. »Jederzeit gern.«

Sie ging vor ihm her ins Haus, damit er ihr nicht anmerkte, wie sehr sie sein Lächeln vermisst hatte.

»Möchtest du eine Tasse Kaffee?«

»Ja, bitte«, antwortete er und stellte ihr Gepäck im Flur ab. »Ich war den ganzen Tag in Denhams Schuppen und habe den Nachmittagskaffee ausgelassen.«

Während er sie in die Küche begleitete, atmete Fliss ruhig und langsam durch. Das war das erste Mal, dass sie allein in ihrem Haus waren. Aber anstatt nervös oder verlegen zu sein, weil Hewitt ihren persönlichen Bereich betrat, fühlte sie sich wohl und sicher. Sie setzte Teewasser auf und kochte Kaffee. Als sie sich am Küchentisch gegenübersaßen, erzählte er ihr, was Ella herausgefunden hatte.

»Mollys Besitzer waren offenbar verreist. Ihre Tochter und deren Familie haben ab und zu nach Molly und dem zweiten Hund gesehen. Er heißt Max. Vor drei Wochen, als sie dort waren, um die Hunde rauszulassen, waren sie verschwunden. In der Gegend sind zu der Zeit mehrere reinrassige Arbeitshunde gestohlen worden.«

»Bitte sag mir, dass Max gefunden wurde. Ist er der Vater der Welpen?«

»Er wurde noch nicht gefunden, aber er ist der Vater.«

»Ob er vielleicht auch hier in der Nähe ist?«

»Die Polizei nimmt das an. Deren Theorie ist, dass Molly den Dieben entkommen konnte und sie nach ihr suchen, Max aber noch bei ihnen ist.«

»Hoffentlich findet die Polizei ihn bald.« Fliss starrte in ihren Tee, den sie noch nicht angerührt hatte. Sie scheute sich, die Frage zu stellen, die ihr auf der Seele lag. Schließlich überwand sie sich. »Wann wird Molly abgeholt?«

»Die Tochter hat Fotos von Molly und den Welpen an ihre Eltern geschickt, die sind aber noch in Übersee. Sie haben die Unterlagen zusammengesucht, die Molly als ihr Eigentum ausweisen. Aber sie fragen an, ob wir sie noch etwas länger behalten könnten, weil die Welpen die lange Fahrt dann besser verkraften.«

Fliss lächelte breit. »Das ist für mich mehr als okay.«

»Das hat Ella schon vermutet. Also bleiben sie noch mindestens drei Wochen hier. Wenn Max dann immer noch vermisst wird, wollen die Besitzer herkommen und nach ihm suchen.«

»Drei Wochen …« Sie war zwar erleichtert über den Aufschub, aber der Abschiedskummer war ihr schon anzuhören.

»In der Zeit wirst du noch viel belagert, beschnuppert und beleckt werden.«

Sie glaubte, er würde noch mehr sagen, aber dann stand er auf, ohne seinen Kaffee ausgetrunken zu haben. »Da ist Cressys Land Cruiser. Dann gehe ich jetzt besser mal Feuerholz sammeln.«

Hewitt nährte die Flämmchen in der Feuerschale mit dünnen trockenen Zweigen, die er vorher zerbrach. Noch nie hatte er sich so sehr gefreut, Cressy die Verandatreppe hinaufstiefeln zu sehen. Allein mit Fliss zu sein war eine äußerst brenzlige Angelegenheit.

Schon die simple Berührung, als er ihr vom Rasen aufhalf, war ein Fehler gewesen. Er hätte es wissen müssen. Er hatte weit mehr als bloßen Körperkontakt gefühlt, als sie sein Handgelenk packte. Er hatte gespürt, dass sie zerbrechlich und stark zugleich war, und ihr schneller Puls war ihm auch nicht entgangen. Trotz der Schatten unter ihren Augen war sie so schön wie nie.

Er hatte geglaubt, das Schlimmste wäre vorbei. Dass er sie nun gesehen hätte und die intensiven Gefühle hinter einer lockeren, nachbarschaftlichen Beziehung verschwinden lassen könnte. Doch dann saß sie ihm in der Küche gegenüber, betrübt lächelnd, weil sie Molly in einigen Wochen gehen lassen musste, und schon war er verloren. Er hatte die Küche verlassen müssen, bevor er noch etwas sagte oder tat, das sie hinterher bereuten.

Er starrte in die größer werdenden Flammen. Seine Gefühle für Fliss zehrten seine Selbstbeherrschung auf wie die Flammen das Holz. Aber er musste stark bleiben, bis er sich wieder auf seine eigentlichen Ziele besonnen hatte und hinter die Grenze zurückgetreten war, die er nie hätte überschreiten dürfen.

»Die Feuerstelle ist toll geworden. Darf ich auch eine für mich in Auftrag geben?«

Beim Klang von Cressys Stimme drehte er sich um. Ihre Augen funkelten halb erfreut, halb belustigt. Sie hatte doch hoffentlich nicht kapiert, warum er den ganzen Tag in Denhams Männerhöhle verbracht hatte? Er war von zu Hause abgehauen, weil er sonst ständig nach Fliss Ausschau gehalten hätte.

»Danke. Sag Denham, ich schulde ihm ein Riffelblech und eine Fahrt nach Woodlea. Ich werde gleich zwei besorgen, dann kann ich dir auch eine bauen.«

Cressy stellte einen Korb mit frischen Brötchen und eine Flasche Tomatensauce auf den neuen Gartentisch. Das Gestell unter der alten Tür, die als Tischplatte diente, hatte er ebenfalls geschweißt.

»So einen Tisch kannst du mir auch noch bauen«, sagte sie und strich über das aufgearbeitete Holz.

»Auftrag angenommen.« Hewitt klappte drei Stühle auseinander und stellte sie im Halbkreis um die Feuerschale. »Ich muss nur vorher noch für neue Sitzgelegenheiten an Fliss' Grillplatz sorgen.«

Cressy setzte sich, und Molly trottete herüber und legte sich neben ihren Stuhl. Kurz darauf brachte Fliss ein Tablett mit Würsten und drei langen Grillgabeln zu ihnen herüber. Sie trug Jeans, Stiefel und ein langärmliges rosafarbenes Hemd. Die Haare hatte sie zum Dutt gedreht und auf dem Scheitel festgesteckt, aber ein paar kurze Strähnen hatten sich gelöst und hingen ihr in die Stirn.

Cressy lächelte ihre Schwester an. »Genieß deinen Garten, so lange er so ordentlich ist. In den nächsten drei Wochen werden die kleinen Rabauken sich darin balgen, Stängel zerkauen und ihr Gebell trainieren.«

Fliss stellte das Tablett auf den Tisch. »Ich freue mich schon darauf.«

Cressy betrachtete ihre Schwester lange, dann sagte sie: »Du wirst überall Hundehaare und Sabber haben, und sie werden alles zerstören, von den Pflanztöpfen bis zu deinen Schuhen. Das ist dir klar, oder?«

Fliss setzte sich auf den mittleren Stuhl. »Ich kann es kaum erwarten.«

»Wer bist du? Und wo ist meine Schwester?«

Fliss' weiches, zufriedenes Lachen ging Hewitt durch und durch. »Die kontrollsüchtige Ordnungsfanatikerin in mir ist noch da … Ich verlasse nur ganz kurz meine Komfortzone.«

»Gut für dich«, sagte Cressy aufrichtig.

Es wurde dunkel, und die ersten Sterne waren am Himmel zu sehen. Die Würste brutzelten im Feuer, dann die Marshmallows. Ein unbeschwertes Schweigen breitete sich schließlich aus, man hörte nur das Holz knacken und die Grillen zirpen.

»Weißt du noch, wie wir am Bach gezeltet und Feuer gemacht haben?« Fliss beobachtete die Flammen, während sie ihr Marshmallow röstete. »Mum wollte die Lampe der Waschküche anlassen, damit wir den Weg zum Haus finden, falls uns gruselig wird.«

»Das waren noch Zeiten. Und Midge hat bei uns geschlafen und so laut geschnarcht, dass du zum Haus gelaufen bist und dir Watte für die Ohren geholt hast.« Cressy nahm ihr Marshmallow aus dem Feuer und sah Fliss an. »Weißt du, wir sollten eigentlich beim Wanderritt mitmachen. Da gibt es jeden Abend Lagerfeuer. Nur leider bin ich mit Denham oben im Norden.«

Fliss blickte nicht auf. »Taylor bezweifelt, dass er nach dem vielen Regen überhaupt stattfindet.«

»Doch, wird er.« Cressy steckte sich ihr Marshmallow in den Mund. »Ich hoffe, hier zählt keiner mit, wie viele ich davon verschlinge.« Nachdem sie es zufrieden verspeist hatte, fuhr sie fort:

»Die Organisatoren haben die Route schon inspiziert. Der Ritt wird definitiv stattfinden.«

»Da wird sich Zoe aber freuen. Sie war schon ganz aufgeregt. Sie will unbedingt Minty reiten, und ich soll auch mitkommen.«

Hewitt steckte sich ein zweites Marshmallow auf die Gabel, um heimlich Fliss' Gesicht beobachten zu können, denn sie klang auf einmal gedämpft und angespannt.

»Ja, komm doch mit«, sagte Cressy. »Jazz' Arthritis macht gerade wieder Ärger, sie wird wegen ihrer Knie nicht mitgehen können, aber du könntest Flame nehmen. Ich trainiere zurzeit ein junges Pferd. Flame wird also nicht genügend geritten.« Sie überlegte kurz, dann schlug sie einen neckenden Ton an. »Oder du nimmst Bandit.«

»Bandit? Nein danke. Denk dran, ich habe Denham oft genug genäht und bandagiert. Ich weiß, wozu dieses Pferd imstande ist. Unter seinen drohenden Blicken würde es dem süßen kleinen Minty angst und bange werden. Ich müsste während des gesamten Ritts Abstand halten.« Fliss wurde ernst. »Es dient zwar einem guten Zweck, und das Krankenhaus braucht das Ultraschallgerät dringend, aber … ich weiß nicht, ob ich da wirklich mitmachen muss.«

Hewitt spürte, dass etwas Unausgesprochenes im Raum stand.

Cressy neigte sich zu Fliss und drückte ihre Hand. »Dann reitets du eben nächstes Jahr wieder mit.«

Darauf sagte Fliss nichts mehr. Sie starrte mit größter Anspannung in die Glut.

Endlich fasste Hewitt einen Entschluss und redete, ehe sein Selbsterhaltungstrieb ihm riet, den Mund zu halten. »Ich reite mit, wenn du es auch tust. Garnet würde es sicher Spaß machen. Nach einem Jahr Schonzeit hat sie das verdient.«

Fliss sah ihn an. In ihren Augen flackerte Hoffnung auf und erlosch sogleich wieder. »Ganz bestimmt, aber du solltest wirklich noch nicht so viel reiten.« Hastig rettete sie ihr halb verkohltes Marshmallow. »Als du zu Edna gesagt hast, du seist noch nicht fit genug, entsprach das der Wahrheit.«

Hewitt merkte, dass Cressy sie beide musterte.

»Mag sein … aber Dinge ändern sich. Und es ist für einen guten Zweck. Das wären ein paar schöne Tage. Brody und ich sind oft in den Snowy Mountains ausgeritten und haben dort gezeltet.« Er zog sein Marshmallow aus dem Feuer, bevor es in Flammen aufging. »Und wenn du mitkämst, hätte ich keine Chance, etwas Riskantes zu tun.« Sein Ton wurde heiterer. »Überleg nur, was ich anstellen könnte, wenn ich nicht unter deiner ärztlichen Aufsicht stehe.«

Er glaubte, Fliss würde wenigstens schmunzeln, aber stattdessen runzelte sie nur besorgt die Stirn.

»Geh doch mit, Fliss«, bat Cressy sanft. »Ich kümmere mich um Molly und ihre Kleinen und sehe nach den Kühen. Und wenn ich dann weg bin, wird das sicher Phil übernehmen.«

Fliss schwieg eine ganze Weile. »Na gut«, sagte sie schließlich. »Ich gehe mit.« Sie warf Hewitt einen ernsten Blick zu. »Aber mach dich darauf gefasst, dass du reiten wirst wie am Führzügel. Schnelle Ritte wird es nicht geben.«

»Verstanden.«

Cressy lachte. »Hewitt, hältst du hinter dem Rücken die Finger über Kreuz? Zufällig weiß ich, dass du genauso risikofreudig bist wie Denham.«

Im Feuerschein sah er Fliss' erschrockenes Gesicht. »Ein Sturz und die Heilung der vergangenen Wochen ist dahin.«

»Ich werde vernünftig sein. Das verspreche ich.«

Er steckte sich wieder ein Marshmallow auf die lange Gabel. Es rührte ihn, wie sehr sie sich um ihn sorgte. Natürlich war ihm durchaus bewusst, welches Spiel Cressy trieb. Sie kannte ihn gut und wusste, wenn er einmal sein Wort gegeben hatte, hielt er sich daran. Also hatte sie Fliss den Gedanken in den Kopf gesetzt, er könnte sich unvernünftig verhalten, damit sie aufgrund ihres starken Verantwortungsgefühls an dem Wanderritt teilnahm. Denn ihre Schwester würde nicht nur auf Hewitt aufpassen, sie würde auch seinetwegen keinen Rückzieher machen.

Während Fliss sich zu Molly herunterbeugte und sie streichelte, nickte er Cressy zu und gab ihr damit zu verstehen, dass er auf Fliss aufpassen würde.

Cressy freute sich sichtlich. »Ich werde dir Flame morgen bringen«, sagte sie zu Fliss. »Fünf Tage sind reichlich Zeit, um sich wieder an den Sattel zu gewöhnen.«

»Ich werde schon nach einem Ritt nicht mehr richtig gehen können. Es ist Jahre her, seit ich auf einem Pferd gesessen habe.«

»Ein Grund mehr, um wieder in den Sattel zu steigen und möglichst viel zu trainieren. Und in den fünf Tagen kannst du dir auch ein Kostüm besorgen.«

Fliss stöhnte. »Die Parade durch die Stadt hatte ich völlig vergessen. Du weißt, wie ich es hasse, mich verkleiden zu müssen.«

»Ja. Außer dir kenne ich wirklich niemanden, der in Jeans zu einer Toga-Party geht. Nimm die Kostümierung einfach als weiteren Schritt aus der Komfortzone.«

»Ich verkleide mich einfach als Ärztin … einen Kittel müsste ich noch haben.«

»Kommt nicht infrage.« Cressy warf Hewitt einen strengen Blick zu. »Und du gehst auch nicht als Rodeoreiter.«

»Tue ich nicht. Zufällig kenne ich jemanden, der sich genauso gern Kostüme ausdenkt wie Hundenamen.«

Fliss schlug sich die Hände vors Gesicht. »Da haben wir's. Mein Schicksal ist besiegelt. Das bedeutet Elfenflügel und rosafarbenen Glitzer.«

10

Auf dem Rodeogelände herrschte schon ein buntes Gewimmel, als Fliss und Hewitt auf den Parkplatz fuhren. Fliss schaute zu dem Platz hinüber, wo sie die nächsten beiden Nächte schlafen würde. Tagsüber würden sie verschiedene Wandertouren reiten und am Abend ans Lagerfeuer zurückkehren und den Komfort von Ein-Mann- und Gemeinschaftszelten oder dem Pferdeanhänger genießen.

Langsam entspannte sie sich und öffnete ihre Hände, die sie im Schoß zu Fäusten geballt hatte. Sie würde das durchstehen. Die vergangenen fünf Tage hatte sie einen nach dem anderen hinter sich gebracht und sich dafür gewappnet, was passieren könnte. In der Satteltasche steckte ihr Verbandszeug, und auf die Fragen, die man ihr vielleicht stellen würde, war sie vorbereitet, sodass sie ärztlichen Rat erteilen konnte. Sie hatte sich auch zurechtgelegt, wie sie eine Unterhaltung beginnen könnte, wenn sie neue Reiter kennenlernte oder alten Bekannten über den Weg lief. Ihre Ängste sollten sie nicht davon abhalten, diesen Ausflug zu genießen.

Verstohlen blickte sie zu dem Mann neben ihr. Sie hatte auch ihre Grundregeln neu aufgestellt. Da die bisherigen sich als unwirksam erwiesen hatten, galt für sie jetzt nur noch eine: den Status quo aufrechterhalten. Die Sache zwischen ihnen durfte sich nicht weiterentwickeln.

Ja, ihr Atem ging schneller, wenn sie ihn nur ansah. Und jeder körperliche Kontakt, wie kurz auch immer, weckte in ihr Verlangen nach mehr. Seine Stärke und Empathie gaben ihr Halt in einer ungewissen Welt. Aber mehr durfte sie sich nicht erlauben. Andernfalls würde es ihr das Herz brechen, wenn er Bundara verließ. Wenn sie ihr Leben wieder in den Griff bekommen wollte, durfte sie keinen Mann lieben, der für seine eigene Familie da sein musste.

»Alles wird gut.« Hewitts leise Ermutigung riss sie aus ihren Gedanken. »Sowohl beim Wanderritt als auch auf Bundara. Cressy kümmert sich um Molly und ihre Jungen.«

Fliss lehnte sich zurück. »Du hast recht, es wird schon gut gehen.«

Sie fuhren an einem Pferdeanhänger vorbei, an dem ein weißes Pony angebunden war. Fliss winkte, denn daneben stand Zoe in violetten Reithosen und winkte ihr mit beiden Händen.

»Zoe freut sich riesig. Ich muss ein Foto von ihr machen und an Dr. Martin schicken.«

»Da ist sie nicht die Einzige.«

Hewitt bremste ab, weil einige Kinder am Straßenrand Fangen spielten. Kurz darauf verschwanden sie zwischen den Sattelschleppern und Lastern, die rings um das Gelände parkten.

»Ich glaube, Taylors Anhänger steht da drüben.« Fliss zeigte auf einen weißen Doppelkabinen-Pick-up am anderen Ende des Rodeogeländes. »Sie wollte uns eine Stelle sichern, wo wir alle genug Platz für unsere Schlafsäcke haben.«

Hewitt parkte neben einer transportablen Umzäunung, in der Taylors gescheckter Wallach stand. Der öffnete kurz die Augen, als Hewitt Flame und Garnet auslud und ihre Hufe auf der Anhängerrampe polterten, dann döste er weiter. Es hatte seinen Grund, warum Taylor den betagten Wallach ritt: Er war lammfromm.

Fliss war erleichtert zu sehen, dass Flame der Lärm und das Getümmel nicht störten. Die braune Stute schaute umher und atmete gleichmäßig. Im Gegensatz zu Garnet, die in einem fort schnaubte und an den Flanken schwitzte.

Hewitt band sie an der Seite des Anhängers an und streichelte sie am Hals. »Ich weiß. Hier ist es viel turbulenter als auf deiner Koppel. Aber wir reiten nicht bei einem Rodeo, sondern machen einen ruhigen, entspannten Wanderritt nach Dr. Fliss' Anweisungen.«

Er redete dem Tier noch einmal beruhigend zu, dann half er Fliss, die ihre Ausrüstung aus dem vorderen Teil des Anhängers lud. Sie beobachtete, wie er die Sättel trug, und wirkte erleichtert, weil er keine Schmerzen zu haben schien. Sie bückte sich vorsichtig, um eine Bürste aus der Putzbox zu nehmen. Wenn sie doch nur dasselbe von sich behaupten könnte!

In der vergangenen Woche war sie ein paarmal mit Hewitt zu den Weiden geritten, um nach dem Vieh zu sehen, und hatte hinterher Muskeln gespürt, die zehn Jahre ungenutzt geblieben waren. Sie wollte nicht daran denken, wie steif sie erst sein würde, wenn sie zwei ganze Tage im Sattel verbracht haben würde.

Sie striegelte Flame, und als die Stute wieherte, blickte sie auf und sah Taylor kommen. Die Friseurin tanzte zwar nicht mehr, hatte aber ihre anmutige Haltung behalten und drehte die Füße beim Gehen immer ein wenig nach außen. Ihre glatten kinnlangen Haare waren wieder hellblond. Als Fliss sie im vorigen Jahr in London traf, hatte sie sie noch tiefschwarz getragen.

Taylor streichelte Flames Nase. »Hallo, altes Mädchen, kennst du mich noch? Ich war früher oft mit meiner Mum bei Audrey zu Besuch.«

Ehe Flame bei Cressy lebte, war die Stute aus der Verwahrlosung gerettet worden, und Denham hatte sie für seine Mutter gekauft, damit sie sich um das Tier kümmern konnte. Damals war Flame nur Haut und Knochen gewesen.

Taylor gab Fliss ein rosafarbenes Plastikschild mit einer Nummer und einer Pferdesilhouette darauf. »Ella sitzt am Anmeldetisch. Ich soll dich grüßen. Sie hat den Schwarzen Peter gezogen und muss arbeiten.«

Sie ging weiter zu Hewitt, der Garnet striegelte, und gab ihm sein Schild, dann sattelte sie ihren Wallach. Bald waren alle drei Pferde fertig und die Registriernummern am Sattel befestigt. Fliss schnallte gerade Flames Gurt ein Loch enger, als Tanner auf Arrow, seinem glänzenden Palomino, heranritt.

Während seiner Zeit in Montana hatte er den goldfarbenen Mustang gezähmt und eingeritten. Der war so eigensinnig wie Denhams Bandit, aber nicht so übellaunig und unduldsam. Der Palomino begrüßte Flame leise wiehernd, denn sie hatten auf Claremont zusammen auf der Koppel gestanden.

Tanner tippte grüßend an seinen Filzhut, als er Fliss und Taylor sah, und grinste zu Hewitt hinüber. »Nur damit du Bescheid weißt, Edna steuert auf dich zu. Sie hat dich beobachtet, seit du angekommen bist. Anscheinend ist Bethanys Pferd nicht ganz gesund, weshalb sie nun doch nicht mitreitet. Und Edna ist am Boden zerstört, weil Bethany dich jetzt nicht kennenlernen kann.«

Hewitt schwang sich in den Sattel. »Ich hatte gehofft, mich mit ihr unterhalten zu können … nur um ihr zu versichern, dass ich die Schwiegersohn-Vision ihrer Mutter nicht teile.«

Fliss machte keine Anstalten, aufs Pferd zu steigen, sondern schaute ihm nach, als er zu Tanner hinüberritt. Obwohl sie mehrere Tage gemeinsam ausgeritten waren, staunte sie noch immer. Es sah aus, als würden Pferd und Reiter zu einem einzigen Wesen verschmelzen. Hewitt schien sich im Sattel nicht zu bewegen, und die Stute wusste genau, was sie zu tun hatte. Garnets Narben an Brust und Schulter waren deutlich sichtbar, seine dagegen waren seelischer Natur, aber ebenso stark ausgeprägt. Sie hatten zusammen etwas Furchtbares erlebt, und dennoch vertrauten sie einander und fühlten sich so verbunden wie vorher.

Ednas Allrad-Truck rollte langsam auf die beiden Männer zu. Fliss setzte den Fuß in den linken Steigbügel und hievte sich hinauf, wobei sie ein Stöhnen unterdrückte. Hewitts Blick ruhte auf ihr, aber dann wendete er Garnet und hielt auf den Aufstellplatz zu. Taylor ritt auf ihrem Schecken neben Fliss, und gemeinsam folgten sie Hewitt und Tanner. Unterwegs winkten sie Edna. Deren Miene wurde hart, bevor sie die Hand vom Lenkrad hob und knapp grüßte.

Taylor wandte sich Fliss zu. »Offenbar betrachtet sie mich immer noch als mitschuldig. Nur weil ich deine Freundin war, als du Rodger den Laufpass gegeben hast, bin ich eine Ausgestoßene.«

Fliss starrte auf Hewitts breiten Rücken. »Es gibt nur eins, das schlimmer ist, als auf Ednas schwarzer Liste zu stehen, nämlich auf ihrer weißen Liste zu stehen.«

»Stimmt. Hewitt und Tanner können einem leidtun. Auch ohne Bethany wird das ein langer Wanderritt. Edna wird ihn bei jeder Gelegenheit anquatschen.« Taylor schwieg einen Moment lang, während sie ebenfalls die Rückansicht der beiden Cowboys studierte. »Nicht, dass ich zu haben wäre – Rory und ich wollen unsere irisch-australische Fernbeziehung zu einem Erfolg machen –, aber ich muss zugeben, Edna hat einen tadellosen Geschmack.«

Fliss nickte bloß. Taylor hatte sie gerade nachdenklich angesehen. Sosehr sie sich bemühte, sie konnte nicht verbergen, dass sie Ednas glühende Ansicht über Hewitt teilte.

Sobald sich die Reiter aufgestellt und jemand vom Komitee die Sicherheitsanforderungen und organisatorischen Details durchgegangen war, setzte sich die Spitze des Zuges in Bewegung. Hewitt und Tanner ließen den Großteil an sich vorbeiziehen. Als drei rothaarige Jugendliche auf nervösen Pferden vorbeidrängelten, wechselten die beiden Cowboys einen Blick und folgten ihnen. Sie hatten die Ridley-Jungen gefunden.

Fliss entdeckte Zoe in einer weiteren Gruppe, die auf sie zuritt. Minty musste mit seinen kurzen Beinen doppelt so schnell laufen wie die anderen Pferde, aber die Ohren des Ponys waren freudig nach vorn gestellt. Zoe hielt neben ihr an, und Fliss beugte sich zu ihr, um sie zu umarmen. »Mir scheint, Minty gefällt es jetzt schon.«

Zoe nickte. »Mir auch.«

Neben ihr saß Jason auf seinem Pferd und schmunzelte. »Sie hat die Tage gezählt. Freut mich sehr, dich zu sehen, Fliss. Ist eine ganze Weile her.«

»Wohl wahr. Kellie sieht gut aus. Es ist wunderbar, dass es bald noch einen kleinen Swain gibt.«

»Wir wollten es dir schon eher erzählen, aber nach allem, was passiert ist … wollten wir sicherheitshalber noch damit warten.«

»Verständlich.« Kellie hatte Fliss damals als Erste angerufen, als die Fehlgeburt einsetzte, und Fliss war in ihren tiefen Schmerz eingeweiht. »Bitte sag ihr, dass ich für sie da bin, wenn sie mich braucht.«

»Danke, mach ich.«

Minty gab ein lautes durchdringendes Wiehern von sich.

»Ich denke, wir sollten uns auch in Gang setzen.« Fliss legte die Schenkel an und ließ Flame im Schritt gehen. »Minty möchte bestimmt nicht das Schlusslicht sein.«

Während der Vormittag voranschritt und die Sonne die Wolken auflöste, blieben Fliss und Taylor eine Zeit lang bei Zoe und ließen sie schließlich mit ihren Freundinnen allein. Taylor fiel zurück, weil sie sich angeregt mit einem jungen Mädchen unterhielt. Also erlaubte Fliss ihrer braunen Stute, das Tempo selbst zu bestimmen.

Das Sattelleder knarrte zu dem rhythmischen Hufschlag der Pferde. Der warme Wind trug den Duft von Honig und das Summen von Bienen heran, die das Loch im Stamm eines Zitroneneukalyptus umschwärmten. Zur Linken erstreckte sich ein leuchtend gelbes Rapsfeld bis zu zwei fernen Silos, die in der Sonne glänzten. Zur Rechten stiegen die sanften Hügel zu den steilen Talhängen an, die sie bald hinaufreiten würden.

In den vergangenen Tagen hatte sie ihre Begeisterung fürs Reiten wiederentdeckt. Als Kind hatte sie genauso oft im Sattel gesessen wie Cressy, aber mit zunehmendem Alter hatte sie gesehen, welche Leidenschaft Cressy für die Farm entwickelte. Daher hatte sie sich bewusst dafür entschieden, beiseitezutreten und Cressy das Leben führen zu lassen, das sie so liebte. Es gab nur ein Glenmore, und Cressy wäre woanders nicht glücklich geworden, wogegen Fliss sich noch nicht darüber im Klaren gewesen war, wohin sie gehörte.

Sie schaute über die Acker- und Weidelandschaft, die sie eingetauscht hatte gegen die Hochhauskulisse einer Weltstadt. Aber nun war sie wieder hier, zurück im Busch, um von vorn anzufangen und zu ergründen, wer sie war und was sie wollte. Sie würde sich wieder auf das einlassen, was ihr schon einmal Frieden und Freude beschert hatte, und sehen, wohin es sie brachte. Sie klopfte Flames warmen samtigen Hals. Als Erstes würde sie Cressy fragen, ob Flame bei ihr auf Bundara bleiben dürfe. Der

Gedanke, sich um das Pferd zu kümmern, löste keine Angst mehr in ihr aus. Allmählich fühlte sie sich, als könnte sie im Leben wieder Fuß fassen.

»Genießt du den Ritt?«

Hewitts tiefe Stimme ging ihr durch den ganzen Körper. Ihr war entgangen, dass er angehalten und auf sie gewartet hatte.

»Ja, danke. Wie geht es dir? Kommst du gut zurecht mit dem langsamen Tempo?«

»Ja.« Garnet fiel neben Flame in Schritt. »Die Ridley-Jungen sind die Einzigen, die sich wild gebärden. Wenn ein Baumstamm querliegt, müssen alle drei drüberspringen.«

»Das überrascht wohl keinen. Sie haben von ihrem Vater nicht bloß die roten Haare geerbt.« Fliss richtete ihren Blick wieder geradeaus und schaute starr zwischen Flames Ohren hindurch. Hewitts breitkrempiger Filzhut und seine dunkle Sonnenbrille lenkten viel zu viel Aufmerksamkeit auf seinen Mund und sein attraktives Kinn. »Eigentlich sind sie großartige Jungen. Sie haben nur eine unbändige Energie, genau wie Denis früher. Mit dem waren wir früher im Pony Club.«

Die Pferde vor ihnen gingen langsamer, denn der Weg wand sich zwischen Felsbrocken und Zitroneneukalyptusbäumen hindurch den Hang hinauf. Fliss ließ Hewitt und Garnet den Vortritt. Als sie den Kamm erreichten, wurden sie mit dem Panoramablick über das Tal belohnt.

Viele Reiter waren bereits abgesessen und scharten sich um zwei Klapptische mit blau karierten Tischtüchern, auf denen alles zu finden war, was zu einem ordentlichen Vormittagstee gehörte. Taylor saß mit einem Becher Tee in den Händen auf einem großen Stein. Als Fliss sie entdeckte, lenkte sie Flame zu ihr herüber, und Hewitt folgte ihr mit seiner Stute.

Sie hielten an, und Fliss ließ sich aus dem Sattel gleiten. Als ihre Füße ihr Gewicht wieder tragen mussten, konnte sie sich ein Stöhnen nicht verkneifen. Hewitt blickte sie nur kurz an, sagte aber nichts. Sobald die Pferde an einem Ast angebunden und ihre Sattelgurte gelockert waren, ließ Hewitt sie allein und entfernte sich wie immer mit großen geschmeidigen Schritten. Fliss humpelte zu Taylor.

»Ich würde ja sagen, setz dich zu mir, aber wenn es dir so geht wie mir eben noch, dann ist Stehen erst mal das Beste für dich.«

»Stehen und ein heißes Bad plus Massage.« Fliss dehnte sich, um die Verspannungen im Kreuz loszuwerden.

»Das ist doch ein Wort. Ich sehe schon ein Mädelswochenende in Dubbo auf uns zukommen.«

Hewitt kehrte mit zwei Bechern und einem Teller Scones und Apfelschnitzen zu ihnen zurück. Die Sonnenbrille hatte er abgenommen und auf die Hutkrempe gesetzt.

Er reichte Fliss einen Becher. »Tut mir leid, heiße Schokolade gab es nicht.«

»Tee ist prima. Danke.«

Während sie ihn entgegennahm, war ihr bewusst, dass zwei Cowgirls auf einem flachen Granitfels sie neugierig beobachteten. Sie nahm sich einen Scone mit Sahnehaube und ging damit ein paar Schritte weg. Sie wollte kein Gerücht in Gang setzen, das mit Sicherheit den Weg zu Ednas Ohren fände.

Sie verspeiste gerade ihren zweiten Scone, als Zoe mit einem kleinen Mädchen in grünen Reithosen auf sie zukam. Es hielt sich die rechte Hand und hatte Tränenspuren auf den staubigen Wangen.

»Das ist Dr. Fliss, Alice. Sie macht deine Hand wieder heil.«

Fliss stellte den Becher auf einen Stein, damit sie den Tee

nicht verschüttete, falls ihre Hände zu zittern anfingen. »Was ist passiert, Zoe?«

»Alice hat Pudding einen Apfel zu fressen gegeben, und er hat ihr in den Finger gebissen.«

Fliss setzte sich über ihre wachsende Unruhe hinweg und beugte sich über die schmutzige Hand der Kleinen. »Darf ich mir das ansehen?«

Sie wartete auf eine Reaktion, während sie die Finger untersuchte. Aber an dem schüchternen Gesichtsausdruck der Kleinen änderte sich nichts. Sie hatte keine Schmerzen, sie war nur erschrocken und verunsichert.

»Es ist nichts gebrochen, aber an der roten Stelle sehe ich, wo Pudding dich gezwickt hat. Wenn du unserem gierigen Pony noch mal etwas zu fressen gibst, dann denk daran, die Hand flach auszustrecken.«

Alice nickte mit einem feierlichen Lächeln. »Mach ich.«

»Zufällig habe ich für deinen Finger genau das Richtige.«

Sie ging an ihre Satteltasche und kehrte mit zwei runden Lutschern zurück. Auf dem Weg zum Rodeogelände hatten Hewitt und sie kurz am Süßigkeitenladen angehalten.

Die Mädchen strahlten übers ganze Gesicht, als Fliss ihnen die Lutscher gab.

»Siehst du, ich hab's ja gesagt. Dr. Fliss ist die Beste von allen.« Zoe und Alice wickelten das Bonbonpapier von den Lollis und liefen zurück zu ihren Ponys.

Fliss atmete auf. Ihre Versagensangst hatte sich bemerkbar gemacht, aber nicht halb so schlimm wie befürchtet. Sie schaute sich um. Offenbar hatte es niemand mitbekommen, dass sie kurzzeitig in ihre Doktorrolle geschlüpft und dabei nervös gewesen war. Taylor plauderte drüben mit den Cowgirls, und einige Reiter standen mit dem Rücken zu ihr am Klapptisch und unterhielten sich.

Dann begegnete sie dem Blick zweier grauer Augen, in denen sich eine Menge undeutbarer Empfindungen spiegelten. Hewitt war nicht das Geringste entgangen.

Und während des restlichen Tages wurde seine Miene ernst, wann immer sie an seine Seite ritt.

Hewitt trank einen Schluck Kaffee und starrte in das Lagerfeuer, das seinen Schein über das Rodeogelände warf. Rings herum unterhielten sich Reiter über frühere Ausritte und erneuerten ihre Freundschaft.

Fliss und Taylor saßen rechts neben ihm. Sie hatten ihre Campingstühle dicht zusammengerückt, damit sie bequem plaudern konnten. Er verstand gut, warum Fliss mit der Friseurin befreundet war. Taylor war ebenso wissbegierig wie sie und hatte in den letzten vier Jahren die Welt bereist. Aber inzwischen würde sie allenfalls mal bei einem Wanderritt aus dem Städtchen rauskommen, sagte sie.

Tanner stellte ein paar Stühle an seine andere Seite, ohne die Ridley-Jungen aus den Augen zu lassen. Die hatten andere Jungen um sich geschart, und ihr ausgelassenes Gelächter bewies, dass sie trotz des stundenlangen Ausritts noch jede Menge überschüssige Energie hatten. Tanner und er hatten sie schon beiseitegenommen und ihnen eindringlich nahegelegt, keine Pferde aus den Koppeln zu lassen. Hewitt hatte seine Belustigung überspielen müssen, als der älteste Ridley ihn ungläubig anguckte, weil sie den geheimen Plan erraten hatten. Die Ridleys hatten noch nicht kapiert, dass Tanner und Hewitt auch mal jung und übermütig gewesen waren.

Vorhin war Edna angekommen. Sie war mit großem Tamtam eingetroffen, hatte zwei riesige Schokoladenkuchen und Vanilleeis-Container gebracht. Aber mit ihm und Tanner hatte sie nur kurz gesprochen, um sich zu erkundigen, wie ihnen der erste Tag gefallen hatte. Danach hatte sie sich nicht mehr blicken lassen. Und sobald das abendliche Barbecue zu Ende gewesen war, hatte sie sich verabschiedet.

Fliss lachte über eine Bemerkung von Taylor. Hewitt riskierte einen Blick zur Seite auf ihr vom Feuer beschienenes Gesicht. Sie war eindeutig nervös gewesen, als Zoe ihr die kleine Patientin brachte, und sehr erleichtert, als die kleine Krise überstanden war. Ihr berufliches Selbstvertrauen war noch fragil.

Er verstand, warum es für Cressy wichtig war, dass Fliss an dem Wanderritt teilnahm und ihre Komfortzone verließ. Sich in entspanntem Rahmen auf Leute einzulassen war genau das, was sie brauchte. Obgleich sie mit Sicherheit müde war, lachte sie ungezwungen, und ihre Augen funkelten lebhaft.

Hewitt wechselte auf seinem Campingstuhl die Haltung, damit der Schmerz in der Schulter nachließ. Er hatte den Tag auch genossen. Das Gefühl der Leere hatte sich gelegt, denn der Wanderritt hatte viele schöne Erinnerungen an die Zeit mit Brody wachgerufen. Die fröhlich plaudernden Leute rings herum führten ihm vor Augen, wie verbindend Gemeinschaft sein konnte. Aber während er Fliss bei der Untersuchung beobachtet hatte, war er selbst unruhig geworden.

Eigentlich sollte er seine Emotionen im Zaum halten und Schadensbegrenzung betreiben. Und dennoch konnte er seinen Drang, Fliss zu helfen und zu bestärken, kaum bezwingen. Wenn sich dann noch die körperliche Anziehung meldete, die er für sie empfand, ging er mit seinen Vorsätzen unter wie in Treibsand.

Er gab seiner inneren Unruhe nach und stand auf. »Ich gehe nach den Pferden sehen, und dann haue ich mich aufs Ohr«, sagte er und klang hoffentlich so beiläufig wie beabsichtigt.

Fliss blickte einen Moment lang prüfend auf seine Schulter, bevor sie sich ebenfalls erhob. »Dann mache ich auch Schluss für heute.« Sie streckte die Hand nach seinem Kaffeebecher aus. »Ich bringe das Geschirr zur Küche und besorge uns ein paar Flaschen Wasser.«

Taylor schloss sich ihr an.

Da es nicht nach Regen aussah, war es nicht nötig, im Anhänger oder in einem der großen Zelte zu übernachten. Hewitt breitete seine Isomatte im Freien etwas abseits zwischen den beiden Anhängern aus. Er würde kein Auge zutun, wenn Fliss neben ihm lag. Sie hatte sich die Haare gewaschen, und obwohl Holzrauch in der Luft hing, duftete es nach Gardenien, wann immer sie an ihm vorbeiging.

Zu seiner Erleichterung ließ sie sich zwei Meter von ihm entfernt zum Schlafen nieder, nahe bei Taylor. Er legte sich auf den Rücken, schob den gesunden Arm unter den Kopf und betrachtete den Sternenhimmel. Eine Eule schrie, Pferde stampften, und Taylor rührte sich schon nicht mehr. Er hörte es rascheln, wenn Fliss von Neuem versuchte, eine bequeme Lage zu finden. Nach fünf Minuten verriet ihr schweres Seufzen, dass sie es aufgab.

»Hewitt ...«

»Ja?«

»Ich bin hellwach.«

Er lachte leise. »Das dachte ich mir. Du zappelst noch mehr als Cressy. Einmal, als ihr Pferd lahmte, musste ich sie auf meinem mitnehmen. Sie ist ständig hin und her gerückt.«

Fliss lachte. »Erzähl mir was Neues. Ich musste mir mal mit ihr den Sitz im Schulbus teilen. So schlimm bin ich nicht. Ich bin nur aufgedreht von Meredith' Schokokuchen.«

»Ich dachte, Edna hat die Kuchen gebacken.«

»Unsere Edna ist in vielem ausgezeichnet, zum Beispiel weiß sie immer über jeden Einwohner von Woodlea Bescheid, und in Krisensituationen ist sie sehr tüchtig, aber Backen ist nicht ihre Stärke. Mum, Meredith und Audrey haben mal mit ihr an einem Backkurs teilgenommen. Da hat sie so viel gequatscht, dass sie alle Anweisungen verpasst hat.«

»Das überrascht mich nicht.«

»Edna hat sich im Lauf der Jahre nicht verändert.« Fliss hielt kurz inne. »Meredith auch nicht, und … die anderen beiden leben nicht mehr.«

Hewitt drehte den Kopf zu ihr. In der Dunkelheit konnte er nur ihre Umrisse erkennen. Aber sie hatte traurig geklungen. Nach der bestürzenden Entdeckung, dass sie nicht die Tochter ihres Vaters war, und dem Trauerfall im Freundeskreis dachte sie vermutlich an die übrigen Verluste in ihrem Leben.

»Dass die Menschen, die wir geliebt haben, nicht mehr physisch bei uns sind, heißt nicht, dass wir sie ganz verloren haben.«

»Hoffentlich.«

»Ich weiß es. Wenn ich Quinn oder Lizzie auf Brodys Pferd setze und es am Zügel führe, ist es, als wäre Brody bei uns.«

Es raschelte wieder, weil Fliss sich bewegte, und er meinte zu spüren, dass sie ihn anblickte. »Ich gehe noch immer in das Musikzimmer auf Glenmore und setze mich an das Klavier meiner Großmutter. Wenn ich die Augen schließe, habe ich das Gefühl, sie sitzt neben mir und gibt mir Ratschläge beim Spielen.«

»Siehst du … sie ist noch bei dir.«

»Ja, so empfinde ich das.«

»Zu Recht. Was uns mit jemandem verbunden hat, wird nicht schwächer, sondern überdauert und stärkt uns, damit wir im Gedenken an ihn das bestmögliche Leben führen.«

Fliss schwieg ein paar Augenblicke lang. »Hewitt ... ich danke dir.«

»Keine Ursache.«

Viel zu früh begann das morgendliche Gezwitscher der Vögel. Hewitt wischte sich übers Gesicht und schaute zum blassrosafarbenen Himmel. Seine Lider brannten, als hätte er Sand in den Augen, und seine Schulter tat höllisch weh. Ihm war klar gewesen, dass sich die Schmerzen nach einem ganzen Tag im Sattel verschlimmern würden, aber mit dieser Stärke hatte er nicht gerechnet. Nachdem er Garnet abgesattelt hatte, hatte sie den Kopf nach hinten gedreht und an seiner Schulter gerochen. Sie spürte, dass da etwas nicht stimmte.

Er stützte sich auf und öffnete den Reißverschluss seines taufeuchten Schlafsacks. Die Morgenkühle wehte über seine nackte Brust und hinterließ eine Gänsehaut. Er würde heiß duschen, damit die Schmerzen nachließen. Geräuschlos schlich er an Fliss und Taylor vorbei, die noch schliefen.

Als er von den Waschräumen zurückkehrte, kräuselte sich Rauch über einem neu entfachten Lagerfeuer, und der Geruch von brutzelndem Speck wehte durch die Luft. Gedämpfte Stimmen waren zu hören, und Pferde scharrten mit den Hufen. Das Lager erwachte nach und nach. Er winkte Tanner, der einen Heuballen zu einer Reihe transportabler Umzäunungen trug, wo die Pferde schon die Köpfe über den Zaun streckten.

Hewitt erreichte seinen Anhänger und sah, dass Fliss und Taylor ihre Schlafsäcke schon aufgerollt und verstaut hatten.

Vermutlich waren sie duschen gegangen. Da ihn also niemand besorgt beobachtete, schonte er seine Schulter, während er zusammensuchte, was er den Tag über brauchen würde. Und gleich würde er sich den Bauch vollschlagen mit Kaffee, fettigem Speck und Eiern, und alles wäre bestens.

Garnet wieherte, als er die Koppel betrat. Zur Begrüßung rieb er ihr die Stirn.

»Morgen, mein Mädchen. Für diese Tageszeit siehst du viel zu munter aus. Sehen wir uns erst mal deine Hufe an, ob du für heute fit bist.«

Erst nachdem er beide Vorderhufe untersucht und einen Hinterhuf angehoben hatte, fiel ihm auf, dass Fliss an Taylors Anhänger stand und ihn beobachtete. Sie lächelte ihm kurz zu, dann wandte sie sich ab und suchte nach etwas in der Reisetasche, die offen auf der Rampe stand.

Hewitt prüfte noch den zweiten Hinterhuf und untersuchte anschließend Taylors Wallach und Flame. Alle Hufe waren steinfrei und die Eisen saßen fest. Nachdem er Flames zweiten Hinterhuf abgesenkt hatte, richtete er sich vorsichtig auf. Fliss stand bei Garnet und streichelte sie am Hals.

Das heller werdende Morgenlicht betonte den Rotanteil in Garnets Fell und schien auf Fliss' ernste Miene. Er verließ die Umzäunung, und Fliss kam ihm entgegen.

»Okay, Mr Pick-up-Reiter, jetzt bist du dran mit einer Untersuchung. Denk nicht, mir wäre entgangen, dass du deine linke Seite schonst.«

Hewitt seufzte und verschränkte die Arme. »Ich komme zurecht.«

»Du tust besser, was Dr. Fliss sagt.«

Lachend kam Taylor zu ihnen, während sie sich die nassen

Haare mit einem Handtuch rubbelte. »Ich will für keinen Partei ergreifen, aber Fliss war in der Grundschule immer Sieger beim Niederstarren. Sie gibt nämlich nie klein bei.«

Hewitt gab sich geschlagen und löste die Arme aus ihrer Verschränkung. »Na gut. Je eher wir das hinter uns bringen, desto eher bekomme ich meinen ersten Kaffee. Hemd an oder aus?«

»Aus«, sagte Taylor breit grinsend.

Fliss bedachte sie mit einem langen Blick. »An. Wenigstens halb. Ich muss nur die linke Schulter sehen.«

Er knöpfte sein rot gestreiftes Hemd auf. Schon beim obersten Knopf wurde Fliss rot. Beim dritten Knopf trat sie einen Schritt näher, sodass er ihren frischen Duft einatmete.

»Gut.« Sie streifte ihm das Hemd von der Schulter, und er zog den Arm aus dem Ärmel. »Dann schauen wir mal.«

Ihr knapper nüchterner Ton sagte ihm, dass die Situation unter Kontrolle bleiben würde. Diesmal würde ihnen ihre Anziehungskraft nicht gefährlich werden. Sie befanden sich mitten unter Leuten, die alle sehr aufmerksam waren. Taylor beobachtete sie genau, und ihre Augen leuchteten verschmitzt.

Fliss betastete seine Schulter, und sie ließ sich Zeit dabei. Er biss die Zähne zusammen. Das war schlimmer als der intensive Moment in seiner Stallwohnung. Viel schlimmer. Sie war ihm so nah, er konnte jede einzelne Wimper und die grünen Sprenkel in ihren hellbraunen Augen erkennen. Und wie weich und glatt ihre Unterlippe war.

Sie sprach, ohne ihn anzublicken. »Der leichte Hochstand am äußeren Ende des Schlüsselbeins beweist, dass du dir die Gelenkkapsel verletzt hast. Nichts worüber du dir Sorgen machen müsstest, aber die Knochenverschiebung wird bleiben.«

Er nickte, obwohl er kaum hinhörte.

Ihre Finger bewegten sich über sein Schulterblatt. »Wo liegt der Bruch?«

Er antwortete leicht verzögert. »Zehn Zentimeter tiefer.« Er hob den Arm über die Schulter und zeigte ihr die Stelle.

Fliss' Fingerspitzen stießen an seine, bevor sie tastend in seine Haut drückte. »Tut das weh?«

Er schüttelte den Kopf, bis sie den empfindlichen Punkt traf. Er zuckte zusammen und holte scharf Luft.

Sie nahm die Hand weg, und ohne ihn anzublicken, tastete sie das obere Ende des Armes ab. »Und hier?«

Er wollte Nein sagen, biss aber die Zähne zusammen, weil es wehtat.

»Die Rotatorenmanschette muss heilen.« Fliss trat von ihm weg. »Arme bitte heben und meinem Druck entgegenhalten.«

Ihre Handflächen glühten auf seinen Unterarmen, als sie Druck darauf ausübte. Forschend sah sie in sein Gesicht, und ihr konzentrierter Blick beruhigte ihn. Sie schaute lediglich, ob er Schmerzen hatte. Er hielt die Arme unnachgiebig zur Seite gestreckt.

Schließlich zog sie die Hände zurück. »Die Kraftausübung ist in Ordnung, dürfte dir allerdings große Schmerzen bereiten, wie ich vermute.«

Während sie ihm half, wieder in den Ärmel zu schlüpfen, versuchte er, sich nicht anmerken zu lassen, wie erleichtert er war, dass die Untersuchung vorbei war.

»Hast du die Schmerztabletten mitgenommen, die ich dir gegeben habe?«

Er schüttelte bloß den Kopf, weil seine Stimme wahrscheinlich belegt klingen würde, und zog sich das Hemd über die Schulter.

Fliss verdrehte die Augen und sah dann zu Taylor. »Männer.«

Taylor grinste, und Fliss sah zu, wie er die Knöpfe schloss.

Als er beim obersten angelangt war, hob sie den Kopf und sah ihm in die Augen. In ihrem Blick schimmerte dasselbe intensive Verlangen, das auch in ihm brannte. Doch sie durften dieser Sehnsucht nicht nachgeben.

Er ließ beide Schultern kreisen. Die physischen Schmerzen waren nichts verglichen mit dem brennenden Wunsch sie zu küssen, der ihn übermannte, sobald sie vor ihm stand. Den restlichen Vormittag würde er mit Tanner und den Ridley-Jungen verbringen.

11

»Mein schlimmster Albtraum wird wahr.«

Fliss schaute an ihren pinkfarbenen Reithosen hinunter. Darüber trug sie ein Trägerhemd in derselben Farbe, an dem zwei Elfenflügel befestigt waren. Auf wundersame Weise war ihr jeglicher Glitzer erspart geblieben, aber drüben standen Minty und Flame mit bonbonrosafarbenen, schimmernden Hufen.

Taylor fasste Fliss an der Schulter, damit sie still hielt. »Und gleich wird's noch schlimmer. Mach die Augen zu.«

Fliss gehorchte und schloss auch hastig den Mund, weil eine Wolke Haarspray ihr die Luft zum Atmen nahm.

»Deine Haarsprayobsession hatte ich fast vergessen«, sagte sie, sobald die Wolke verflogen war.

Taylor steckte ihr die Haare halbhoch. »Zu schade, dass du einen Helm aufsetzen musst. Trotzdem wirst du eine unheimlich sexy Elfe sein.«

»Moment mal. In Lizzies Kostümbeschreibung stand nichts von sexy.«

»Aber jetzt bist du es.« Taylor begutachtete Fliss' Gesicht und Frisur mit fachkundigem Blick. »Und das Top, das ich dir gegeben habe, ist möglicherweise eine Nummer zu klein.«

Fliss stöhnte. Taylors Top zeigte viel weniger Busen als ihres. »Demnach bin ich die einzige sexy Elfe?«

»Ja. Ich bin ja bereits vergeben, wie du weißt. Ich habe Rory schon ein Foto geschickt, damit er weiß, wie unsexy ich aussehe.«

Fliss schloss die Augen. Ihr wurde gerade klar, wie sehr sie mit ihrem hautengen Kostüm auffallen würde.

»Entspann dich, Fliss. Ich weiß, wie sehr du es hasst, dich zu verkleiden und im Rampenlicht zu stehen, aber das wird Spaß machen, du wirst sehen. Außerdem …«, ihr Ton wurde liebevoll spöttisch, worauf Fliss die Augen öffnete und ihre Freundin ansah, »bei der Parade mitzureiten ist nichts verglichen damit, einen halbnackten Hewitt abzutasten. Wenn du solch einen Mann mit bloßen Händen untersuchen kannst, ohne aus der Ruhe zu kommen, dann bist du stärker als ich.«

Fliss wurde misstrauisch. Taylor grinste viel zu schelmisch. »Diese Sexy-Elfen-Aufmachung solltest du dir besser nicht wegen Hewitt ausgedacht haben.«

Taylors blaue Augen schauten sie unschuldig an. »Natürlich nicht. Ganz allein deinetwegen. Okay, vielleicht habe ich Cressy versprochen, dass du Spaß haben wirst.«

Sie hob die Haarspraydose ein zweites Mal und sprühte Fliss' Hinterkopf ein. »Aber nachdem ich dich mit Hewitt gesehen habe, denke ich, dass ihr vielleicht beide etwas davon haben werdet. Du brauchst einen Anreiz, damit du dich nicht dagegen wehrst, was zwischen euch ist. Ich hätte heute morgen in Flammen aufgehen können und ihr hättet es nicht bemerkt.«

Fliss zog ihren Ausschnitt ein bisschen höher. Taylor hatte recht. Sie hatte völlig vergessen, dass ihre Freundin danebenstand, während sie mit den Fingerspitzen Hewitts Schulter betastet hatte. »Nur weil ich auf meinen Patienten konzentriert war.«

»Und wie war das, als du mit der Untersuchung fertig warst?«

Fliss antwortete nicht. Das war ein heißer Moment gewesen. Ultrapeinlich.

Glücklicherweise beließ Taylor es dabei. »Erschrick nicht,

wenn du einen lauten Aufprall hörst. Edna und die anderen Frauen werden in Ohnmacht fallen, wenn sie Hewitt und Tanner im Kostüm sehen.«

Ehe Fliss fragen konnte, kam Jason mit Zoe zu ihnen. Fliss hatte sie eingeladen, sich ebenfalls als Elfe schminken zu lassen. Auch sie ging von Kopf bis Fuß in Pink und trug ein Tutu und Glitzerflügel.

Fliss fasste den bauschigen Tüll an. »Tutus finde ich wunderbar.«

»Minty auch. Er versucht ständig, es zu fressen.«

Während alle lachten, blickte Fliss neidisch auf Jasons Jeans und sein ausgeblichenes Arbeitshemd. »Du verkleidest dich nicht?«

Er verzog das Gesicht. »Niemals. Außerdem ist das nicht obligatorisch.«

Fliss warf Taylor einen scharfen Blick zu, aber ihre Freundin flüsterte nur: »Sexy Elfe.«

Danach unterhielten sie sich darüber, wie schön die Pferde aussahen. Minty trug am Stirnriemen ein Horn aus weißem Filz. Sue, Taylors Mutter, hatte ihre jahrelange Übung im Gestalten von Tanzkostümen darauf verwendet, drei Blumenkränze für die Pferde zu binden. Mintys und Flames Kränze bestanden aus rosafarbenen Blüten und der für Taylors Wallach aus violetten und weißen. Außerdem hatte sie ihnen Blüten in die Mähnen und Schweife geflochten.

Ehe sie die Reithelme aufsetzten, machte Jason Fotos mit seinem Handy. Fliss wünschte sich ein Bild allein mit Zoe, und deren Umarmung und freudestrahlendes Lächeln entschädigten sie für die Elfenflügel.

Dann setzte sie den Helm auf und verdrehte die Augen, weil

Taylor sich sofort wieder an ihren Haaren zu schaffen machte, damit sie genau nach ihrer Vorstellung am Rücken herabhingen. Als sie endlich im Sattel saß, rückte sie immer wieder die Flügel zurecht, weil sie in jeder Position drückten. Während sie darauf wartete, dass Zoe und Taylor auf ihre Pferde stiegen, sah sie sich suchend nach Hewitt um.

Er war mal wieder verschwunden, was sie nicht überraschte. Seit dem heißen Moment nach ihrer Schulteruntersuchung war er Tanner nicht von der Seite gewichen. Einerseits hatte sie ihn während des Ausritts am Vormittag vermisst, andererseits hatte sie dadurch Gelegenheit gehabt, sich auf ihre Vernunft zu besinnen. Sie sollte dafür sorgen, dass die Dinge zwischen ihnen nicht noch mehr voranschritten. Entschlossen fasste sie die Zügel fester, denn unter den Fingerspitzen fühlte sie noch seine glatte warme Haut und die harten Muskeln.

Der Stimmenlärm auf dem Rodeogelände verebbte. Fliss schaute zum Küchentrakt, hinter dem zwei Reiter hervorkamen. Arrows Fell schimmerte in der Nachmittagssonne, aber es war weder der Palomino-Wallach, der ihre Aufmerksamkeit fesselte, noch sein Reiter. Fliss hatte nur noch Augen für … Hewitt.

Die beiden Cowboys ritten ohne Sattel, bekleidet mit weißen Leinenhemden und grün karierten Kilts. Aber die Leute bewunderten nicht nur ihre Kostüme, sondern auch ihre Körperhaltung. Breitschultrig und stolz sahen sie aus. Man konnte sich förmlich vorstellen, wie sie als schottische Krieger durch das Hochland ritten.

Taylor seufzte. »Also das nenne ich einen Auftritt … und eine unwiderstehliche Kostümierung.«

Fliss konnte nur nicken.

»Ich frage mich ja, ob …«

»Rugby-Shorts.« Fliss schnitt ihr das Wort ab, ehe sie die Frage stellen konnte, was sich wohl unter dem Kilt befand. »Hat Hewitt heute Nacht beim Schlafen getragen.«

Taylor zog eine fein gezupfte Augenbraue hoch. »Und ich bin einfach eingeschlafen … Erinnere mich daran, dass ich heute Abend wach bleibe.«

Fliss ging nicht darauf ein. »Jetzt verstehe ich, wieso du meintest, Edna würde beeindruckt sein.«

Und da drängte sich Edna auch schon nach vorn. Hinter ihr näherte sich Bethany, aber eher gemächlich. Sie waren hergekommen, um sich die Parade anzusehen, aber Edna hatte nur Augen für Hewitt und Tanner. Fliss konnte nicht hören, was gesprochen wurde, aber als Edna ihre Tochter mit Hewitt bekannt machte, lächelte er Bethany zu, und die lächelte tatsächlich zurück. Während der folgenden Unterhaltung blickte Edna nur zwischen den beiden Männern hin und her und fächelte sich Luft zu.

Fliss runzelte die Stirn. »Ihre Kostüme sollten nur mit Gesundheitswarnung verkauft werden. Ich hoffe, Edna fällt nicht tatsächlich in Ohnmacht.«

»Wir wissen beide, dass Hewitt und Tanner Kartoffelsäcke tragen könnten und sie hätten dieselbe Wirkung. Gut, dass Denham nicht auch noch hier ist.« Taylor grinste. »Schau nicht so besorgt. Wenn Hewitt dich sieht, wird er keine andere mehr angucken, das garantiere ich dir.«

Fliss sagte nichts dazu. Die sonst so mürrische, verschlossene Bethany unterhielt sich gut gelaunt mit Hewitt. Und hatte sie gerade mit einem Kopfschwung ihre langen blonden Haare über die Schulter geworfen?

Fliss wendete Flame, damit sie das nicht länger mitansehen

musste. In dem Moment kam Zoe mit wehendem Tutu zu ihr geritten.

»Dad sagt, wir brechen jetzt auf und treffen uns mit dir in der Stadt. Mum ist mit Janet da, und ich möchte ihnen Mintys Verkleidung zeigen.«

»In Ordnung. Ich freue mich schon darauf, neben deinem niedlichen Einhorn zu reiten.«

Sie warfen einander Luftküsse zu.

Einen Moment später trat ein Pferd neben sie. Fliss drehte sich um und erwartete, Taylor zu sehen, stattdessen war es Hewitt. Hinter ihm winkte Taylor ihr frech zu und ritt mit Tanner davon.

Fliss' Kopf war wie leer gefegt. Sie konnte Hewitt nur anstarren. Das weiße Ghillie-Hemd betonte seine sonnengebräunte Haut, und die lockere Schnürung ließ allzu viel von seiner glatten Brust sehen.

Außer dem Zucken seines Kinnmuskels deutete nichts darauf hin, dass er von ihrem Aufzug Notiz nahm. Er sah ihr in die Augen.

»Und wie hältst du dich?«

»Gut. Aber ich bin mir nicht sicher, wie ich mit den Flügeln klarkomme, wenn der Wind mal stärker weht.«

Lächelnd griff er in seine Satteltasche und zog sein Handy hervor. »Darf ich ein Foto für Lizzie machen? Seit einer Stunde liegt sie mir damit in den Ohren.«

Fliss nickte. Ein wenig verunsichert drehte sie Flame zur Seite, damit sie nicht in die Kamera oder Hewitts Gesicht blicken musste. Sie tätschelte Flames Hals und hörte das Klicken des Auslösers.

»Du gibst eine schöne Elfe ab.«

Sie schluckte. Hewitts Kompliment sollte sie nicht derart freuen. »Danke. Wie du weißt, war das Lizzies Idee. Und Taylor hat sich an meinen Haaren ausgetobt. Dabei ist bestimmt eine ganze Dose Haarspray draufgegangen.«

Hewitt schaute kurz auf ihre Korkenzieherlocken, und sie glaubte, etwas in seinen Augen aufblitzen zu sehen, ehe er den Blick auf das Handy senkte. Er steckte es zurück in die Satteltasche und deutete mit dem Kopf zu dem kostümierten Reiterzug, der das Rodeogelände verließ. »Wollen wir?«

»Wie bist du drum herumgekommen, ein Elfenkostüm anzuziehen?«, fragte sie, als sie nebeneinanderher ritten. »Lizzie hatte das doch auch für dich geplant, oder?«

»Ja. Bis Quinn den Sandkasten überschwemmt hat. Er fand die Idee schrecklich. Das sei was für Babys, meinte er.«

Allmählich ließ die steife Verlegenheit zwischen ihnen nach. Auch wenn Hewitt ihr nie so ganz in die Augen sah, blieb ihre Unterhaltung im Fluss. Sie reihten sich im Zug ein und wurden Teil des fröhlichen Farbenmeers.

Die drei Ridley-Rabauken waren als schaurige Piraten verkleidet. Sie galoppierten auf ihren Pferden umher und fuchtelten mit Plastikschwertern. Tanner folgte ein wenig langsamer, weil vor ihm eine Schar Cowgirls in ihren Brautkleidern herumalberten und ihn aufhielten. In der Nähe gab es eine Gruppe in Tieroveralls und eine Superheldengruppe. Ein Schimmel war mit großen schwarzen Punkten in einen Dalmatiner und ein brauner Wallach mit gelben Linien in eine Giraffe verwandelt worden.

Fliss stellte überrascht fest, dass ihr der Zug durch Woodlea Spaß machte. Zuschauer standen auf den Bürgersteigen und kamen aus den Geschäften, um die Parade zu sehen. Sie winkte Will und Judith, alten Freunden ihrer Familie, die Junos Bruder ein

Zuhause gegeben hatten. Ihre Farm war vorigen Sommer von einem kleinen Tornado verwüstet worden, aber inzwischen hatten sie einen neuen Garten angelegt, samt einer besonderen Stelle zum Gedenken an ihren Sohn, der in Übersee beim Skifahren verunglückt war.

Touristen, die eigentlich wegen der Strickverzierungen gekommen waren, fotografierten eifrig die vorbeiziehenden Reiter. Kleine Kinder in Buggys klatschten, und Hunde bellten an Laternenpfählen oder an der Seite ihrer Besitzer. Fliss winkte ganz besonders Kellie und Janet zu, die auf einer Bank saßen. Kellie rieb sich den Schwangerschaftsbauch, als sie den Gruß erwiderte. Zoe war mit ihren aufgeregten Freundinnen schon an ihnen vorbeigekommen.

Hewitt eilte einer Frau zu Hilfe, weil ihr Pferd vor der wehenden Flagge am Kunsthandwerksladen scheute. Während das junge Tier wieherte und tänzelte, blieb Garnet ruhig, sogar als es sie anrempelte. Fliss konnte sehen, warum Hewitt und seine Stute beim Rodeo ein hervorragendes Team abgaben, selbst wenn die Situation von einer Sekunde zur anderen brenzlig wurde.

Die beiden älteren Ridley-Jungen nahmen prompt Hewitts Platz an ihrer Seite ein und warfen verstohlene Blicke auf ihren Oberkörper. Was sie interessierte, waren allerdings nicht ihre Flügel. Aber da Fliss nun schon mal ihre Aufmerksamkeit hatte, nutzte sie die Gelegenheit und hielt ihnen gleich einen Vortrag zur Sicherheit beim Quadfahren. Gestern Abend am Lagerfeuer hatte sie nämlich zufällig belauscht, wie »geil« sie es fanden, im Schlamm Kreise zu fahren. Gerade hatte sie ihnen eingeschärft, immer einen Helm zu tragen, als Hewitt zurückkam. Es genügte ein Blick seiner stahlgrauen Augen, und die beiden Rotschöpfe trollten sich.

Hewitt sagte nichts, als er seinen Platz wieder einnahm. Aber als sie einen kurzen Blick zur Seite riskierte, fiel ihr auf, dass er die Lippen aufeinanderpresste. Die Lederschnürung an seinem Hemd war gelockert und zeigte mehr von seiner gebräunten Haut. Schnell wandte sie den Blick ab, bevor er sie noch beim Anstarren erwischte. Sie war auch nicht besser als die Ridley-Jungen.

Allzu bald bog die Spitze des Zuges wieder aufs Rodeogelände ein, und die Parade endete. Zurück im Camp, ließ sich Fliss aus dem Sattel gleiten. Als sie mit den Füßen den Boden berührte, blieben ihre Flügel an etwas hängen.

»Warte.« Hewitt stieg ab und kam zu ihr.

Sie hielt still. Schließlich hatte sie vor, ihm die Flügel für Lizzie mitzugeben, und wollte nicht, dass der zarte rosafarbene Stoff Schaden nahm.

Hewitt trat dicht neben sie, und der schwache Zederduft, der ihn umgab, wehte ihr in die Nase. »Sie haben sich an der Schnalle der Satteltasche verhakt.«

»Vielleicht sollte ich sie einfach ausziehen.« Sie nahm den Helm ab und strich sich durch die steifen Haare. »Sie sind von innen an mein Shirt geheftet.«

Hewitt schien kurz zu zögern, dann raffte er ihre Haare zusammen und legte sie ihr über die Schulter nach vorn. Die simple Handlung entfachte von Neuem das starke Verlangen, das sie beim Abtasten seiner Schulter durchströmt hatte. Um sich für seine nächste Berührung zu wappnen, ballte sie die Hände zu Fäusten.

Doch er entfernte die erste Sicherheitsnadel, ohne ihre Haut zu streifen. »Das war Nummer eins.« Seine tiefe Stimme erklang direkt an ihrem Ohr.

»Danke.« Sie überlegte, was sie sagen könnte. »Edna hat dich nun doch noch mit Bethany bekannt gemacht.«

»Ja. Und sie ist anders, als ich erwartet hatte.«

Fliss wünschte, sie könnte jetzt sein Gesicht sehen. Sein beiläufiger Ton verriet nicht, ob er angenehm oder unangenehm überrascht worden war. Aus irgendeinem Grund hätte sie gern gewusst, ob er die große, gertenschlanke Blondine sympathisch fand. »Viele meinen, dass sie mehr nach ihrem Vater kommt als nach Edna. Sie ist ziemlich hübsch.«

Hewitt reagierte nicht sofort. »Kann man sagen, aber ich stehe nicht auf Blondinen.«

Fliss spürte, dass er die Flügel ablöste, und als sie sich zu ihm umdrehte, gab er sie ihr.

Mit einem entspannten Lächeln schob er ihr die Haare wieder über die Schulter und zog dabei einen Finger durch eine Korkenzieherlocke. »Zufällig stehe ich auf Brünette, selbst wenn sich ihre Haare anfühlen wie Garnets Heu.«

Fliss zügelte ihren Hormonschub. Hewitts Neckerei hatte sicher nichts zu bedeuten. Er wirkte gelöst und hatte einfach Freude an der Veranstaltung. Genau wie sie. »Taylor wird sehr betrübt sein, wenn sie hört, dass ihr Werk mit Pferdefutter verglichen wird.«

»Sie wird es überleben.«

Bei seinem heiseren Lachen breitete sich ein Kribbeln in ihrem Nacken aus, weshalb sie sehr darauf achtete, ruhig weiterzuatmen.

Sein Daumen streifte ihre Wange. »Gleich wird es einen Run auf die Duschen geben. Wenn du dich entelfen möchtest, ist jetzt der beste Zeitpunkt.«

Seine Finger verweilten auf ihrer Haut. Die belanglose Neckerei war beendet. Mit verschleiertem Blick sah er sie an, so intensiv, dass ihr Verlangen aufloderte. Wenn sie nicht sofort ging, würde sie ihn küssen, in aller Öffentlichkeit, und es würde sich in Windeseile herumsprechen.

Sie schluckte mit trockener Kehle und nickte langsam. »Dann gehe ich mal besser.«

Er zog einen Mundwinkel hoch, nahm die Hand herunter und trat einen Schritt zurück. »Vernünftig. Ich werde Flame den Sattel abnehmen.«

Am nächsten Morgen erwachte Hewitt wieder unter freiem Himmel vom Morgengesang der Vögel, aber im Gegensatz zum gestrigen Tag hatte er gut geschlafen. Die Schulter schmerzte nur noch leicht.

In der Dämmerung konnte er Fliss' zerzausten Haarschopf ausmachen.

Gestern, nachdem sie seine Schulter untersucht hatte, war er erst einmal auf Abstand gegangen. Aber das hätte er sich schenken können. Tanner war trotzdem aufgefallen, wie sehr er darauf achtete, wo sie gerade war. Beim Mittagessen hatte sein Freund ihm Kaffee gebracht und sich neben ihn auf den Baumstamm gesetzt. Er selbst hatte gerade zu Fliss hinübergeblickt, die sich mit einem älteren Ehepaar unterhielt.

»Fliss und Cressy sind die Schwestern, die ich nie hatte. Ich würde für die beiden alles tun, und da bin ich nicht der Einzige. Keiner möchte, dass Fliss wehgetan wird. Sie hat im letzten halben Jahr genug durchgemacht.«

Hewitt verstand die Botschaft. »Ich habe nicht vor, ihr wehzutun.«

»Ich weiß … aber wie ihr beide euch anseht, das wird in Liebeskummer enden, wenn kein glückliches Paar aus euch wird. Die Leute hier haben schon eine ziemlich hohe Meinung von dir, und sie wollen ebenso wenig, dass dir wehgetan wird.«

Hewitt hatte daraufhin nur genickt. Zu wissen, dass die Leute sie beide beobachteten, konnte erdrückend oder befreiend sein. Fliss konnte es nicht leiden, sich verkleiden zu müssen und Aufmerksamkeit auf sich zu ziehen. Also würde sie sich in der Öffentlichkeit ganz bestimmt nicht unangemessen verhalten. Mit diesem beruhigenden Gedanken im Hinterkopf war er sofort an ihre Seite zurückgekehrt. Seine Selbstbeherrschung würde der Versuchung standhalten, solange sie nicht auf die Probe gestellt wurde.

Fliss regte sich. Das Licht breitete sich langsam am Himmel aus, und inzwischen konnte Hewitt auch ihre Gesichtszüge und die dunklen Wimpern erkennen.

Als er sie gestern zum ersten Mal in den rosafarbenen Reithosen und dem engen Top gesehen hatte, war es ihm extrem schwergefallen, die Hände bei sich zu behalten. Ihm war nicht entgangen, dass auch die Ridley-Jungen ihre Kurven bewundert hatten, und noch jetzt löste der Gedanke in ihm besitzergreifende Impulse aus. Was er für sie empfand, hatte noch keine andere Frau in ihm hervorgerufen.

Ihre Flügel abzulösen war gefährlich gewesen. Aber es war ihm gelungen, Berührungen zu vermeiden und die unbeschwerte Stimmung zwischen ihnen aufrechtzuerhalten. Am Ende kam es zu einem brisanten Moment, aus dem aber nichts weiter entstand. Was er zu Tanner gesagt hatte, war ihm ernst gewesen. Er würde darauf achten, ihr nicht wehzutun. Er schlüpfte in seine Kleidung, und nach einem letzten Blick auf die schlafende Fliss ging er zum Frühstück.

Während die Leute, die für Eier und Speck anstanden, an

ihm vorbeirückten, schaute er häufig zum Ende der Schlange, bis er endlich Fliss entdeckte. Sie stand neben Taylor. Als sie zum Barbecue-Bereich blickte, bemerkte sie ihn und winkte kurz. Sobald er die Hand gehoben hatte, um die Geste zu erwidern, sah sie weg. Die neugierigen Blicke ringsherum waren ihm nicht entgangen. Also lachte er über den Scherz des Farmers, der neben ihm Würste briet, und hielt sich davon ab, noch einmal zu ihr hinüberzusehen.

Heute bekamen sie noch einmal die seltene Gelegenheit, zusammen zu sein, ohne dass etwas passieren konnte. Schließlich waren sie beim Wanderritt von Leuten umgeben und würden deshalb keine Grenze überschreiten. Also konnte er sich vorerst entspannen und seine Wachsamkeit schleifen lassen. Sie würden einfach den Tag miteinander verbringen und die Gesellschaft des anderen genießen. Am Abend würden sie nach Bundara zurückfahren, wo sie wieder miteinander allein wären. Dann würde er eine eiserne Selbstbeherrschung brauchen.

Nachdem das Frühstück verzehrt und alles aufgeräumt war, wurden die Pferde gesattelt. Die letzte Unternehmung im Rahmen der Spendenaktion war ein Ritt entlang der Viehroute zu einem Bach, in dem sowohl Reiter als auch Pferde schwimmen konnten. Das Wetter spielte mit. Die Sonne schien am blauen Himmel, und es herrschte eine hohe Luftfeuchtigkeit. Dank des ungewöhnlich vielen Regens waren an dem sonst schmalen Wasserlauf einige sichere, ruhige Wasserlöcher entstanden.

Fliss und Taylor ritten ein Stückchen vor Hewitt her. Es schien ihnen besser zu gehen als gestern. Vermutlich hatten sich ihre Muskeln an den Sattel gewöhnt. Unter dem Kragen von Fliss' blauer Baumwollbluse blitzten dünne schwarze Träger hervor, die in ihrem Nacken zu einem Knoten zusammenliefen.

Heute hatte Taylor ihren Fotoapparat mitgebracht, um Rory und ihren Londoner Freunden Fotos schicken zu können. Als sie bei dem Rapsfeld angelangten, hielt sie dafür an. Drei Reiter überholten sie. Das Pferd des dritten trug ein rotes Band am Schweif zum Zeichen, dass es manchmal austrat. Während sie abwarteten, um sich in sicherem Abstand hinter ihnen einzureihen, lächelte Fliss zu ihm hinüber. Ihm wurde warm in der Brust, und das lag nicht an der strahlenden Frühlingssonne.

Sie folgten der Viehroute weiter und machten erneut Halt, weil Taylor graue Kängurus fotografieren wollte, die unter den ausladenden Zweigen eines Eukalyptusbaums ruhten.

Sie grinste Fliss und Hewitt reumütig an. »Ich verspreche, das ist das letzte Foto.«

Das war es, bis sie am Rand einer Lichtung einen Schnabeligel auf seinen kurzen Beinen laufen sah.

»Den muss ich noch knipsen.«

Hewitt und Fliss wechselten einen ironischen Blick und ritten dann mit ihr weiter. Auf der anderen Seite der Lichtung parkte zwischen zwei Goldakazien ein weißer Pick-up mit einem Hundekäfig auf der Ladefläche. Darin befanden sich unterschiedliche kleine und große Hunde. Es war nicht ungewöhnlich, dass Jäger Hunde verschiedener Rassen auf die Wildschweinjagd mitnahmen.

Je näher Taylor an die Lichtung heranritt, desto aufgeregter bellten die Hunde. Hewitt schaute sich suchend nach dem Fahrer um, aber nirgends war jemand zu sehen. Der Schnabeligel verschwand im Unterholz, und Taylor machte kehrt. Als sie weiterritten, drehte sich Hewitt noch einmal nach dem Pick-up um, doch bald ging das Hundegebell im Rauschen des Baches unter.

»So viel Wasser hat der noch nie geführt«, sagte Fliss, die Flame ins Seichte gehen ließ. Die runden Kiesel knirschten unter den Hufen, bis die Stute den Kopf senkte und trank.

Garnet und Taylors Wallach tranken ebenfalls, dann ritten sie weiter, um sich eine geeignete Stelle zum Schwimmen zu suchen. Als sie am ersten Wasserloch ankamen, schwammen dort schon die jüngeren Reiter mit ihren Pferden. Nahe beim Ufer stand Jason und hielt Minty und ein anderes graues Pony am Zügel. Das Wasser reichte den Tieren bis zum Widerrist. Beide Ponys sahen zufrieden aus. Vielleicht auch wegen der vielen Möhren, die sie bekommen hatten.

Zoe winkte Fliss. »Guck mal!«, rief sie ihr zu.

Sie und Alice stiegen auf den Rücken der Ponys, nahmen sich bei den Händen und sprangen ins Wasser. Minty schüttelte den Kopf, als es spritzte, und schaute dann, wo seine kleine Reiterin abgeblieben war.

Fliss lachte. »Das scheint großen Spaß zu machen.«

Hewitt ritt voran an den Uferweiden entlang zu einem größeren Wasserloch. Dort dösten Pferde unter Eukalyptusbäumen, andere grasten an der Böschung, während ihre Reiter schwammen oder sich sonnten.

An einen starken Ast, der über das Wasser reichte, war ein Tau gebunden, und mehrere Jugendliche standen in einer Schlange an, um sich daran über den Bach zu schwingen und hineinfallen zu lassen. Ganz vorne mit dabei waren die Ridley-Jungs. Tanner hatte sich zu einigen Mitgliedern des Organisationsteams gesellt und beaufsichtigte den Spaß.

»Ich kann nicht hinsehen«, sagte Fliss erschrocken, als der älteste Ridley einen Purzelbaum ins Wasser machte.

Hewitt zügelte sein Pferd, sodass Fliss neben ihn ritt und anhielt. »Das ist schon in Ordnung. Tanner wird nachgesehen haben, ob im Wasser Baumstämme oder große Steine liegen.« Er hielt inne, als der Junge auftauchte und Tanner stirnrunzelnd den Kopf schüttelte. »Siehst du … Tanner verbietet Kopfsprünge.«

Fliss nickte, blieb aber angespannt und lenkte Flame vom Wasser weg.

Taylor lief zu Hewitt herüber und sagte: »Sucht euch eine ruhigere Stelle. Ich bleibe hier und arbeite mit den Mädchen an meiner Sonnenbräune.«

Hewitt folgte den frischen Hufspuren anderer, die zum nächsten Wasserloch geritten waren. Fliss ritt hinter ihm her. An der nächsten Stelle, wo der Bach breiter und tiefer wurde, hielt sich niemand auf.

Flame schien zu wissen, warum sie hier Halt machten, und ging schnurstracks Richtung Wasser.

Ein Lächeln hellte Fliss' ernstes Gesicht auf. »Warte noch. Wir müssen prüfen, ob es sicher ist, und ich nehme dir den Sattel ab.«

Während Fliss damit beschäftigt war, löste Hewitt seinen Sattelgurt und das Zaumzeug. Er streifte sich die Jeans ab und zog sich mit dem gesunden Arm das Shirt über den Kopf.

Fliss zog sich ebenfalls aus und breitete ihre Sachen über Flames Sattel aus, den sie an die Uferböschung gelegt hatte. Die Sonnenstrahlen tanzten auf ihrer leicht gebräunten Haut an Rücken und Armen. Sie legte ihre rosafarbene Reitkappe auf die Kleidungsstücke. Ihr Pferdeschwanz baumelte bei jeder Bewegung zwischen den Schulterblättern hin und her. Zuerst hielt Hewitt ihren schwarzen Badeanzug für konservativ, doch dann drehte sie sich um, und er konnte sie nur noch fassungslos anstarren. Vorne hatte der Badeanzug einige durchsichtige Stellen, die ihre Kurven besonders gut in Szene setzten. Er schaute das Ufer entlang, ob irgendwo Leute zu sehen waren. Plötzlich erschien es ihm heikel, mit Fliss ganz allein zu sein.

Doch sie blickte ihn kaum an und führte Flame zu einer tiefen Stelle. Vom erhöhten Ufer aus sprang sie auf den blanken Rücken der Stute.

Er ging mit Garnet zum Wasser und schaute nach verborgenen Hindernissen und anderen Gefahren. Das Bachbett fiel sanft und gleichmäßig ab, der Grund war steinig und sandig und nicht schlammig.

»Sieht alles gut aus?«, fragte Fliss.

»Ja. Du kannst reingehen. Ich komme auch gleich.«

Flame lief weiter ins Wasser. Als sie aufhörte, mit den Vorderhufen zu spritzen, lächelte Fliss und drängte sie vorwärts. »Nein, das tust du nicht. Von meinem alten Pony weiß ich genau, was das heißt. Wir sind hier, um zusammen zu schwimmen, nicht, damit du dich drehst und mich abwirfst.«

Flame ging tiefer in den Bach. Als Fliss bis zur Hüfte im Wasser war, begann die Stute zu schwimmen. Sie reckte den Kopf hoch in die Luft und schwamm langsam im Kreis, bis sie unter den Hufen wieder Halt fand. Sobald Fliss' Oberschenkel auftauchten, schwenkte Flame herum, um erneut zu schwimmen.

»Es ist herrlich hier!«, rief Fliss über die Schulter.

Hewitt schwang sich auf Garnets Rücken und folgte ihnen ins Wasser. Die Ohren nach vorn gestellt, schwamm seine Stute mit sicheren Bewegungen. Er sorgte dafür, dass sie Abstand zu Flame hielt, damit sie und Fliss nicht von den ausgestreckten Hinterbeinen getroffen wurden.

Fliss' Gelächter schallte über den Bach, als Garnet mit den Nüstern im Wasser Blasen erzeugte. »Das findet sie toll.«

»Sie war schon immer eine Wasserratte.«

Der raue Klang seiner Stimme überraschte ihn nicht. Er hielt den Blick aufs Ufer gerichtet. Eine trockene, voll bekleidete Fliss brachte ihn schon an den Rand der Selbstbeherrschung, aber der Anblick einer nassen, halbnackten Fliss würde ihn garantiert einen Schritt weiter treiben.

Als er ein lautes Platschen vernahm, blickte er auf. Fliss schwamm im Tiefen, Flame dagegen hielt aufs Ufer zu. Er wendete Garnet und trieb sie zu der Stelle, wo Fliss schwamm und über die Schulter hinweg aufpasste, ob Flame etwa ausriss. Aber die braune Stute stieg aus dem Bach, um das junge Gras an der oberen Böschung zu fressen.

Bei Fliss angekommen, reichte er ihr eine Hand. »Möchtest du zurück ins Trockene?«

»Danke. Das Wasser ist kälter, als man meint.«

Genau wie neulich, als er sie vom Boden hochgezogen hatte, weil die Welpen über sie hergefallen waren, umfasste sie sein Handgelenk. Mühelos zog er sie hinter sich auf den Pferderücken.

Fliss hielt sich mit beiden Händen an seiner Taille fest und lachte, sodass ihr warmer Atem über seine Schulter strich. »Ich weiß nicht, wie das passiert ist. Plötzlich schwamm Flame in die eine und ich in die andere Richtung.«

Das Bachbett fiel weiter ab, sodass Garnet etwas tiefer ins Wasser sank und schließlich schwamm. Dabei rutschte Fliss gegen ihn. Er hörte sie erschrocken Luft holen und spürte ihre Brüste an seinem Rücken. Das Wasser zog an ihnen, sodass sie fester um seine Taille griff.

Bei jedem ihrer Atemzüge spürte er sie deutlicher. Bei jedem seiner Atemzüge schwankte seine Selbstbeherrschung, bis ihn das Verlangen, sie zu küssen, übermannte. Es war nicht mal eine bewusste Entscheidung, als er den Druck seiner Knie löste und sich zu ihr umdrehte. Garnet machte einen Satz nach vorn, sodass sie beide ins Wasser fielen. Seine Füße fanden den Grund, bevor er Fliss an seinem Körper spürte. Sie vergrub die Hände in seinen Haaren, und ihr Mund lag auf seinem.

Das Gefühl, sie zu halten, war überwältigend. Nichts war wichtiger, als sie zu küssen. Noch nie hatte eine Frau so lückenlos an seinen Körper gepasst. Noch nie war ihm das Leben so perfekt erschienen. Es gab keine Schuldgefühle, keine Trauer, keine Schmerzen mehr. Er fühlte nur noch ein brennendes Verlangen und eine tiefe Verbundenheit mit ihr.

Es dauerte einen Moment, bis ihm auffiel, dass er nicht mehr nur ihr heftiges Atmen hörte. Der Wind trug Stimmen und Pferdegetrappel heran.

»Wir bekommen Gesellschaft«, sagte er an Fliss' Lippen.

Sie erstarrte, und er glaubte, sie würde sich von ihm wegbewegen, aber stattdessen strich sie mit den Fingerspitzen an seinem Kinn entlang und gab ihm einen schnellen, hingebungsvollen Kuss. Dann erst löste sie sich von ihm und wich zwei Schritte zurück. Ohne ihren warmen Körper spürte er sofort die Kälte des Wassers.

Er sah es ihr an, als sie wieder in der Wirklichkeit ankam. Ihre hellbraunen Augen verloren den verträumten Blick, und der goldene Schimmer in ihren Pupillen wurde matt.

»Habe ich dir an der Schulter wehgetan?«

»Nein.«

Drei Reiter hielten an der Böschung an und nahmen den Pferden die Sättel ab. Fliss machte keine Anstalten, ans Ufer zu gehen, wo Flame und Garnet grasten. Vielmehr blickte sie ihn an. Dann, unter Wasser, wo die Neuankömmlinge es nicht sehen konnten, nahm sie seine Hand. An ihren zitternden Fingern spürte er die gleiche Sehnsucht und den gleichen inneren Aufruhr, der auch seine Hände beben ließ. Er strich mit dem Daumen über ihre Handfläche, um sie zu beruhigen.

»Hewitt, das war … keine gute Idee.«

»Ich weiß.«

»Das darf nicht noch mal passieren.«

»Ich weiß. Wird es nicht.«

Einer der Reiter lenkte sein Pferd in den Bach. Gleich würde auffallen, dass Hewitt und Fliss nicht im Wasser standen, um freundschaftlich zu plaudern. Noch immer blickte sie ihn an, mit leicht geöffnetem Mund, und ihre Augen leuchteten nun wieder. Erst im letzten Moment ließ sie seine Hand los.

12

»Wie war es beim Wanderritt?«, fragte Cressy am Telefon und klang sehr interessiert.

Fliss seufzte still. Was ihre Schwester eigentlich wissen wollte, war, wie es mit Hewitt stand. Ednas Verkupplungsbemühungen waren augenscheinlich ansteckend. Die Damenwelt von Woodlea war sich darin einig, wie umwerfend Hewitt und Tanner im Schottenkostüm ausgesehen hatten.

»Hat Spaß gemacht.«

Ihre Wangen wurden heiß. Spaß war bei Weitem kein treffender Ausdruck, um den Kuss zu beschreiben. Und er hatte ihr gezeigt, dass sie keine Frau war, die sich nur langsam für jemanden erwärmte, wie sie es all die Jahre gedacht hatte. Falls es je zu einem ersten Date zwischen ihnen kommen sollte, würde sie ihre Nicht-küssen-Regel augenblicklich vergessen. Sie würde ihn schon küssen, bevor sie überhaupt aufbrachen.

»Das ist großartig. Tanner hat durchblicken lassen, dass manche es sehr genossen haben. Die Ridley-Jungen haben wohl auch nicht viel Ärger gemacht. Und das Spendenziel wurde erreicht.«

»Ja, Janet ist begeistert. Sie hofft, dass der Ball den Rest einbringen wird und das Gerät angeschafft werden kann. Danke noch mal, dass du dich um Miss Molly und ihre Kleinen gekümmert hast.«

»Kein Problem. Meistens hat Phil sie gefüttert und mit ihnen gespielt. Denham und ich sind noch eine zweite Nacht im Norden geblieben. Da Denham Rinder mit Rodeo-Temperament kaufen und Tanner junge Pferde einreiten will, wird bald keine Zeit mehr sein, um mal von Glenmore oder Claremont wegzukommen. Reggie wird zu dir umziehen müssen.«

»Ich fände es schön, ihn hier zu haben. Ich will mir einen Gemüsegarten anlegen, also bräuchte er auf seine tägliche Möhrenration nicht zu verzichten. Ich bin ganz deiner Meinung: Mir ist schleierhaft, warum um ihn solch ein Aufhebens gemacht wird. Er hat kein Körnchen Bosheit im Leib.«

»Versuch mal, das Denham zu verklickern. Er ist felsenfest überzeugt, dass Reggie erstklassige Rodeobullen zeugen wird. Apropos … Hewitt soll ja im Kilt umwerfend aussehen, wie man so hört, trotzdem muss er noch den Reggie-Test bestehen. Andernfalls ist er nicht Manns genug für dich.«

»Gut, dass ich derzeit nicht auf der Suche nach einem Mann bin, denn Hewitt wird Reggie niemals kennenlernen, geschweige denn ihm Möhren geben.«

»Da wäre ich mir nicht so sicher. Denham und Tanner sind schon ganz heiß darauf, Garnet und Hewitt auf ihrem Rodeoplatz in Aktion zu sehen. Reggies Weide liegt direkt daneben.«

»Hewitt und Rodeo mit den Jungs, das wird nicht passieren. Ein gemächlicher Wanderritt war in Ordnung, aber schnelles, riskantes Reiten … Er wird einsehen müssen, dass das eine ganz schlechte Idee ist.«

Fliss wurde bewusst, wie streng sie geklungen hatte, und stimmte in Cressys Lachen ein.

»Okay«, sagte sie dann, »ich nehme das zurück. Hewitt ist ein erwachsener Mann und ein Cowboy und wird das überhaupt nicht einsehen. Aber ich finde, er sollte es.«

»Ich auch. Seine Schulter muss wirklich erst mal heilen. Und wie geht es mit deiner Detektivarbeit voran? Brauchst du mehr von Mums Kartons?«

»Nein. Ich bin alle, die du hast, schon durchgegangen, und da waren nur alte Bücher drin. Es ist mühsam. Ich hoffe, bald auf ein paar unbekannte Namen zu stoßen, die sich häufen. Es wird sich schon noch herausstellen, wer mein Vater ist. Ich würde liebend gern mal mit Lewis darüber reden, aber der hat selbst genug anderes zu bewältigen.«

»Wenn du Hilfe brauchst oder mit mir Namen durchgehen willst, weißt du, wo du mich findest. Ich werde dir trotzdem Mums Bücher geben. Du bist die Leserin von uns beiden.«

»Danke. Ich hätte sie wirklich gern. Und Cressy … danke … weil du nicht zulässt, dass das zwischen uns steht.«

»Nicht der Rede wert. Du bist meine Schwester und wirst es immer sein, egal wer am Ende dein Vater ist. Mum wird ihre Gründe gehabt haben, sich so und nicht anders zu entscheiden. Ich hoffe nur, dass wir eines Tages die Wahrheit wissen.«

»So sehe ich das auch. Besser, ich lege jetzt auf. Ich sehe Hewitt rüberkommen.«

»Wirklich?«

»Ja.« Fliss schüttelte den Kopf über den neugierigen Ton ihrer Schwester. »Hast du etwa mit Taylor gesprochen? Sie hat sich in den Kopf gesetzt, mich und ihn zusammenzubringen. Ich leihe mir nie wieder ein Kleidungsstück von ihr und lasse sie auch nicht mehr in meine Nähe, wenn sie eine Haarspraydose hält.«

»Sie war sehr stolz darauf, wie sexy du hinterher ausgesehen hast. Aber nein, ich weiß es von Ella.«

»Und du weißt besser als jeder andere, dass weder er noch ich jetzt eine Beziehung gebrauchen können.«

»Ja, durchaus.« Cressy wurde ernst. »Aber ich weiß auch, dass ihr beide es verdient, glücklich zu werden.«

Hewitt klopfte an die Fliegengittertür.

Fliss schluckte nervös. Sie hegte tatsächlich die Hoffnung, eines Tages mit einem Mann so glücklich zu werden wie Cressy mit Denham. »Mag sein. Ich melde mich morgen wieder.«

Sie legte auf und strich sich durch die Haare. Es war ein bisschen spät, um sich verlegen darüber Gedanken zu machen, was sie anhatte und wie ihre Haare aussahen. Hewitt war es schon gewohnt, sie in ihren Farmklamotten zu sehen.

Was sie zu Cressy gesagt hatte, war nun einmal wahr. Es würde nur zu Problemen führen, wenn sie sich von ihren Gefühlen oder seiner Anziehungskraft zu etwas hinreißen ließ, wozu sie noch nicht bereit war. Und was Hewitt anging, so musste er dringend seine verletzte Schulter auskurieren und seine seelischen Wunden heilen lassen, damit er zu seiner Familie zurückkehren konnte, die ihm so viel bedeutete. Deshalb hatte sie nach dem Kuss das einzig Vernünftige getan und erklärt, dass das nie wieder vorkommen durfte. Hewitt hatte ihr zugestimmt. Er war ein Mann, der sein Wort hielt. Es würde also keine leichtsinnige Knutscherei mehr geben. Warum war sie dann so unruhig?

Sie öffnete ihm und hoffte, ihr Lächeln wirkte nicht angestrengt. Bevor sie nach draußen trat, registrierte sie seinen frischen Geruch und das gut sitzende blaue Hemd, das er trug. Dabei entgingen ihr völlig die Welpen, die um seine Stiefel herumwuselten. Jetzt erst hörte sie ihre Krallen auf den Holzdielen, als zwei Flauschknäuel an ihr vorbeirannten.

»Nicht schon wieder. Ich habe gerade erst eine Pipipfütze von euch aufgewischt. Ihr bleibt gefälligst draußen.«

Hewitts heiseres Lachen hallte ihr nach, als sie den Flur entlangrannte, um die Eindringlinge einzufangen. Wieder draußen vor der Tür, setzte sie sie auf der Veranda ab. Knurrend balgten sie sich und liefen dabei über Fliss' nackten Füße.

Hewitt lachte noch mehr. »Jetzt fehlt nur noch Juno.«

»Ich glaube, selbst der wäre es mit den beiden zu anstrengend. Dagegen ist dieser«, sie bückte sich nach einem kleineren, der auf den Hinterläufen saß und zu ihr hochblickte, »der reinste Engel.«

Hewitt kraulte das Hündchen am Kopf. »Ja, Poppy ist nicht so anstrengend wie ihre Brüder.«

Fliss blickte auf Hewitts attraktive männliche Hand. Die Hand, die sie erst gestern so heiß am unteren Rücken gefühlt hatte.

Unruhig atmend wartete sie, bis er aufhörte, Poppy zu streicheln. Dann trat sie einen Schritt zurück und setzte den Welpen auf den Boden. Jetzt wusste sie, wie sich Hewitts Mund auf ihrem anfühlte, und sie war sich nicht mehr sicher, ob sie in seiner Nähe stark bleiben konnte.

Hewitt schob die Hände in die Taschen.

»Ava fragt, ob sie dieses Wochenende mit den Kindern zu Besuch kommen darf. Lizzie will unbedingt die Welpen sehen und dich kennenlernen. Und Quinn braucht offenbar auch Zeit mit Onkel Hewy.«

»Das klingt doch wunderbar. Sag Ava, sie kann so lange bleiben, wie sie möchte. Hier gibt es Platz genug.« Fliss schaute über die Schulter den langen Flur hinunter. Ihr zugiges Gästebad war in einer Zeitschleife gefangen und die Schlafzimmer nur teilweise renoviert. »Wenn ich's mir recht überlege, solltest du vielleicht hier schlafen und Ava und den Kindern die Stallwohnung überlassen. Dort haben sie es viel schöner.«

Sein Blick huschte kurz zu ihrem Mund, und als er ihr wieder in die Augen sah, lag ein dunkler Schleier in seinen. »Das könnte sich als unklug erweisen.«

Der kurze Aussetzer ihres Herzschlags bestätigte das sofort.

Hewitt über Nacht in ihrem Haus, das war gefährlich. Aber ihre Sorge um die Gäste gewann die Oberhand. Nachdenklich biss sie sich auf die Unterlippe. »Ja, vielleicht … Aber du hast gesehen, in welchem Zustand das Haus ist. Drüben werden sie zuverlässig heißes Wasser haben.«

»Stimmt. Ich gebe Ava Bescheid. Die Zwillinge werden sich freuen.«

»Es wird wunderbar, sie alle kennenzulernen.«

Er zog die Hände aus den Hosentaschen und wandte sich zum Gehen. »Ich mache mich wieder an die Arbeit, damit der Hühnerstall fertig wird.«

»Danke. Cressy will mir ein paar Hennen abgeben, und Meredith hat einen Hahn übrig. Es wäre schön, wenn die gebracht werden, während die Kinder hier sind. Dann können sie sich wieder Namen ausdenken.«

Hewitts Lächeln wärmte sie noch, als sie sich wieder an ihren Schreibtisch setzte. Aber bald verlor sie jegliches Zeitgefühl, weil sie sich auf DNA-Segment-Vergleiche konzentrierte. Nachdem sie einen weiteren Stammbaum ausgedruckt und an ihre Pinnwand geheftet hatte, stand sie auf, um sich zu strecken. Sie schaute über die ordentlich gestapelten Fotoalben auf dem Regal neben den Sammelalben ihrer Mutter. Jedes hatte sie schon zweimal durchgeblättert, und nichts deutete auf einen Mann aus ihrer Zeit in Sydney hin. Mit Cressy hatte sie auch alle Familienfotos aus den Rahmen genommen und nachgesehen, ob sich hinter einem ein anderes Foto verbarg. Was war ihr entgangen?

Eigentlich hätte sie mehr über die Familie ihrer Mutter wissen sollen. Aber ihre Großeltern waren nie gern über die Blue Mountains gefahren, um sie zu besuchen, und deshalb waren sie in ihrer Kindheit wie ferne Bekannte gewesen. Als Fliss ins Internat nach

Sydney zog, waren sie schon nicht mehr am Leben. Ihre Mutter hatte eine ältere Schwester gehabt, die jedoch in New York wohnte und selbst keine Kinder hatte. Ihre Tante Kath starb, als Fliss ihr letztes Schuljahr absolviert hatte.

Von einem plötzlichen Einfall getrieben ging Fliss in die Küche. Ihre Mutter und Tante Kath hatten häufig Rezepte ausgetauscht. Sie schaltete den Wasserkocher ein, dann ging sie in die Speisekammer, wo im mittleren Regal die Kochbücher standen. Als ihre Mutter ihnen damals das Kochen beibrachte, benutzte sie ein altes Familienkochbuch, in dem sie sich auch Notizen machte. Das war ein wahrer Schatz, den sie schon vor ihrer Ehe angelegt hatte, und mehr als eine Sammlung handgeschriebener und eingeklebter Rezepte. Sie hatte darin auch festgehalten, für welche Gelegenheit und von wem ein Gericht zubereitet worden war.

Fliss hörte die Abschaltautomatik des Wasserkochers klicken, blätterte aber weiter durch die Seiten, von denen viele Eselsohren hatten. Die Rezepte waren nach Kategorien geordnet. Bald verlor sie sich in Erinnerungen an Geburtstagsfrühstücke, Abendessen am Lagerfeuer und an ihre Mutter, die den Arm um sie legte und sie den Kuchenteig vom Quirl lecken ließ. Auf der zweiten Seite der Backrezepte überflog sie eines für einen Orangen-Mohnkuchen. Mit Herzklopfen las sie die Notiz am unteren Rand.

Valda Ryans unfehlbares Rezept. Strandpicknick. Patricks Mutter.

Sie ließ es aufgeschlagen liegen und eilte in ihr Arbeitszimmer. Das war der erste Männername, den sie bisher entdeckt hatte, und sie war sicher, dass Ryan in der Familiennamensliste stand. Das Rezept gehörte zu den frühesten in der Backsparte, also hatte ihre Mum es vielleicht in ihren jüngeren Jahren eingetragen. Ein Strandpicknick dürfte höchstwahrscheinlich während ihrer Zeit in Sydney stattgefunden haben. Fliss überflog die Liste an ihrer Pinnwand und entdeckte den Namen Ryan weiter oben.

Mit frischem Mut suchte sie in ihren Übereinstimmungen auf der DNA-Webseite nach Patrick Ryan und Valda Ryan. Die waren nicht aufgeführt, aber das überraschte sie nicht. Es wäre ein enormer Zufall, wenn sich deren DNA in der Datenbank befände. Als Nächstes gab sie nur den Nachnamen Ryan ein. Drei Seiten mit Übereinstimmungen, bei denen der Nachname im Familienstammbaum vorkam. Die größte Übereinstimmung entsprach einem Cousin vierten bis sechsten Grades.

Fliss' Begeisterung ließ nach, aber sie arbeitete sich nun umso entschlossener durch die Namen. Einige Treffer konnte sie ausschließen, da es genaue Familienstammbäume gab, aber unter einem anderen Nachnamen. Sie schloss außerdem jeden Treffer aus, den sie mit Cressy gemeinsam hatte. Einige waren in Amerika ansässig und somit nicht relevant. Aber während sie weitersuchte, wuchs die Zahl der möglichen Ryan-Verbindungen.

Mit steifem Rücken und Heißhunger auf Süßes erforschte Fliss die letzte Ryan-Verbindung auf der ersten Seite. Dann ging sie in die Küche. Während das Wasser zum zweiten Mal erhitzt wurde, senkte sie den Kopf und drückte die Finger in die verkrampfte Stelle im Nacken. Die Verspannung in ihrem Trapezmuskel wollte sich einfach nicht lösen.

Sie schaute durch das Küchenfenster hinaus. Der einst ordentliche Garten glich inzwischen einem Schlachtfeld. Cressy hatte recht gehabt. Die Welpen waren verheerend. Überall lagen zerkaute Stöcke und Tennisbälle zwischen schwarzen Plastikpflanztöpfen, die sie auf ein höheres Regal würden stellen müssen. Aber die Unordnung machte ihr nichts aus. Sie führte ihr vielmehr vor Augen, dass das Leben mit Freuden gelebt werden sollte.

Zwei Fellknäuel spielten Tauziehen mit einem Seil aus Stoffresten, das sie nach einer Anleitung im Internet geflochten hatte, während drei andere Welpen eine Verandastufe besetzt hatten und sich die Bäuche sonnten. Molly leistete Hewitt am hinteren Gartentörchen Gesellschaft, wo er den Hühnerstall erneuerte.

Hinter dem Lattenzaun verlief ein Weg, der zu einem kleinen Schuppen und einem Pferch führte. Das Unkraut im Hühnerstall hatte brusthoch gestanden, als er es ausgerissen hatte. An der Tür wuchsen niedriger Hopfenklee und Franzosenkraut. Ihre Mutter hatte immer geschworen, dass sich die langen Stängel des Ferkelkrauts unter dem Rasenmäher flach legten, um nicht abgeschnitten zu werden, und die gelben Blüten sich am nächsten Tag wieder genauso fröhlich wiegten wie zuvor.

Das Wasser kochte, und Fliss ging hinüber, um sich einen Tee zu machen, als ihr etwas ins Auge sprang. Unsicher hielt sie inne. Der lange Stock am Rand des Gartens war eben noch nicht da gewesen. Während sie dorthin starrte, um zu erkennen, ob es sich um eine Schlange handelte, kam Molly durch den Garten angerast. Die Augen auf das Ding gerichtet, duckte sie sich an den Boden und verharrte plötzlich starr an einer Stelle.

Mit zitternden Händen griff Fliss nach dem Handy auf dem Küchentresen. *Bitte lass Hewitt das Handy bei sich haben.* Eine Nachricht würde ihn schneller erreichen, als sie in Rufweite wäre. Doch sie stellte sich ungeschickt an, schrieb Schlange mit zwei Tippfehlern. Immerhin war die Positionsangabe leserlich.

Sie nahm das Schlangenbiss-Set vom Notfallregal und rannte durch den Flur. Die Fliegengittertür schlug hinter ihr gegen die

Wand, während sie auf die Verandastufen zuhielt. Sie sammelte die drei schlafenden Welpen ein und trug sie ins Haus. Erst als sie die Vordertür schloss, fiel ihr auf, dass ein Welpe fehlte.

Hewitt war bereits durch das hintere Gartentor getreten und folgte Molly, als sein Handy eine neue Nachricht meldete. Es gab nur eine Erklärung, warum die Hündin geknurrt hatte und über den Rasen gesaust war. Er sparte es sich, aufs Handy zu schauen. Fliss' erleichtertes Gesicht, als sie ihn sah, verriet ihm, was in der Nachricht stand.

Hastig schaute er über den Garten. Fliss hatte die Welpen von der Treppe schon ins Haus getragen. Er konnte nur hoffen, dass Molly zu der Schlange Abstand wahrte, da ihre Jungen außer Gefahr waren. Er schaute zu Fliss. Die durfte den Border Collie jetzt nicht rufen. Das würde die Hündin nur ablenken. Aber Fliss stand reglos am Rand der Veranda, die Hände um den Pfosten geschlungen, die Lippen zusammengepresst. Neben ihr am Boden stand eine Plastikbox.

Die Schlange hatte sich s-förmig aufgerichtet und fixierte Molly, bereit, mit ihrem kleinen flachen Kopf zuzuschlagen. Molly knurrte, rückte aber nicht näher. Nach einer Ewigkeit, so kam es ihm vor, senkte die Schlange den Kopf. Ihre Schuppenhaut glänzte in der Sonne, als sie wendete und in geschmeidigen Wellenbewegungen davonglitt. Hewitt entspannte sich. Gleich würde das Reptil im Unterholz hinter dem Zaun verschwinden.

Dann entdeckte er einen schwarz-weißen Fleck, und erneut schoss Adrenalin durch seinen Körper. Poppy zottelte am Zaun entlang und schnitt der Schlange den Fluchtweg ab. Die hielt an und schätzte die neue Gefahr ein. Molly duckte sich erneut und pirschte sich an, um ihr Junges zu beschützen.

Poppy musste lange genug abgelenkt werden, damit die Schlange entkommen konnte. Hewitt pfiff leise.

Das wirkte. Der Welpe hielt inne und drehte den Kopf zu ihm. Diesen Moment nutzte die Schlange und glitt unter dem Zaun hindurch in Richtung Bach.

Molly rannte zu Poppy, und nachdem sie ihr Junges beschnuppert hatte, brachte sie es zu Hewitt.

Er kraulte ihr den Kopf. »Alles in Ordnung.«

Fliss öffnete die Fliegengittertür, und die Welpen purzelten die Verandastufen hinunter. Molly untersuchte jeden einzelnen, dann legte sie sich auf den Rasen und blickte auf die Stelle am Zaun, wo die Schlange verschwunden war.

Die Welpen kletterten auf ihrer Mutter herum, aber das brachte Fliss nicht zum Lächeln. Stattdessen sah sie ihn an. Sie war blass. »Ich glaube, ich muss mich setzen.«

Erschöpft sank sie auf die oberste Stufe.

Er holte zwei Gartenstühle von der Feuerstelle und stellte sie in den Schatten der Veranda, nicht weit von Molly und ihren Jungen. »Darauf sitzt du bequemer.«

»Danke.«

Nachdem Fliss sich auf einem niedergelassen hatte, hob Hewitt zwei Welpen auf und setzte sie ihr auf den Schoß. Als ob die Hündchen ihre Verkrampfung spürten, kuschelten sie sich in ihre Arme, anstatt wie sonst auf ihren Fingern zu kauen. Die Falten auf ihrer Stirn verschwanden, während sie über das flauschige Fell strich.

»Das wäre abgehakt«, sagte sie ungewohnt knapp. »Die erste Schlange in diesem Frühjahr.«

»Ob du es glaubst oder nicht, sie wollen uns genauso wenig begegnen wie wir ihnen.«

Fliss schauderte. »Wenigstens wurde keiner gebissen … Ich habe gesehen, was so ein Biss anrichten kann. In einem Sommer haben Cressy und ich unseren Hund durch einen Schlangenbiss verloren, Midge, einen Jack Russell Terrier.«

Hewitt hob einen Welpen hoch, der an seiner Stiefelspitze nagte. Wenn er mit dem Hündchen spielte, war er nicht so sehr in Versuchung, den Arm um Fliss zu legen und sie näher zu sich zu ziehen. Nun verstand er, warum sie eine persönliche Aversion gegen Schlangen hatte.

»Das tut mir leid.«

»Danke. Es ist lange her, aber ich werde nie vergessen, wie schnell es ging und wie tapfer Midge war.« Sie schaute über die Gartenbeete. »Ich denke, ich werde dort noch mehr Geranien pflanzen.«

»Du könntest dir Perlhühner anschaffen. Die halten angeblich Schlangen fern.«

»Ich frage mal Ella. Sie wird wissen, bei wem man welche kaufen kann.«

»Da dein Rasen jetzt kurz gehalten und das Unkraut in den Beeten gejätet wird, merken die Schlangen, dass Bundara nicht mehr so anheimelnd ist, wie es mal war.«

»Hoffentlich.« Ein Welpe sprang von ihrem Schoß. »Dann setze ich mich mal wieder an den Computer. Die Herkunftsanalyse ist wie ein Labyrinth. Wenn ich einmal drin bin, finde ich so schnell nicht wieder raus und vergesse glatt zu essen.«

»Komm doch zum Abendessen rüber. Ich werde etwas kochen.«

Sie runzelte die Stirn und sah ihn forschend an. »Ich dachte, wir wollen dafür sorgen, dass sich die Episode im Bach nicht wiederholt.«

»Wir sind beide erwachsen. Fliss … ich versichere dir, ich habe nicht vor, dir Probleme zu bereiten oder wehzutun.«

»Okay«, sagte sie nach einer Weile und suchte seinen Blick. »Abendessen wäre schön. Darf ich etwas mitbringen?«

»Nein. Ich habe alles, was ich brauche, in dem Laden eingekauft, wo wir nach dem Wanderritt angehalten haben.«

Der Welpe, der noch auf Fliss' Schoß saß, gähnte und rückte sich zurecht, bis er mit dem Kopf in ihrer Armbeuge lag.

Hewitt blickte in das kleine Hundegesicht, das ganz weiß war bis auf einen schwarzen Fleck rings um ein Auge, der dem Hündchen den Namen Patch eingebracht hatte. Ohne den Blick davon abzuwenden, setzte er seinen Welpen auf den Boden.

»Hewitt, was ist?«

»Nur ein Gedanke. Halt mal still. Ich will schnell ein Foto von Patch machen und an Ella schicken.« Dann fragte er: »Überleg mal, an wen erinnert er dich?«

»An niemanden.«

»Vielleicht an den Hund, den wir neulich gesehen haben?«

»Aber wir haben keinen Border Collie gesehen, oder? Der einzige schwarz-weiße Hund war der in dem Käfig auf dem Pick-up, der an der Lichtung stand, und ich bin mir, was die Farbe angeht, nicht mal sicher.«

»Doch, er war schwarz-weiß, und er hatte auch einen schwarzen Fleck am Auge.«

Fliss zog ihr Handy aus der Hosentasche. »Taylor hat den Schnabeligel fotografiert. Vielleicht ja auch die Hunde.«

Während sie mit Taylor telefonierte, schrieb Hewitt an Ella und erkundigte sich, ob es Fotos von dem vermissten Max gebe.

Fliss beendete ihr Gespräch, und Augenblicke später trudelten die ersten Fotos auf ihrem Handy ein. Sie legte Patch neben

Molly, stand auf und beugte sich über Hewitts Schulter, um ihm ihr Display zu zeigen. Ihr war wohl nicht bewusst, dass ihre Haare auf sein Hemd herabhingen.

»Du hast recht.« Aufgeregt vergrößerte sie einen Bildausschnitt. »Guck, da ist er. Ganz hinten. Man sieht nicht viel von ihm, aber der Fleck am Auge ist der gleiche wie bei Patch.«

Hewitt zog das Foto ein Stück höher. »Und da erkennt man das Nummernschild.«

Fliss sah ihm in die Augen und lächelte. »Dieser Hund könnte Max sein.«

»Ja, durchaus.«

Ganz bewusst legte Hewitt die Hände auf die Oberschenkel. Er roch nur noch Gardenien und konnte nur noch daran denken, wie weich Fliss' Lippen waren. Sie war ihm so nah, er bräuchte nur die Hand in ihre Haare zu schieben und ihren Kopf heranzuziehen.

»Ich werde Ella das Foto schicken, und sie kann es an die Tochter des Besitzers und an die Polizei weitergeben. Ich sende es auch an Daniel auf dem Revier.«

Abrupt richtete sie sich auf, als wäre ihr gerade bewusst geworden, wie nah sie ihm war. Er sah ihre geröteten Wangen, als sie wegtrat. Erleichtert atmete er einmal tief durch.

»Hey, Miss Molly.« Fliss bückte sich und tätschelte sie. »Hewitt hat vielleicht deinen Max gefunden.«

Auf ihrem Handy traf eine neue Nachricht ein. »Ella bedankt sich, und sie hält uns auf dem Laufenden. Ich gehe jetzt rein und rufe ein paar Leute wegen meiner Herkunftsanalyse an. Bis später. Ich freue mich auf das Abendessen.«

Den übrigen Tag arbeitete Hewitt am Hühnerstall und an seiner Selbstbeherrschung. Wenn er das Abendessen mit Fliss ohne Katastrophe über die Bühne bringen wollte, musste er seine Emotionen unter Verschluss halten. Sie würden nicht nur miteinander allein sein, er wusste jetzt auch genau, wie es sich anfühlte, wenn sie sich an ihn schmiegte. Dass er sie einmal im Arm gehabt hatte, würde ihm niemals genug sein.

Am späten Nachmittag duschte er und machte sich daran, die Bolognese-Soße seiner Mutter zu kochen. Als das Knoblauchbrot fast fertig war und der kräftige Duft der Soße die Küche erfüllte, sah er zur Wanduhr. Fliss würde gleich kommen.

Aus den Augenwinkeln bemerkte er durch das Wohnzimmerfenster, dass Fliss aus dem Haus trat. Aber anstatt die Verandatreppe hinunterzugehen, setzte sie sich auf die oberste Stufe. Molly gesellte sich zu ihr, und Fliss legte einen Arm um sie.

Sein erster Gedanke war, dass er bleiben sollte, wo er war. Fliss trug ein weites geblümtes Kleid, das ihre Schultern und Arme frei ließ. Ein Blick auf sie genügte, um sein Verlangen anzufachen. Sein zweiter Gedanke war, sich neben sie zu setzen. Er holte zwei Gläser aus dem Schrank und schenkte Rotwein ein. Bei dem Abendessen ging es darum, zu beweisen, dass es zwischen ihnen entspannt zugehen und er sich an die Absprache halten konnte. Und damit würde er jetzt anfangen.

Er nahm die kleine Vorspeisenplatte vom Küchentresen und ging damit durch den Garten zum Haus.

Fliss begrüßte ihn mit einem Lächeln. »Ein Glück für dich und deine Platte, dass die sechs Rabauken im Schuppen sind.«

Er reichte ihr eines der Weingläser, bevor er die Platte neben sie stellte. »Ja, das wäre sonst der kürzeste erste Gang aller Zeiten.«

Er setzte sich auf die andere Seite der Platte, sodass eine angemessene Distanz zwischen ihnen gewahrt blieb.

»Das sieht sehr lecker aus.« Fliss schnitt sich ein Stück vom Weichkäse ab. »Eigentlich wollte ich zu dir rübergehen, aber … das klingt bestimmt albern … ich möchte Molly noch so viel wie möglich um mich haben.«

»Das ist überhaupt nicht albern.«

»Wo hast du dir die Kochkünste angeeignet?«

»Bei meiner Mutter. Sie wollte unbedingt, dass Brody und ich kochen lernen. Brody hatte wenig Lust dazu, aber mir hat es Spaß gemacht, nach den Rezepten zu kochen, die schon meine Urgroßmutter an ihre Tochter weitergegeben hatte. Außerdem lebe ich allein. Ich würde verhungern, wenn ich nicht kochen könnte.«

»Anscheinend lebst du in der Nähe deiner Eltern und der Zwillinge?«

»Ja. Ava wohnt in dem Cottage auf Mayfield. Mum und Dad im Haupthaus. Vor Jahren haben sie die angrenzende Farm gekauft, und da lebe ich.«

»Hast du mit Lizzie und Quinn über den Besuch hier gesprochen?«

»Ja.« Er trank einen Schluck Wein. »Lizzie hat mir schon erzählt, was sie alles einpacken möchte.«

»Ich muss mir einiges überlegen, was wir mit ihnen unternehmen können, das ihnen Spaß macht.«

»Die werden allein zurechtkommen. Lizzie wird mit den Welpen spielen und dir Löcher in den Bauch fragen. Quinn wird mir auf Schritt und Tritt folgen wie früher seinem Vater. Die beiden waren immer im Schuppen und haben irgendwas repariert.«

»Es ist schön, dir zuzuhören, wie du von deinem Bruder erzählst. Du scheinst inzwischen … gelassener zu sein.«

»Es ist noch hart für mich, über ihn zu reden, aber es geht mir schon ein wenig besser.«

Er schaute hoch zu dem Bergkamm, auf dem er mit Garnet gestanden hatte. »Ich habe mich von ihm verabschiedet. Das hat gutgetan.« Seine Trauer hatte zwar nachgelassen, seine Schuldgefühle jedoch nicht. »Dass ich seit einer Weile hier bin, ist nicht nur für mich gut. Da ich mich um nichts kümmern kann, was zu Hause anfällt, haben meine Mutter und Ava eine gewisse Zielstrebigkeit zurückgewonnen. Mum strickt wieder. Ava hat zugenommen und fährt mindestens einmal in der Woche in die Stadt.« Er runzelte die Stirn. »Der Einzige, der nicht von meiner Abwesenheit profitiert, ist mein Vater. Er weigert sich, aus dem Haus zu gehen.«

»Trauer ist etwas sehr Individuelles. Jeder folgt dabei seinem eigenen Tempo.« Sie trank von ihrem Wein. »Mir hat es auch gutgetan, dich hier zu haben. Seit du hergekommen bist, habe ich Bundara häufiger verlassen als im letzten halben Jahr. In meinem Garten liegen jetzt Hundespielzeuge verstreut. Das hätte ich vorher nicht ertragen können. Und nun freue ich mich sogar schon auf Wochenendbesucher.«

Hewitt grinste. »Du meinst, ich bin schuld an der Unordnung im Garten?«

Fliss grinste zurück. »Nur an meiner Zuversicht, mit dem Chaos zurechtzukommen.«

»Du brauchst mich nicht, um zuversichtlich zu sein. Du bist einer der tüchtigsten und cleversten Menschen, die ich kenne.« Er zögerte, da er die gelöste Stimmung nicht verderben wollte. Doch das Bedürfnis, ihr zu helfen, ließ ihn weiterreden. »Ich weiß, wie sehr du zu kämpfen hattest, als du den Finger der kleinen Alice untersucht hast. Aber die Fliss, die du vor Caitlyns Tod warst, bist du auch jetzt noch. Du kannst alles meistern, womit du konfrontiert wirst.«

Skeptisch blickte sie ihn an. »Du nimmst entschieden zu viel wahr.«

»Das bringt mein Beruf mit sich«, sagte er in demselben ironischen Ton wie sie. »Ich muss erkennen, was ein Reiter, ein Pferd oder ein Bulle tun wird, bevor sie es selbst wissen.«

Sie grinste schief. »Gut zu wissen, dass ich für dich genauso durchschaubar bin wie ein Bulle.«

»Dafür bist du ein viel schönerer Anblick, falls dich das tröstet.«

Fliss hob ihr Glas und stieß mit ihm an. »Geschickt rausgeredet, Cowboy.«

Das Gefühl von Frieden überkam ihn. Neben Fliss zu sitzen und zu plaudern entspannte ihn. Bundara tat ihm gut. Aber die schöne Frau neben ihm auch.

13

»Onkel Hewy!«, rief Quinn im vollen Lauf, sprang Hewitt in die Arme und drückte ihn, so fest er konnte.

Fliss blinzelte den Tränenschleier weg. Es rührte sie, wenn ein starker Mann ganz offen Liebe zeigen konnte. Zu sehen, wie Lizzie ihn strahlend in die Arme schloss und ihm einen Kuss auf die Wange gab, löste in ihr Glücksgefühle aus, aber angesichts der tiefen Zuneigung zwischen Quinn und Hewitt bekam sie feuchte Augen.

Ava lief über den Rasen auf sie zu. Sie war zierlich und viel zu dünn. Aber ihre blonden Haare waren üppig und glänzten, und ihre Haut hatte eine gesunde Farbe. Der Ringfinger ihrer zarten linken Hand war nackt. »Vielen, vielen Dank, dass wir das Wochenende hier verbringen dürfen.« Ava lächelte sie herzlich an.

»Ist mir ein Vergnügen.« Fliss umarmte sie. Bei Leuten, die sie nicht persönlich kannte, war sie gewöhnlich zurückhaltender, aber weil sie einige Male miteinander geskypt hatten, war Ava für sie keine Fremde mehr.

»Wie war die Fahrt?«, fragte Fliss. Als sie sich umdrehten, sahen sie Quinn zum Wagen flitzen. Er holte seinen gelb-grünen Traktor heraus.

»Sagen wir, es wird schön, die nächsten zwei Tage nicht im Auto zu verbringen.«

Fliss nickte und schaute Quinn hinterher, der zu seinem Onkel zurückrannte. »Ich kann gut verstehen, warum dir die Fahrt so lang vorkam.«

Lizzie lief zu Ava und nahm ihre Hand, dann schaute sie vorsichtig zu Fliss hoch. Die hatte nicht damit gerechnet, dass Lizzie ihr gegenüber schüchtern sein würde. Schließlich hatten sie schon einige Male miteinander gesprochen. Doch so selbstbewusst und mutig sie auftreten konnte, war Lizzie doch ein kleines Mädchen, das erst vor knapp einem Jahr seinen Vater verloren hatte.

Fliss beugte sich zu ihr hinunter. »Ich habe mich auf euren Besuch gefreut und die Welpen auch. Sie haben keine Lust mehr, Tauziehen mit mir zu spielen. Welchen möchtest du als Erstes kennenlernen?«

In Lizzies grauen Augen leuchtete ein Lächeln auf. »Du bist noch hübscher als auf dem Bildschirm und viel größer.« Sie schob ihre kleine Hand in Fliss'. »Darf ich sie alle sehen?«

»Aber sicher.«

Sie waren zwei Schritte auf den Gartenschuppen zugegangen, als Quinn angerannt kam. Er hielt Fliss seinen Mähtraktor hin, damit sie ihn bewunderte. Er war von der Firma, deren Name auf seiner grün-weißen – oder eher grün-schmutzig-weißen – Schirmmütze stand. Fliss bewunderte den zerschrammten grünen Lack und die gelben Felgen. »Ich denke, dein Onkel Hewitt sollte einen Ölwechsel machen. Er sieht aus, als hätte er schon viele Wiesen gemäht.«

Quinn grinste kurz und rannte wieder weg. Lizzie griff ihre Hand fester.

»Er kann dich gut leiden. Er zeigt sonst keinem seinen Traktor. Nicht mal Miss Annabelle vom Busch-Mobil hat ihn zu sehen gekriegt.«

Als sie am Gartenschuppen ankamen, drängelten sich sechs Welpen jaulend an dem niedrigen Absperrgitter, das Hewitt aus Holz und Maschendraht gebaut hatte, damit sie auch bei offener

Tür im Schuppen blieben. Kaum hatte sie das Gitter angehoben, flitzten und purzelten die Hündchen heraus auf Lizzies Füße zu. Fliss achtete darauf, ob die Kleine etwa Angst bekam, aber sie hatte Spaß. Kichernd hüpfte sie zu der Kiste mit Spielsachen, die Fliss auf den Rasen gestellt hatte. Alle sechs Welpen liefen hinter ihr her, und kurz darauf jagten sie Bällen nach oder kauten auf Gummiknochen.

Fliss lud zusammen mit den anderen das Gepäck aus dem Wagen. Als alle Taschen in die Stallwohnung gebracht waren, verzogen sich Hewitt und Quinn in den Schuppen. Fliss führte Ava durch die renovierten Ställe und bot ihr dann eine Tasse Tee im Farmhaus an.

Während das Wasser heiß wurde, plauderten sie miteinander, aber als sie am Küchentisch saßen und ihre Tassen vor sich stehen hatten, wurde Ava ernst.

»Fliss, ich würde gern etwas mit dir besprechen und hoffe, das ist okay. Das wird vielleicht die einzige Gelegenheit sein.«

»Na klar. Was hast du auf dem Herzen?«

»Erst mal möchte ich mich bedanken, dass wir herkommen durften und dass du Hewitt auf deinem Hof wohnen lässt. Ich war seinetwegen sehr in Sorge, aber jetzt … scheint er fast wieder der Alte zu sein.«

Fliss nickte. Sie mochte sich gar nicht vorstellen, was für Schmerzen er anfangs ausgehalten hatte.

»Zweitens muss ich ihm etwas sagen, und ich glaube, es ist das Beste, wenn er es hier bei dir erfährt … hier hat er Zeit und Ruhe, um gewisse Dinge zu verarbeiten.«

»Das klingt vernünftig.«

»Es ist nichts Schlimmes. Eigentlich sogar etwas Schönes. Aber es könnte für ihn schmerzlich sein.«

Fliss schwieg, um Ava ungehindert reden zu lassen.

»Ich habe Brody damals bei einem Wanderritt kennengelernt, den ich leitete, und schon beim ersten Anblick war ich hin und weg von ihm. Im Nu waren wir verheiratet, und ich war mit den Zwillingen schwanger. Das Leben war vollkommen. Dann bekam das Idyll die ersten Risse. Ich mache ihm keinen Vorwurf. Die Kinder waren nicht geplant gewesen, und Vater zu sein verlangt einem einiges ab. Bald wurde offensichtlich, dass Brody nicht dazu geschaffen war.«

Ava stockte und zog mit dem Finger die Holzmaserung der Tischplatte nach. »Es war Hewitt, der stehen blieb und half, wenn ich draußen die Wäsche aufhängte. Er kümmerte sich um die Kinder, damit ich mal schlafen konnte. Seine Eltern waren auch großartig. Der Einzige, der nichts beitrug, war Brody. Er setzte sein Junggesellenleben unbeirrt fort.«

Hewitts Hilfsbereitschaft fand Fliss nicht überraschend, aber dass Brody sich so unreif und egoistisch verhalten hatte, schockierte sie. Sie hatte immer angenommen, er sei genauso freundlich und großzügig wie sein Bruder gewesen. »Das muss zu Spannungen geführt haben.«

Avas Lachen klang bitter. »Da hast du recht. Man kann es nur eine gewisse Anzahl an Malen tolerieren, dass der Ehemann betrunken nach Hause kommt und zwei Babys weckt, die man gerade eine Stunde lang in den Schlaf gewiegt hat. Ich habe Hewitt und seinen Eltern verheimlicht, wie viel Ärger es in meiner Ehe gab. Ich war der Grund, warum Brody diesen Bullen ritt. Hewitt hatte nichts damit zu tun.«

Die Tasse an den Lippen, hielt Fliss inne. »Hewitt glaubt das aber.«

»Ich weiß. Ich habe ihm immer wieder gesagt, dass er keine

Schuld hat. Dass Brody seine Entscheidungen selber traf und dass er nicht geritten ist, um das Preisgeld zu gewinnen und Hewitt auszuzahlen. Die Wahrheit ist, und das muss ich Hewitt nun beibringen, Brody ist nur auf den Bullen gestiegen, um etwas zu beweisen. Wir hatten uns furchtbar gestritten, und er ist zum Rodeo gefahren, um mir zu zeigen, dass er sein Leben so leben kann, wie er will. Ihm war es egal, dass er eine Familie hat, er wollte dasselbe tun wie vor unserer Ehe, auch wenn er damit sein Leben riskierte.«

Fliss schüttelte den Kopf. »Dann sind Hewitt und Brody anscheinend sehr verschieden. Ich kenne Hewitt noch nicht besonders gut, aber nach allem, was ich weiß, glaube ich, dass seine Familie für ihn an erster Stelle kommt, wenn er mal eine gründet.«

»So ist es. Er war für die Zwillinge mehr ein Vater als Brody.«

»Und Hewitt wusste nicht, wie wenig Brody für euch da war? Er hat erzählt, dass Quinn ihm auf Schritt und Tritt gefolgt ist und mit ihm im Schuppen Sachen repariert hat.«

»Für fünf Minuten, bis er etwas anfasste, was er nicht anfassen durfte. Der Einzige, auf den Brody gelegentlich hörte, war Hewitt. Hewitt sagte ihm oft, er solle gleich nach dem Rugby nach Hause fahren. Brody ging dann tatsächlich, aber nicht nach Hause, sondern zu einem Kumpel.« Ava schwieg kurz und schlang die Finger ineinander. »Ich war nicht stark genug, um Hewitt die Augen zu öffnen. Sonst würde er jetzt nicht glauben, dass er an Brodys Tod schuld ist. Ich hatte selbst mit Schuldgefühlen zu kämpfen. Aber jetzt bin ich stark genug, denn … Ich habe jemanden kennengelernt.«

»Das ist wunderbar.«

»Hoffentlich empfindet Hewitt es nicht als Verrat an Brody, dass ich ein neues Leben anfange. Er kennt ihn. Es ist unser

Nachbar Dean, der die Ernte eingeholt hat, nachdem Hewitt vom Quad gestürzt war.«

»Ist das der Nachbar auf der Ostseite?«

»Ja, der jüngste Bruder.«

»Hewitt wird sich für euch freuen.« Fliss griff über den Tisch und drückte ihre Hand. »Ganz bestimmt.«

In dem Moment kam Hewitt mit den Kindern in die Küche. Sie ließ Avas Hand los, aber er sah es und schaute besorgt zwischen ihnen hin und her.

Fliss stand auf und schenkte den Kindern ein strahlendes Lächeln. »Wer will den grünen Frosch sehen, der in der Waschküche lebt? Wir können uns dort die Hände waschen und etwas trinken und einen ANZAC-Keks essen.«

Aus den Augenwinkeln sah sie, dass Hewitt seiner Schwägerin beruhigend auf die Schulter klopfte, bevor er sich zu ihr setzte.

Es wurde ein ereignisreicher Nachmittag. Die Zwillinge ritten auf Garnet und Flame und fuhren mit Hewitt im Pick-up mit, weil sie die Kälber sehen wollten. Dann dachten sie sich Namen für die drei roten Hennen und den schwarz-goldenen Hahn aus, die in ihrem Gehege im Sand scharrten. Während Ava ein Nickerchen machte, zogen Quinn und sein Onkel abgebrochene Zweige zu dem Haufen, den Hewitt unter einer Plane zum Trocknen aufgeschichtet hatte. Am Abend würden sie daraus ein Lagerfeuer machen. Lizzie ließ die Welpen schlafen und ging mit Fliss in die Küche, um zu backen.

Nach reiflicher Überlegung entschied sich Lizzie für Vanille-Cupcakes mit rosafarbener Glasur und bunten Zuckerstreuseln, ein Rezept aus dem Kochbuch von Fliss' Mutter. Wie der Randnotiz zu entnehmen war, hatten Fliss die Cupcakes an ihrem zehnten Geburtstag geschmeckt, und das Rezept stammte ursprünglich von Meredith.

Fliss beobachtete Lizzies niedliches Gesicht, während die Fünfjährige auf einem Hocker stehend konzentriert das Mehl in die Backschüssel siebte. Dabei verspürte sie tief in sich eine Sehnsucht, selbst auch eine kleine niedliche Lizzie und einen energiegeladenen Quinn zu haben. Die Sehnsucht nach eigenen Kindern meldete sich, die sie bisher immer unterdrückt hatte. Sie hatte sich nie die Zeit genommen, sich mit diesem Wunsch auseinanderzusetzen.

Von draußen schallte helles Kinderlachen herein. Hewitt kitzelte Quinn auf dem Rasen.

Genervt verdrehte Lizzie die Augen. »Das machen sie ständig.«

Fliss sagte nichts. Das Lachen entspannte Hewitts Mimik. In ihrer Brust spürte sie ein Ziehen, und ihr wurde bewusst: Dass sie ihre biologische Uhr auf einmal so laut ticken hörte, lag nicht nur an den Zwillingen. Hewitt wäre ein liebevoller, großartiger Vater.

Als die Schatten lang wurden und die Wärme des Tages der abendlichen Kühle weichen musste, saßen alle am Tisch in der Stallwohnung und ließen sich das Hähnchen schmecken, das Hewitt gebraten hatte. Lizzie schaute immer wieder aus dem Küchenfenster, ob der erste Stern schon aufgegangen war. Als alle ihren Teller leer gegessen hatten und die Sterne am Himmel standen, zappelte die Kleine auf ihrem Stuhl herum. »Onkel Hewy, ist es jetzt dunkel genug für das Lagerfeuer?«

»Und ob.«

Fliss hätte nicht sagen können, welches Kind schneller vom Tisch aufgesprungen war.

Rings um den Holzhaufen im Garten lagen bereits Heuballen mit einer Decke darüber. Erst nachdem die Zwillinge sicher auf einem Ballen saßen, zündete Hewitt das Feuer an. Die Flammen leckten über die Äste, und schließlich stiegen Funken auf, als das Feuer ordentlich prasselte.

»Wer möchte Nachtisch?« Fliss nahm das Tuch von einem Tablett mit Hörnchen, Marshmallows, Bananen- und Schokoladenstücken, das sie aus der Küche geholt hatte.

»Ich! Ich!«, riefen die Zwillinge aufgeregt und brachten Fliss zum Lächeln.

Lizzie füllte ihr Hörnchen mit einer beträchtlichen Menge Zutaten, während Quinn seins so vollstopfte, dass es in ein zweites Stück Alufolie gewickelt werden musste. Lizzie füllte zwei weitere für Fliss und Ava, Quinn eins für seinen Onkel. Hewitt legte die eingewickelten Hörnchen vorsichtig am Rand des Feuers auf die Glut, damit die Schokolade schmolz.

»Und ich dachte, Ahornsirup sei klebrig«, sagte Ava, als sie Quinn mit einer Serviette geschmolzene Schokolade vom Kinn wischte.

Lizzie verspeiste ihr Hörnchen, ohne sich Hände und Mund zu beschmieren.

Als das Feuer heruntergebrannt war und Quinn, der schon in Hewitts Arm gekuschelt saß, herzhaft gähnte, stand Ava auf. »Zeit fürs Bett.«

Die Zwillinge protestierten zwar, folgten aber.

»Bis morgen früh«, sagte Fliss, als sie von den beiden eine Gute-Nacht-Umarmung bekam.

Hewitt half Ava, die Kinder ins Bett zu bringen. Fliss räumte auf und trug das Tablett mit den Dessertzutaten ins Haus, dann setzte sie sich wieder an die Feuerstelle. Nach und nach gingen die Lichter in der Stallwohnung aus, bis auf das in der Küche. Sicher würde Ava dort gleich mit Hewitt reden.

Es raschelte im Gras, und im nächsten Moment sprang Molly zu ihr auf den Heuballen. Fliss legte den Arm um sie, und zusammen schauten sie in die Flammen. Grillen zirpten, Frösche quakten, und das brennende Holz knackte. Zufriedenheit breitete sich in ihr aus und brachte die leisen Ängste in ihr zum Verstummen. Sie mochte nicht den Pioniergeist ihrer Vorfahren geerbt haben, dennoch fand sie es schön, in einer milden Nacht draußen am Feuer zu sitzen. Ihre Mutter hatte immer gesagt, der Busch sei der beste Platz, um Kinder großzuziehen, und das konnte sie verstehen.

Nach einer Weile hörte sie Schritte. Hewitt trat in den Lichtschein. Mit steifen Bewegungen ging er um die Feuerschale herum und warf die unverbrannten Zweigstücke vom Rand in die Flammen. Molly gähnte und sprang vom Heuballen, um zum Schuppen zu laufen, wo ihre Jungen schliefen. Fliss verhielt sich still, während Hewitt weiter um das Feuer herumschritt. Er warf ein letztes Stück Holz hinein, und nachdem er es einen Moment lang beobachtet hatte, kam er zu ihr.

Beim Hinsetzen stöhnte er und rieb sich die Schulter. Die Ringkämpfe mit Quinn forderten offensichtlich ihren Tribut.

Er blickte sie an. Seine Augen lagen in tiefen Schatten. »Danke, dass du Ava zugehört hast.«

»Gern geschehen.«

Mehr sagte sie nicht. Hewitt sollte in Ruhe seine Gedanken ordnen und reden können. »Ich bin sehr froh über sie und Dean und … verdammt wütend auf mich selbst. Wieso habe ich nicht gesehen, wie wenig er für seine Familie da war?«

Fliss drehte sich zu ihm. »Weil er dich das nicht sehen lassen wollte. Und weil du die Zwillinge sehr liebst, bist du nicht auf die Idee gekommen, sie könnten ihm weniger bedeuten als dir.«

»Aber wie konnte er?«

Sie legte die Hand auf seine. Zuerst reagierte er nicht darauf, dann drehte er die Hand und schob die Finger zwischen ihre. Diese einfache Geste und ihre dankbare Botschaft bewegten sie mehr als Worte.

Hewitt starrte ins Feuer. »Dean ist ein guter Kerl, und wenn es so weiterläuft wie bisher, dann wird er Lizzie und Quinn ein guter Vater sein.« Seine Stimme klang belegt.

Fliss drückte seine Hand. »Die Kinder lieben dich. Du wirst immer zu ihrem Leben gehören, egal, was die Zukunft bringt. Wenn Ava und Dean heiraten, kannst du tun, was du tatsächlich willst, und deinen eigenen Weg gehen.«

»Vielleicht. Mum und Dad sind im letzten Jahr sehr gealtert, und wenn sich bei Dad nichts ändert, sehe ich mich nicht woanders hinziehen. Einer muss die Farm führen. Wenn Ava und Dean tatsächlich ein Paar werden, könnte Dean das übernehmen, aber das wird nicht von heute auf morgen passieren.«

Er drückte ihr einen Kuss auf den Handrücken. »Es ist spät. Ich lasse dich jetzt besser ins Bett gehen. Quinn wird auf den Beinen sein, bevor dein neuer Hahn uns alle wachkräht.«

»Ich wette, Popcorns Zeitgefühl ist durcheinander. Heute morgen hat er schon vor dem Morgengrauen gekräht.« Fliss hatte Mühe, normal zu klingen, als Hewitt ihre Hand losließ. Seine Wärme nicht mehr zu spüren kam Trennungsschmerz ziemlich nahe. Sie stand auf. »Gute Nacht.«

Er schaute zu ihr hoch, aber in der Dunkelheit war sein Gesichtsausdruck nicht zu erkennen. »Gute Nacht, Fliss.«

Das Einschlafen fiel ihm genauso schwer, wie Fliss' Hand loszulassen und sie allein ins Haus gehen zu sehen. Er seufzte und schlug die Bettdecke zurück. Obwohl er das Rauschen des Regens sehr beruhigend fand, war er noch hellwach. Er stand auf und fuhr sich durch die kurzen Haare.

Und als wäre es nicht genug, dass Fliss am anderen Ende des Flurs schlief, hatte er seit dem Gespräch mit Ava mit widersprüchlichen Gefühlen zu kämpfen. Traurigkeit und Wut und Schmerz. Es brach ihm das Herz, wenn er daran dachte, dass Brody für seine Familie nichts übrig gehabt hatte. Sicher, er war immer gern mit seinen Freunden einen trinken gegangen, und das war auch nach der Heirat so geblieben, aber Hewitt hatte selbstverständlich angenommen, dass Ava und die Kinder für ihn an oberster Stelle standen.

Er griff nach seiner Jeans und zog sie an. Ava hatte ihm gestanden, dass sie ihren Kummer lieber in sich hineingefressen hatte, als sich mit Brody auseinanderzusetzen. Sie hatte auch keinen Bruch zwischen ihm und ihren Eltern und erst recht keinen zwischen ihm und Hewitt herbeiführen wollen. Denn sie waren nicht nur Brüder, sondern auch Geschäftspartner. Sie hatte gehofft, Brody würde eines Tages Freude daran haben, Vater zu sein. Doch das war nicht geschehen.

Ava hatte immer beteuert, es sei nicht seine Schuld, dass Brody wieder mit dem Bullenreiten angefangen hatte und dabei ums Leben gekommen war, und jetzt wusste er, wieso. Trotzdem fühlte er sich noch schuldig, wenn auch aus einem anderen Grund. Er hätte für Brody da sein sollen. Seine Pläne, ein eigenes Leben anzufangen, waren letztendlich der Auslöser gewesen.

Mit vorsichtigen Bewegungen zog er sich ein schwarzes T-Shirt über. Wo hatte Quinn solche Ringertricks gelernt? Mit nackten Füßen verließ er das Zimmer und tappte über die kalten Flurdielen. Er wollte sich auf die Veranda setzen und sehen, ob er in der Stille draußen zur Ruhe käme.

Während er den dunklen Flur entlangschlich, bemerkte er den Lichtstreifen unter der Bürotür. Er hielt inne und wollte gerade klopfen, als Molly anschlug. Alarmiert lief er am Büro vorbei. Auf der Veranda stieg er in seine Stiefel.

Es regnete nicht mehr. Die Hündin rannte auf ihn zu, aber in der Dunkelheit sah er von ihr nur die weißen Flecke. Er hatte das Welpengitter nur so hoch gebaut, dass Molly jederzeit hinüberspringen und den Schuppen verlassen konnte.

Er tätschelte ihr den Kopf. »Was ist los, Miss Molly?«

Suchend spähte er über den Garten und zu den Ställen, dann über den Zaun zum Zufahrtsweg. Hinter ihm quietschte die Fliegengittertür, und Fliss trat neben ihn. Mit einem raschen Blick erfasste er ihr Rugby-Shirt, die graue Schlafanzughose und ihren alarmierten Blick.

Angestrengt spähte sie in die dunkle Umgebung. »Was ist los?«

»Vorne auf der Straße steht ein Wagen ohne Licht.«

»Wo? Ich sehe ihn nicht.«

»Vor der Senke.«

»Was macht der da?«

»Da spioniert uns jemand aus.«

Er griff nach ihrer Hand und zog sie die Stufen hinunter an eine Stelle, wo sie schlechter zu sehen waren. Dann winkte er mit erhobenen Armen, damit der Bewegungssensor das Licht einschaltete. Mit Fliss an der Hand lief er außerhalb des Lichtkreises zu den Ställen hinüber, löste auch dort den Sensor aus und wich zurück ins Dunkle. Molly blieb an ihrer Seite und bellte. Er streichelte ihr die Ohren, um ihr zu bedeuten, dass er die Situation unter Kontrolle hatte.

»Was wollen die hier?«, fragte Fliss leise und ganz ruhig. »Dein Quad?«

»Heute Nacht nicht. Sie kundschaften nur das Gelände aus. Sie wissen jetzt, dass du einen Hund und Bewegungsmelder hast. Sie werden auch schon die Vorhängeschlösser an den Toren und die Zutritt-verboten-Schilder gesehen haben. Außerdem meinen Pick-up, Avas Allrad-Truck und dein Auto. Sie wissen also, dass sie es mit mehreren Leuten zu tun bekämen.«

»Dann sehen sie Bundara hoffentlich nicht mehr als leichtes Ziel an. Ich wünschte, ich könnte das Nummernschild erkennen.«

Sie hielt noch seine Hand, aber die Art, wie sie ihr Kinn in die Luft reckte, verhieß nichts Gutes für die Diebe. Fliss wäre keine Jungfrau in Nöten. In der Notaufnahme ihrer Klinik war sie sicher schon häufiger mit aggressiven Alkoholikern oder Junkies fertiggeworden.

»War in letzter Zeit mal jemand hier, der nach dem Weg gefragt hat oder sich um eine Gelegenheitsarbeit beworben hat?« Er hatte einen bestimmten Verdacht, was das Fahrzeugmodell anging.

»Nein. Aber als ich gerade hier eingezogen war, kam ein alter Mann vorbei und fragte, ob er die toten Raupen am Zaun aufsammeln darf, die von dem Kurrajongbaum stammten. Er wollte ausprobieren, ob sie sich als Angelköder verwenden ließen. Ich habe abgelehnt, weil ich für den Fall, dass ihm auf meinem Grundstück etwas passierte, noch nicht versichert war. Einen Monat später kam er noch mal vorbei. Andere Fremde sind nicht hier gewesen.«

Zwei Wagentüren wurden zugeschlagen. Hewitt ließ Fliss' Hand los. Die Fremden da drüben ließen sich offenbar nicht abschrecken und waren ausgestiegen. Molly knurrte. Er war auf dem Sprung loszurennen.

Fliss umfasste seinen Oberarm. »Muss ich dich daran erinnern, dass du eine gebrochene Schulter hast?«

Er ließ die zwei Gestalten nicht aus den Augen, die zu dem Stahltor schlichen, um es sich näher anzusehen. Leises Klirren war zu hören. »Wenn die das Vorhängeschloss aufschneiden, können sie was erleben. Danach kannst du mich das noch mal fragen.«

Fliss packte ihn fester. »Niemand wird was erleben. Du vergisst wohl, dass ich mich schon bei Denhams Rodeoverletzungen durchgesetzt habe.«

Hewitt antwortete nicht. Solange er auf Bundara war, würde kein Dieb etwas klauen. Die Gestalten kehrten zum Wagen zurück. Der Motor sprang an, dann wurde das Fahrzeug ohne Licht gewendet.

»Die sind wir los«, sagte Fliss mit fester Stimme. »Wenn sie wiederkommen, darfst du ihnen in die Waden zwicken, Miss Molly.«

Hewitt schaute auf die Hündin hinunter.

Fliss erschrak. »Meinst du, sie hatten es auf die Welpen abgesehen?«

»Vermutlich eher auf Sachen, die leichter zu stehlen sind. Crystal Meth dürfte hier genauso ein Problem sein wie anderswo. Während der letzten Ernte ist mir das UHF-Funkgerät aus dem Mähdrescher geklaut worden. Das Funkgerät selber war mir nicht so wichtig, aber die eingeschlagene Scheibe zu ersetzen hat mich drei Tage gekostet.«

»Bei der Ernte kann man sich keinen Ausfall leisten.«

»Das kannst du laut sagen. Nachdem uns auch noch ein Pick-up und Werkzeug gestohlen wurde, hat Dean eine Kamera installiert, die aufnimmt, sobald jemand über das Viehgitter fährt.«

Das Licht ging aus, und Hewitt hob den Arm, um es wieder einzuschalten. Nachdem die nächtlichen Besucher fort waren, wurde eine andere Gefahr akut. Wenn er noch länger im Dunkeln so nah bei Fliss stand, konnte er für nichts garantieren. Er bräuchte nur den Kopf zu beugen, um sie zu küssen. Deshalb trat er ins Licht. Fliss schaute noch einmal zur dunklen Zufahrt, dann ging sie mit ihm zum Haus. Noch immer ruhte ihre Hand in seiner, und ihre schlanken Finger waren warm und stark.

Er streichelte sie mit dem Daumen. »Vielleicht sollten wir Reggie herholen. Denham schwört, dass er abschreckender ist als jeder Wachhund.«

»Der Ärmste. Immer wird ihm Böses nachgesagt. Wenn du ihn kennenlernst, wirst du sehen, dass er ein sanfter Riese ist.«

Hewitt zog eine Augenbraue hoch. Er hatte die Geschichte gehört, in der Reggie einen Wagen mit Teenagern rammte, die unerlaubt über das Grundstück fuhren. »Wenn ich ihm begegne, werde ich ihm verklickern, dass ich auf Claremont ein gern gesehener Gast bin.«

Fliss grinste. »Du wirst ihm also keine Möhren zu fressen geben?«

»Nur wenn er mich auf seine Weide lässt.«

Fliss ließ seine Hand los, um ein Gähnen zu unterdrücken. »Ich hätte schon vor Stunden schlafen gehen sollen. Aber mir fehlte die nötige Bettschwere. Ich muss nur noch meinen Computer runterfahren.«

Auf der Verandatreppe blieb er stehen und tätschelte Molly.

Fliss drehte sich zu ihm um, als er sich aufrichtete. Ihr Kopf befand sich auf seiner Höhe, da sie auf der Stufe über ihm stand, und er sah nur ihre großen Augen eingerahmt von verwuschelten Haaren.

Sie strich mit den Fingerspitzen über sein Kinn, so leicht wie ein Windhauch. »Ich hätte dich nicht allein zu den Dieben gehen lassen.«

»Daran habe ich keine Sekunde gezweifelt.«

Er konnte den Blick nicht von ihrer weich gewölbten Unterlippe abwenden. Schweigen legte sich über sie. Sein Herz hämmerte. Sie hatten sich darauf geeinigt, dass es keinen zweiten Kuss geben würde.

Langsam ließ sie die Hand sinken. »Gute Nacht.«

»Gute Nacht«, wünschte er mit rauer Stimme, bevor sie durch die Tür verschwand.

Er fuhr sich mit der Hand übers Gesicht und wartete, bis er die Dielen nicht mehr knarren hörte, dann ging er ebenfalls hinein.

Es hätte eine Rodeoarena zwischen ihnen liegen können, und ihm wäre noch genauso stark bewusst gewesen, dass er sich mit Fliss unter einem Dach befand. Sie mochte jetzt schlafen können, aber er würde noch eine ganze Weile wach liegen.

Wie er vorhergesagt hatte, krähte Popcorn im Morgengrauen, und kurz darauf kamen zwei kleine Leute in sein Zimmer gestürmt. Er gab sich Mühe, Gelächter und Gepolter so leise wie möglich zu halten, um Fliss nicht aufzuwecken, aber es dauerte nicht lange und sie erschien an seiner Zimmertür.

»Ich dachte doch, ich hätte kleine Füße trippeln hören«, sagte sie verschlafen.

»Tut mir leid.«

Sie strich sich die zerzausten Haare aus dem Gesicht. »Ich war sowieso schon wach. Außerdem hätte es schlimmer kommen können. Wenn es kleine Pelzfüße gewesen wären.«

Lizzie kicherte auf Hewitts Bett, wo sie im Schneidersitz neben ihm saß. Etwas in ihrem Bademantel fing an zu zappeln, dann kam Poppys kleine Schnauze zum Vorschein. Quinn griff hinter sich und holte John Deere hervor.

Fliss lachte leise. »Hätte ich mir denken können. Ich nehme nicht an, dass so früh schon jemand Pfannkuchen will?«

Die Kinder hasteten vom Bett.

Sie trugen die Welpen nach draußen, und während sie Fliss beim Teiganrühren halfen, ging Hewitt unter die Dusche. Zehn Minuten später betrat er die Küche und freute sich zu beobachten, wie liebevoll Fliss mit den Zwillingen umging. Lizzie hatte einen Abschnitt der Arbeitsfläche für sich allein, und der war unbekleckert und ordentlich. An der anderen Hälfte des Küchentresens stand Quinn auf einem Stuhl, und bei ihm war alles mit Mehl bestäubt und mit Butter beschmiert. Mit Fliss' Hilfe schob er einen Pfannkuchen mit den Umrissen Australiens auf einen Teller.

Fliss drehte den Kopf. »Perfektes Timing. Quinn hat seinen ersten Pfannkuchen gebacken. Wie war's unter der Dusche?«

»Sagen wir einfach, sie steht jetzt ganz oben auf meiner To-do-Liste.«

»So schlimm?«

»Das Wasser im Bach wäre wärmer gewesen.«

Quinns Gesicht hellte sich auf. Hewitt schüttelte sofort den Kopf und schmunzelte. »So bald nicht, Quinn. Nach dem vielen Regen ist die Strömung zu stark, als dass wir darin schwimmen könnten. Aber es gibt einen Damm, wo wir Yabbie-Krebse fangen können.«

Ava kam zum Frühstück, und sie ließen es sich schmecken. Während Quinns Finger und Mundpartie immer mehr von Sirup troffen, wurde für den Vormittag der Krebsfang geplant. In der

Nacht hatte es zwar geregnet, aber nun war der Himmel wolkenlos. Als der letzte Pfannkuchen verputzt war, stand Ava auf, um den Tisch abzuräumen.

Fliss erhob sich ebenfalls. »Bitte bleib sitzen. Du bist mein Gast.«

»Wirklich? Dann könnte ich noch duschen, bevor wir aufbrechen.«

»Ja, mach das.« Sie warf Hewitt einen neckenden Blick zu. »Zufällig kenne ich jemanden, der sehr gut abwaschen kann.«

Hewitt entging es nicht, dass Lizzie aufhorchte und dann zufrieden lächelte. Sie liebte ihre Märchen, in denen der Prinz die Prinzessin für sich gewann. Er würde sehr vorsichtig sein müssen, damit sie in ihrer regen Fantasie nicht etwa auf die Idee kam, er und Fliss sollten ein Paar werden und womöglich noch zum Traualtar schreiten.

Als Ava zurückkam, stiegen sie alle in Hewitts Pick-up und den Allrad-Truck. Der Konvoi fuhr den trocknen Weg auf der höheren Seite der Weide entlang und zum Damm. Die große Wasserfläche, in der sich der Himmel spiegelte, war nicht zu übersehen.

Hewitt parkte an einem flachen Uferstreifen, damit die Zwillinge sicher ihre Angelschnüre ins Wasser werfen konnten. Fliss breitete die Picknickdecke aus und packte den großen Korb aus. Ava half ihr, und bald plauderten und lachten die beiden miteinander.

Einige Zeit später zog Quinn seinen ersten Krebs an Land. Hewitt drehte den Kopf weg, als Fliss herüberkam, um zuzusehen. Die schwarzen Träger ihres Badeanzugs lugten unter ihrem rosafarbenen Shirt hervor und erinnerten ihn unnötigerweise daran, wie gut ihr Körper zu seinem passte und wie toll es war, wenn sie sich nass und halb nackt an ihn schmiegte.

Quinns Krebs klammerte sich an das Stück Fleisch am Schnurende und ließ dann im letzten Moment los. Der finstere Blick seines Neffen sprach Bände.

Hewitt wuschelte ihm tröstend durch die Haare. »Nächstes Mal hast du mehr Glück.«

Das sollte sich als wahr erweisen. Nicht lange und Quinn zog einen anderen ans Ufer. Hewitt setzte ihn in den Eimer. Lizzie fing den nächsten, aber dann verließ sie ihre Schnur und setzte sich zu Fliss und Ava auf die Decke.

Daraufhin legten auch Hewitt und Quinn eine Pause ein, und alle tranken einen Tee und aßen dazu Schokoladenbiskuit und Obst. Quinn konnte nicht lange still sitzen und rannte über den Damm hinter einer Libelle her. Auf dem Rückweg machte er Halt, um Kiesel ins Wasser zu werfen. Als er einen Haufen größerer Steine entdeckte, flitzte er hin und rutschte im Morast aus. Sein lauter Aufschrei klang nach etwas Ernstem.

Hewitt war als Erster bei ihm, und als Quinn den Kopf hob, tropfte ihm Blut vom Kinn. Fliss kniete sich neben ihn.

»Das ist nichts Schlimmes, Quinn, halte nur still.« Sie nahm ein Päckchen Verbandmull aus ihrer Arzttasche. »Das drücke ich jetzt auf die Wunde, und dann richten wir dich auf.«

Sie redete ruhig und zuversichtlich, aber ihre Hände zitterten ein wenig. Als Quinn aufrecht saß, lief eine Träne über seine schmutzige Wange. Ava legte einen Arm um ihn und küsste ihn auf den Scheitel, während eine unsichere Lizzie den anderen Arm ihrer Mutter für sich beanspruchte.

Fliss bemerkte Hewitts Blick. »Du wirst mit ihnen … nach Woodlea fahren müssen.«

Das Krankenhaus blieb unausgesprochen.

Sie wandte sich an Lizzie. »Weißt du, wo Quinns Traktor ist?

Er hat damit gemäht, während er seine Banane gegessen hat. Vielleicht kannst du ihn holen und abwaschen?«

Lizzie nickte und ging zum Picknickplatz, wobei sie um die großen Steine einen Bogen machte.

Hewitt hob Quinn auf die Füße. Der Verbandmull war inzwischen rot.

Mit leichter Besorgnis sah Fliss zu Ava, die Quinns Hand hielt, und sagte: »Kannst du ihm das während der Fahrt weiter ans Kinn drücken?«

Ava nickte, und Fliss zeigte ihr, wo sie den Mull andrücken musste. Als Ava sie abgelöst hatte, zog sie ihr Handy heraus und prüfte den Empfang, bevor sie anfing, eine Nachricht zu schreiben.

Währenddessen trug Hewitt seinen Neffen zum Auto. Während er ihn in den Kindersitz setzte, las Fliss die Antwort auf ihre Nachricht vor. »Janet schreibt, Dr. Sam hat Dienst. Quinn wird in guten Händen sein.«

»Hast du gehört?« Hewitt nahm ihm den Hut ab und strich ihm die Haare aus dem viel zu blassen Gesicht. »Bald geht es dir besser.« Er gab ihm einen Kuss auf die Stirn. Ava setzte sich neben Quinn und drückte weiter den Mull an sein Kinn.

Bevor sie losfuhren, trat Lizzie an die Wagentür und gab Quinn den Traktor. Die Angst um ihren Bruder war ihr deutlich anzusehen. Hewitt drückte sie und flüsterte ihr ins Ohr: »Wir werden nicht lange weg sein, meine Kleine. Quinn geht es bald wieder gut.«

Als er sich aufrichtete, legte Fliss den Arm um Lizzie. »Wie es aussieht, essen wir beide den Rest vom Picknick allein auf. Dann fahren wir mit Onkel Hewys Pick-up heim, spielen mit den Welpen und bereiten eine Überraschung für Quinn vor, damit er sich freut.«

Lizzie nickte unsicher, und ihre Unterlippe zitterte.

Hewitt drehte sich zu Fliss um. Sie mochte stark klingen, aber er sah, wie verkrampft sie gerade war. Quinns blutende Wunde hatte ihre Ängste wieder an die Oberfläche gebracht. Ehe er sich eines Besseren besinnen konnte, fasste er ihr unters Kinn. Er spürte ihre Überraschtheit, und ungeachtet der Zuschauer gab er ihr einen sanften Kuss auf den Mund.

14

»Ein paar Möbel auf der Veranda wären nicht verkehrt«, sagte Hewitt grinsend, als Fliss ihm den Morgenkaffee reichte.

Sie nickte, dankbar, weil er sie aufheiterte. Soeben hatten sie sich von Ava und den Zwillingen verabschiedet, die eine weitere Nacht geblieben waren, da Dr. Sam Quinns Wunde genäht hatte. Jetzt kam ihr Bundara allzu still vor.

Sie nahm ihren gewohnten Platz auf der Treppe ein, und Molly legte sich neben sie. »Beschwerst du dich etwa?«

»Überhaupt nicht.« Er klopfte auf die Dielen. »Die sind so bequem wie das Sofa, auf dem ich letzte Nacht geschlafen habe.«

Hewitt hatte in der Stallwohnung übernachtet, um zur Stelle zu sein, falls Ava und Quinn eine schlechte Nacht haben sollten.

»Das Sofa, das Lizzie und ich mit Decken und Kissen ausgepolstert haben, damit deine Schulter nicht wehtut. Wir können nichts dafür, wenn du sie im Schlaf runterwirfst und die Füße auf die harte Armlehne legst.«

»Ein Mann hat eben seinen Stolz. Ich schlafe nicht mit einer Elfendecke und einem Stoffeinhorn als Kissen. Da kann Lizzie noch so viel schmollen, wie sie will.«

»Ja, das beherrscht sie wirklich perfekt.« Fliss wurde ernst. »War es wirklich so unbequem?«

Hewitt trank einen Schluck Kaffee, bevor er antwortete: »Nein, ich habe gut geschlafen und Quinn auch. Wahrscheinlich wäre es besser gewesen, er hätte kaum ein Auge zugetan, denn dann würde er während der Heimfahrt schlafen. Die ist auch ohne schmerzendes Kinn schon lang genug.«

Besorgt schaute er zum Zufahrtsweg, wo Avas Allrad-Truck aus dem Blickfeld verschwunden war.

»Er wird es überstehen. Alle drei werden es überstehen. Ich bin mir nicht sicher, ob es ein gutes Zeichen ist, jedenfalls hat er Lizzie geknufft, bevor sie losgefahren sind.«

Wie erhofft hellte sich Hewitts Miene auf. »Danke noch mal für all deine Hilfe.«

»Alle haben mitgeholfen.« Sie wurde rot. »Ich danke dir auch für ... deine Unterstützung.«

Sein Kuss hatte sie trösten sollen. Und das hatte geklappt. Aber seitdem sehnte sie sich nach mehr. Ein flüchtiger Kuss auf die Lippen war einfach nicht genug.

»Keine Ursache.« Sein Blick wurde ernst. »Aber der Moment war nicht ganz so passend gewählt. Habe ich es mir eingebildet oder hat Lizzie heute Morgen ein paarmal Hochzeitsandeutungen gemacht?«

»Hat sie. Sie ist mit mir ihre Märchenpaare durchgegangen und hat überlegt, was sie anziehen würde, wenn sie bei denen Brautjungfer wäre.«

Hewitt schloss die Augen. Die Fältchen neben seinen Mundwinkeln traten deutlicher hervor.

Sie berührte ihn am Knie. »Lizzie wird das verstehen. Sie möchte eben, dass du glücklich bist. Außerdem könnte es ja doch eine Hochzeit geben, wenn bei Ava und Dean alles glattläuft.«

»Hoffentlich hast du recht. Lizzie hat genug Verlustschmerz und Verunsicherung erlebt. Was eine Hochzeit angeht ... Ava wird mit den Kindern wegen Dean reden, wenn es Quinn wieder gut geht. Sie will auch mit meinen Eltern sprechen. Ich habe angeboten dabeizusein, aber sie möchte das lieber allein tun.«

»Das ist großartig. Dean scheint ein netter Mensch zu sein, und da ihn alle schon kennen, wird es vielleicht kein Schock sein.«

»Das hoffe ich auch.«

Fliss lehnte sich zurück, um ihr summendes Handy aus der Tasche zu ziehen. Ein Foto von Ella mit einem flauschigen weißen Hündchen leuchtete auf dem Display.

»Hi, Ella. Gibt es was Neues?«

»Ist Hewitt da?«

»Ja. Warte, ich schalte auf laut.«

»Morgen, Ella«, grüßte Hewitt, der an Mollys anderer Seite auf der Treppe saß.

»Morgen. Also … es tut sich einiges. Ein gewisser Border Collie wurde heute Morgen zu mir gebracht.«

»Wirklich?« Fliss konnte ihre Freude und Erleichterung gerade noch im Zaum halten. Sie wechselte einen Blick mit Hewitt. »Und wie geht es Max?«

»Nun ja, er ist dünn und sehr nervös, aber davon abgesehen geht es ihm gut. Das Autokennzeichen, das du Daniel gegeben hast, hat den entscheidenden Hinweis gebracht. Der Pick-up ist auf einen Farmbesitzer eingetragen, der in der Nähe der Viehroute lebt, wo ihr beim Wanderritt gewesen seid. Er stand schon mal unter Verdacht, Diebesgut zu besitzen. Darum hat er seinen Wagen am Waldrand abgestellt, damit die Hunde keiner sieht. Und stell dir vor, sie waren alle gestohlen.«

»Das ist wohl ein Scherz.«

»Nein. Ich brauche wohl nicht zu betonen, dass ich heute Morgen alle Hände voll zu tun hatte.«

»Wie geht es jetzt für Max weiter?«, fragte Hewitt und strich Molly über den Rücken.

»Wegen der Überschwemmungen in Frankreich kommen seine Besitzer früher von ihrer Reise zurück als geplant und übermitteln schon mal die nötigen Unterlagen. Morgen kommen sie her und holen ihn ab.«

Fliss sackte der Magen weg. Die versprochenen drei Wochen mit Molly waren längst nicht um. »Heißt das, ich muss Molly und ihre Jungen jetzt hergeben?«

»Ja, tut mir leid, so ist es. Aber die Besitzer fragen, ob du Max bis morgen aufnimmst. Sie denken, wenn er wieder bei seiner Molly ist, wird er sich wohler fühlen. Anscheinend hat er einen der Diebe gebissen, als die die Autos wechselten, und dadurch konnte Molly wegrennen.«

»Natürlich kann er bis morgen bei uns bleiben.« Fliss gab sich fröhlicher, als sie war. »Sollen wir ihn bei dir abholen?«

»Nein. Ich bringe ihn nach dem Mittagessen zu euch. Ich muss ohnehin in eure Richtung.«

»Ella«, sagte Hewitt, »dieser Hundedieb … hat er erwähnt, wo ihm Molly entkommen ist und ob er nach ihr gesucht hat?«

»Ja. Sie haben sie an der Old Dairy Road verloren. Das heißt, Molly hat nach Bundara eine weite Strecke zurückgelegt.« Ella zögerte einen Moment lang. »Daniel glaubt, dass der Kerl wusste, bei wem sie ist, denn er hat gesagt, mit den sechs Welpen hätte er ein Vermögen machen können.«

Hewitt nickte. »Er brauchte nur das Tierasyl anzurufen oder im Internet in den örtlichen Suchanzeigen nachzusehen, da wäre Molly samt weiteren Angaben zu finden gewesen.«

»Das stimmt«, sagte Ella. »Ich muss wieder an die Arbeit. Wir sehen uns um eins nach der Mittagspause.«

»Bis dann.« Fliss legte auf.

Hewitt zog sein Handy hervor. »Hast du Daniels Nummer?«

Fliss tippte den Kontakteintrag auf ihrem Display an und hielt es ihm hin. Während er mit Daniel auf dem Revier sprach, saß sie still daneben. Bald stellte sich heraus, dass der weiße Wagen, der in der Nacht an ihrem Zufahrtsweg gestanden hatte, den Dieben gehörte, die ausgekundschaftet hatten, wie schwierig es würde, an Molly und die Welpen heranzukommen.

Fliss hörte nur mit halbem Ohr zu, während Hewitt sich von Daniel erzählen ließ, wie man mit den beiden Dieben verfahren würde. Sie schob die Finger in Mollys lockiges Fell. Was sollte sie tun? So tapfer und niedlich, wie die Border-Collie-Dame war, hatte sie sich längst einen Platz in ihrem Herzen erobert. Molly schob die Schnauze in ihre Hand und leckte sie ab.

Erst als Hewitt ihr eine Haarsträhne hinters Ohr strich, merkte Fliss, dass er nicht mehr telefonierte. »Ich bin mir ganz sicher, dass Molly und Max geliebt werden. Ihre Besitzer werden sich große Sorgen gemacht haben.«

»Ich weiß. Irgendwann musste es so weit sein. Ich suhle mich nur in Selbstmitleid.«

»Dagegen ist nichts einzuwenden. Molly ist eine bemerkenswerte Hündin.«

Nachdem Hewitt gegangen war, um nach dem Boiler zu sehen, setzte Fliss sich in ihr Büro. Während der Tage mit Ava und den Zwillingen war sie kaum dazu gekommen, ihre Nachforschung fortzusetzen, und sie wollte nun versuchen, einen Geburts-, Todes- oder Heiratsnachweis von Valda oder Patrick Ryan zu finden.

Sie hatte unlängst mit Cressy telefoniert. Der sagte der Name gar nichts, aber Meredith meinte, ihn in ihrer Zeit in Sydney mal gehört zu haben. Alte Wählerverzeichnisse hatten schließlich bestätigt, dass mehrere Ryans in dem Strandviertel gelebt hatten, in dem ihre Mutter aufgewachsen war. Fliss' Vater könnte ein Nachbar gewesen sein oder ein Schulfreund, ein Bekannter der Familie.

Als Fliss einen Abschnitt auf der Internetseite noch einmal las und den Inhalt auch beim zweiten Mal nicht erfasste, klappte sie den Laptop zu. Es hatte keinen Sinn, sich ablenken zu wollen. Sie konnte nicht vergessen, dass sie die Hunde morgen abgeben musste. Darum wollte sie in der verbleibenden Zeit lieber mit ihnen spielen und sich im Garten beschäftigen.

Punkt ein Uhr fuhr der Tierarztwagen vor dem Gartentor vor. Ellas Zeitmanagement war legendär. Als sie ausstieg, saß Fliss bereits mit Molly auf der Verandatreppe. Drüben im Schuppen kläfften die Welpen. Fürs Erste sollten sie hinter dem Absperrgitter bleiben, denn Molly und Max brauchten jetzt Ruhe. Der allgemeine Aufruhr war anscheinend auch zu Hewitt vorgedrungen, denn er kam hinter dem Haus hervor.

Fliss ging mit Molly durch den Garten. Sobald die Hündin den Border Collie sah, den Ella an der Leine führte, winselte sie und rannte los, um über den Zaun zu springen. Die beiden Hunde beschnupperten einander und leckten sich gegenseitig über die Schnauzen. Fliss hatte Molly noch nie so heftig mit dem Schwanz wedeln sehen.

Hewitt trat zu ihr.

»Das ist ein Happy End ganz nach Lizzies Geschmack«, sagte sie bewegt.

»Mit Sicherheit«, entgegnete er sanft.

Ella führte Max durchs Gartentor. Molly blieb dicht neben ihm und rannte dann zu Fliss und Hewitt.

Fliss kraulte ihr das dichte Nackenfell. »Ich weiß. Max ist da. Das ist wahnsinnig aufregend.«

Ella machte den Hund mit Hewitt und Fliss bekannt, und er zeigte sich weder ängstlich noch aggressiv.

Fliss kraulte ihn hinter den Ohren. »Du bist ein Schatz, genau wie Molly.«

»Das ist er«, sagte Ella, als Max mit dem Schwanz wedelte.

Sie ließ ihn von der Leine. Max sprang davon, und Molly folgte ihm. Ab und zu schnupperte er an einer Pflanze oder an einem Topf und hob dann das Bein. Die sechs Welpen, die ihre Gesichter an den Maschendraht vor der Schuppentür drückten, winselten und kläfften immer aufgeregter. Dann stupste Max mit seiner schwarzen Nase seine Sprösslinge an, und es wurde still im Garten. Molly setzte sich vor das Gitter und schlug freudig mit dem Schwanz hin und her.

In dem Moment sah Ella auf ihre Uhr. »So gerne ich zusehen würde, wie Max seine niedlichen Kleinen kennenlernt, ich muss wieder aufbrechen. Das Pony wartet auf mich.« Doch anstatt sich auf den Weg zu machen, blickte sie zwischen Hewitt und Fliss hin und her. »Keiner von euch ist unlängst mal in der Stadt gewesen, oder?«

Fliss schüttelte den Kopf.

»Das dachte ich mir. Wenn ihr wieder hinfahrt, seid gewarnt. Das Rodeofieber ist nichts gegen das diesjährige Ballfieber. Die Eheanbahnungen laufen auf Hochtouren.«

»So schlimm?«

»Du kannst es dir nicht vorstellen.« Ella blickte Hewitt an. »Dein Name wird immer wieder genannt, vor allem in Verbindung mit Bethanys. Tanner hat mir schon einen Hilferuf geschickt, sonst würde ich dich als Begleitung für den Ball nehmen. Taylor bringt einen geheimnisvollen Mann mit, sie kann dich also auch nicht retten. Da bleibt nur …«

Anstatt den Satz zu Ende zu sprechen, zog sie eine Augenbraue hoch und sah Fliss durchdringend an.

»Das kann doch nicht sein, oder? Wir mussten noch nie mit Partner zum Wohltätigkeitsball kommen.«

»Nun ja, es ist Frühling, die Zeit der Liebe. Die Guerilla-Stricker haben in der ganzen Stadt rote Herzen aufgehängt, und Edna ist für die Sitzordnung verantwortlich.«

»Oh.«

»Ja, genau. An unserem Tisch sind sechs Plätze bereits belegt, bleiben noch vier. Also entweder gehst du mit Fliss hin oder du suchst dir eine andere Partnerin, bevor Edna das für dich erledigt, Hewitt. Denn wer dann neben dir sitzt, ist ja klar.«

Fliss runzelte die Stirn. »Aber Edna weiß doch, dass Hewitt vielleicht gar nicht mehr hier sein wird. Das hat er ihr selbst gesagt.«

»Laut Mrs Knox, die heute mit ihrem preisgekrönten Pudel in der Praxis war, wird Hewitt am Tag des Balles noch hier sein. Sie weiß das von Harriet, und die weiß das von Christi. Und wenn Mrs Knox etwas weiß, dann auch Edna.«

Hewitt rieb sich das Kinn. »Wir haben Christi im Krankenhaus getroffen, als wir wegen Quinn dort waren. Sie hat sich mit ihm unterhalten, während wir auf Dr. Sam warteten.«

»Selbst wenn du dann noch hier bist, musst du nicht zum Ball gehen«, sagte Fliss. »Ich weiß selbst auch nicht, ob ich hingehe.«

»Doch, du gehst«, bestimmte Ella in einem Ton, der keinen Widerspruch duldete. »Du wirst dich amüsieren.«

»Hast du etwa mit Cressy und Taylor gesprochen? Allmählich glaube ich an eine Verschwörung.«

»Nein.« Ella hakte sich bei ihr unter, und sie gingen zum Tor. »Aber du solltest mit deiner Schwester reden. Sie wird dir sagen, dass ich kein Nein akzeptiere, wenn die Knight-Mädchen ausgehen sollen.«

Fliss stöhnte. Ella hatte in den Jahren, in denen Denham in Amerika war und bei der ProRodeo Tour ritt, dafür gesorgt, dass Cressy nicht zu Hause versauerte.

Nun warf die Tierärztin einen Seitenblick auf Hewitt. »Wir werden alle einen schönen Abend haben und viel Geld für das Krankenhaus ausgeben.«

Hewitt nickte. »Ich bin dabei.«

Ella ließ sich von ihm das Tor aufhalten. »Ich wusste, dass ich mich auf dich verlassen kann.« Sie hakte sich bei Fliss aus. »Taylor wird dir die Haare machen, ich habe einen Schrank voller Kleider für dich, und wie ich weiß, besitzt du noch die High Heels, mit denen du dein Blind Date verschreckt hast.«

»Ella …«

Die Tierärztin drückte sie und flüsterte: »Du schaffst das.« Dann ging sie zu ihrem Wagen. »Jetzt muss ich mich aber beeilen, sonst komme ich noch zu spät. Und wegen der Ballplanung rufe ich dich in den nächsten Tagen mal an.«

Fliss winkte ihr, und als sie sich zu Hewitt umdrehte, sah sie, dass er sie beobachtet und nicht dem Wagen nachgeschaut hatte.

Bei der Aussicht, in einem lauten, proppenvollen Ballsaal an großen Tischen zu sitzen und sich unterhalten zu müssen, bekam sie feuchte Hände. Wenn sie sich andererseits vorstellte, Bethany könnte den ganzen Abend dicht bei Hewitt sitzen und ihre langen blonden Haare über die Schultern werfen, kochte sie innerlich.

Trotzdem war sie nicht bereit, sich so leicht unterzuordnen. Sie verschränkte die Arme. »Es ist eine neue Erfahrung für mich, so überfahren zu werden.«

Sichtlich amüsiert zog er einen Mundwinkel hoch. »Das verstehe ich.«

»Ich dachte, du wolltest auf keinen Fall hingehen.«

»Ich war mir nicht sicher, ob ich dann noch hier sein würde.« Er grinste verlegen. »Wäre ich auch nicht, wenn meine Schulter schneller verheilt wäre.«

Fliss biss sich auf die Lippe und wusste nicht, ob es ihr lieber war, wenn Hewitts Schulter schneller oder langsamer heilte. Sie wurde traurig. Der Gedanke, ihn eines Tages gehen lassen zu müssen, war kaum zu ertragen.

Sie fühlte sich jetzt schon verlassen. Fröstelnd rieb sie sich die Arme. Es war wichtiger denn je, die Dinge zwischen ihnen beiden im Zaum zu halten. Anders als in Lizzies Märchen konnte es kein Happy End für sie geben, ob sie nun zum Ball ging oder nicht. Hewitts Familie brauchte ihn voll und ganz, jetzt und in Zukunft. Sie würde nicht von ihm verlangen, sich zwischen ihnen und ihr zu entscheiden.

Er suchte ihren Blick. »Es macht mir nichts aus, mit Bethany zum Ball zu gehen, wenn du lieber mit jemand anderem hin möchtest.«

Trotzig reckte sie das Kinn. »Nein. Wir werden Ednas Pläne durchkreuzen. Du wirst mich nicht los. Selbst wenn das mit deiner Vorliebe für Brünette gelogen war.«

Als Hewitt einen Wagen kommen hörte, legte er die Bohrmaschine auf den Boden. Er würde die beiden Sattelhalter später an die Wand schrauben. Es war Zeit, sich von den Border Collies zu verabschieden, so sehr sie ihm und Fliss auch ans Herz gewachsen waren.

Max hatte in einer Ecke der Sattelkammer gelegen, um ihm

Gesellschaft zu leisten, und stand jetzt auf. Obwohl er gestern erst angekommen war, folgte der Hund ihm schon wie ein Schatten. Er war sogar in den Pick-up gesprungen, als Hewitt zu den Weiden fuhr.

Hewitt kraulte ihn hinter den Ohren. Vielleicht war es nicht nur Zeit für Fliss, sich einen Hund anzuschaffen, sondern auch für ihn. Auf Mayfield hatte es ihm immer Spaß bereitet, die Arbeitshunde bei sich zu haben, und einen eigenen Hund hatte er noch nie gehabt.

»Okay, Max. Es geht los. Wir müssen Fliss suchen und sie aufmuntern.«

Zu sehen, dass sich Max bei ihnen wohlfühlte, trug nur umso mehr zu Fliss' Abschiedsschmerz bei.

Auch sie hatte den Wagen gehört und kam nun die Verandatreppe herunter. Sie hatte ihr Pokerface aufgesetzt. Anstelle ihrer weiten Arbeitshose und des üblichen Baumwollhemds trug sie enge Jeans und eine seidige geblümte Bluse mit weiten Ärmeln. Als er sie angespannt lächeln sah, biss er die Zähne zusammen. Am liebsten hätte er ihr die Traurigkeit weggeküsst.

»Okay«, sagte sie und straffte die Schultern. »Bringen wir es hinter uns.«

Zusammen gingen sie zum Gartentor, Max und Molly trotteten treu neben ihnen her. Als ein Pick-up mit einer geräumigen Hundebox auf der Ladefläche vorfuhr, legte Hewitt eine Hand an Fliss' Rücken. Für einen Moment ließ sie den Kopf auf seine Schulter sinken.

Noch bevor das ältere Paar aus dem Pick-up ausstieg, standen die Border Collies schon schwanzwedelnd am Tor. Hewitt merkte, dass Fliss sich entspannte, denn die Hunde freuten sich sichtlich, ihre Besitzer wiederzusehen. Die zierliche Frau und der o-beinige

Mann begrüßten sie lachend durch das Gitter, ehe sie das Tor öffneten, um sie zu streicheln und sich ablecken zu lassen.

Der Mann trat auf Hewitt und Fliss zu. Sein Händedruck war fest und seine Handfläche schwielig vom Leben auf dem Land.

»Ich bin Elliot, und das ist Alison. Wir können Ihnen gar nicht genug danken. Sie haben enorm viel für uns getan.«

Alison standen Tränen in den Augen, als sie ihnen die Hand gab. »Wir dachten, wir sehen die beiden nicht wieder.«

»Wir haben es gern getan«, sagte Fliss herzlich. »Es war uns ein Vergnügen. Sie sind einfach hinreißend.«

Elliot schaute zu Molly hinunter, die jetzt neben Fliss saß, und Max hatte sich neben Hewitt gelegt. »Das sind sie. Und die besten Arbeitshunde, die wir hatten.«

Fliss drehte sich um und führte die Leute zum Gartenschuppen. »Wir haben den Welpen schon Namen gegeben. Ich hoffe, das ist okay.«

Alison lächelte. »Vielen Dank. Das ist Mollys dritter Wurf, und mir fallen schon keine Namen mehr ein. Unsere Enkelkinder sind noch zu klein, um dabei eine Hilfe zu sein.«

Während das Paar mit den Welpen spielte, verschwand Fliss ins Haus, um Kaffee und Tee zu kochen. Hewitt ging in den Stall auf der Suche nach einem weiteren Stuhl. Kurz darauf saßen sie an dem selbst gebauten Gartentisch. Hewitt wählte mit Bedacht einen Stuhl neben Fliss. Als er mit dem Knie gegen ihres stieß, um sie seiner Unterstützung zu versichern, warf sie ihm einen dankbaren Blick zu.

Sie bot allen von den Bananenmuffins an, und bald kamen sie darauf zu sprechen, was Max und Molly zugestoßen war. Danach erzählte das Ehepaar von seinen Reiseerlebnissen in Europa.

Fliss' Lachen wirkte gelöst und ihre Fragen ehrlich interessiert, aber sie biss nicht ein Mal in ihren Muffin und ließ ihren Tee unberührt.

Als die Unterhaltung abflaute, räusperte sich Elliot. »Sie haben es sehr schön hier und sind offenbar ein sehr nettes Paar, nach allem, was Sie für Max und Molly getan haben.«

Hewitt sagte nichts dazu, sondern trank einen Schluck Kaffee. Dass sie beide für ein Paar gehalten wurden, weckte Sehnsucht in ihm, und zugleich schnürte sich seine Brust zusammen.

»Das ist sehr freundlich.« Fliss' Wangen leuchteten ein wenig rosiger. »Wir sind nur Freunde. Hewitt hilft mir, Bundara in Schuss zu bringen.«

Elliot blickte über den gepflegten Garten und in den offenen Schuppen, in dem sichtlich Ordnung herrschte. »Nun, Sie haben zusammen Großartiges geleistet.«

»Vielen Dank.«

»Wir würden gern etwas mit Ihnen besprechen«, sagte Alison. »Und bitte zögern Sie nicht, Nein zu sagen. Wissen Sie, wir möchten häufiger verreisen, und unser Schwiegersohn, der sich um unsere Farm kümmert, hat seine eigenen Arbeitshunde. Außerdem wollen wir, dass Max und Molly zusammenbleiben. Deshalb haben wir uns gefragt, ob Sie vielleicht Interesse hätten, sie … zu behalten?«

Fliss zögerte keine Sekunde. Mit strahlenden Augen beugte sie sich vor. »Nur zu gern. Ihr Vertrauen ehrt mich. Und ich möchte sie Ihnen abkaufen. Schließlich sind sie wertvolle Arbeitshunde.«

Alison berührte Fliss' Hand. »Sie haben sie sich längst verdient. Wir sind froh, sie in so gute Hände zu geben, und werden kein Geld annehmen.«

»Dann könnte ich vielleicht an die Hunderetter spenden?«

»Tun Sie das, wenn Sie das möchten.«

Fliss nickte und drehte den Kopf zu Hewitt. Er hatte ihre Augen noch nie so leuchten sehen. Sie strahlte vor Glück.

Elliot bückte sich nach Patch, der gerade zu ihm tapste, und hob ihn auf seinen Schoß. »Was die Welpen betrifft, so haben wir für vier schon ein Zuhause gefunden. Die übrigen zwei dürfen Sie gern behalten, wenn Sie möchten. Oder kennen Sie geeignete Leute, die sie nehmen würden?«

Fliss tätschelte Molly. »Tanner, einer unserer Freunde, sucht derzeit nach einem Welpen, den er zum Arbeitshund ausbilden kann. Wir können uns für ihn verbürgen.«

»Und einen würde ich gern meinem Vater schenken«, sagte Hewitt. »Er hat gerade eine schwierige Phase zu bewältigen und hatte als Kind einen Border Collie. Einer von den ruhigeren, Poppy zum Beispiel, wäre der perfekte Gefährte für ihn.«

Elliot zog seine Finger aus Patchs Maul. »Das hört sich gut an. Was meinst du, Alison?«

»Das finde ich auch. Poppy ist eine sanfte Seele und wäre eine treue Freundin. Überlegen Sie sich, welcher Welpe zu Tanner passen würde. In weiser Voraussicht haben wir die Unterlagen mal mitgebracht, damit wir Ihnen die Hunde überschreiben können.«

»Das ist prima«, sagte Fliss, und ihr Lächeln war so schön, dass es Hewitt schmerzte.

Sie aß endlich ihren Muffin, und ab und zu verschwand ihre Hand unter dem Tisch, weil sie Molly ein paar Brocken gab.

Als alle ihre Tassen geleert hatten, lud Fliss das Ehepaar zum Mittagessen ein.

»Vielen Dank«, sagte Elliot und stand auf. »Aber wir sollten uns jetzt besser auf den Weg machen. Wir haben eine lange Fahrt vor uns und müssen unterwegs bei Freunden übernachten. Je länger wir hierbleiben, desto schwerer wird uns der Abschied fallen. Also lassen Sie uns die Papiere ausfüllen und unterschreiben.«

Das wurde erledigt, anschließend wurden für Tanner und Hewitts Vater die entsprechenden Abschnitte vorbereitet. Dann verabschiedeten sich Elliot und Alison von ihren Hunden.

Hewitt sah den Tränenschimmer in Fliss' Augen und trat an ihre Seite.

Auch Alison wischte sich die Augen, als sie Molly ein letztes Mal tätschelte.

»Ich bin so froh, dass Molly sich Ihre Farm als Zuflucht ausgesucht hat«, sagte sie mit belegter Stimme, als sie Fliss umarmte.

»Ich auch.«

Nachdem sie auch Hewitt umarmt hatte, gab Elliot ihm die Hand. Er blickte zwischen ihm und Fliss hin und her und zog die buschigen Augenbrauen hoch. »Nur Freunde, hm?«

Hewitt nickte.

»Das habe ich auch mal gesagt.« Er warf seiner Frau einen liebevollen Blick zu, dann reichte er auch Fliss zum Abschied die Hand.

Der war nicht anzusehen, ob sie Elliots Bemerkung gehört hatte. »Wann immer Sie Molly und Max sehen möchten, kommen Sie uns bitte besuchen.«

»Herzlichen Dank. Das werden wir tun.«

Als der Pick-up nicht mehr zu sehen war, blickte Fliss auf den Stoß Unterlagen in ihrer Hand. Die rosafarbenen Blätter wiesen sie nun als Besitzerin von Max und Molly aus.

»Ich kann es kaum glauben. Jetzt habe ich nicht nur einen, sondern gleich zwei wunderbare Hunde.«

Sie ging in die Hocke und schloss die beiden in die Arme, und bevor Hewitt ahnen konnte, was sie vorhatte, richtete sie sich auf, warf die Arme um seinen Hals und gab ihm einen Kuss auf die Wange. »Okay, du und ich, Einkaufstour, jetzt!«

Hewitt fasste sie nur leicht an der Taille und hoffte inständig, sie möge ihn jetzt loslassen. Mit jeder Sekunde, die sie sich an ihn drückte, geriet seine Selbstbeherrschung stärker ins Wanken. Die Wärme ihrer Haut drang durch die seidige Bluse in seine Handflächen. Ihr Atem strich über sein Kinn.

Abrupt ließ sie ihn los und trat weg. »Entschuldige, ich bin normalerweise nicht so impulsiv. Du musst nicht nach Woodlea mitkommen, wenn du nicht willst.«

»Du darfst so impulsiv sein, wie du möchtest.« Seine heisere Stimme verriet, wie nah er daran gewesen war, die vereinbarte Grenze zu überschreiten. »Vielleicht gibst du mir einfach eine kurze Vorwarnung.«

»Ist das ein Ja?«

Ihre Stimme klang wie immer, aber in ihrem Blick sah er etwas flackern.

»Nur wenn wir meinen Pick-up nehmen.«

»Bist du sicher? Je größer der Wagen, desto mehr kaufe ich ein.«

»Ich war mir nie sicherer, und ich werde fahren.«

Andernfalls würde er die Hände nicht bei sich behalten können.

Fliss hatte die Warnung vollkommen ernst gemeint. Schon nach dem ersten Geschäft war die Ladefläche gut gefüllt mit Hundehütten und Hundekörbchen.

Ella kam aus der Tierklinik und übergab Hewitt zwei schwere Tüten. »Dass Fliss jetzt Hundebesitzerin ist, erhöht unseren Umsatz beträchtlich.«

»Komisch, das hat der Typ an der Kasse im Agrarshop auch gesagt.«

»Glaube ich gern. Es ist wunderbar, sie so glücklich zu sehen. Sie ist wieder sie selbst. Sie war immer hervorragend organisiert und tüchtig.«

Hewitt nickte.

»So.« Ella wurde ernst. »Und jetzt sag mir schnell, bevor ihr Kaufrausch vorbei ist – will sie noch immer nicht zum Ball gehen?«

Unwillkürlich blickte er zu den roten Strickherzen, die am nächsten Baum hingen. »Doch, sie geht hin, und zwar mit mir.«

»Fantastisch. Das hat ja gut geklappt.«

Ehe er nachhaken konnte, kam Fliss mit einer dritten Tüte aus der Klinik.

»Entschuldige, dass ich länger gebraucht habe«, sagte sie, als sie zu ihnen auf den Parkplatz kam. »Ich habe Lizzie ein Foto von dem rosafarbenen Glitzerhalsband geschickt, und das gefiel ihr so gut, dass ich es auch noch gekauft habe.«

»Da ist sie nicht die Einzige. Das Halsband ist unser Bestseller.« Ella lief langsam zurück auf den Bürgersteig. »Ich gehe wieder an die Arbeit und lasse euch allein, damit ihr nach Claremont fahren könnt. Grüßt Cressy und Denham von mir.«

Als sie die Stadt verließen, drehte sich Fliss nach hinten um und schaute auf die volle Ladefläche. »Jetzt muss ich mir nur noch überlegen, wo die Hundehütten hinsollen.«

Ihre Unterhaltung drehte sich um das unverfängliche Thema, bis sie Claremont erreichten. Hewitt fuhr die Pappelallee entlang zu dem Farmhaus mit den vielen roten Schornsteinen. Er hielt sich links und parkte außerhalb des runden Innenhofes neben Denhams Land Cruiser.

Sein Freund stieß einen Pfiff aus, als er mit Cressy aus dem Stall kam. »Da wurde ja fleißig eingekauft.«

»Geht allein auf meine Kappe.« Fliss klopfte an eine Hundehütte. »Ich brauche wohl nicht zu betonen, dass ich alles bekommen habe, was auf meiner Liste stand.«

Cressy öffnete den Land Cruiser und holte einen Karton heraus. »Ich hoffe, da ist noch Platz für die Bücher und den Rest von Flames Sachen.«

»Jede Menge.« Hewitt ließ die Heckklappe herunter. »Ich sollte auch noch etwas Heu reinbekommen.«

»Perfekt.« Cressy schob den Karton auf die Ladefläche, dann schaute sie suchend in die nahen Bäume. »Unsere Elstern haben ihre Küken heute sehr kämpferisch beschützt. Wir sollten von hier weggehen, wenn wir nicht angeflogen werden wollen. Fliss, wie wär's, wenn wir beide schauen, was du noch für Flame brauchst? Die Jungs können derweil das Heu holen.«

»Klar. Wir können meinen Wagen nehmen.« Denham drehte sich zum Land Cruiser um. »Da steht ein Eimer mit Möhren, der ungefähr so viel wiegt wie wir beide zusammen. Der ist für Reggie, obwohl er nicht mal Geburtstag hat.«

Hewitt glaubte aus dem Augenwinkel zu sehen, dass Fliss ihrer Schwester einen drohenden Blick zuwarf.

Denham fuhr an den Ställen vorbei zu den Rodeoplätzen, die er für seine Stiere gebaut hatte und auf denen Tanner seine Pferde trainierte. Bevor sie die Plätze erreichten, hielt Denham an einem Zaun an, und ein Berg von einem Bullen trampelte auf sie zu.

»Das ist also der berüchtigte Reggie.« Hewitt betrachtete die massigen Schultern und die athletische Gangart des Brahman-Bullen. »Ich sag's mal so … er ist keine Schmusekatze.«

»Seine Nachkommen haben sowohl sein Erscheinungsbild als

auch sein übles Benehmen geerbt, das Cressy und Fliss stur verleugnen.«

Hewitt schüttelte den Kopf, als der grau gescheckte Bulle ihn anstarrte. »Ich sehe kein übles Benehmen. Er ist fromm wie ein Lamm.«

»Die Sache ist die: Wenn er Cressy und Fliss um sich hat, ist er tatsächlich so sanftmütig, wie sie behaupten. So was habe ich noch nicht erlebt.«

Denhams Handy klingelte. »Entschuldige«, sagte er, als er die Nummer des Anrufers sah. »Da muss ich rangehen.«

»Kein Problem.« Hewitt griff nach dem Eimer, der neben ihm stand. »Reggie und ich werden uns mal miteinander bekannt machen.«

»Ich vergesse immer, dass du gern gefährlich lebst«, sagte Denham, bevor er das Handy ans Ohr hob.

»Sagen wir, Reggie zu füttern ist nichts im Vergleich dazu, Fliss gegenüber zu wohnen und sie jeden Tag zu sehen.«

Ein kurzer mitfühlender Blick, dann nahm Denham den Anruf entgegen.

Wenn jemand verstehen konnte, wie viel es ihn kostete, zu Fliss Abstand zu wahren, dann Denham. Als sein Freund nach Woodlea zurückgekehrt war und Cressy wiedersah, hatte er einen ähnlichen Kampf ausfechten müssen.

Hewitt setzte ein entschlossenes Gesicht auf, als er auf Reggie zuging. Aber nicht weil der Bulle brüllte und mit den Hufen scharrte. Anders als bei Denham und Cressy war für ihn und Fliss der Weg in eine gemeinsame Zukunft nicht frei. Seine Familie brauchte ihn.

15

Wie immer klopfte Hewitt früh an ihre Tür und brachte die willkommene Unterbrechung. Ihre Nachforschungen blieben bisher ohne Ergebnis. Der Hinweis aus dem Kochbuch war ihr einziger, und bislang hatte sie zwischen den beiden Namen und ihrer Mutter keine Verbindung gefunden. Sie wollte Lewis lieber noch nicht um Rat fragen. Es musste doch möglich sein, etwas mehr in Erfahrung zu bringen!

Sie stand auf und ließ die Schultern kreisen. Zumindest hatten die Stunden der vergangenen Nacht in einem Punkt Klarheit geschaffen: Den Nachnamen Ryan gab es in Cressys Stammbaum nicht. Das hieß, dass die Ryans über die väterliche Seite mit ihr verwandt sein mussten.

»Komm rein!«, rief sie in Richtung Eingangstür und verließ das Büro. Nachdem sie Max und Molly nun hatte behalten dürfen, wurde ihr jeden Tag mehr bewusst, dass Hewitt bald wieder wegziehen würde. Darum wollte sie bis dahin ihre Freundschaft genießen, auch wenn das nicht alles war, was sie sich wünschte. Es war jedoch alles, was sie kriegen würde, und darum musste es genügen. Sie würde sich nie zwischen ihn und seine Familie stellen, die er liebte und der er moralisch verpflichtet war.

Er trat durch die Vordertür, und ihr Herz vollführte den gewohnten Freudensprung. Doch dann erschrak sie. Anstatt des gewohnten Westernhemds trug er ein hellblaues Oberhemd, das sie noch nie an ihm gesehen hatte, und er hatte sich den Dreitagebart abrasiert. Ein hohles Gefühl breitete sich in ihrem Magen aus. Er zog doch wohl nicht schon aus?

»Morgen.«

Er klang ernst.

»Morgen.« Wenn er jetzt nach Mayfield zurückkehrte, dann wollte sie nicht verletzt und anlehnungsbedürftig klingen, egal wie sehr sie ihn vermissen würde. »Du duftest gut.«

Die Hitze stieg ihr in die Wangen nach der hastigen, unangebrachten Bemerkung.

»Danke. Ich hoffe, das ist … immer so.«

»Ist es.« Sie bremste sich. »Willst du irgendwohin?«

»Ja. Ava hat angerufen. Dad geht es nicht gut, und sie muss sich gerade mit Quinn befassen. Er ist von der Schaukel gefallen und hatte Glück, dass er sich nicht noch mal das Kinn aufgeschlagen hat.«

»Das tut mir leid. Ich beneide Ava nicht darum, Quinn ruhig halten zu müssen.«

Mit trockenem Mund wappnete sie sich für seinen nächsten Satz.

»Ich fahre hin … für einen Tag.«

Sie blinzelte. »Einen Tag?«

»Ja. Ich habe mich gefragt, ob du vielleicht mitkommen würdest.«

Ihre Verblüffung löste sich schnell in Entzücken auf. »Bist du sicher? Deine Familie möchte in einer schwierigen Phase vielleicht keine Fremde im Haus haben.«

Hewitt lächelte sie an. »Du bist keine Fremde. Lizzie wird mich sicher gar nicht reinlassen, wenn ich dich nicht bei mir habe. Quinn hat auch gefragt, ob du mitkommst. Er hat einen neuen Traktor, den er dir zeigen will.«

»Ich komme sehr gern mit. Ich muss mir nur etwas anderes anziehen.«

»Keine Hektik. Ich gehe nach den Hunden und den Hühnern sehen und erledige noch einen Anruf. Wir müssen unterwegs einen Zwischenstopp einlegen.«

Eine halbe Stunde später verließ Fliss das Haus in schwarzen Jeans, Keilsandaletten und einem schlichten taillierten schwarzen Oberteil. Sie verabschiedete sich von Max und Molly und zupfte sich die unvermeidlichen weißen Hundehaare von der Kleidung, als sie durch den Garten zu Hewitts Pick-up ging.

Hewitt setzte sich ans Steuer, und während er den Motor anließ, musterte sie sein Profil. Sie hatte noch nicht gehört, ob er es geschafft hatte, Reggie eine Möhre zu geben. Sie wusste nur, dass der Eimer leer gewesen war, als er und Denham mit dem Heu zurückgekehrt waren.

Sie konnte noch immer nicht glauben, dass Cressy den Reggie-Test für Hewitt eingefädelt hatte. Eigentlich wollte sie lieber nicht wissen, ob er ihn bestanden hatte. Ihre starke Reaktion, als sie glaubte, er würde schon ausziehen, verhieß nichts Gutes in Bezug auf den unausweichlichen Tag X, da die Stallwohnung wieder leer stehen würde.

»Wo müssen wir unterwegs anhalten?«, fragte sie, als sie vom Hof fuhren.

»Ich muss ein Geschenk für Lizzie kaufen. Es ist eines, das den vielen angekündigten Regen zu schätzen weiß.«

Fliss starrte aus dem Fenster über das kniehohe Gras der Weiden, das sich im Wind wiegte und flimmerte. Sie hoffte, dass es mit dem Regen bald mal vorbei war. Während der vergangenen Sonnentage waren die Wasserstände gesunken, aber es brauchte nicht viel, damit sie erneut anstiegen. Cressy und die anderen

Kollegen vom Freiwilligen Katastrophenschutz würden wieder Bereitschaft haben.

»Da es für Lizzie ist, wird es etwas Niedliches sein. Gibst du mir einen Tipp?«

»Es braucht einen Namen.«

»Watschelt es?«

»Ja, und hoffentlich bringt es der anderen Ente bei, sich wieder wie eine Ente zu benehmen.«

Fliss lächelte. »Und was hast du für Quinn gekauft?«

»Eine neue Traktormütze.«

»Da wird er sich freuen.«

Fliss lehnte sich zurück und genoss die Fahrt nach Mayfield. Die Landschaft öffnete sich und wurde flach, und die Straße lief gerade auf den Horizont zu. Langbeinige Emus spazierten entlang der Bahnschienen, die parallel zur Asphaltstraße verliefen. Sogar hier draußen, wo es nicht beständig regnete, wuchs das Getreide kräftig. Linker Hand wurden Felder per Flugzeug gedüngt.

Am Rand einer Kleinstadt, die an die Fernstraße grenzte, hielt Hewitt an. Der Stand vor dem Haus, wo Honig und Eier verkauft wurden, deutete an, was sich hinter dem gepflegten Zaun befand. Aber als Fliss ausstieg, sah sie im Vorgarten ein zottiges schwarzes Pony.

Als Lizzies neue Aylesbury-Ente mit ihrem schneeweißen Gefieder und dem gelben Schnabel sicher im Wagen verstaut war, fuhr Hewitt weiter nach Westen. Fliss döste unterwegs ein. Als der Pick-up abbremste und über Schienen rumpelte, wurde sie wach. Nach dem Schlenker über die Bahnlinie fuhren sie an einer Reihe von Briefkästen vorbei, die zu nahe gelegenen Farmen gehörten, aber vorne an der Straße standen, damit der Postbote es mit der Auslieferung leichter hatte.

Hewitt lächelte sie an. »Wir sind fast da.«

Fliss erwiderte sein Lächeln, aber innerlich trauerte sie. Ihm war anzusehen, wie sehr er sich auf seine Familie freute. Seine Augen strahlten, die Falten neben seinen Mundwinkeln waren gemildert. Mehr Beweis brauchte sie nicht. Es war unmissverständlich, wie viel ihm diese Menschen bedeuteten. Die Menschen, die sich auf ihn verließen.

Sie fuhren über ein klapperndes Viehgitter. Zuerst kamen sie an einem rostigen Scherschuppen und Pferchen vorbei, dann an mehreren Farmgebäuden. Das Wohnhaus stand hinter alten Bäumen, die darauf hinwiesen, dass es viel älter war, als seine moderne Klinkerfassade vermuten ließ. Rechts davon stand ein Holzhaus mit einem hübschen Garten voll einjähriger Stauden in Pastellfarben und neben diesem ein Spielhaus unter einer Platane.

»Hewitt, du hast ein schönes Zuhause.«

»Danke.«

Sie sah ihn an, denn er klang ein wenig bedrückt. Sie fasste an seine glatt rasierte Wange. »Ich kann verstehen, warum du nach Bundara gezogen bist. Nach solch einem Verlust muss es hart sein, wenn man von erinnerungsträchtigen Dingen umgeben ist.«

»Ja. Aber es ist heute nicht mehr so hart wie am Tag meiner Abreise.«

»Das freut mich zu hören.«

Hewitt sagte nichts mehr dazu. Die Vordertür des Holzhauses sprang auf, und die Kinder rannten den Weg hinunter und durchs Gartentor.

Hewitt lachte. »Die arme Ava. Gegen Quinns Temperament ist sie machtlos.«

Fliss lächelte und ließ Hewitt zuerst aussteigen. Quinn und

Lizzie warfen sich in seine Arme. Die stürmische Begrüßung rührte Fliss genauso wie die auf Bundara, und sie blinzelte einen Tränenschleier weg, ehe sie aus dem Pick-up kletterte. Die Kinder kamen zu ihr gelaufen und schlangen ihre kleinen Arme um sie.

Eine Frau mit schulterlangen grauen Haaren näherte sich in Begleitung von Ava. Es war eindeutig, dass Hewitt die grauen Augen und markanten Wangenknochen von seiner Mutter geerbt hatte. Trotz ihres Alters und obwohl man ihr die Trauer ansah, war sie eine schöne Frau.

Ava umarmte Fliss, während Hewitt seine Mutter in die Arme schloss. Dann stellte er sie einander vor. Anstatt sie mit den üblichen Floskeln zu begrüßen, trat Vernette auf sie zu und umarmte sie. Dann erst sprach sie mit ihr. »Willkommen auf Mayfield, Fliss. Ich freue mich sehr, dass du mitkommen konntest.«

»Danke.«

Ein Quaken in dem Karton auf der Ladefläche ließ alle verstummen. Lizzie riss die Augen auf und hielt inne, als zweifelte sie noch, ob sie richtig gehört hatte. »Vorsichtig«, mahnte Ava, als Quinn eifrig auf den Autoreifen stieg und über die Seitenwand kletterte.

Durch die Löcher im Deckel spähte er hinein und winkte dann seiner Zwillingsschwester, zu ihm zu kommen. Hewitt hob sie mit dem gesunden Arm hoch, sodass sie auf die Ladefläche steigen konnte. Sie linste in den Karton.

Strahlend richtete sie sich auf und drückte ihren Onkel. »Danke, Onkel Hewy. Jemima war so einsam.«

»Das dachte ich mir.«

Noch einmal schaute sie durch die Löcher. »Ich frage mich, wie wir sie nennen sollen.«

Hewitt holte die Traktormütze aus der Fahrerkabine und

setzte sie seinem Neffen auf. Dann hob er die Zwillinge von der Ladefläche und danach den Karton. Ava nahm die Kinder bei der Hand und folgte Hewitt zu Jemima, die bei zwei Hennen mit flaumig seidigem Gefieder saß. In einem Fenster des Holzhauses bewegten sich die Vorhänge, dann sprang eine junge Katze aufs Fensterbrett und beobachtete, wie Jemima auf ihre neue Freundin traf. Laut quakend machten die beiden Enten sich miteinander bekannt.

»Leider kann Wade nicht herauskommen, um dich zu begrüßen«, sagte Vernette zu Fliss. »Er hat sich in den Fuß geschnitten, und die Wunde muss wohl tiefer sein als gedacht, denn sie verheilt nur langsam.«

»Das wird hoffentlich bald. Aber ich freue mich, ihn kennenzulernen.«

Vernette zögerte. »Abgesehen davon, dass er humpelt, ist er zurzeit nicht er selbst.«

»Das ist in Ordnung. Das verstehe ich gut.«

Erleichtert lächelte Vernette sie an. »Danke. Nach allem, was Hewitt mir über dich erzählt hat, habe ich nichts anderes von dir erwartet.«

Für einen Moment blickte Fliss auf, weil Lizzie ihr von der Tür des Haupthauses aus zuwinkte.

Vernette lachte leise. »Sie hat Vanillecupcakes mit bunten Zuckerstreuseln für dich gebacken und möchte unbedingt, dass du einen probierst.«

»Einen vor dem Mittagessen könnte ich gut vertragen.«

Nach zwei Cupcakes saß Fliss schließlich an einem langen Esstisch zwischen Lizzie und Quinn. Hewitt, Ava und Vernette nahmen ihnen gegenüber Platz, sodass der Kopf der Tafel frei blieb.

Hewitt schenkte den Erwachsenen Wein ein. Als er seinen

Stuhl zurückschob und seine Mutter fragend ansah, schüttelte sie dezent den Kopf.

»Gib ihm noch fünf Minuten. Ich habe ihm gesagt, dass das Essen fertig ist. Mit dem schlechten Fuß ist er im Moment sehr langsam.«

Hewitt nickte und blieb sitzen.

Vernette reichte Fliss eine große Schüssel Salat mit Kürbis und Feta. »Lasst uns anfangen. Wade wird nichts dagegen haben.«

Ihr unbeschwerter Ton stand im Gegensatz zu Hewitts angespannter Miene.

Fliss nahm die Schüssel. »Danke. Das sieht köstlich aus.«

Neben ihr zappelte Quinn auf seinem Stuhl herum. Ab und zu blickte er zu der geschlossenen Tür.

»Salat?«, fragte sie ihn lächelnd.

Er hielt inne, dann verzog er angewidert das Gesicht.

»Das einzige Grüne, das er isst, sind Lutscher«, flüsterte Lizzie ihr verschwörerisch zu.

»Na gut.« Fliss zwinkerte Quinn zu. »Dann bleibt mehr für mich.«

Wie erhofft sah sie Vernette und Ava lächeln. Während sie sich Salat nahm, wurde Quinns Miene weicher.

Sie gab die Schüssel an Lizzie weiter und nahm sich ein Stück von der cremigen Quiche. Die Essensdüfte machten ihr den Mund wässrig. Vernette kochte gern, und Fliss verstand, warum es Hewitt wichtig war, sich die Familienrezepte anzueignen. Sie beobachtete ihn verstohlen. Obwohl er mit Quinn scherzte, während er ihm ein Stück Quiche auf den Teller legte, blieb seine Haltung angespannt.

Stimmengemurmel und Besteckklappern füllte die Küche.

Dann schwang die Tür auf, und Wade kam herein. Ohne jemanden anzublicken, humpelte er langsam zu seinem Platz. Die Kleidung hing an ihm herab, er wirkte hager, seine Haut war grau. Vernette griff nach dem Wasserkrug und stellte ihn neben sein Glas. Als er saß, stellte sie ihm Fliss vor.

Wade nickte knapp und musterte sie mit einem scharfen Blick seiner blauen Augen. Fliss hegte keinerlei Zweifel, dass er einen starken, respekteinflößenden Charakter besaß, auch wenn seine Körperkräfte nachgelassen hatten. Sein Blick wurde milder, als er zu den Zwillingen schaute, dann sprach er leise mit seiner Frau. Die tätschelte ihm die Hand und bot ihm von dem Salat an. Die Unterhaltung wurde wieder aufgenommen, begleitet vom Klirren des Bestecks.

Hewitt kam auf den Winterhafer und die Viehpreise zu sprechen. Wade beteiligte sich an dem Thema, wandte sich dann aber Fliss zu. »Wie machen sich die Welpen der Border Collies?«

»Sie sind sehr flauschig und stellen viel Unsinn an.« Da sie nicht wusste, ob Hewitt ihm das Geschenk schon angekündigt hatte, deutete sie mit keinem Wort an, dass Poppy nun ihm gehörte. »Sie haben schon zwei Paar Gummistiefel zerkaut, drei Geschirrtücher zerrissen und meinen Handfeger im Garten verbuddelt.«

Lizzie kicherte.

Wade war einen Moment lang milde belustigt, dann wieder ernst. »Border Collies sind gute Hunde.«

»Das stimmt.«

»Also was meinst du, wann mein dickköpfiger Sohn nach Hause zurückkommt?«

Fliss ließ sich von seinem schroffen Ton nicht täuschen. Er hatte Hewitt mit aufrichtiger Besorgnis angesehen.

»In zwei bis drei Wochen. Seine Schulter wird noch einmal

geröntgt. Dafür sorge ich, damit wir sicher sind, dass der Bruch wirklich verheilt ist.«

Vernette sah zu ihrem Sohn hinüber. »Das scheint mir vernünftig zu sein, nicht wahr?«

Ava schien sich ein Schmunzeln zu verkneifen, als Hewitt seufzte. Seine Familie wusste offenbar genau, dass er nicht vorhatte, den Heilungserfolg zu überprüfen. »Vermutlich.«

Wade schenkte sich Wasser nach. Fliss hielt mit der Gabel inne, als ihr ein Verdacht kam. Dass sein Fuß schlecht heilte, mochte nicht nur an der Tiefe der Wunde liegen.

Sie musste schleunigst mit Hewitt sprechen.

Nachdem Fliss mit den Zwillingen nach draußen gegangen war, hatte Hewitt geholfen, den Tisch abzuräumen, und er nutzte die Gelegenheit, in Ruhe mit seinem Vater zu sprechen.

Er ging ins Wohnzimmer, in dem Wade sich in letzter Zeit viel aufhielt. Dort konnte er in seinem Ohrensessel sitzen und die Nachrichten sehen, eins der Bücher lesen, die an der hinteren Wand im Regal standen, oder den Computer benutzen, den Hewitt ihm auf einem Beistelltisch installiert hatte. Durch das breite Fenster hatte man einen Blick auf den Schuppen und die Pferdekoppeln, sodass er beobachten konnte, was auf der Farm vor sich ging. Dean half weiterhin aus und führte vorerst die Geschäfte.

Hewitt mied den Blick auf die Familienfotos an den Wänden. Er könnte besser mit den Erinnerungen zurechtkommen, die ihm hier auf Schritt und Tritt begegneten, doch sein Gewissen verbot es ihm, in das Gesicht seines Bruders zu blicken. Brody hätte beim Essen mit ihnen gelacht, wenn er ihn nicht im Stich gelassen hätte.

Er setzte sich neben den Sessel seines Vaters.

»Du kommst wegen Quinn, ja?« Er sagte das, ohne Hewitt anzusehen. »Die Naht am Kinn kann ihn nicht bremsen.«

»Habe ich mir schon gedacht. Ich bin auch hier, um dich zu besuchen.«

Wade schaute mürrisch. »Wie du siehst, geht es mir gut.«

»Nein, das ist nicht wahr.«

Hewitt machte sich auf eine gereizte Reaktion gefasst. Seit Brodys Tod war sein Vater aufbrausend. Doch die blieb aus, und stattdessen sah er ihm forschend ins Gesicht.

»Du weißt, Fliss wird dafür sorgen, dass du dich röntgen lässt.«

»Ja.«

»Und du wirst das auch tun.«

»Ja. Mit Dr. Fliss sollte man sich nicht anlegen.«

Ein leises Lächeln hellte das mürrische Gesicht seines Vaters auf. »Das ist auch mein Eindruck. Ava ist für uns wie eine Tochter, aber sie war zu jung, als sie Brody heiratete. Er hätte eine wie Fliss gebraucht, die ihn auf Zack bringt.«

Hewitt betrachtete seine faltigen Züge. Dies war eines der wenigen Male, da er Brody erwähnte, und das erste Mal seit Langem, dass er ein schlechtes Wort über ihn verlauten ließ.

Hewitt rieb sich das Kinn. »Bin ich der Einzige, der nicht wusste, dass man ihn auf Zack bringen musste?«

»Brody war sehr geschickt darin, den Leuten zu sagen, was sie hören wollten. Deine Mutter vermutete immer, dass er sich vor der Familienverantwortung drückte, wusste es aber nicht mit Sicherheit. Wie jeder weiß, kamen er und ich nicht gut miteinander aus, aber wenn wir stritten, dann nicht wegen der Farm. Ich wusste, dass er nie zu Hause war. Als er wieder mit dem Bullenreiten anfing, haben wir uns ziemlich in die Haare gekriegt.«

Hewitt legte die Hand auf seinen Arm. Er hatte nicht geahnt, dass sein starker, nüchtern denkender Vater sich Vorwürfe machte. Brody hatte anderen viel Schmerz und Kummer bereitet, das musste er zugeben.

»Dad, du kannst nichts dafür. Ava und ich fühlen uns auch schuldig, weil er auf den Bullen gestiegen ist.« Er biss die Zähne zusammen, bevor er zu dem Foto an der Wand blickte. »Aber letztendlich ist Brody ganz allein dafür verantwortlich.«

Sein Vater brummte. »Deine Mutter und ich haben ihn nicht zu einem Egoisten erzogen. Aber schon als Kind konnte er stur sein und hat sich der Vernunft widersetzt. Ich habe immer gehofft, dass er eines Tages erwachsen wird.«

»Hat Ava … mit dir gesprochen?«

»Ja.« Seine Stimme klang weicher. »Ich weiß, sie war in Sorge, was wir denken könnten, aber wir freuen uns für sie und Dean. Die Zwillinge mögen ihn. Er setzt sie nicht unter Druck, und sie sind gern mit ihm zusammen.« Er hielt inne, und sein Blick wurde hart. »Du bist zwar ganz anders als Brody, aber wenn du nicht anfängst, dich so gut um dich selbst zu kümmern, wie du das für andere tust, dann hast du so wenig Verstand wie er.«

Hewitt schüttelte leicht den Kopf. »Mir geht's gut. Meine Schulter ist fast verheilt.«

»Von der rede ich nicht, und das weißt du.« Sein Vater griff zur Fernbedienung und schaltete den Fernseher ein. »Ich bin sicher, du hast Besseres zu tun, als hier bei mir zu sitzen. Du musst dich um unseren Gast kümmern. Ich werde mal sehen, wie das Wetter wird, und dann mache ich mein Nickerchen.«

Er verstand und erhob sich. Sein Vater hatte einen schroffen Ton angeschlagen, und seine Hände hatten dabei gezittert, aber nicht vor Streitlust, sondern weil er stark bewegt war. Hewitt drückte ihm die hagere Schulter. »Ich komme später noch mal zu dir.«

Sobald er das Zimmer verlassen hatte, ging ihm die Unterhaltung mit seinem Vater noch einmal durch den Kopf. Er hatte seinen Rat nicht absichtlich missverstanden, er war nur überwältigt gewesen. In all den Jahren hatte sein Vater sich nie in die Beziehungen seiner Söhne eingemischt und keinen Ton gesagt, wenn sie eine unpassende Freundin nach Hause mitbrachten. Aber gerade hatte er ihm deutlich vorgehalten, dass er eine Frau in seinem Leben brauchte. Für einen Moment hatte die Stimme seines Vaters sogar einen warmen Unterton gehabt, als er Fliss' Namen aussprach, und das verriet, dass er von ihr beeindruckt war.

Angespannt ging Hewitt nach draußen. Fliss stieß Lizzie gerade auf der Schaukel an, und Quinn spielte neben ihnen im Sandkasten. Niemand brauchte ihm zu sagen, dass Fliss keine Frau war, die man gehen ließ. Wäre die Situation anders, würde er sie festhalten und nie wieder loslassen. Aber das kam nun einmal nicht infrage, auch wenn Dean jetzt vielleicht ein Teil der Familie wurde. Hewitt durfte ihm nicht einfach die Verantwortung überlassen.

Fliss empfing ihn mit einem warmen Lächeln, gerade als Ava vom Holzhaus herüberrief.

»Wir kommen, Mama«, antwortete Lizzie und bremste mit den Füßen ab. »Wir sollen reinkommen, Quinn.«

Der runzelte die Stirn, schüttelte dann jedoch den Sand aus seinem Traktor, grinste Hewitt und Fliss kurz an und rannte hinter seiner Schwester her.

Fliss trat zu Hewitt, und sie registrierte, dass die Kinder den Vorhang am Fenster anhoben, um sie zu beobachten. Das Kätzchen sprang neben ihnen aufs Fensterbrett. Fliss winkte ihnen. »Können wir irgendwo ungestört reden?«

»Ja, bei mir. Dad macht ein Nickerchen, und meine Mutter vermutlich auch. Dann kann ich meinen Anzug für den Ball raussuchen, wenn wir schon mal da sind.«

»Gute Idee.«

Sie gingen zu seinem Pick-up.

»Jemima und Puddles sind schon beste Freunde«, sagte Fliss, als die Enten auf dem See an ihnen vorbeischwammen.

»Die Hunde werden sich freuen.« Drüben bei den Ställen standen die Hundehütten leer. Dean hatte die Kelpies sicher zum Vieh mitgenommen. »Ihre Wassernäpfe gehören wieder ihnen allein. Jemima schafft es trotz ihrer Größe, darin zu paddeln.«

Nachdem sich Fliss auf den Beifahrersitz gesetzt hatte, ließ er den Motor an. Sobald sie das Viehgitter passiert hatten, bog er nach links ab. Hinter ihnen stieg eine rote Staubwolke auf. Nach den nassen Straßen rings um Bundara war es eine Abwechslung, mal wieder Staub in der Luft zu sehen.

Er hoffte, dass Fliss mit ihm nicht über Quinns Kinn reden wollte. Nachdem er einmal genäht worden war, würde er beim nächsten Mal nicht so kooperativ sein. »Verheilt Quinns Kinn gut? Es sieht ein bisschen rot aus.«

»Doch. In zwei Tagen kann man schon die Fäden ziehen.«

»Die werden für Ava gar nicht schnell genug vorbeigehen.« Er sah Fliss an. Sie wirkte abgelenkt. »Tut mir leid, dass es beim Essen nicht so entspannt zuging.«

»Du brauchst dich nicht zu entschuldigen. Du hast meinen Großvater nicht gekannt. Er konnte Dummköpfe nicht ausstehen, und im Lauf der Jahre gab es einige unbehagliche, denkwürdige Familienmahlzeiten, wenn Leute bei uns zu Besuch waren.

Ich will nicht neugierig erscheinen, aber ist es in Ordnung, wenn ich ein paar Dinge klarstelle, was deinen Vater betrifft?«

»Sicher.«

»Er ist sehr dünn. Aber vermute ich richtig, dass er mal kräftiger war?«

»Er war immer stark und robust, aber nach Brodys Tod hat er allerhand Gewicht verloren.«

»War er in letzter Zeit mal beim Arzt?«

»Ich wünschte, es wäre so. Ich bin schon ein schlechter Patient, aber mein Vater würde an einer Arztpraxis nicht mal vorbeigehen.«

»Also hat seinen Fuß niemand untersucht?«

»Nein, das hat er verweigert. Andererseits weigert er sich generell, das Haus zu verlassen.«

»War er beim Trauerberater?«

»Tatsächlich ja. Dafür habe ich gesorgt. Wir waren alle bei einem in den Monaten nach …«

»Gut, dass ihr professionelle Unterstützung hattet.«

Hewitt runzelte die Stirn und fuhr auf ein Farmhaus zu, das keinen Garten, aber einen gepflegten Rasen hatte. »Vielleicht habe ich zu früh aufgehört, ihn zu Cheryl zu bringen. Wie ich ihn kenne, wird er nicht so viel geredet haben wie wir anderen.« Er dachte kurz nach. »Glaubst du, er ist depressiv?«

»Nein … aber ich vermute, er hat Diabetes Typ zwei.«

Hewitt parkte vor dem Backsteinhaus und schaltete den Motor aus. »Diabetes?«

»Ja. Die Symptome weisen darauf hin. Die Fußwunde heilt nicht, er hat starken Durst, hat viel Gewicht verloren, ist oft müde, leidet unter Stimmungsschwankungen und ist leicht reizbar.«

Hewitt fuhr sich durch die Haare. »Also ist er körperlich

krank, und seine Stimmungen haben vielleicht gar nichts mit seiner Trauer um Brody zu tun?«

»Tut mir leid, das nehme ich an. Er muss möglichst bald zum Arzt gehen und sich einigen Bluttests unterziehen.«

Hewitt sah sie aufmerksam an. Ihre Stirn hatte sich geglättet, aber ihr Gesichtsausdruck blieb ernst. »Das ist wohl keine gute Nachricht.«

»Nun, das kommt drauf an. Wenn er Diät hält, sich viel bewegt und seine Medikamente nimmt, kann es ihm bald besser gehen. Das würde sich günstig auf seine mentale Gesundheit auswirken. Aber Diabetes ist eine ernste Krankheit, und er muss von nun an damit leben. Der Schaden an der Bauchspeicheldrüse ist nicht rückgängig zu machen.«

»Alles, was ihn wieder raus auf die Weide bringt, ist positiv. Er wird seine Krankheit ernst nehmen müssen. Wie er jetzt lebt, das ist kein Leben für ihn.« Hewitt hielt das Lenkrad fest, damit er nicht in Versuchung kam, sich anders als verbal zu bedanken. »Ich danke dir. Dad hätte noch Monate so weitergemacht, und niemand hätte etwas geahnt. Ich werde mit ihm reden, damit er zum Arzt geht.«

Als ob sie seine Versuchung gespürt hätte, drückte sie zügig ihre Tür auf und stieg aus. »Gern geschehen.«

Er achtete darauf, nicht auf ihren Mund zu blicken, während er mit ihr auf das Haus zuging.

»Ich kann auch mit deinem Vater sprechen, wenn du möchtest«, sagte Fliss, als er die Vordertür aufschloss. »Von mir nimmt er den Rat vielleicht leichter an.«

»Wir warten mal ab, was für eine Laune er nach dem Nickerchen hat.«

Fliss betrat das Haus und ging den dunklen Flur entlang. Sie schaute in die beiden unmöblierten vorderen Zimmer. »Also, das nenne ich minimalistisch eingerichtet.«

»So kann man es in der Tat beschreiben.« Er folgte ihr in die Küche. »Ich würde es als praktisch bezeichnen. Ich verbringe hier nicht viel Zeit.«

Er blickte sich um und versuchte, es mit Fliss' Augen zu sehen. Seit seiner Unizeit bewohnte er das Haus. Es war ein Spiegelbild seiner Rastlosigkeit. Nirgendwo gab es persönliche Fotos oder etwas Anheimelndes. Dass die Küche benutzt wurde, sah man nur an der Kaffeemaschine und der Tasse, die danebenstand. Als Ava und Brody damals heirateten, hatte er angeboten, mit ihnen zu tauschen und in das Holzhaus zu ziehen, aber dann wurde Ava schwanger und wollte lieber näher bei den künftigen Großeltern wohnen.

Fliss steckte den Kopf in den nächsten Raum, den er als Arbeitszimmer nutzte. »Hier verbringst du offensichtlich Zeit, da stehen tatsächlich Möbel. Darf ich mir die Fotos an der Pinnwand ansehen? Das Sandsteinhaus kommt mir bekannt vor.«

»Nur zu. Ich gehe derweil den Anzug raussuchen.«

Als er zurückkam, betrachtete sie die Farmhäuser an der Pinnwand. Eins davon hatte er kaufen wollen, doch dann war Brody verunglückt. Seitdem hatte er so viel um die Ohren gehabt, dass er nicht mal dazu gekommen war, die Fotos abzunehmen.

Fliss schaute ihn nachdenklich an. »Das sind lauter erstklassige Immobilien. Die sind ein Vermögen wert. Das Sandsteinhaus kenne ich. Das war auf dem Markt, als ich eins für mich gesucht habe.«

»Ich habe hart gearbeitet, gespart und mit meinen Kapitalanlagen Glück gehabt. Wenn ich eins davon gekauft hätte, wäre das mein Zuhause geworden und … meine Zukunft.«

Er wandte sich ab, damit sie nicht sah, wie sehr ihm das zu schaffen machte. Er hatte sich eine eigene Zukunft aufbauen wollen und damit der Familie seines Bruders die Zukunft genommen.

»Hewitt …« Fliss kam zu ihm. »Du bist nicht daran schuld, dass Brody auf den Bullen gestiegen ist. Vergiss das nicht.«

Sie fasste ihn nicht an, aber ihr teilnahmsvoller Ton tröstete ihn wie eine warme Berührung.

»Aber daran, dass er nicht rechtzeitig weggebracht wurde.« Er fuhr sich übers Gesicht. »Ich hätte an dem Tag Seth' Pick-up-Partner sein müssen. Dann wäre ich schneller bei Brody gewesen.«

Fliss verschränkte die Finger mit seinen. »Selbst wenn du mit Seth geritten und schnell bei Brody gewesen wärst und ihn eher weggebracht hättest, wäre er vielleicht trotzdem an den Verletzungen gestorben. Du kannst nicht an etwas schuld sein, über das du keine Macht hast. Brodys Tod war ein tragischer Unfall. Leider weiß ich durch meinen Beruf, dass die immer wieder vorkommen.«

Hewitt starrte sie an. Die Inbrunst ihrer Überzeugung und ihr vollkommen aufrichtiger Blick erschlossen ihm eine Sichtweise, die ihm bisher verborgen geblieben war. War er wirklich in gar keiner Hinsicht für Brodys Tod verantwortlich?

Eindringlich sah sie ihn an. »Den Traum von der eigenen Farm kannst du dir noch immer erfüllen. Und du kannst dich trotzdem nebenher um deine Familie kümmern. Da wird sich ein Weg finden. Der erste Schritt dahin wäre, deinen Vater wieder auf die Beine zu bringen.« Sie drückte ermunternd seine Hand. »Komm, lass uns mit ihm reden.«

Ihre Entschlossenheit ließ während der Rückfahrt nicht nach, das verriet ihm ihre aufrechte Kopfhaltung. Als sie die Küche betraten, goss seine Mutter gerade Tee in die Lieblingstasse ihres Mannes.

»Hallo, mein Lieber, dein Vater ist wach und möchte seinen Tee trinken. Danach können wir uns zusammensetzen und erzählen. Ich möchte alles über den Wohltätigkeitsball wissen. Er findet kommendes Wochenende statt, nicht wahr?«

Wie immer rührte sie zwei Löffel Zucker in den Tee, und Hewitt sah Fliss die Stirn runzeln.

»Ja, das stimmt«, sagte er. Fliss ging zum Küchentresen hinüber und blickte ihn fragend an. Sie wollte allein mit seinem Vater sprechen. Er nickte. Es spielte keine Rolle, ob er gerade umgänglich war oder nicht. Fliss würde locker mit ihm fertigwerden.

»Vernette«, sagte sie. »Darf ich Wade den Tee bringen? Wir haben beim Essen kaum ein paar Worte wechseln können.«

»Natürlich, ich danke dir.« Sie legte zwei von Lizzies Cupcakes auf einen Teller. »Die wird er gerne dazu essen.«

Als Fliss die Küche verließ, schaute seine Mutter ihr besorgt nach. »Hoffentlich zeigt er sich von seiner angenehmen Seite. Er kann sehr brummig sein, wenn er gerade aufgewacht ist. Das war früher nicht so.«

»Fliss wird schon klarkommen. Sie bringt ihm den Tee, weil sie mit ihm reden muss. Mum, sie vermutet, dass er Diabetes hat.«

Vernette trat hinüber zum Küchentisch und ließ sich auf einen Stuhl sinken.

Hewitt setzte sich neben sie und nahm ihre Hand. »Mum?«

»Alles gut, mein Lieber. Ich bin nur … erleichtert. Seit einer Weile ahne ich schon, dass bei ihm etwas im Argen liegt.« Sie tätschelte ihm die Hand. »Diabetes, das würde einiges erklären. Hoffen wir, dass er sich untersuchen lässt.«

»Fliss wird dafür sorgen.«

Er drückte ihre Finger, dann machte er ihr eine Tasse Tee. Sie hatte gerade drei Schlucke getrunken, als Fliss zurückkam, und seine Mutter gelassen anlächelte.

»Wade meinte, du hättest die entsprechende Telefonnummer, um ihm einen Arzttermin zu besorgen?«

»Hab ich.« Sie stand auf und nahm Fliss' Hände. »Ich danke dir. Du hast ein Wunder vollbracht.« Dann ging sie an die oberste Schublade, wo sie das Telefonbuch aufbewahrten, und Fliss setzte sich neben Hewitt an den Tisch. Sie wirkte auf einmal bedrückt.

»Alles okay?«, fragte er leise und fühlte sich machtlos gegen ihr Schuldgefühl, das sie einfach nicht losließ. Sie musste damit leben, dass ihr eine junge Mutter unter den Händen weggestorben war. Wie gern hätte er ihr die Bürde abgenommen.

»Ja. Wade möchte mit dir sprechen.«

»Brauche ich eine kugelsichere Weste?«

Erleichtert sah er sie lächeln. »Nein. Ich habe ihm gesagt, wenn deiner Schulter etwas passiert, dann wird er die zwei Stunden in der Orthopädie sitzen, während du geröntgt und behandelt wirst.«

Schmunzelnd ging er ins Wohnzimmer. Sein Vater saß in seinem Ohrensessel und starrte aus dem Fenster. Hewitt setzte sich zu ihm. Mit steinerner Miene drehte sein Vater den Kopf und blickte ihn an.

»Fliss denkt, dass ich krank bin. Was meinst du dazu?«

»Sie könnte recht haben.«

»Das denke ich auch.« Hewitt war sich nicht sicher, welche Reaktion er bei ihm erwartet hatte, aber sein Vater schaute genauso erleichtert wie seine Mutter. »Weißt du, warum ich nicht in die Stadt fahre?«

Hewitt schüttelte den Kopf.

»Weil ich unterwegs immer zur Toilette muss. Liegt an dem vielen Wasser, das ich trinke. Und wenn wir ankommen, muss ich schon wieder. Ich will … niemandem zur Last fallen. Ihr habt alle schon so viel zu bewältigen.«

Hewitt nahm seine Hand. »Wir würden dich nie als Last empfinden.«

Sein Vater schluckte gerührt. »Aber ich komme mir so vor. Ich will nicht mehr nutzlos sein. Mit dem Fuß kann ich nicht mal nach draußen gehen.« Er ließ die Schultern hängen und sah aus dem Fenster. »Ich möchte wieder einiges auf der Farm tun können.«

»Und das wirst du.« Hewitt versuchte erst gar nicht, zu überspielen, wie nah ihm die Worte seines Vaters gingen. »Lass uns zusammen zum Arzt fahren, und dann sehen wir weiter. Fliss wird bei jedem Schritt für dich da sein. So ist sie. Sie kümmert sich um einen.«

Sein Vater sagte nichts, weil nebenan in der Küche Kinderstimmen laut wurden. Lizzie und Quinn waren hereingekommen. Fliss lachte, dann hörten sie Lizzie quietschen.

»Denk daran, was ich dir gesagt habe: Kümmere dich um dich selbst«, sagte sein Vater, ohne ihn anzusehen.

Hewitt stand auf und klopfte ihm auf die Schulter. »Mach ich.«

16

»Erde an Fliss.« Taylor wickelte eine Strähne um ein Glätteisen.

»Entschuldige, ich war mit den Gedanken woanders. »Worüber habt ihr geredet?«

Taylor grinste zu Cressy und Ella hinüber, die ihnen Gesellschaft leisteten. Ihre Haare waren bereits kunstvoll hochgesteckt, fertig für den Ball am Abend. Sie waren für heute die letzten Kundinnen im Friseursalon. »Deine Schwester meint, ich soll froh sein, dass du so still bist.«

Cressy senkte ihre Zeitschrift. »Vergiss nicht, ich kann dir x Beispiele nennen, wo du dich beim Friseur lautstark geäußert hast.«

»Ich weiß, dass ich ein Kontrollfreak bin, aber so schlimm nun auch wieder nicht.«

Cressy zog eine Augenbraue hoch.

»Okay, na gut, ich war vielleicht ein bisschen in Sorge bei der Friseurin in Sydney, weil die keinen Unterschied kannte zwischen Spitzen schneiden und Bürstenschnitt. Aber du wirst dich freuen zu hören, dass ich auf meine alten Tage milder werde.«

Ella nickte. »Das kann ich bestätigen. Die alte Fliss hätte sich vor Edna niemals in Klamotten voller Hundehaare blicken lassen.«

Das stimmte. Und das war die Ironie an der Sache: Je mehr Fliss sich bemühte, die Kontrolle über ihr Leben zurückzubekommen, desto mehr wurde ihr klar, dass sie nicht ständig die Kontrolle haben musste. Auch wenn sie voller Hundehaare war und ihr Rasen übersät mit Füllflocken aus einem Kissen, das die Welpen zerrissen hatten, die Welt drehte sich weiter.

Hewitt durch seine Trauer hindurchzuhelfen half auch ihr selbst. Auch wenn sie alles Mögliche anders gemacht hätte, wäre Caitlyn gestorben. Das begriff sie allmählich. Wie sie zu Hewitt gesagt hatte: Unglücksfälle passierten nun einmal. Auf manche Dinge hatte sie keinen Einfluss, auf ihre Gefühle für ihn zum Beispiel oder auf ihre Herkunft. Sie hatte ihre Patientin nicht im Stich gelassen, sie hatte ihr Bestes getan, und es war Zeit, aus dieser Tatsache Trost zu ziehen.

»Ja, und ich habe vollstes Vertrauen zu Taylor.« Sie blickte sie im Spiegel an. »Es ist also nicht nötig, etwas zu sagen. Solange ich hier nicht als sexy Elfe rausgehe, bin ich zufrieden.«

»Das war eine meiner besten Arbeiten, wenn ich das mal sagen darf. Hewitt wusste es zu schätzen, wie toll deine Haare aussahen.«

Ella und Cressy blickten gleichzeitig von ihren Zeitschriften auf.

»Wie bitte?«, fragte Cressy entrüstet. »Wieso weiß ich nichts davon?«

»Weil es nichts zu wissen gibt«, erklärte Fliss sofort. »Hewitt hat sich nicht anders verhalten als sonst auch.«

Was die Kostümparade betraf, stimmte das. Von dem heißen Moment beim Baden im Bach brauchte niemand etwas zu erfahren.

Taylor verdrehte die Augen. »Ich bitte dich. Der arme Mann konnte die Augen gar nicht von dir abwenden. Und du nicht von ihm, Fliss. Ich allerdings auch nicht, genau wie alle anderen Frauen. Hewitt und Tanner haben wirklich zwei eindrucksvolle Schotten abgegeben.«

»Mir gefallen Männer im Kilt«, sagte Ella mit verträumtem Blick.

Fliss zog am Halsausschnitt des Friseurumhangs. Ihr war plötzlich warm geworden. Sie stand auch auf Männer im Kilt, aber nur wenn sie dunkle Haare, graue Augen und diesen intensiven Blick hatten. »Heute Abend wirst du keinen sehen, nur Abendanzüge. Männer haben es in der Hinsicht so einfach.«

»Das stimmt«, pflichtete Ella ihr bei. »Aber du musst zugeben, es hat Spaß gemacht, die vielen Kleider anzuprobieren.«

»Und wie!« Taylor drehte Fliss' Haare zu einem lockeren Knoten. Sie hielt inne und sah zu Cressy. »Eins ist sicher: Du musst erst noch ein bisschen Laufstegunterricht nehmen, bevor du zum Altar schreitest.«

Cressy hob das Kinn. »An meinem Modelgang ist nichts auszusetzen. Zufällig trage ich gern Cowboy-Stiefel zum Ballkleid.«

Fliss drehte den Kopf, so weit sie konnte, während Taylor Nadeln in ihren Haarknoten schob. »Cressida Knight, denk nicht mal dran. Du wirst keine staubigen Arbeitsstiefel zu deiner Hochzeit tragen.«

Cressy lächelte ganz unschuldig.

»Ella …«, sagte Fliss mahnend und blickte sie im Spiegel an.

Die zwinkerte ihr zu. »Alles gut. Ich bin auf deiner Seite. Wir haben noch viel Zeit, um einen Kompromiss zu finden.«

Bei nächster Gelegenheit würde Fliss im Internet nach hochzeitstauglichen Cowboy-Stiefeln suchen.

Nachdem Taylor die letzte Locke festgesteckt hatte, zeigte sie Fliss mit dem Handspiegel ihren eleganten Hinterkopf.

»Danke. Das sieht toll aus.«

»Gern geschehen.« Taylor griff nach dem Haarspray, aber Fliss sprang auf wie von der Tarantel gestochen.

Es wurde verabredet, dass Taylor sich mit ihnen bei Ella treffen würde, nachdem ihre Mutter ihr die Haare geglättet hatte. Die Männer würden sich auf Claremont treffen, ihre Wagen dort stehen lassen und mit Meredith' Allrad-Truck zum Ball fahren. Taylors geheimnisvollen Begleiter würden sie erst am Veranstaltungsort zu sehen bekommen. Bisher hatte sie ihnen nur eines verraten: Es war nicht Rory.

Die Mädels würden sich bei Ella umziehen und die vierzig Minuten zu der umgebauten Entkörnungsfabrik fahren. Wenn der Ball vorbei war, würden Cressy und Fliss mit den Männern nach Claremont fahren. Von dort aus würden Fliss und Hewitt weiter nach Bundara aufbrechen.

Ella hatte ihren Kühlschrank mit ein paar Leckereien gefüllt als Belohnung, weil sie den Frisurenmarathon bei Taylor durchgestanden hatten. Bald lief Country-Musik, und sie tranken Champagner und aßen schokolierte Erdbeeren. Dann musste die Herausforderung ihres abendlichen Make-ups in Angriff genommen werden. Sogar die burschikose Cressy opferte dafür einige Zeit vor dem Spiegel.

Fliss schminkte sich in Ellas Gästezimmer. Da sie allein war, dachte sie an Hewitt. Er war der Grund, warum sie vorhin auf dem Friseurstuhl ins Träumen geraten war. Seit sie von Mayfield heimgekehrt waren, hatte sich zwischen ihnen etwas verändert. Nichts Konkretes, das sie hätte benennen können. Er kam nach wie vor jeden Morgen auf die Veranda und trank mit ihr einen Kaffee. Sie ritten jeden Tag zu den Weiden. Sie ging noch immer in die Stallwohnung zu ihm, um mit seiner Familie zu skypen. Sein Vater war inzwischen beim Arzt gewesen, und heute hatte die letzte Blutuntersuchung stattgefunden.

Ihr wurde bewusst, dass sie gerade mehrere Minuten lang

mit erhobener Hand in den Spiegel gestarrt hatte. Sie schüttelte leicht den Kopf über sich und trug endlich die Mascara auf. Da war eine neue Intensität zu spüren, wenn Hewitt sie ansah, und eine konstante Wachsamkeit, wenn sie beieinander saßen oder standen. Zufällige Berührungen waren nicht mehr vorgekommen, wenn sie ihm seine Tasse gab oder wenn sie zusammen die Pferde sattelten. Es kam ihr vor, als hätte Hewitt zwischen ihnen einen Graben gezogen und bliebe entschlossen auf seiner Seite.

Es klingelte an der Tür. Dann hörte sie Ellas Stimme. Sie bat Taylor hereinzukommen und es sich bequem zu machen. Fliss trug schnell ihr Rouge auf und schlüpfte in ihr Ballkleid, ein klassisches schwarzes. Neulich Abend hatte sie etliche von Ellas und Taylors Kleidern anprobiert, als sie sich bei ihr zum Essen getroffen hatten. Aber am Ende entschied sie sich für das Altbewährte. Das schulterfreie, ausgestellte Kleid hatte sie sich damals zusammen mit ihrer Mutter für den Examensball ausgesucht. Es war schlicht, sodass sie damit nicht groß auffallen würde. Sie wählte die Ohrringe und ein Armband mit Strass und stieg in ihre berüchtigten High Heels, auf denen Cressy bestanden hatte.

Die kam gerade zur Tür herein, und Fliss starrte sie an. Ihre stets praktisch gekleidete Schwester war kaum wiederzuerkennen. Sie würde eine atemberaubende Braut abgeben.

»Cressy, du siehst umwerfend aus.«

»Danke.« Cressy drehte sich einmal im Kreis, um ihren dunkelroten Organzarock unter dem Samtmieder schwingen zu lassen. »Ich habe mich stundenlang zurechtgemacht, will ich mal betonen.«

»Und das hat sich gelohnt. Du siehst genau aus wie Mum auf den alten Fotos, als sie so alt war wie du.« Fliss befühlte den feinen Stoff des Rocks. »Das Kleid hast du neulich noch nicht gehabt.«

»Nein. Als Denham und ich im Norden waren, habe ich es in einem Brautgeschäft gesehen. Ich wollte mir für mein Hochzeitskleid Anregungen holen und habe das schließlich anprobiert. Ich war hin und weg. Aber du kennst mich, ich verbringe mein Leben in Jeans und habe es darum nicht gekauft.«

»Lass mich raten … Denham hat es heimlich gekauft und dich damit überrascht?«

»Ja! Ich hatte keine Ahnung. Gestern ist es geliefert worden.«

Fliss konnte gut verstehen, dass er das Kleid nicht im Laden zurücklassen konnte, nachdem er Cressy darin gesehen hatte. Es stand ihr perfekt. Die satte Farbe passte fantastisch zu ihrer hellen Haut und den dunklen Haaren. »Denham ist unglaublich.«

»Ich weiß.« Cressy machte ein zutiefst zufriedenes Gesicht. Sie hielt ihr eine schwarze Clutch hin. Die Strasssteinchen am Verschluss funkelten. »Die habe ich neulich für dich in Dubbo gekauft. Ich dachte mir schon, dass du das schwarze Kleid und Omas Ohrringe tragen würdest, und fand, die müsste dazu passen.«

»Danke. Du kennst mich zu gut. Sie passt perfekt dazu.« Sie umarmte Cressy behutsam, um ihren Rock nicht zu zerdrücken.

»Ich bin sehr froh, dass du mitkommst.«

»Ich auch.«

Nicht nur ihr Kontrollbedürfnis war kleiner geworden. Ihre Angst, den Abend in einem vollen Ballsaal zu verbringen, hatte sich auch gelegt. Neulich war ihr aufgefallen, dass die angstfreien Tage inzwischen überwogen. Sie hatte sogar mit Wade über Diabetes sprechen können, ohne nervös zu werden, und hatte seine Fragen selbstbewusst beantwortet.

Auf den Holzdielen näherten sich klappernde Absätze, und Parfüm wehte herein.

Ella trug ein eng anliegendes rotgoldenes Kleid, das ihren Kurven schmeichelte und ihre langen Beine betonte. Taylor hatte sich ebenfalls für ein enges Kleid entschieden, aber es war so blau wie ihre Augen und brachte ihre hellblonden Haare wunderbar zur Geltung.

Sie hob ihr Handy hoch. »Kommt her, ihr Schönen, stellt euch zu mir. Ich will Rory ein Foto schicken.«

Die drei drängten sich mit ihr vor die Linse.

»Lächeln!« Sie drückte auf den Auslöser.

Fliss holte ihr Handy vom Bett. »Jetzt bin ich dran. Schaut mal freundlich!«

Es brauchte zwei Versuche, weil Taylor theatralische Posen einnahm und Cressy und Ella losprusteten.

Ella beugte sich zu Fliss' Display, um auf die Uhr zu sehen. »Seid ihr bereit, in zehn Minuten aufzubrechen? Tanner hat geschrieben. Die Jungs sind schon losgefahren, halten uns aber einen Parkplatz frei.«

»Nett von ihnen«, sagte Fliss, und die anderen nickten zustimmend.

Ihre Freundinnen verließen den Raum, um für den letzten Schliff bei Frisur und Make-up zu sorgen, und Fliss war wieder allein. Gelächter und Stimmenlärm hallten durchs Haus. Sie musste nur noch den Inhalt ihrer Handtasche in die neue Clutch umpacken.

Als sie den Strassverschluss öffnete, stockte sie. Cressy hatte ihr ein Foto hineingesteckt. Als sie es herauszog, bekam sie weiche Knie und musste sich auf die Bettkante setzen.

Es war ein Foto von Hewitt, der Reggie mit Möhren fütterte. Und nicht nur Hewitt sah dabei entspannt aus, auch Reggie hatte diesen verschleierten Blick, den er aufsetzte, wenn Fliss und Cressy ihm die Stirn kraulten.

Hewitt hatte den Reggie-Test also bestanden, und mehr noch: Der Bulle fraß ihm buchstäblich aus der Hand. Sie drehte das Foto um. Auf der Rückseite stand in Cressys Handschrift eine einzelne Zeile: *Manns genug für dich und ein Mann fürs Leben!*

Cressys Worte rührten Fliss. Tief in ihrem Herzen hatte sie immer gewusst, dass Hewitt unvergleichlich war. Schon die erste Begegnung mit ihm hatte sie aus ihrer Komfortzone gerissen. Er löste in ihr Gefühle und Wünsche aus, die sie sich selbst nicht zugetraut hatte. Liebe. Die Sehnsucht nach einer eigenen Familie. Sie fragte sich nur, ob sie Cressys Botschaft beherzigen oder lieber auf Nummer sicher gehen sollte.

Der von Hewitt gezogene Graben hatte einen Stillstand in ihrer Beziehung bewirkt, und er schützte sie beide vor Liebeskummer. Hewitt hatte geradeheraus gesagt, dass er nicht nach Bundara gekommen war, um ihr Probleme zu bereiten oder ihr wehzutun. Aber sie wollte sich nicht länger an die gesetzten Regeln halten. Eine ungewohnte Verwegenheit erfasste sie. Sie wollte im Augenblick leben und auskosten, was das Leben zu bieten hatte.

»In fünf Minuten fahren wir!«, rief Ella.

Fliss erhob sich und stand wieder auf sicheren Beinen. Sie packte ihre Sachen in die Clutch und legte das Foto in die alte Tasche, wo es am sichersten war. Sie würde auf ihre Angst keine Rücksicht mehr nehmen. Und als Erstes würde sie den Graben überspringen, den Hewitt zwischen ihnen gezogen hatte.

Die Fahrt zur Entkörnungsfabrik verging mit viel Gelächter und Ausgelassenheit. Als Fliss die schöne Clutch auf ihren Schoß legte, blickte Cressy sie durchdringend an. »Später«, gab Fliss ihr lautlos zu verstehen.

Es schien kaum Zeit vergangen zu sein, als sie die Hügel von Woodlea hinter sich ließen und die Baumwollfelder begannen, die gerade für die Aussaat vorbereitet wurden. Im Herbst würden die von Bewässerungsgräben durchzogenen Felder weiß sein und die angrenzenden Straßenränder von Baumwollflusen übersät.

Bei der Fabrik wies ihnen ein Parkwächter in geblümter Weste den Weg in ein Meer von Autos. Cressy rief Denham an, und er beschrieb ihr den Weg zu der frei gehaltenen Parkbucht.

»Die Jungs sind auch gerade erst angekommen«, sagte Fliss, als Ella neben Meredith' Allrad-Truck fuhr. Tanner zog sich gerade sein Jackett über, und Denham band sich die Fliege. Da Fliss begierig nach Hewitt Ausschau hielt, übersah sie beinahe den blonden Mann, der sich zu ihnen gesellte und Denham die Hand schüttelte.

Sie drehte sich zu Taylor um. »Rodger Galloway ist dein geheimnisvoller Begleiter? Weiß Edna das?«

»Ja. Sie muss nach vorn blicken.«

Cressy kicherte. »Echt mutig, Taylor.«

Fliss lächelte. »Ich hätte zu gern Mäuschen gespielt, als Edna das erfahren hat.«

»Ich denke, sie war sprachlos«, sagte Taylor mit hochgezogenen Augenbrauen.

»Das kann nicht sein.« Ella öffnete ihre Wagentür. »Unmöglich.«

Taylor nickte. »Rodgers Freundin konnte nicht kommen, und deshalb hat Edna ihn neben Harriet Knox gesetzt, da deren Verlobter auch verhindert ist. Daher war er sehr froh, als ich ihn anrief.«

»Das glaube ich sofort«, sagte Fliss, und im selben Moment

entdeckte sie Hewitt. »Edna und Mrs Knox planen schon ewig einen Zusammenschluss ihrer Familien.«

Die anderen lachten und stiegen in ihren Abendkleidern und High Heels aus dem Wagen, aber Fliss achtete nicht darauf. Sie blieb sitzen und nahm sich einen Moment zum Durchatmen. Sie hatte jedes Mal Schmetterlinge im Bauch, wenn sie Hewitt sah, aber jetzt, als er im Abendanzug auf Ellas Wagen zutrat, raubte es ihr den Atem. Durch die Windschutzscheibe begegnete sie seinen grauen Augen, und es gelang ihr zu lächeln, wenn auch ein wenig gezwungen. Aber er war nicht der Einzige, der sie anblickte.

Cressy riss die Tür auf. »Alles okay, Fliss?«

»Ja.« Sie hielt die schwarzen High Heels in der Hand, froh, ihre Füße während der Fahrt noch geschont zu haben. »Ich muss nur schnell in die Schuhe steigen.«

Dankbar für die Ablenkung blickte sie an Cressy vorbei zu Rodger, den sie noch nicht gesehen hatte, seit sie wieder in Woodlea war. Er hatte die gleiche große Statur wie Bethany und ähnelte seinem zurückhaltenden Vater. »Hi, Rodger, schön dich zu sehen. Ist eine Weile her.«

»Ja. Ich freue mich schon, beim Essen von dir zu hören, was du so getrieben hast.«

Fliss konzentrierte sich darauf, die Schnallen ihrer Schuhe zu schließen. Sie streckte die Füße nach draußen und achtete darauf, nicht mit den Absätzen im Rocksaum hängen zu bleiben.

Cressy und Denham gingen voraus zum Eingang, wo eine Traube von Gästen stand. Fliss wartete mit klopfendem Herzen auf Hewitt, der sich bisher nicht vom Fleck gerührt hatte. Erst als sie beide allein waren, trat er an ihre Seite.

»Du siehst … fantastisch aus.«

Da es schon dämmerte, war sie sich nicht sicher, glaubte aber, an seinem Kiefer einen Muskel spielen zu sehen. Er bot ihr den Arm an, und sie atmete seinen Rasierwasserduft ein.

»Danke. Du siehst auch nicht übel aus.« Sie schob die Hand um den Ärmel seines Jacketts und fühlte seine starken Muskeln darunter. »Verrate es nicht Cressy, aber ich hätte jetzt auch gerne Stiefel zum Abendkleid. Ich glaube, meine High-Heels-Zeit ist endgültig vorbei.«

Hewitt lachte leise, und der rauchige Klang hüllte sie ein. Sie hielt sich an seinem Arm fest, denn ihr war ein wenig schwindlig, aber nicht vor Angst, sondern vor Aufregung. Heute Abend war Schluss mit den Grundregeln. Es war nicht mehr nötig, auf Nummer sicher zu gehen.

Cressy drehte sich nach ihr um und lächelte sie an.

Hewitt passte sich Fliss' langsamem Tempo an, um sie mit ihren hohen Absätzen nicht in Schwierigkeiten zu bringen, und war dankbar für ihr Schweigen, denn er musste sich sammeln, damit er sich zu nichts hinreißen ließ.

Ihre Hochsteckfrisur offenbarte die eleganten Konturen ihres Halses, sodass er ständig versucht war, ihn zu betrachten. Ihr Parfüm roch dezent blumig und erinnerte ihn an die Sommersträuße, die seine Mutter gerne auf den Esstisch stellte.

Und ihr Mund … er riskierte einen Blick zur Seite. Die Farbe lag zwischen Rosa und Rot und betonte die üppige Rundung ihrer Lippen, die er schon viel zu lange nicht geküsst hatte. Er schaute nach vorn und zwang sich, auf seine Schritte zu achten.

Ihr Besuch auf Mayfield hatte alles verändert. Fliss mit seiner Familie zusammen zu sehen und wie geduldig sie mit seinem Vater gewesen war, bestätigte ihm noch einmal, was für ein großzügiger, mitfühlender Mensch sie war. Außerdem war sie brillant und wusste, was sie wollte, und deshalb hatte er sich noch mehr in sie verliebt. Sein Vater hatte ihm ans Herz gelegt, er solle sich um sich selbst so gut kümmern, wie er das sonst für andere tat. Doch das könnte er nur tun, indem er Fliss nicht mehr von seiner Seite ließ.

Er spürte seine Anspannung schmerzhaft in den Schultern. In Wirklichkeit musste er an Fliss' Wohl denken, nicht an sein eigenes. Tanner hatte mit ihm geredet wie ein großer Bruder und ihm klargemacht, wie verletzlich sie nach dem Verlust ihrer Patientin gewesen war. Sie musste außerdem verarbeiten, dass sie mit dem Mann, den sie für ihren Vater gehalten hatte, nicht blutsverwandt war. Deshalb hatte er in den vergangenen Tagen keine Situation aufkommen lassen, wo sie beide einen Schritt weiter hätten gehen können. Er hatte sein Wort gegeben, ihr keinen Kummer zu machen. Und da sie sich darauf verließ, durfte er nichts tun, was ihr Vertrauen erschütterte.

»Das Organisationsteam hat gute Arbeit geleistet, nicht wahr?« Fliss unterbrach das Schweigen. »Den vielen Leuten nach zu urteilen dürften sie das Spendenziel erreicht haben.«

»Haben sie. Meredith hat vorhin einen Anruf bekommen. Demnach gab es viele Kurzentschlossene. Es wurden viel mehr Eintrittskarten verkauft als gedacht.«

»Das ist wunderbar.«

Hewitt nickte. Sie stellten sich an der Schlange vor dem Eingang an. Auch während die voranrückte, blieb Fliss bei ihm untergehakt. Ab und zu streifte sie ihn mit dem Oberarm, und er musste sich jedes Mal zügeln, damit er nicht um ihre Taille griff und sie an sich zog. Die große Stahlblechhalle, in der gewöhnlich eine Baumwollentkörnungsmaschine stand, war zum Ballsaal umfunktioniert worden. Mit einem weißen Baldachin und Lichterketten hatte man dem Eingang Schick verliehen. Je dämmriger es wurde, desto mehr Glanz verbreiteten die Lämpchen.

Im Gebäude setzte sich das weiße Farbschema fort. Auf frischen weißen Tischläufern standen weiße Kerzen in Efeukränzen auf runden Spiegeln, und die Stuhllehnen waren mit weißen Bändern geschmückt.

Fliss blieb stehen und befühlte einen grünen Kranz. »Kein Wunder, dass der Efeu an Meredith' Wassertank aussieht, als wäre Taylor mit ihrer Schere darüber hergefallen.«

Rechter Hand in der Nähe der Tanzfläche winkte Cressy ihnen zu. Zwischen den Tischen wurde es zu eng für zwei, und Fliss ließ seinen Arm los. Hewitt atmete auf. Sosehr er ihre Berührung vermisste, diese Nähe war gefährlich.

Sie waren fast bei ihren Plätzen angekommen, als Fliss abrupt anhielt. Mit beiden Händen fasste er an ihre Taille, sonst wäre er gegen sie gelaufen. Sein mühsam gewahrter Gleichmut löste sich auf, als sie sich in seine Arme zurücklehnte, bevor sie weiterging, weil vor ihr der Weg frei geworden war.

Im nächsten Moment rauschte eine Frau in Rotviolett auf Hewitt zu.

»Hewitt, wie wunderbar, dass Sie hier sind.« Edna zog ihn in eine unangenehm emotionale Umarmung. »Wie schick Sie in dem Anzug aussehen!«

Sie ließ ihn los und musterte Fliss rasch, aber gründlich, bevor sie ihr zwei Küsse auf die Wangen hauchte. »Eine gute Idee, das Kleid wieder hervorzuholen, Felicity. Stell dir vor, Rodger hat eine feste Freundin, obwohl er und Harriet so gut zusammenpassen würden. Deshalb habe ich dich auf die andere Tischseite gesetzt. Ich lasse nicht zu, dass du ihn noch einmal todunglücklich machst.«

»Ich werde mich hüten, in seine Nähe zu kommen.«

Fliss' trockener Ton war an Edna verschwendet, zumal die ihr Augenmerk schon wieder auf Hewitt richtete.

Hinter ihrem Rücken stellte Cressy die Platzkärtchen um und zwinkerte ihrer Schwester zu.

»Also, Hewitt«, sagte Edna und hakte sich bei ihm ein, »wir müssen Bethany finden. Ich habe ihr gesagt, dass Sie vielleicht nicht in der Lage sein werden zu tanzen, auch wenn Sie am Wanderritt teilgenommen haben. Aber sie freut sich auf Ihre Gesellschaft. Sie haben sich gleich bei der ersten Begegnung so angeregt unterhalten.«

Sie spähte an ihm vorbei. »Da ist sie ja. Sie ist zwar mit Drew Macgregor hier – ich bin ungemein froh, dass er so vernünftig war, seine Farm für heute Abend allein zu lassen –, aber natürlich würde sie nur zu gern beim Essen neben Ihnen sitzen.« Sie erstarrte mit offenem Mund, dann redete sie in gereiztem Ton weiter. »Das ist *nicht* Drew Macgregor.«

Hewitt drehte sich um und sah einen dunkelhaarigen Mann bei Bethany. Dem Schnitt seines Anzugs und den gegelten Haaren nach zu urteilen, lebte er nicht auf dem Land. Der Mann hinter den beiden musste Noel, Ednas Mann sein. Von ihm hatten Bethany und Rodger offenbar das kantige Kinn und die gerade Nase geerbt.

»Entschuldigen Sie mich.« Edna ließ seinen Arm los und eilte davon, um Ehemann und Tochter abzufangen.

»Gut für Bethany«, sagte Fliss leise.

»Vielleicht.« Hewitt beobachtete, wie geschickt der Dunkelhaarige einen Schritt beiseitetrat, sodass Bethany allein die Wucht der mütterlichen Missbilligung abbekam. »So ungern ich das sage, aber Edna könnte mit ihrer Ablehnung dieses Knaben recht haben. Bethany hat Besseres verdient.«

»Ich glaube, du hast recht. Wenn mich ein Mann bei einem Date als vorderste Verteidigungslinie benutzen würde, kämen wir nicht mal bis zu unserem Tisch.«

»Das behalte ich im Hinterkopf.«

Fliss lächelte, und er blickte wider alle Vernunft auf ihren Mund. »Nicht nötig. Wir beide brauchen kein Date. Ich weiß ja schon, dass du mir gefällst.«

Saal und Stimmenlärm rückten in weite Ferne. Er sah nur noch die Frau, die ihn anblickte, ihre dichten Wimpern, die haselnussbraunen Augen, und spürte, dass sie sich ihm entgegenneigte. Durch ihre hohen Absätze bräuchte er kaum den Kopf zu neigen, damit sein Mund auf ihre Lippen traf. Und da hatte er sich eingebildet, umgeben von so vielen Leute könne nichts passieren. Fliss' Küss-mich-Blick würde den stärksten Mann ins Wanken bringen.

»Fliss …«

Sie blinzelte träge, und da erst merkte er, dass er stöhnend ihren Namen ausgesprochen hatte. Sie atmete heftig.

»Entschuldige.« Sie strich über sein Jackett, wie um eine Fluse wegzuwischen. »Ich habe vergessen, wo wir sind. Edna hat auch mit etwas anderem recht. Du siehst ungemein schick aus.«

Sie drehte sich um und suchte ihren Platz. Hewitt folgte ihr und setzte sich. Dabei wich er den Blicken von Denham und Tanner mit Bedacht aus. Niemandem an ihrem Tisch dürfte entgangen sein, wie heiß es gerade zwischen ihnen geworden war. Cressy setzte sich an seine andere Seite. Wortlos reichte sie ihm ein Bier.

Zu seiner Erleichterung nahm man ringsherum die Gespräche wieder auf, und kurz darauf unterhielt er sich mit den anderen über das Wetter und die angekündigten Gewitter. Bethany kam allein an den Tisch und setzte sich neben Taylor. Ihr unruhiger

Blick verriet, dass die Gewitterfront nicht das Einzige war, was sich zusammenbraute.

Sie griff nach einer Rotweinflasche und schenkte sich ein volles Glas ein. »Männer und Mütter!«

Taylor stieß mit ihr an. »Auf die Solidarität.«

Bethanys hübsches Gesicht hellte sich auf, als sie ihren Bruder ansah, der zwischen Taylor und Fliss saß.

Es wurde getrunken, gelacht und erzählt, und bald servierten die Bedienungen den ersten von drei Gängen. Nachdem Lammbraten und Pulled Pork verzehrt waren, trat eine lokale Tanzgruppe in eleganten, glitzernden Kostümen auf. Als es in der Halle wärmer wurde, zog Hewitt sein Jackett aus. Von ein paar Worten über die Vorspeise abgesehen hatte Fliss nicht mit ihm gesprochen, sondern schwelgte mit Rodger, Taylor und Bethany in alten Erinnerungen. Er hatte nichts dagegen. Je weniger er sich mit ihr unterhielt, desto schneller würde die Anziehung zwischen ihnen abkühlen.

Nach dem Hauptgang, der aus Pfefferhühnchen und Roastbeef bestand, entschuldigte sich Fliss und ging zu der hochschwangeren Kelly, die drei Tische weiter saß. Hewitt spürte Cressys Blick, während er beobachtete, dass Fliss zu Meredith und Phil weiterzog. Heute Abend hatte sie nicht ihr Pokerface aufgesetzt, sondern lächelte die Leute herzlich an, lachte und plauderte unbeschwert.

»Achtung, Leute«, sagte Cressy sanft, »die alte Fliss ist wieder da.«

Ehe er darauf etwas sagen konnte, fing die Band zu spielen an. Die schwungvolle Musik brachte die Gäste auf die Beine. Die Tische leerten und die Tanzfläche füllte sich.

»Komm mit.« Cressy zog ihn am Ärmel und redete laut gegen

das Saxophon an. »Dr. Fliss wird dir sicherlich bescheinigen, dass du mit der Schulter tanzen kannst.«

Denham grinste ihn mitfühlend an. Darauf stemmte Cressy die Hände in die Seiten, dann ging sie um den Tisch herum, um ihn und Tanner vom Stuhl hochzuziehen. »Hier wird nicht gefeixt, Denham Rigby, und das gilt auch für dich, Tanner. Und gekniffen wird hier auch nicht.«

Taylor stand auf. »Genau. Ich freue mich schon den ganzen Abend darauf, zu tanzen, und das werde ich nicht allein tun.« Sie lächelte die Jungs ermutigend an. »Guckt nicht so versteinert. Es geht nichts über Oldies.«

Ella, Bethany und Rodger standen ebenfalls auf. Bethany und Ella gingen auf die Tanzfläche, Rodger dagegen zu seinem Vater, um sich zu ihm zu setzen.

»Zu mehreren ist man sicherer«, murmelte Denham Hewitt zu, während sie den Mädels nachgingen.

Die ausgelassene Stimmung der Musiker wirkte ansteckend. Denham wirbelte lässig eine lachende Cressy herum und zog sie dann an sich zu einem Kuss. Die anderen tanzten als Gruppe, denn Taylor brachte ihnen neue Moves bei. Unterdessen behielt Hewitt Fliss im Auge. Ihr altes Selbstbewusstsein mochte wieder da sein, doch er hatte nicht vergessen, wie gut sie ihre Ängste verbergen konnte.

Als die Band ein langsames Stück spielte, tanzten die Paare enger. Ella fächelte sich mit der Hand Luft zu. »Ich weiß nicht, wie es euch geht, aber ich zerfließe. Ich brauche dringend etwas zu trinken.«

Hewitt folgte den anderen zum Tisch, bis er eine Hand an seinem Rücken spürte. Er wusste, dass es Fliss war, bevor er sich umdrehte.

Fragend blickte sie ihn an. Er zögerte. Obwohl sie eine Weile getrennt gewesen waren, konnte er nicht sicher sein, dass er beim Tanzen nicht ihren Mund suchen würde.

Sie schob die Finger zwischen seine. »Wir sind erwachsen, erinnerst du dich?«

Er konnte nicht antworten, solange er um Beherrschung rang, und darum zog er sie in die Arme. Er hatte nicht erwartet, dass sie mit einem Seufzer gegen ihn sinken würde. Aber er hielt sie fest, und dann bewegten sie sich zur Musik, als wären sie eins. Und er empfand eine ungeahnte Verbundenheit.

Viel zu schnell war der Song vorbei, doch Fliss löste sich nicht von ihm. Stattdessen blickte sie ihn an, und in ihren großen hellbraunen Augen sah er alles, was er sich selbst wünschte und erhoffte. Der Moment war gekommen, da er aufhören musste, sich gegen das zu wehren, was zwischen ihnen brannte. Er fasste fester um ihre Taille und lehnte die Stirn an ihre. »Nicht hier.«

Ihr Atem streifte seinen Mund. »Wo und wann?«

Er zog den Kopf ein wenig zurück, um sie anzusehen. »Wir müssen zuerst reden.«

»Ja.« Sie schob die Hand an seiner Brust hinauf zu dem geöffneten Hemdkragen. Mit dem Jackett hatte er auch die Fliege abgelegt. Ihre Fingerspitze betastete die Kuhle an seinem Schlüsselbein. »Morgen? Wenn wir klar denken können?«

Er nickte. Solange Fliss ihn so berührte, war sein Verstand ausgeschaltet. Wenn sie später am Abend versuchen würden, miteinander zu reden, wäre Reden das Letzte, was er im Kopf hätte.

Sie löste sich trotzdem nicht von ihm. Ihre Fingerspitzen hielten bei seiner pochenden Halsschlagader inne. Wie auch immer sie seinen rasenden Puls interpretierte, es brachte sie zum Lächeln.

»Bei mir … früh.«

»Ich werde da sein, Dr. Fliss.«

Sie löste sich aus seinen Armen und verschwand zwischen den Ballgästen, die jetzt zu einem schnellen Jive tanzten. Hewitt ging zum Tisch zurück. Und da stand schon ein Bier an seinem Platz.

Cressy schob ihm das Glas hin. »Ich dachte, das könntest du jetzt gebrauchen. Es ist nur Leichtbier. Ich weiß ja, dass du fahren musst.«

Hewitt trank einen großen Schluck. Es hatte keinen Sinn, so zu tun, als hätte Cressy nicht gesehen, was sich auf der Tanzfläche abgespielt hatte. »Deine Schwester …«

»Ich weiß, manchmal fehlen einem die Worte. Wenn es dich tröstet, du bist der einzige Mann, der je mit ihr klargekommen ist.« Sie suchte seinen Blick. »Und außer dir hat sie noch keinen so nah an sich rangelassen.«

Und er keine Frau an sich, wie Cressy wusste. Aber sie verzichtete darauf, das zu sagen. »Wir wollen morgen miteinander reden.«

»Gott sei Dank. Du musst allmählich etwas unternehmen. Zwischen euch funkt es heftig. Die Spannung hält ja kein Mensch aus.«

Hewitt trank sein Bier aus, während die Mädels wieder tanzen gingen. Er unterhielt sich mit Tanner und Denham über den Grenzpflug, der schon wieder defekt war, dann wandte sich das Gespräch den Rodeorindern und Pferden zu, die bald auf Claremont eintreffen würden. Cressy kam herüber und schleppte Denham zum Tanzen ab, und gelegentlich setzten sich Ella und Taylor zu ihnen, um einen Tanz auszulassen und ihren Flüssigkeitshaushalt auszugleichen. Bethany hatte sich einigen alten Schulfreunden aus Sydney angeschlossen und vermisste den gegelten Typen offenbar nicht.

Taylors Trick, Rodger als Begleitung für den Ball zu wählen, hatte wohl nicht funktioniert. In ihrem gekränkten Stolz ließ Edna die beiden Freundinnen noch immer spüren, dass ihr einziger Sohn für Fliss nicht gut genug gewesen war. Sie schürzte die Lippen, sobald sie zu ihnen hinsah, und tat damit ihren Ärger darüber kund, dass sie die Sitzordnung kurzerhand geändert hatten.

Hewitt sah Fliss erst wieder, als der letzte Song angekündigt wurde. Sie setzte sich neben ihn. Bevor er den Arm von der Stuhllehne nehmen konnte, lehnte sie sich gähnend gegen ihn. Während die Gäste den letzten Tanz auskosteten oder ihre Gläser austranken, schien niemand auf sie beide zu achten. Er legte den Arm um sie und umfasste ihre nackte warme Schulter.

Sie legte den Kopf in seine Halsbeuge. »Es wird furchtbar, wenn ich noch mal eine Nachtschicht arbeiten muss. Bin völlig aus der Übung, was das lange Aufbleiben angeht.«

Zärtlich strich er mit den Lippen über ihre seidigen Haare. »Du kannst während der Heimfahrt schlafen.«

Als die Band zusammenpackte, wurden Jacketts und Fliegen eingesammelt, und müde Gäste begaben sich zum Parkplatz. Scheinwerfer leuchteten auf und erhellten die Nacht, während ein Konvoi das Fabrikgelände verließ. Hewitt fuhr Meredith' Wagen mit Fliss, Tanner, Denham und Cressy an Bord. Hinter ihm folgte Ella mit Taylor, die den direkten Weg nach Woodlea einschlagen würde.

Als sie auf Claremont ankamen, wo Denham und Cressy übernachten würden, bot Tanner Fliss und Hewitt noch einmal an, ebenfalls über Nacht zu bleiben.

Fliss sah ihm kurz in die Augen, bevor sie darauf antwortete. »Danke, aber wir wollen nach Hause. Wir haben morgen Vormittag viel zu tun.«

Hewitt half einer müden Fliss in seinen Pick-up. Sie gab ihm einen raschen Kuss, dann machte sie es sich im Sitz bequem und schlief kurz darauf ein. Der erste Blitz teilte den Nachthimmel, als sie über das Viehgitter von Bundara fuhren.

17

Der Donnerschlag über dem Haus klang wie ein Peitschenknall.

Fliss setzte sich im Bett auf und rieb sich die Schläfen. Auf ihrem Nachttisch waren die Ziffern des Radioweckers nicht zu sehen. Offenbar war der Strom ausgefallen. Sie schaffte es kaum, die Augen offen zu halten. Es konnte erst zwei, drei Stunden her sein, seit sie ins Bett gekrochen war. Nachdem sie vom Ball heimgekommen waren, hatte sie rasch geduscht. Sie erinnerte sich vage an das Geräusch des Regens beim Einschlafen.

Nun prasselte der Regen mit ohrenbetäubender Lautstärke auf das Blechdach. Ohne sich ihr Rugby-Shirt über das Top zu ziehen, tappte sie den stockfinsteren Flur entlang in die Küche. Die Wucht der Sturmböen war bis in die Bodendielen spürbar. Die Welpen hatten vermutlich Angst, obwohl sie mit Molly im Gartenschuppen lagen. Max hatte die Hundehütte an der Seite der Veranda als Schlafplatz auserkoren, und solange der Regen nicht horizontal herangeweht wurde, würde er trocken bleiben.

Aus dem vordersten Oberschrank nahm sie die Taschenlampe. Wenigstens hatte Hewitt die lose Regenrinne repariert und das Blechdach des Wassertanks befestigt. Bei diesem Sturm konnte sie nur hoffen, dass alles heil blieb. Sie schaltete die Taschenlampe ein und leuchtete durchs Küchenfenster.

Da war kein Himmel und kein Garten zu sehen, nur eine Wasserwand. Murmelgroße Hagelkörner schlugen gegen die Scheiben. Sie überging ihr Unbehagen und lief zur Waschküchentür, um nachzusehen, wie nass die Seitenveranda war. Die nahen

Bäume hielten den Wind ein wenig ab. Der Regen sprühte ihr auf Arme und Beine, als sie auf die kalten, nassen Dielen trat. Sie spähte in die Hundehütte, die in dem Moment von einem Blitz beleuchtet wurde.

»Wie geht's dir, Max?«

Der Border Collie streckte sich und kam heraus, um ihr die Hand zu lecken. »Sieh mal an. Du bist überhaupt nicht beunruhigt. Du hast das alles schon erlebt.«

Sie befühlte die Decke, die über den Rand der Hundehütte hing, und fand, dass sie feucht war. Sie drehte die Hundehütte mit der Öffnung zur Hauswand, aber so, dass Max noch genügend Platz blieb, um hineinzugehen.

Am Schuppen bewegte sich ein Lichtschein. Hewitt ging offenbar nach Molly und den Welpen sehen. Ein gezackter Blitz stand für einen Moment am Himmel, dann krachte der Donner. Fliss schauderte. Das Gewitter war fast über ihnen.

Sie lief ins Haus und den Flur entlang zur Vordertür. Hewitt würde sicherlich gleich auch nach ihr sehen kommen. Heute Abend hatten sie es beide still akzeptiert: Sie mussten aufhören, sich dagegen zu wehren, was zwischen ihnen war. Und das hatte ihnen beiden Erleichterung und Frieden gebracht.

Seine simple Geste, den Arm um sie zu legen und mit den Lippen über ihre Haare zu streichen, berührte sie nicht nur körperlich, sondern auch emotional. Bei Hewitt fühlte sie sich sicher, bewundert, verstanden. Was sie bisher von sich zurückgehalten hatte, wollte endlich zu seinem Recht kommen. Sie wollte alles investieren. Sie wollte das ganze Paket: ein Heim, Kinder und … Liebe.

Es donnerte so laut, dass sie zusammenzuckte. Aber das war ein Thema für den Morgen. Sie musste sicher sein, dass Hewitt genauso empfand wie sie und dass er seine Trauer überwunden hatte und für mehr als eine Freundschaft bereit war. Es zeichnete sich noch kein klarer Weg ab, für beide nicht. Sie musste entscheiden, ob sie wieder als Ärztin arbeiten wollte, und wenn nicht, was sie stattdessen tun wollte. Ihre Ersparnisse würden nicht ewig reichen. Was Hewitt anging, so musste er seine familiäre Pflicht erfüllen und seinen Traum von der eigenen Farm weiterverfolgen.

Sie öffnete die Fliegengittertür, die der Wind ihr aus der Hand reißen wollte. Der Lichtkegel hüpfte auf sie zu, als Hewitt durch den Regen die Verandatreppe heraufgerannt kam. Er hatte sich eine lange Wachsjacke übergezogen und einen breitkrempigen Hut aufgesetzt. Seine unteren Hosenbeine waren nass. Als er vor ihr stand, sagte er nichts. Er schaute ihr nur prüfend ins Gesicht, ob es ihr gut ging, dann schaltete er die Taschenlampe aus, stellte sie neben die Tür und schüttelte das Wasser vom Hut. Fliss ging zur Seite, um ihn ins Haus zu lassen.

Der Wind schlug die Tür hinter ihm zu. Es war unmöglich, bei dem Sturm ein Wort zu verstehen, daher leuchtete sie auf die Flurgarderobe, damit er Hut und Jacke daran aufhängte. Doch ehe er aus den Ärmeln fahren konnte, blitzte es, und der gleichzeitige Donner klang wie ein Pistolenschuss. Erschrocken ließ Fliss die Taschenlampe fallen und griff nach Hewitts Jacke. Sie roch den Regen und den erdigen Geruch der wachsbeschichteten Baumwolle. Beruhigend legte er den Arm um sie.

»Das hört sich schlimmer an, als es ist«, sagte er dicht an ihrem Ohr. »Der Sturm ist bald vorbei.«

Sie hatte sich nur an etwas festhalten wollen, bis der Fluchtimpuls vorüber war. Doch als sie an den Fingerknöcheln warme glatte Haut spürte und begriff, dass Hewitt kein Hemd unter der Jacke trug, wollte sie nur noch ihn. Sie ließ die Jacke los und strich über seine regennasse Haut. Sie konnte nicht hören, dass er heftig Luft holte, fühlte es nur unter den Händen. Sie hatte die Jacke nicht mal bis zu den Schultern auseinandergeschoben, als er seine Lippen voller Verlangen auf ihre presste.

Wie beim vorigen Mal trug sein Kuss sie an einen Ort, wo nur Leidenschaft und Hast existierten. Nie wieder würde sie die Chemie zwischen zwei Menschen für überbewertet halten. Wo Hewitt sie küsste, erwachten Nervenenden zum Leben, und wo er sie berührte, brannte sie. Aber das reichte ihr nicht. Sie brauchte mehr. Sie hatte ihr Leben lang gewartet, um einen Mann wie ihn zu finden.

Sehnsüchtig küsste sie seinen starken Hals, während sie ihm die Jacke auszog und zu Boden fallen ließ. Wie aus der Ferne hörte sie den Donner rollen, und dann vergaß sie alles, als er wieder ihren Mund fand und sie hart an sich zog. Er wollte sie so sehr wie sie ihn. Seine Hände fanden den Weg unter ihr Trägerhemd, und sie schauderte, als er seine Fingerspitzen an ihrer Wirbelsäule entlanggleiten ließ.

Keuchend verschränkte sie die Finger mit seinen und zog ihn den Flur entlang. An der Schlafzimmertür nahm er ihr Gesicht in beide Hände und küsste sie so sanft und zärtlich, dass ihr die Tränen kamen. Sie wusste, was er damit fragte. Sie nahm seine Hand und hob sie an ihre Lippen. Es bereitete ihr keine Angst oder Sorge, was gleich passieren würde. Sie war sich noch nie einer Sache so sicher gewesen. Sie brauchte seine Berührung so sehr wie den nächsten Atemzug.

Sie lächelte ihn an und küsste ihn. Auf dem Weg zum Bett öffnete sie seinen Gürtel. Sie brauchten weder Licht noch Worte. Ihre Körper hatten ihre eigene Sprache. Und wenn der Sturm das Dach abgedeckt hätte, es wäre ihr egal gewesen. All ihre Sinne waren auf Hewitt gerichtet und die Empfindungen, die nur er in ihr auslösen konnte.

Fliss erwachte vom Geräusch des Regens und der warmen Last von Hewitts Arm. Er hielt sie an seiner Seite. Der Radiowecker blinkte, und unter dem Rollo drang Licht herein.

Sie glaubte, durch nichts verraten zu haben, dass sie wach war, außer dass sie die Augen aufgemacht hatte. Doch Hewitt hatte es bemerkt. Er strich ihr die Haare aus dem Gesicht und küsste sie auf den Scheitel. Sie rückte von ihm weg, um ihn anzusehen. Seine Augen strahlten in einem klaren Grau, sein Mund war entspannt. Er sah … glücklich aus.

Sie musste trotzdem fragen. »Du bereust es nicht?«

Er lachte leise, es klang rauchig und tief. »Nur, dass wir nicht den Tag im Bett verbringen können.«

Sie schob den Mund nah an seine Lippen. »Können wir nicht?«

Er streichelte ihre Wange und schob die Finger in ihre Haare. »Nein. Hörst du das?«

»Nein.« Fliss hörte nur ihr Herz klopfen. Neben ihm aufzuwachen machte auch sie glücklich. Dann vernahm sie das Heulen eines Welpen. »Da ist jemand in Not.«

Hewitt küsste sie rasch, bevor er aus dem Bett stieg und sich etwas überzog. »Ich spiele den Retter.«

»Dann setze ich Wasser auf.«

Sie genoss den Anblick, der sich ihr bot, als er nur in Jeans das Zimmer verließ. Dann zog sie sich ihre verstreut liegenden Sachen an. In der Küche antwortete sie auf Cressys Nachricht, ob sie den Sturm gut überstanden hätten, und verquirlte Eier mit Milch, um Arme Ritter zu braten.

Draußen glänzte das Laub der Bäume in der frühen Morgensonne, und die nassen Stämme glänzten. Aber der Sturm hatte auch Zweige abgerissen und über den Rasen verstreut, und ein dicker Ast war auf die Feuerstelle gestürzt.

Hewitt kam von den Ställen zurück. Er hatte sich ein graues T-Shirt übergezogen. Während er den Garten inspizierte, liefen die sechs Welpen hinter ihm her. Für einen Moment verschwand er aus dem Blickfeld, aber kurz darauf hörte sie die Vordertür auf- und zugehen. Sie wendete den ersten Armen Ritter in der Pfanne, als Hewitt hereinkam.

»Das riecht gut.« Er fasste von hinten um ihre Taille und schob die Nase in ihre Halsbeuge.

Sie lächelte, weil seine Bartstoppeln sie kratzten und ihr eine Gänsehaut an den Armen bescherten. »Das fühlt sich gut an.«

Hewitt trat von ihr weg. »Mehr gibt es nicht, bevor wir unser Gespräch hatten.«

Fliss fuhr herum. »Ist es nicht ein bisschen spät dafür?«

Hewitt holte zwei Teller aus dem Geschirrschrank. »Ich habe Cressy gesagt, dass wir miteinander reden, also werden wir das tun.« Er schaute auf den Ausschnitt ihres Tops. »Denn andernfalls wird Reden so ziemlich das Letzte sein, was wir tun.«

Nach dem Frühstück, als Fliss mit ihm auf dem Sofa saß und den Kopf auf seinen Schoß gelegt hatte, gaben sie dem Reden Vorrang.

Fliss fing an. »Du hast zwar immer gesagt, du willst mir keinen Kummer bereiten, aber es wird nie den perfekten Zeitpunkt für uns geben. Es gibt nur das Hier und Jetzt.«

Hewitt malte Muster auf ihren Oberschenkel. »Stimmt. Aber der Zeitpunkt kann trotzdem falsch sein. Ist denn jetzt der richtige?«

»Für mich ja. Wie steht es mit dir?«

»Ich vermisse Brody noch, aber ich bin so weit, wieder mein eigenes Leben zu leben.«

Sie gab ihm einen Kuss. »Und genau das ist es, Hewitt: dein Leben. Wie gesagt, es lässt sich ein Weg finden, wie du dich um deine Familie kümmern und trotzdem tun kannst, was du immer wolltest.«

Als er schwieg, strich sie über die Bartstoppeln an seinem Kinn. »Das ist ein bisschen wie bei meiner DNA-Suche: Die Antwort ist irgendwo zu finden.« Sie legte die Arme um seinen Hals. »Bis wir sie gefunden haben, könnten wir im Augenblick leben. Was hältst du davon? Ohne Druck und ohne Versprechungen. Wenn deine Schulter ausgeheilt ist und du nach Mayfield zurückkehren kannst, entscheiden wir, wie es weitergeht.«

Seine Augen schimmerten, als er den Mund auf ihren senkte. »Abgemacht.«

Während der nächsten drei Tage nahm das Leben einen angenehmen Rhythmus an. Hewitt zog ins Haupthaus, und sie verbrachten so viel Zeit miteinander wie möglich. Fliss hatte nicht gewusst, dass man so zufrieden sein konnte. Sie lernte immer noch dazu. Mit Hewitt an ihrer Seite hatte sie das Gefühl, dass sie alles schaffen konnte und nichts unmöglich war. Sein Lachen, seine Gesellschaft und die Nächte in seinen Armen erfüllten sie mit Freude und gaben ihr ungeahnten Halt.

Die Gewitter brachten den angekündigten Regen. Im Rasen hinterm Haus sprossen große Pilze, und Moos wuchs auf den Ziegeln des Überlaufs am Regenwassertank. Die Reservoirs waren wieder gefüllt, und die Bäche und Flüsse stiegen von Neuem an. An der weißen Holzbrücke rauschte das Wasser dicht an der Unterkante entlang. Sie fuhren über rutschige Straßen nach Woodlea, um ihre Vorräte aufzufüllen für den Fall, dass die Straßen unpassierbar wurden. Unterwegs kamen sie am Tor einer Farm vorbei, wo ein Traktor und ein Pick-up im Morast stecken geblieben waren. Auf dem Rückweg standen die Fahrzeuge noch an derselben Stelle. Es mochte Wochen dauern, bis der Farmer sie würde rausziehen können.

Langsam gingen auch Fliss' Nachforschungen voran. Sie hatte die Ryans auf fünf eingegrenzt. Im Internet war sie auf das Foto eines Mannes mit dem Namen Ryan gestoßen, der noch in dem Strandviertel wohnte, in dem ihre Mutter aufgewachsen war. Vielleicht war es Wunschdenken, aber seine Gesichtsform kam ihr bekannt vor. Er war außerdem groß und hatte einen dunkleren Hautton.

Die Diagnose bei Hewitts Vater lautete Diabetes Typ zwei, und er überraschte sie alle, denn er zeigte sich bereit, alles Nötige zu tun. Er war fest entschlossen, wieder gesund zu werden, damit er auf den Weiden arbeiten konnte. Fliss antwortete auf seine Nachricht, in der er ihr den Termin beim Ernährungsberater mitgeteilt hatte, und legte das Handy neben ihren Computer. Sie stellte einige DNA-Segmentvergleiche an, bis Hewitt zurückkam. Er wollte nach den Kälbern sehen und anschließend sein Quad putzen. Vorher hatte er den Zwillingen ein Foto von sich geschickt, und Quinn war höchst beeindruckt, wie sehr sein Onkel und das Quad mit Schlamm bespritzt waren.

Gerade als sie eine weitere Datei öffnete, klingelte ihr Handy. Cressy rief aus dem Festnetz an.

»Hi, Schwesterherz«, sagte Fliss.

»Hallo. Du klingst fröhlich.«

»Und du müde.«

»Das bin ich auch. Wir hatten vergangene Nacht zwei Einsätze. Einen, weil jemand es für eine gute Idee gehalten hatte, durch reißendes Wasser zu fahren. Bei dem anderen mussten wir Vieh von einer überschwemmten Weide holen.«

»Irgendwann muss der Regen mal aufhören, oder?«

»Selbst wenn, es ist zu spät für das Rodeocamp-Projekt. Das Komitee hat es schon abgesagt.«

»Wie schade. Da Denham keine Bullen mehr reitet, hatte ich mich darauf gefreut, mich entspannt zurückzulehnen und die Veranstaltung zu genießen.«

Cressy kicherte. »Nein, hast du nicht. Ich wette, das Leben kommt dir sehr langweilig vor, seit er sich nicht mehr verletzt und du ihn nicht mehr herumkommandieren kannst.«

Fliss machte den Fehler, zu schweigen, weil sie an Hewitt dachte, mit dem das Leben definitiv nicht langweilig war, seit er nicht mehr in der Stallwohnung schlief.

Cressy holte scharf Luft. »Felicity Anne Knight, verschweigst du mir etwas?«

»Nicht mit Absicht. Ich habe dir Nachrichten hinterlassen.«

»Ja, das stimmt. Und ich habe versucht anzurufen. Es sei dir verziehen. Dann nehme ich an, du hast mit Hewitt geredet und das lief … gut?«

»Ja. Wir lassen es langsam angehen und warten ab, wie sich alles entwickelt.«

»Das freut mich total. Denham bestimmt auch. Wir wussten, ihr passt zusammen. Und siehst du«, sagte sie neckend, »Reggie weiß, was er tut. Hewitt und Denham haben als Einzige den Möhrentest bestanden.«

Fliss lachte. »Du hast Hewitt in die Falle tappen lassen. Unglaublich. Danke für das Foto. Das hat mir die richtige Perspektive beschert.«

»Das war der Zweck.« Cressy hielt kurz inne. »Fliss … ich mache jetzt besser Schluss. Denham hat gerade geschrieben. Es hat einen Unfall mit zwei Fahrzeugen auf der Tathra Road gegeben, und die ist jetzt gesperrt. Ich will mich bereit machen, falls ich angefunkt werde.«

»Okay. Bis bald. Pass auf dich auf.«

Fliss legte auf und sah stirnrunzelnd auf ihr Handy. Sie hatte sich nicht geirrt. Als Cressy den Unfall erwähnte, hatte sie plötzlichen Tatendrang verspürt. Aber konnte sie das als Zeichen werten, dass sie wieder in den Arztberuf zurückwollte? Sie fürchtete, ihre Angst könnte ihre wiedergewonnene Souveränität doch wieder untergraben.

Nachdenklich wandte sie sich den DNA-Segmenten zu. Als ihr Handy klingelte, schaute sie nicht auf die Anruferkennung, weil sie annahm, dass Cressy noch etwas eingefallen war, das sie ihr sagen wollte.

Doch es war Kellie, und sie klang atemlos. »Hi, Fliss.«

Fliss war sofort alarmiert. »Hi, Kellie. Alles in Ordnung?«

»Bin mir nicht sicher. Jase ist bei Drew Macgregor und hilft, die Kühe auf eine höhere Weide zu bringen. Der Bach hat die Straße überschwemmt. Es wird eine Weile dauern, bis er wieder hier ist. Es ist zwei Wochen zu früh für das Baby, aber ich fühle mich … seltsam. Es zwickt mich im Bauch. Das sind sicher keine richtigen Wehen, nur Braxton-Hicks-Kontraktionen. Der Rücken tut nicht weh.«

»Hast du Fruchtwasser verloren?«

»Nein. Ich würde ja die Klinik anrufen, aber es hat einen Autounfall gegeben. Ich will keinen Rettungswagen hierherholen, wenn sich bei mir eigentlich gar nichts tut. Andere werden die Hilfe nötiger haben. Wahrscheinlich bin ich nur nervös, aber … nach dem vorigen Mal …«

»Bleib, wo du bist. Hewitt und ich kommen zu dir und warten mit dir, bis Jason heimkommt. Dann können wir dich notfalls zum Krankenhaus fahren. Wo ist Zoe?«

»Sie ist bei Alice. Ich werde nachfragen, ob sie bei ihnen übernachten darf. Alice bittet sie sowieso ständig darum. Zoe sagt nur immer Nein, weil sie denkt, sie könnte sich nachts gruseln. Aber willst du das wirklich tun?«

»Ja. Ich möchte nicht, dass du fährst. Ich sage im Krankenhaus Bescheid, damit sie schon mal auf dich eingestellt sind.«

»Fliss … danke.«

In Hewitts Küche war es still. Gerade hatte er das Gespräch mit den Kindern beendet, und der Laptop-Bildschirm wurde schwarz. Er streckte sich, um die steifen Schultern zu lockern, als es laut an der Tür klopfte. Es schien dringend zu sein. Er hatte Fliss nicht herüberkommen sehen.

Hastig zog er sich die Stiefel an, bevor er öffnete. Vielleicht wieder eine Schlange im Garten?

Doch als die Tür aufschwang, stand Fliss bepackt mit lauter Taschen vor ihm. Sie hatte sich eine blaue Bluse und Jeans angezogen und die Haare im Nacken zusammengebunden. Besorgt und eindringlich sah sie ihn an. »Kellie hat angerufen. Jason ist nicht da, und sie hat Angst, das Baby könnte schon kommen.« Sie sprach ruhig und kein Wort zu viel, ihr Blick war besorgt und eifrig.

»Gut. Ich hole meine Schlüssel.« Er sah ihre Übernachtungstasche. Wegen der Überschwemmungen war sie auf alles vorbereitet. »Und Sachen zum Wechseln.«

»Danke.« Sie schien seine nächste Frage zu ahnen. »Die Hunde sind gefüttert und im Schuppen, können also bis morgen allein bleiben.«

Sie wartete seine Antwort nicht ab, sondern lief zu seinem Pick-up.

Kurz darauf brachen sie auf, doch bevor sie die weiße Holzbrücke erreicht hatten, ging ein Wolkenbruch los.

»Wie kann es nur dermaßen viel regnen?« Stirnrunzelnd betrachtete Fliss die hektischen Bewegungen der Scheibenwischer.

»Es regnet nur hier. Schau, da drüben ist der Himmel blau.«

Sie sah zur rechten Seite, wo die Sonne schien, aber ihre Stirn glättete sich nicht. Er war sich sicher, dass sie ihn im Stillen drängte, schneller zu fahren. Mit zusammengepressten Lippen sah sie zum dritten Mal auf ihr Handy.

»Fliss … entspann dich. Der Empfang ist bestens, und wir sind auch gleich da. Wenn Kellie Wehen hat, bringen wir sie ins Krankenhaus.«

Fliss atmete tief durch. »Du hast recht. Ich muss das Kind nicht allein und ohne geeignete Ausstattung auf die Welt holen. Es ist nur … wenn ihr oder dem Baby etwas passiert …«

Hewitt griff nach ihrer Hand.

»Du hast deine Arzttasche dabei, die praktisch eine Miniaturklinik ist. Und wahrscheinlich hast du auch gelernt, was bei einer Geburt zu tun ist.«

»Ja. Ich habe mein medizinisches Praktikum auf einer Entbindungsstation gemacht.«

Er drückte ihre Hand. Sie hörte sich schon stärker und sicherer an. »Siehst du, egal was passieren wird, du bist mehr als kompetent genug, um damit fertigzuwerden.«

Sie nickte und lehnte sich bequemer in den Sitz.

Er ging vom Gas, weil es plötzlich so stark goss, dass er nichts mehr sah. Der Pick-up schwankte unter einer Sturmbö, die abgerissene Blätter auf die Scheibe wehte.

»Ich bin froh, dass du fährst«, sagte Fliss in dem lauten Prasseln.

Durch den dichten Regenschleier sahen sie Warnblinker am Straßenrand leuchten, wo ein Fahrer in seinem Wagen saß, um den Wolkenbruch abzuwarten.

»Das Schlimmste haben wir fast hinter uns. Es würde mich überraschen, wenn es bei Kellie überhaupt regnet.«

Der Regen ließ kurz darauf nach, und man konnte wieder die weißen Markierungen auf dem Asphalt erkennen. Die Anzahl der entgegenkommenden Laster bestätigte, dass einige Straßen schon gesperrt waren. Der Verkehr würde sich in den nächsten Tagen stauen. Wenn das Wasser wieder abgelaufen war, würde die Gemeinde einige große Schlaglöcher füllen müssen.

Fliss beugte sich vor und spähte durch die Windschutzscheibe. »Gleich kommt Kellies Abzweigung, dann an dem weißen Briefkasten links.« Sie ließ seine Hand los, um eine Nachricht zu schreiben. »Ich gebe ihr Bescheid, dass wir gleich da sind.«

Nur einen Augenblick später kam die Antwort. Beim Lesen straffte sie die Schultern.

»Die Fruchtblase ist geplatzt.«

Sie schrieb etwas, dann hob sie das Handy ans Ohr. In professionellem Ton bestellte sie einen Notarztwagen zu Kellies Farm. Dann sprach sie Jason eine Nachricht auf die Mailbox. Als sie das Handy wieder in ihren Schoß legte, bis sie sich auf die Unterlippe.

»Du schaffst das«, sagte Hewitt leise.

»Ja.« Sie neigte sich zu ihm und gab ihm einen raschen Kuss auf den Mund. »Ich schaffe das.«

Der weiße Briefkasten tauchte auf, und sie bogen auf eine rote Erdstraße ab. Schlamm klatschte gegen die Unterseite des Pickups, während Hewitt auf das rote Backsteinhaus mit dem grünen

Blechdach zuraste, das von Eukalyptusbäumen, Schuppen und Silos umgeben war. Das weiße Band der Elektrozäune flatterte im Wind. Auf einer kleinen Koppel hob ein graues Pony den Kopf, als sie sich näherten.

Hewitt raste über das Viehgitter und fuhr möglichst nah an die Haustür ran. Zwei Kelpies, die an ihren Hundehütten angeleint waren, empfingen sie bellend.

»Ich werde dir bei allem zur Hand gehen, wenn du mich brauchst«, sagte er, als Fliss sich abschnallte und nach der Arzttasche zwischen ihren Füßen griff.

»Danke.« Sie berührte ihn an der Wange. »Ich gehe schon vor.«

Dann stürmte sie aus dem Wagen und rannte die Treppe zur Haustür hinauf. Hewitt fuhr den Pick-up vor die Garage, wo er nicht im Weg stünde, wenn der Notarzt kam, und ging mit den Übernachtungstaschen ins Haus.

Aus einem Zimmer zur Linken hörte er Stimmen, vermutlich das Schlafzimmer. Um nicht nutzlos herumzusitzen, machte er Wasser heiß. Eine leere Wärmflasche lag auf dem Küchentresen und würde vielleicht benötigt werden. Dann ließ er Spülwasser einlaufen und wusch das Geschirr vom Mittagessen ab.

Fliss kam mit einem Stapel Handtüchern unter dem Arm herbei. Ihre Hände waren ruhig, sie wirkte gefasst. Er konnte sich vorstellen, wie sie mit dem Stethoskop um den Hals in der Notaufnahme ihren Dienst antrat. Nur ihre angespannte Augenpartie verriet, was sich hinter ihrer gefassten Haltung abspielte.

»Das Baby wird früher da sein als der Notarzt und Jason. Es scheint alles in Ordnung zu sein, und Kellie hält sich gut, aber es könnte ein wenig laut werden, denn das Kleine hat es eilig.« Bevor Fliss in den Flur verschwand, drehte sie sich zu ihm um.

»Kellie sagt, in Jasons Arbeitszimmer liegen Farmer-Zeitschriften, falls du Ablenkung brauchst, und für Jason steht Bier im Kühlschrank.«

»Ich brauche nichts. Denk dran, ich helfe, wenn nötig.«

Das süße Lächeln, das sie ihm über die Schulter zuwarf, sah er noch vor sich, als er die Küche fertig geputzt hatte. Als er nicht wusste, was er noch tun könnte, inspizierte er den Kühlschrank. Auf keinen Fall würde er herumsitzen und in Zeitschriften blättern. In den nächsten Tagen könnten Kellie und ihre Familie vorbereitetes Essen und Snacks gut gebrauchen. Zoe war ungefähr so wild auf Brownies wie ihr Pony auf Äpfel. Und hoffentlich mochte sie Lasagne genauso sehr wie Lizzie und Quinn. Hewitt holte die nötigen Zutaten aus der Speisekammer, außerdem eine Dose mit Trinkschokolade. Nach der Entbindung würde Fliss etwas Süßes brauchen.

Als die Lasagne und die Brownies im Ofen standen, schloss er aus den Stimmen im Schlafzimmer, dass Kellie starke Wehen hatte. Er ging in der Küche auf und ab. Fliss würde ihn rufen, wenn sie ihn brauchte. Ava hatte einmal gesagt, dass nichts so wehtat wie Wehen. Aber auch, dass sie die sofort wieder durchstehen würde, denn es gebe nichts Schöneres, als sein neugeborenes Kind im Arm zu halten.

Aber wenn er Kellie so hörte, konnte er nur staunen, warum Frauen freiwillig Kinder zur Welt brachten. Er strich sich übers Gesicht. Der Stress beim Rodeo wäre ihm jetzt lieber. Er brauchte ein Bier.

18

Entschlossen schob Fliss einen letzten Rest Selbstzweifel beiseite. Auf keinen Fall würde sie Kellie oder ihr Baby gefährden, indem sie die Nerven verlor. Sie war bereit. Hewitt hatte recht. Sie würde das schaffen, egal was in den nächsten zehn Minuten passierte.

Sie rieb Kellie über den Rücken, während die gegen die Sitzkante eines Stuhls gelehnt auf einem Kissen kniete. »Dein Körper hat das alles schon einmal bewältigt.«

»Was du nicht sagst.« Sie lächelte Fliss gequält an. »Wie konnte ich nur glauben, es wäre eine gute Idee, das noch mal …«

Sie stockte wegen einer heftigen Wehe. Fliss redete ihr gut zu, gleichmäßig weiterzuatmen. Sie hatte Kellie schon heiß duschen lassen, damit sie sich entspannte, aber die Wehen kamen jetzt so kurz hintereinander, die Austreibungsphase musste sich dem Ende nähern. Bald wäre es Zeit zu pressen.

»Jetzt dauert es nicht mehr lange.«

Kellie sagte nichts, denn die nächste Wehe raubte ihr den Atem und verzerrte ihr Gesicht. Schweißperlen standen ihr auf der Stirn. Fliss prüfte rasch, ob der Kopf des Kindes schon zu sehen war.

»Du machst das wunderbar, Kell. Jetzt halte den Atem an, und bei der nächsten Wehe presst du.«

Kellie tat ihr Bestes, und nach einiger Zeit kam der Kopf des Kindes heraus. Fliss sah nach, ob die Nabelschnur sich nicht um den kleinen Hals gelegt hatte. »Fast geschafft. Jetzt müssen wir nur noch einmal …«

In dem Moment glitt ihr der winzige warme Körper in die Hände. Sie prüfte die wichtigsten Lebenszeichen. Die bläuliche Färbung der Hände und Füße schien im normalen Bereich zu liegen, Atmung und Puls waren regelmäßig, Reflexe und Muskeltonus gut, und als der Kleine den Mund öffnete, verkündete er mit einem kräftigen Schrei, dass es ihm gut ging.

»Oh Kell … du hast einen Jungen, und er ist wunderschön.«

Kellie drehte sich mit nassen Wangen zu ihr. Fliss legte ihr das Neugeborene auf die nackte Haut. Sie wickelte ein weiches Handtuch um sie und half Kellie ins Bett, bevor sie das Kind ein zweites Mal untersuchte. Draußen bellten die Hunde. Der Notarztwagen war vorgefahren.

Fliss breitete eine Decke über Kellie, und zusammen betrachteten sie das Gesichtchen, das an ihrer Schulter ruhte.

»Fliss … ich weiß nicht, was ich sagen soll … danke ist so wenig.«

»Du brauchst gar nichts zu sagen. Dich mit deinem Baby zu sehen ist der schönste Dank.« Sie räusperte sich. »Soll ich ein Foto für Jason machen?«

»Ja, bitte.«

Fliss knipste einen Schnappschuss von der erschöpften, aber glücklichen Kellie, und im nächsten Moment hörten sie Schritte im Flur.

Als Fliss sich umdrehte, um die Sanitäter in Empfang zu nehmen, griff Kellie nach ihrer Hand. »Wie Zoe immer sagt: Du bist die beste Ärztin von allen.«

Zum ersten Mal, seit Fliss ins Hinterland gezogen war, quälte es sie nicht, so genannt zu werden. Sie drückte Kellies Hand und brachte die beiden Sanitäter auf den neusten Stand. Sie war wieder Ärztin.

»Du siehst glücklich aus«, sagte Hewitt am nächsten Morgen, als Fliss in der Tür stand und Kellies saubere, aufgeräumte Küche betrachtete.

Nachdem die Sanitäter die Mutter und ihr Baby mitgenommen hatten, war Hewitt hinausgegangen, um die Hunde und Pferde zu füttern, dann hatte er mit Fliss zusammen den ganzen Abend das Haus gewienert.

Zoe hatte zugestimmt, bei Alice zu übernachten, und Jason war zur Klinik gefahren und über Nacht bei seiner Frau und seinem Sohn geblieben.

Die Betten im Haus waren nun frisch bezogen, die Wäsche gefaltet, der Kühlschrank gut gefüllt und der Rasen gemäht. Wenn Kellie mit dem kleinen Garth heimkehrte, würde nichts zu tun sein, außer das Zusammensein zu genießen.

»Ich bin glücklich«, antwortete sie Hewitt. Sie fühlte sich nicht im Geringsten verunsichert, sondern selbstsicher und zuversichtlich. Sie rückte die Vase mit Frühlingsblumen in die Tischmitte. »Und wie auch nicht? Gestern habe ich den wunderschönen Jungen meiner Freundin auf die Welt geholt.«

Hewitt kam zu ihr und drückte ihr einen Kuss auf die Stirn. »Ja, du hast das gut und souverän gemeistert. Genau wie ich gesagt habe.«

Sein bedingungsloses Zutrauen berührte sie genauso sehr wie seine aufrichtigen Worte.

Sie legte die Arme um seine Taille und drückte ihn an sich. »Danke für deine Hilfe gestern Abend. Du warst bei allem so gründlich, da kann ich überhaupt nicht mithalten. Ich gehe die Hunde anbinden, dann können wir in die Stadt fahren und vielleicht beim Hochwasser helfen.«

Sie waren gerade am Briefkasten vorbeigefahren und auf die

Asphaltstraße eingebogen, als auf Fliss' Handy eine Nachricht einging.

»Cressy schreibt, die Brücke ist nur leicht überspült, und sie hat die Hunde zur Sicherheit nach Glenmore mitgenommen. Die Pferde hat sie auf eine andere Koppel gebracht und mit Heu versorgt und auch den Futterspender der Hühner aufgefüllt.«

»Juno wird sich fühlen wie im Hundeparadies, wenn sie mit so vielen Welpen toben kann.«

»Kann ich mir vorstellen. Ich bin so froh, dass ich Cressy habe. Ich wüsste nicht, was ich ohne sie täte.«

»Genau dasselbe hat sie über dich gesagt.«

Fliss kamen allerhand Ideen, die sie auf eine neue To-do-Liste setzte. »Es ist Zeit, dass ich mich wieder an die Hochzeitsplanung mache. Cressy soll ihre Traumhochzeit bekommen.«

»Lass das nicht Lizzie hören. Das Thema ist immer noch ihre große Leidenschaft.«

»Tut mir leid, wenn ich dir eine Illusion raube, aber daran wird sich nichts ändern. Lizzie liebt alles, was glitzert und funkelt. Quinn wird auch nicht aufhören, laute Landwirtschaftsmaschinen toll zu finden.«

»Also wieder eine Generation von Konformisten?«

»Ja, aber das ist doch vollkommen in Ordnung.« Sie lehnte sich hinüber und strich ihm durch die Haare. »Solange ein gewisser Onkel einen Motorradhelm trägt, um einem gewissen Neffen vernünftiges Verhalten einzuprägen … und sein Onkel … niemals in meiner Notaufnahme landet.«

»Botschaft angekommen, Dr. Fliss.«

Ihr Handy vibrierte, und eine Dose Haarspray erschien als Foto des Anrufers auf dem Display. Sie schüttelte den Kopf. Taylor hatte wohl heimlich Spaß mit ihrem Handy gehabt.

Sie nahm den Anruf entgegen und hielt sich ihr Telefon ans Ohr. »Nettes Profilfoto.«

Die Friseurin lachte. »Das fand ich auch. Ich konnte nicht widerstehen. Du hast dein Handy auf Ellas Küchentheke liegen gelassen, als du dich für den Ball geschminkt hast.«

»Und du hattest zufällig eine Dose Haarspray dabei?«

»Na klar. Man kann nie wissen, wann man welches braucht … zum Beispiel beim Wanderritt.«

Fliss stöhnte.

»Ach komm, gib's zu«, sagte Taylor lachend. »Du hast es nur meinem Haarspray zu verdanken, dass du mit Hewitt seit dem Ball verschollen warst.«

»Nein, verschollen waren wir nicht, wirklich.« Mit heißen Wangen sah sie zu Hewitt, der sie schief angrinste. »Es hat ständig geregnet.«

»Wohl wahr. Ihr seid in der Stadt gewesen. Nur damit du es weißt: Wenn du ihn nächstes Mal auf der Main Street küsst und denkst, euch sieht niemand, dann denk noch mal nach.«

»Oh nein … nicht Edna.«

»Nein, entspann dich. Nur ich. Ich habe gerade zu Mittag gegessen und sah euch vorbeispazieren. Darum bin ich rausgelaufen, um Hallo zu sagen. Fliss …« Taylor wurde ernst. »Ich freue mich wirklich sehr für euch.«

»Danke.«

»Okay, sitzt du gerade?«

»Ja.«

»Edna hat etwas Nettes über dich gesagt.«

»Tatsächlich? Das haut mich um.«

»Ja, tatsächlich. Wir haben Essen für die Einsatzkräfte zubereitet, und dabei hat sie Mrs Knox erzählt, wie stolz sie auf dich ist, weil du Kellies Baby ganz allein auf die Welt geholt hast. Und dann, stell dir vor, hat sie mich angelächelt.«

»Wir sprechen von Edna Galloway, die ein größeres Gedächtnis hat als eine Suchmaschine?«

»Von eben dieser. Aber Scherz beiseite, dass Kellie ihr Baby gesund zur Welt gebracht hat, hat allen Auftrieb gegeben. Der Regen scheint nicht enden zu wollen, und die Leute sind es allmählich satt.«

»Verständlich. Hewitt und ich sind jetzt kurz vor der Stadtgrenze. Was gibt es zu tun?«

»Noch ist kein Wasser in Häuser eingedrungen, aber in Gärten, Schuppen und Garagen. Es gab vorhin einen Aufruf an die Einwohner. Beim SES müssen Sandsäcke gefüllt werden.«

»In Ordnung. Wir sind gleich da.«

Nachdem Fliss den Vormittag über Säcke mit Sand aus den heimischen Bergen gefüllt hatte, konnte sie verstehen, warum die Freiwilligen vom Katastrophenschutz erschöpft waren. Die Säcke brauchten nur zu zwei Dritteln gefüllt und nicht mal zugebunden zu werden, aber sie hatte davon bereits Rückenschmerzen, und trotz der Handschuhe waren ihre Handflächen wund.

Sie wischte sich über die Stirn. Die Ärmel ihrer dünnen Bluse hatte sie schon aufgerollt, und trotzdem schwitzte sie noch. Zu jedermanns Erleichterung hatte der Regen aufgehört, aber die Luftfeuchtigkeit war unangenehm hoch und die tief hängenden Wolken waren bedrohlich. Laut Wettervorhersage würde es am nächsten Tag wieder stürmen und gewittern.

Hewitt erschien neben ihr und reichte ihr eine offene Wasserflasche. »Ich kann dich ablösen, wenn du willst.«

Sie trank einen Schluck. »Bedaure, aber das kann ich nicht

erlauben. Auch wenn deine Schulter nicht mehr wehtut, die Säcke sind zu schwer. Gab es nicht diesen Gabelstapler, mit dem du dich gerade noch ausgetobt hast?«

Hewitt war sofort als Fahrer eingesetzt worden, sobald bekannt wurde, dass er einen Führerschein für Gabelstapler besaß. Während des Studiums hatte er bei einem Viehfuttermarkt gearbeitet.

Er schaute seufzend auf den Sandhaufen. »Ja.«

Obgleich sie von Leuten umgeben waren, stellte sie sich auf die Zehenspitzen und küsste ihn. Den vielen Seitenblicken nach zu urteilen, die man ihnen seit ihrer Ankunft auf dem SES-Gelände zugeworfen hatte, wusste schon die ganze Stadt, dass sie und Hewitt ein Paar waren. Und diesmal machte es ihr nichts aus, derart beachtet zu werden.

Hewitt rückte ihren Hut nach dem Kuss wieder zurecht und ging mit einem Lächeln. Fliss schaufelte weiter Sand und zog den gefüllten Sack zu der Holzpalette, die Hewitt später mit dem Gabelstapler abholen und auf einen Laster laden würde.

»Wollen wir gemeinsame Sache machen?«, fragte Ella und hielt ihr den nächsten Sack auf.

»Ja, bitte. Du siehst aus, als wärst du schon sehr fleißig gewesen.«

Ella nickte matt. »Ja. Es hat einige Verluste beim Vieh gegeben. Und ich habe gerade einen Hund untersucht, der mit seiner Besitzerin im Auto vom Wasser eingeschlossen war. Die Flut hatte den Wagen von der Straße geschwemmt. Die SES-Helfer mussten die Frau und ihren Kelpie mit einer Baggerschaufel übers Wasser heben.«

»Die Strömung muss enorm gewesen sein. Zum Glück konnten sie gerettet werden. Wann hast du zuletzt mal geschlafen?«

»Vorige Nacht ein paar Stunden.« Ella griff nach Fliss' Schaufel, nachdem die den Sack gefüllt hatte. »Wie ich höre, hast du gestern einen aufregenden Nachmittag gehabt. Ich bin sehr froh, dass du dort warst. Ich will mir gar nicht ausmalen, was Kellie durchgemacht hätte, wenn sie allein gewesen wäre. Vor allem wenn etwas schiefgegangen wäre.«

Fliss hielt für Ella den nächsten Sack auf. »Zum Glück hat Hewitt mich noch rechtzeitig hingebracht. Eigentlich habe ich dann gar nicht viel tun müssen. Kellie hat es praktisch allein geschafft.«

Ella unterbrach das Schaufeln, um Hewitt zu winken, der auf dem orangefarbenen Gabelstapler saß. Bevor sie ihre Arbeit wiederaufnahm, blickte sie Fliss prüfend an.

»Du wirst ihn nicht gehen lassen, oder?«

Fliss hörte den Schmerz in Ellas Stimme. Was immer in Übersee vorgefallen war, es hatte Narben hinterlassen. Ella war noch längst nicht für eine neue Beziehung bereit.

»Nein. Versprochen. Ich weiß noch nicht, wie unser Leben aussehen wird, wenn er nach Hause zurückfährt, aber mein Leben wird nicht mehr so sein können wie vorher.«

Ella drückte sie. »Sollte es auch nicht. Jeder sieht, dass ihr zwei füreinander bestimmt seid.«

Sie füllte noch drei Säcke, dann legten die Freiwilligen ringsherum ihre Schaufeln nieder, viele rieben sich das Kreuz. Fliss wechselte freundliche Blicke mit Bekannten und mit fremden Leuten. Die solidarische Hilfsbereitschaft der Menschen führte ihr einmal mehr vor Augen, wie froh sie war, wieder im Outback zu leben. Es spielte keine Rolle, dass ihre Mutter und wahrscheinlich auch ihr biologischer Vater aus der Großstadt stammten. Sie gehörte aufs Land. Erst nach einem herzzerreißenden Verlust und langem Nachdenken über sich selbst hatte sie das erkannt, aber jetzt zweifelte sie nicht mehr daran. Wie auch Cressys Zukunft lag ihre hier, inmitten des hügeligen Weide- und Ackerlands, wo sie aufgewachsen waren.

Janet und einige andere Damen kamen mit Körben und verteilten Sandwiches, Kuchen und Getränke an die Helfer. Fliss zog sich die Handschuhe aus. Wenn die Überschwemmung vorbei war, würde sie Dr. Sam besuchen und sich erkundigen, was sie tun müsste, um in Woodlea als Ärztin zu arbeiten. Für die Landgemeinde wäre die Versorgungslücke dann ein wenig kleiner.

Sie sah zu, wie Hewitt mit dem Gabelstapler eine Palette Sandsäcke anhob. Ihr war zu Ohren gekommen, dass die Nachbarfarm demnächst verkauft werden sollte. Die Kinder des Farmers wollten sie nicht übernehmen, da sie sich bereits woanders ein Leben aufgebaut hatten. Die Farm war doppelt so groß wie Bundara, und zu dem Besitz gehörten wertvolle Flussauen und Bewässerungsanlagen. An der Pinnwand in Hewitts Arbeitszimmer hingen Fotos von ähnlichen Flussauen. Vielleicht wäre er interessiert, auch wenn der Zeitpunkt für ihn gerade ungünstig war, weil seine Familie ihn noch brauchte.

Dankbar nahm sie einen Scone mit Sahne von Freya George entgegen. Sie war die neue Lehrerin der kleinen Schule in Reedy Creek, westlich der Stadt, von der Zoe schon mit großer Begeisterung erzählte. Sie hatte einen ruhigen Blick und ein warmes Lächeln. Fliss konnte verstehen, warum sie ihre Schüler schon für sich eingenommen hatte, von den kleinsten Vorschulkindern bis zu den jüngeren Ridley-Jungen.

Als Ella mit ihr ins Plaudern kam, ging Fliss hinüber zu Hewitt und Tanner, die neben dem Gabelstapler standen. Sie sprachen augenscheinlich über etwas Ernstes. Tanner klopfte Hewitt auf die Schulter und umarmte ihn dann.

»Na, Dr. Fliss, wie fühlt es sich an, die Lokalheldin zu sein?«

»Das bin ich gar nicht. Kellie hat die Leistung vollbracht, auf sie sollten alle stolz sein.« Sie sah sich um. »Außerdem ist hier jeder Fluthelfer ein Lokalheld.«

»Da stimme ich dir zu. Aber du bist trotzdem eine Ausnahmeheldin. Babys machen mir mehr Angst als der Bulle deiner Schwester.«

»Du nicht auch noch! Ich dachte, du kommst mit Reggie gut zurecht? Sieh doch mal, welches Pferd du reitest. Arrow ist nicht gerade handzahm.«

»Gegen Reggie ist er ein Lämmchen. Ich habe ihm Möhren hingehalten, und er hat sich geweigert, sie zu fressen.« Tanner warf Hewitt einen gekränkten Blick zu. »Und wie böse er mich dabei anguckte, als wollte er sagen, ich soll nicht mal daran denken, mich mit ihm anfreunden zu wollen. Dann ist er wegstolziert.«

Fliss hielt sich den Bauch und versuchte, das Lachen zu unterdrücken, weil sie vom Schaufeln schrecklichen Muskelkater hatte. »Und da dachte ich immer, du seist ein harter Kerl. Frag Hewitt. Reggie ist harmlos, und was Babys betrifft, kann ich dir sagen, dass du nur noch nicht die Richtige getroffen hast.«

Tanner schüttelte sich. »Babys und Reggie, das ist der Stoff für Albträume.«

Fliss lachte noch, als Edna sie rief. »Felicity!«

Tanner senkte die Stimme. »Tatsächlich würde ich Edna auch auf diese Liste setzen. Es hat sich schon herumgesprochen: Bethany ist jetzt offiziell Single. Sie hat ihrem gegelten Freund den Laufpass gegeben.«

Fliss konnte nichts mehr darauf entgegnen, denn im nächsten Moment wurde sie von einer Parfümwolke eingehüllt und dann an Ednas üppigen Busen gedrückt. »Felicity, oder sollte ich sagen Doktor Felicity? Gut gemacht! Du hast Kellies Baby gesund auf die Welt geholt.«

Fliss machte sich behutsam los, ehe sie erdrückt wurde. »Danke. Ich kam zufällig zur rechten Zeit.«

»Du warst schon immer sehr bescheiden.«

Fliss riss erstaunt die Augen auf.

Edna redete weiter, ohne Luft zu holen. »Aber auch sehr töricht. Du hättest für Rodger die perfekte Ehefrau abgegeben.«

Hewitt und Tanner gaben alles, um ein neutrales Gesicht zu wahren.

»Edna«, erwiderte sie sehr bestimmt. »Du weißt, das ist nicht wahr. Denn ich habe diese befehlsgewohnte Art an mir.«

Edna tätschelte ihr die Wange. »Genau.« Sie blickte Hewitt stirnrunzelnd an. »Du hast hier jemand ganz Besonderen erobert. Auf die solltest du gut achtgeben. Habe ich eigentlich erwähnt, dass deine Mutter und ich eine gemeinsame Bekannte haben? Es ist Mrs Quigley.«

»Nein, aber das überrascht mich nicht.« Schmunzelnd legte er den Arm um Fliss. »Mrs Quigley kennt jeden.«

»Selbstverständlich. Wir sind beide so aufgeschlossene Menschen. Aber jetzt entschuldigt mich, ich muss mich um einige Pferde kümmern.« Sie setzte ihre Generalsmiene auf. »Der alte Clarry ist gestürzt, oben auf dem Hügel. Dr. Sam ist bei ihm. Es geht um die Pferde seiner Tochter, der Tochter, die mit dem Bergarbeiter weggezogen ist. Ich weiß nicht genau, wie viele es sind, aber sie müssen auf die Koppel hinter dem Haus gebracht werden.«

»Hewitt und ich können das erledigen.« Fliss wusste, ohne ihn anzusehen, dass er dasselbe dachte.

»Danke. Dann streiche ich die von meiner Liste.« Ednas forscher Ton wurde milder. »Die Nebenstrecke nach Bundara ist noch nicht gesperrt, aber wenn sie unbefahrbar wird und ihr nicht zu Cressy durchkommt, dann fahrt zu uns. Bethany ist zu Hause, und die Gästebetten sind gemacht.«

»Vielen Dank.«

Edna blickte sie noch einmal scharf an. »Rodgers Zimmer ist natürlich tabu.«

Fliss seufzte. »Natürlich.« Die Schonzeit war offenbar vorbei, und sie bekam Ednas verletzten Stolz wieder zu spüren.

»Tanner«, sagte Edna dann mit einem gewissen Leuchten in den Augen. Sie hakte sich bei ihm unter, und ihm blieb nichts anderes übrig, als mit ihr zu gehen. »Ich habe dich mehrere Male mit Bethany tanzen sehen.«

Hewitt schüttelte den Kopf. »Unsere Mrs Quigley ist nichts gegen eure Edna Galloway.«

»Was du nicht sagst. Ich stelle fest, sie steckt voller Überraschungen. Ich hatte keine Ahnung, dass sie mich mag.«

»Und das zeigt sie, indem sie mir mit üblem Klatsch droht, damit ich dich ja nicht sitzen lasse?«

Fliss lachte. »Nein, indem sie uns ein Bett zum Übernachten anbietet.« Sie schaute Tanner und Edna hinterher, die ihn entschlossen festhielt. »Meinst du, wir müssen ihn retten?«

»Nein. Taylor ist gerade angekommen, und wie es aussieht, wird sie Edna gleich die Stirn bieten und ihn befreien.«

Und so war es. Was immer Taylor zu ihr sagte, Edna legte in einer Geste falscher Bescheidenheit die Hand aufs Herz, sodass Tanner ihr seinen Arm entziehen konnte. Als er sich abwandte, reckte er den Daumen in Taylors Richtung empor, dann entfernte er sich schleunigst, bevor Edna sich wieder an ihn hängen konnte.

Es blitzte am dunklen Horizont, dann grollte ferner Donner. Hewitt schaltete die Scheinwerfer ein. Es war früher Nachmittag, aber so düster, als wäre es bereits viel später.

Fliss gähnte dezent. »Ich weiß nicht, wieso ich so müde bin.«

»Du schaufelst nicht jeden Tag stundenlang Sand.«

Fliss streckte die Finger aus. »Meine Hände stimmen dir zu.« Nachdenklich schaute sie durchs Fenster. »Hoffentlich sind es genug Sandsäcke. Überall sieht man nur Wasser.«

Auf der Straße und den Seitenstreifen standen große Pfützen. Das Erdreich hatte den Sättigungspunkt erreicht. Tiefer gelegenes Land war bereits überschwemmt, und die Wasserläufe schwollen immer weiter an. Getreidefelder und Weiden standen unter Wasser, Zäune drohten zu brechen, Vieh musste verlegt werden. Hewitt fuhr langsamer, als sie zu der Brücke gelangten, die über den Bell River führte, den Fluss, der einst das fruchtbare Tal geformt hatte. Die Strömung war reißend. Ein großer Heuballen schwamm darin an ihnen vorbei.

Hewitt schwieg, damit Fliss sich ausruhen konnte. Sie lehnte den Kopf an ihn und schloss die Augen. Immer wieder schaute er auf ihr schönes Profil.

Ihm wurde warm in der Brust. Die vergangenen paar Tage mit ihr waren unbeschreiblich gewesen. Allmählich musste er sich eingestehen, dass sein Traum von einer eigenen Familie, der für ihn immer mit dem Landkauf verbunden gewesen war, ein Gesicht und einen Namen bekommen hatte. Fliss. Vom ersten Augenblick an hatte sie ihn berührt wie keine andere. Sie füllte die enorme Einsamkeit, die sich hinter seiner Rastlosigkeit verbarg. Sie gab ihm Perspektive und Halt, löste in ihm Glücksgefühle, Freude und Zufriedenheit aus. Er könnte sie ein Leben lang lieben, und es wäre ihm noch nicht genug.

Er starrte durch die Windschutzscheibe auf die niedrige Wolkendecke. Aber das Eingeständnis, dass er Fliss liebte, machte ihn nicht freier. Vielmehr ließ es ihn eine Leere fühlen, die ihn frösteln ließ. Sobald ihm bescheinigt wurde, dass der Schulterbruch verheilt war, endete seine Zeit auf Bundara. Es wäre gelogen, wenn er behauptete, dass er Fliss' Zuversicht teilte, was eine gemeinsame Zukunft anging. Bei der Rodeo-Tour hatte er mit eigenen Augen gesehen, wie die Entfernung auch die stärkste Beziehung einbrechen ließ. Es mochte gut sein, dass ihr und sein Leben nebeneinander herlaufen würden wie die Bahnschienen westlich von Mayfield, ohne dass sie sich je vereinen ließen.

Fliss hatte eine heruntergekommene Farm in ein Zuhause verwandelt und lebte dort mit Max, Molly und Flame. Als sie zutiefst verunsichert und anlehnungsbedürftig gewesen war, hatte sie sich auf Cressy und ihre Heimat Woodlea gestützt. Er konnte sie unmöglich bitten, von dort wegzuziehen, und er selbst konnte seine Familie nicht verlassen. Auch wenn sich der Gesundheitszustand seines Vaters besserte und Dean mit Ava zusammenblieb, könnte es Jahre dauern, bis Hewitt sich einem eigenen Leben zuwenden konnte.

Fliss öffnete die Augen, als sie an dem verschnörkelten schmiedeeisernen Tor einer Farm vorbeikamen.

Er fasste das Lenkrad lockerer. Fliss sollte von seinen Ängsten und Zweifeln nichts merken. »Lass mich raten … da wohnt Edna?«

»Ja. Nachdem Mrs Knox sich ein neues Tor angeschafft hatte, fand Edna, sie bräuchte auch ein schöneres. Die nächste Farm hinter dem Hügel gehört dem alten Clarry.«

Als sie an dem vernachlässigten Briefkasten abbogen, war die Erdstraße dahinter überschwemmt. Auf der anderen Seite des Wassergrabens stand auf höherem Grund das Farmhaus. Schwarze Kühe mit einem weißen Streifen in der Rumpfmitte nahmen den Garten für sich in Anspruch und hatten es sich auf der Veranda bequem gemacht.

Fliss lächelte. »Das ist typisch für ihn. Er lebt allein, und seine Belties sind seine Familie. Aber ich sehe keine Pferde.«

Hewitt fuhr mit gleichmäßiger Geschwindigkeit durch das Wasser, und neben ihnen stiegen breite Fontänen auf. Die Scheibenwischer arbeiteten auf höchster Stufe.

Er schaute nach rechts. »Da drüben hinter dem Zaun sind zwei. Kein Wunder, dass Clarry in Sorge ist. Das Wasser reicht ihnen schon bis über die Hufe.«

»Das sind zwei Vollblüter. Stell dir vor, wenn Minty hier stünde – es würde ihm bis über die Fesselgelenke gehen.«

Als Hewitt vor dem Tor anhielt, griff Fliss hinter sich nach ihren schwarzen Gummistiefeln. »Ich dachte mir, dass ich die brauchen würde.«

Wie immer vorausschauend. Kein Wunder, dass sie und Lizzie sich so gut verstanden.

Fliss öffnete das Tor, um Hewitt durchzulassen, und schloss es wieder, als er hindurchgefahren war. Er parkte neben der Gerätescheune auf einem Kiesplatz. Die Zeiten, in denen er im Morast stecken blieb, waren definitiv vorbei.

Er stieg aus und sah sich auf dem Hof um. Da die fünf Rinder den großen Garten besetzt hielten, waren die zwei kleinen Koppeln hinter dem Haus frei. Auf beiden gab es einen Unterstand, es wäre also egal, auf welche sie die Pferde bringen würden.

Hinter einer Schuppentür fand er eine Sattelkammer. Er nahm zwei Halfter und Führstricke und kehrte zu Fliss zurück. Die hatte inzwischen das Gatter der vordersten Koppel geöffnet.

Sie brauchten nur noch die Pferde einzufangen, an Scheune und Haus vorbeizuführen, und ihre Aufgabe wäre erledigt.

Doch als sie durch den Schlamm auf den überfüllten Wassergraben zugingen, wurde ihm immer unbehaglicher. Die beiden Vollblüter drängten sich aneinander, und ihre Augen waren weit aufgerissen. Einer wieherte schrill.

»Fliss, sei vorsichtig. Das wird nicht einfach.«

»Ist schon gut. Ich kann sie bestechen.« Sie griff in die Tasche ihrer Regenjacke. »Ich habe noch den Apfel von der Nachmittagspause dabei.«

»Meinem Eindruck nach sind die eine ganze Weile nicht angefasst worden. Das Zaumzeug in der Sattelkammer war eingestaubt.« Er schaute Fliss an und wusste schon, was sie sagen würde. »Wie wär's, wenn du am Gatter bleibst? Ich hole als Erstes die Stute mit dem Stern auf der Stirn. Sie sieht ein wenig folgsamer aus.«

»Nein.« Sie reckte das Kinn. »Ich bin nicht umsonst in die Gummistiefel gestiegen.«

Die Stute kam ein paar Schritte auf sie zu, als wollte sie ihre Hilfe. Je länger sie zauderten, desto ängstlicher und unberechenbarer würden die Pferde sein.

»Okay. Aber wenn es brenzlig wird, bring dich in Sicherheit. Ich werde klarkommen.«

Fliss sagte nichts und ging los.

Zusammen wateten sie durchs Wasser zu den Pferden. Hewitt redete mit dem scheuen Wallach, um sein Vertrauen zu gewinnen, und behielt dabei Fliss im Auge. Ein Tritt von einem erschrockenen Pferd und sie könnte neben dem alten Clarry in der Klinik landen.

Der Wallach zitterte unter Hewitts Berührung, erlaubte ihm

aber, das Halfter anzulegen. Die Stute schlug mit dem Schweif, stand aber still, sodass Fliss ihr ebenfalls das Halfter überstreifen konnte. Sie schnupperte an dem Apfel, den Fliss ihr hinhielt, nahm ihn aber nicht.

»Fertig?«, fragte Hewitt leise.

»Fertig.«

Der Wallach sperrte sich dagegen, durch das strömende Wasser zu gehen, aber nach sanften Ermutigungen ließ er sich von Hewitt führen. Das Wasser spritzte unter den Hufen der Stute, als Fliss mit ihr den höher gelegenen Randstreifen am Zaun verließ. Hewitt blickte über die Schulter. Sie folgte ihm in sicherem Abstand, aber hatte Mühe, die Stute zu bremsen, die immer wieder voranpreschen wollte und in einem fort nervös schnaubte.

Als der Wallach trockenen Boden unter den Hufen hatte und das offene Tor der Koppel sah, stellte er die Ohren nach vorn. Fliss und die Stute verließen ebenfalls das Wasser und gingen neben ihm her. Jetzt wirkten beide Pferde ruhiger.

Fliss lächelte ihn an.

Hinter sich hörten sie ein aufgeregtes Wiehern, und Hewitt fuhr herum. Ein drittes Pferd kam unter den Bäumen hervor und galoppierte auf sie zu. Er hielt den Wallach fest, der den Kopf zurückwarf und die Ohren anlegte.

Die Stute blähte die Nüstern und tänzelte. Fliss rieb ihr den Hals und führte sie auf das Tor zu, um dem dritten Pferd Platz zu machen.

Der herangaloppierende Braune verhieß Probleme. Er war sehr groß und kräftig. Es hatte sicher seinen Grund, weshalb er allein gestanden hatte und warum die Stute frische Bisswunden an den Beinen hatte.

Hewitt schaute zu Fliss. »Vorsicht, er hat es auf die Stute abgesehen.«

»Okay.« Fliss führte die nervöse Stute beharrlich weiter, und Hewitt hielt den Wallach. Sie mussten mit den beiden durch das Gatter auf die Koppel gelangen, damit die Tiere ausweichen konnten. Da das Farmtor geschlossen war, machte es nichts, wenn das dritte Pferd frei herumlief. In der Sattelkammer hatte er einen Sack voll Luzerne gesehen, und er wusste aus Erfahrung, dass sich der Braune damit einfangen lassen würde.

Hinter sich hörte er den Hufschlag des Braunen, der nun den trockenen Boden erreicht hatte.

»Ruhig«, raunte Hewitt dem scheuenden Wallach zu.

Der Braune kam von rechts, er buckelte und trat aus. Mit angelegten Ohren bedrängte er den Wallach, der mit einem unbeschlagenen Hinterhuf austrat. Er traf ihn hörbar. Das hielt den Schurken jedoch nicht auf. Blitzschnell ging er auf die Stute los.

»Fliss!«, brüllte Hewitt.

Der Braune biss der Stute ins Hinterteil. Die sprang wiehernd zur Seite und stieß Fliss um.

Hufe wirbelten, und die zwei Pferde waren auf und davon.

Fliss lag am Boden.

Vor Entsetzen wie betäubt, hörte Hewitt zeitversetzt, wie ein Echo in seinem Kopf, dass er ihren Namen rief. Diesmal stand er nicht in einer Rodeoarena. Diesmal gab es keinen Teufelsbullen. Aber am Boden lag die Frau, die er liebte.

Ohne die Augen von ihr abzuwenden, löste er den Führstrick vom Halfter des Wallachs. Er galoppierte an Fliss vorbei zu der Stute, die von dem Braunen gejagt wurde.

Mit drei Schritten war Hewitt bei Fliss und kniete sich hin. In dem dunklen Morast schien ihm ihr Gesicht weiß entgegen, und ihre Lippen waren blass. Blut drang aus einer Wunde an ihrer Schläfe und floss ihr über die Wange. Er bückte sich und prüfte, ob sie noch atmete.

Nichts.

Angst schnürte ihm die Kehle zu.

Dann flatterten ihre Lider.

»Hewitt?«

»Ich bin hier.« Seine Stimme war nur ein Krächzen. »Lieg still.«

»Ich hab nichts, bin nur … erschöpft.« Sie fasste sich an den Kopf, dann griff sie nach seinem Arm. »Ich muss … mich aufsetzen.«

Er half ihr auf, und sie zog die Knie eng an die Brust. Schnell schlüpfte er aus seinem Wollpullover und legte ihn ihr um die Schultern. Das Blut tropfte ihr nun vom Kinn.

Zärtlich küsste er sie auf die Stirn. »Kommst du klar, solange ich deine Arzttasche aus dem Auto hole?«

Für einen Moment verzog sie die Mundwinkel zu einem Lächeln.

Nachdem er ihr einen Verbandmull an die Schläfe gedrückt hatte, hörte die Wunde auf zu bluten, und ihre Lippen und Wangen nahmen wieder Farbe an. Er ging noch einmal zum Wagen, um ihr Schminktäschchen zu holen.

Mit dem Taschenspiegel besah sie ihre Wunde. »Das muss nicht verbunden und auch nicht genäht werden.« Sie blickte ihn an. »Und ich muss definitiv nicht in die Notaufnahme gebracht werden.«

Hewitt sagte nichts. Die kalte Angst in ihm hatte sich noch nicht gelegt.

»Es geht mir gut, Hewitt, ehrlich.« Sie berührte ihn an der

Wange. »Es sieht viel schlimmer aus, als es ist. Kopfverletzungen, selbst ganz kleine, können stark bluten.«

Statt zu antworten, nahm er ihre Hand und küsste sie auf die Innenseite des Handgelenks. Mit dem Kloß im Hals wäre es mühsam zu sprechen.

Sie sah sich um. »Du hattest recht mit dem Braunen. Wo sind die Pferde?«

Er räusperte sich gründlich. »Die zwei, die wir vom Zaun geholt haben, sind jetzt da, wo sie sein sollen. Der Braune schikaniert die Kühe.«

Stirnrunzelnd drehte Fliss sich herum und sah ihn am Gartenzaun entlanggaloppieren. »Wir dürfen ihn nicht noch mal zur Stute lassen.«

»Werden wir nicht. Sobald ich mir sicher bin, dass es dir so weit gut geht, stelle ich ihn auf die zweite Koppel.«

»Bitte tu es gleich. Er ist solch ein Teufelsbraten. Morgen rufe ich Clarry an und außerdem Denham und Tanner. Sie müssen dem Tier Benehmen beibringen.«

Hewitt strich ihr eine Strähne aus dem Gesicht. Schlamm und Blut klebten an ihrer Wange, und nun fing sie an zu zittern.

»Bleib schön hier sitzen. Ich kümmere mich jetzt um den Braunen und dann – keine Widerrede – fahren wir zu Edna, damit du duschen und dich von dem Schreck erholen kannst.«

Als von der untergegangenen Sonne nur noch ein schmaler Streifen Rot am Himmel zu sehen war, legte Hewitt eine Decke über Fliss. Sie lag schlafend in Ednas kitschigem Gästezimmer. Frisch geduscht und durchgewärmt, hatte sie Mühe gehabt, die Augen offen zu halten, als Bethany ihr eine Kürbissuppe servierte. Fliss behauptete eisern, sie habe sich den Kopf nicht angeschlagen und deshalb keine Gehirnerschütterung. Sie sei nur müde und erschöpft. Draußen hatte es wieder angefangen zu regnen, und nachdem sie erneut das Gähnen unterdrückte, hatte sie Bethanys beharrlicher Einladung nachgegeben und sich bereit erklärt, über Nacht zu bleiben. Erleichtert war Hewitt zum Wagen gegangen, um ihre Tasche zu holen.

Jetzt, da Fliss schlief und er praktisch allein war, musste er niemandem mehr etwas vormachen. Er gab ihr einen leichten Kuss auf den Mund, und sie lächelte im Schlaf. Aber er konnte sich nicht darüber freuen und auch keinen Trost daraus schöpfen. Sein Entsetzen hatte kein bisschen nachgelassen, er war noch immer zutiefst aufgewühlt und konnte keinen klaren Gedanken fassen.

Was gerade in ihm vorging, hatte er nie wieder erleben wollen. Angst. Qualen. Verzweiflung. Brodys Tod hatte ihn schwer getroffen. Aber wenn Fliss etwas zustieße, davon würde er sich nicht mehr erholen.

Schließlich gab er seinem Fluchtimpuls nach und stand auf. Er brauchte frische Luft. Er musste durchatmen. Wenn er geglaubt hatte, über seine Trauer so weit hinweg zu sein, dass er ein Leben mit der Frau beginnen könnte, die er liebte, dann hatte er sich getäuscht. Das war die grausame Wahrheit.

Fliss' Unfall hatte ihn von Neuem erleben lassen, was er nie wieder hatte durchmachen wollen. Die völlige Hilflosigkeit und die verzweifelte, tief sitzende Angst. Eine Angst, die ihn in den Abgrund zog und ihm die Luft abschnürte.

Nicht ohne Grund lag sein Seesack im Wagen. Jeder Moment, den er bei Fliss zubrachte, verstärkte den Schmerz. Er hatte versprochen, ihr nicht wehzutun. Er hatte kein Recht, bei ihr zu bleiben, solange er seine Dämonen nicht besiegt hatte und er ihr die

Beziehung, die sie verdiente, nicht bieten konnte. Lizzie würde auf das Happy End verzichten müssen. Es brach ihm das Herz, aber er beugte sich hinunter und gab ihr einen letzten Kuss.

Er würde nach Bundara fahren und Garnet in den Anhänger laden. Heute Nacht würde er ohnehin kein Auge zutun. Bei Sonnenaufgang würde er zurückkommen und Fliss, wenn sie aufgewacht war, Lebewohl sagen.

19

Etwas stimmte nicht.

Fliss schlug die Augen auf. Verschlafen sah sie in ein unbekanntes, dunkles Zimmer, und sie war darin allein. Dann bemerkte sie das Summen und das leuchtende Display ihres Handys, das auf dem Nachttisch lag. Zweimal griff sie halb daneben, dann bekam sie es zu fassen. Sie nahm den Anruf entgegen und hielt es sich ans Ohr, sagte aber nichts.

»Fliss?« Cressys besorgte Stimme drang zu ihr.

»Ja, ich bin's.«

»Wie geht es dir?«

Sie strich sich die Haare aus dem Gesicht und zuckte zusammen. »Ging mir nie besser.«

Ihre unbekümmerte Antwort änderte nichts an Cressys besorgtem Ton. »Bist du noch bei Bethany?«

»Ja. Wie spät ist es?«

»Acht Uhr. Hewitt ist nicht bei dir?«

»Er unterhält sich sicher mit Bethany.«

»Bist du sicher?«

»Ja. Wieso?«

»Ich habe ihn angerufen, um zu hören, wie es dir geht, nachdem ich dich nicht erreicht habe. Er hat nicht lange mit mir gesprochen, aber … Fliss, ich höre es, wenn jemand im fahrenden Auto telefoniert.«

Fliss schlug die Bettdecke zur Seite und ignorierte ihren Muskelkater. »Wann war das?«

»Vor zehn Minuten. Hat er gesagt, dass er irgendwohin will?«

»Nein. Eigentlich wollte er hierbleiben. Er meinte, ich muss mich von dem Schreck erholen.«

Sie stand auf. Mit nackten Füßen lief sie über den dicken Teppichboden ans Fenster und zog die schweren Vorhänge zurück. Im blassen Mondschein sah sie Regentropfen in die Pfützen fallen und den leeren Platz, wo Hewitts Pick-up gestanden hatte.

Ihr Mund war plötzlich trocken. »Du hast recht. Er ist weggefahren.«

»Fliss, so sehr es mir leidtut, das zu sagen, aber ich glaube nicht, dass er aus einem harmlosen Grund weggefahren ist. Ich kenne ihn gut genug und merke es, wenn er dichtmacht. Er klang ernst, verschlossen, genau wie an seinem ersten Tag bei dir.«

»Auf der Fahrt hierher war er sehr still, aber davon abgesehen wie immer.« Sie rieb sich die Stirn und überlegte, wie die Unterhaltung beim Abendessen verlaufen war. »Wo kann er hinwollen? Warum hat er mir nichts gesagt?«

»Ich weiß es nicht. Was ist denn auf Clarrys Farm passiert?«

»Nichts von Bedeutung. Nur, was ich dir geschrieben habe. Eins der Pferde hat mich umgerannt.«

»Hat es dich getroffen?«

»Ja, aber ich habe nicht lange dage–« Fliss griff nach ihren Jeans, die über einem Stuhl lagen. »Ich muss ihm nach. Wahrscheinlich habe ich wie Brody dagelegen.«

»Und das hat ihn aufgewühlt. Er wird bei den Zwillingen sein wollen. Durch sie hat er die Zeit nach Brodys Tod überstanden.«

Fliss zog sich ein weißes Shirt über ihr Top. »Das glaube ich auch. Aber er würde nicht bei mir ausziehen, ohne Garnet mitzunehmen. Er wird auf dem Weg nach Bundara sein.«

»Fliss … würdest du auf mich hören, wenn ich sage, du sollst ihn nur anrufen, anstatt ihm jetzt im Dunkeln nachzufahren? Es regnet, und die Straßen sind in einem schlimmen Zustand.«

Sie hängte sich die Handtasche über die Schulter. »Ich komme zurecht. Bethany hat einen Allrad-Truck, den ich mir borgen kann. Ich muss meine Angst überwinden und lernen, durch Morast zu fahren.«

Trotz ihrer entschlossenen Worte holte sie tief Luft, als sie den Asphalt verließ und Ednas Farm-Hilux auf die Erdstraße lenkte, die zu ihr nach Hause führte. Sie würde das hinkriegen. Sie musste das hinkriegen. Oft genug war sie mit Hewitt bei solchen Straßenverhältnissen gefahren, um zu wissen, wie sie sich verhalten musste. Sie fuhr langsam. Wenn der Wagen rutschte, hielt sie die Vorderräder in die Richtung gedreht, in die er rutschte, und lenkte dann behutsam wieder auf die Straße zurück. Wenn sie das Tempo drosseln musste, trat sie nicht auf die Bremse, sondern nahm Gas weg.

Die Scheinwerfer des Wagens leuchteten auf das strömende Wasser unter der weißen Brücke. Es war ein Risiko, nach Bundara zu fahren. Der Fluss könnte weiter ansteigen, und dann säße sie zu Hause fest. Sie konnte nur hoffen, dass Cressy Hewitt auf seiner Hinfahrt, nicht auf der Rückfahrt erreicht hatte. Andernfalls stünde ihr eine lange Fahrt nach Mayfield bevor.

Während der Truck über die alten Holzbohlen der Brücke ratterte, hielt sie das Lenkrad fest umklammert, aber nicht wegen der Überquerung des Flusses, sondern wegen der Dinge, die ihr bevorstanden.

Professionell betrachtet war es verständlich, warum Hewitt von der traumatischen Erinnerung überfallen wurde, als er sie auf der Koppel am Boden liegen sah. Als sie seinerzeit das Krankenhaus von Woodlea betrat, brachte ihr das auch den Moment zurück, in dem sie Caitlyn verloren hatte. Aber persönlich gesehen konnte sie nicht verstehen, warum Hewitt davonlief und sich wieder verschloss. Sie hatte geglaubt, ihre Verbundenheit sei stärker als ihrer beider Ängste.

Zweimal hatte sie ihn angerufen, zweimal war die Mailbox angesprungen. Was, wenn er nicht mit ihr reden wollte? Was, wenn er sich nicht überzeugen ließ zu bleiben? Sie straffte die Schultern. Sicher war nur eins: Sie liebte ihn und musste ihm sagen, wie viel er ihr bedeutete. Dann musste sie hoffen, dass das reichte.

Sie fuhr an ihrem Milchkannenbriefkasten vorbei und lenkte den Wagen durch das strömende Wasser in der Senke. Als sie den schwarzen Schimmer von Hewitts Pick-up neben dem Stall sah, atmete sie auf. Doch ihre Erleichterung war von kurzer Dauer. Der leere Pferdeanhänger war angekoppelt, und das Quad stand auf der Ladefläche. Hewitt war noch da, doch er bereitete seinen Auszug vor.

An der morastigen Stelle in der Kurve neben dem Gartentor ließ sie den Allrad-Truck rollen, bis sie neben Hewitts Wagen anhielt.

Als sie ausstieg, schaltete der Bewegungssensor auf dem Hof die Lampe ein und offenbarte den vielen Schlamm an Ednas silberfarbenem Wagen. Wenn es nicht gerade um etwas Wichtigeres ginge, würde sie sich jetzt freuen, dass sie die Strecke so tapfer gemeistert hatte. Aber erst einmal galt es, den Mann festzuhalten, den sie nicht gehen lassen wollte. Egal wie stur er sich anstellen würde.

In schwarzem T-Shirt und schwarzen Jeans stand Hewitt in der Tür der Stallwohnung. Wie am Tag seiner Ankunft verriet seine gelassene Haltung nicht die ganze Geschichte. Das kalte Licht der Außenlampe traf sein Gesicht von oben und zeichnete scharfe Kanten und tiefe Schatten. Aber es war sein Blick, der sie ins Stocken brachte. Verschlossen und finster war er und zeugte von unsäglichem Leid.

Seine Reglosigkeit tat ihr in der Seele weh. Seine Gefühle hielt er fest unter Verschluss, und sie war sich nicht sicher, ob sie die Macht besaß, sie hervorzuholen. Sie sagte kein Wort, lief nur auf ihn zu und direkt in seine Arme. Er schob eine Hand in ihre Haare im Nacken und die andere um ihre Taille. Er roch nach Seife und dem gewohnten Rasierwasser. Beides war für sie inzwischen mit Zuhause und Geborgenheit verbunden.

Hewitt schwieg ebenfalls und hielt sie fest, als wollte er sie nicht mehr loslassen. Aber sie machte sich nichts vor. Wenn er jetzt spräche, würde sie eine andere Botschaft vernehmen.

Schließlich sagte er mit rauer Stimme: »Fliss … ich muss weg.«

Sie zog den Kopf zurück, um ihn anzusehen. Er wirkte noch immer verschlossen, auf der Hut.

»Du kannst nicht … einfach gehen.«

Die ersten drei Worte kamen ihr noch besonnen über die Lippen, doch dann brach sich der Schmerz, den sie fühlte, Bahn.

An seinem Kiefer zuckte ein Muskel. »Wollte ich nicht. Ich wollte morgen Früh zu dir kommen … und Lebwohl sagen. Aber da die Brücke morgen vermutlich überschwemmt sein wird, wollte ich Garnet vorher schon holen.«

Er klang traurig und weckte damit die Hoffnung in ihr, seine Gefühle für sie könnten siegen.

»Hattest du vor, in den nächsten vierundzwanzig Stunden auch mal zu schlafen?«

»Nein.«

»Muss ich dir einen Vortrag über die Auswirkungen von Schlafmangel halten?«

Sie erntete ein leises Lächeln. »Das wird nicht nötig sein, Dr. Fliss.«

»Dann können wir ja jetzt über uns reden.«

»Können wir.«

Er ließ die Arme sinken und trat von der Tür zurück. Sie ging in die Wohnung und setzte sich aufs Sofa. Sein Seesack lag gepackt am Fuß der Holztreppe, die zu seinem Schlafzimmer führte.

Er setzte sich ebenfalls aufs Sofa, wahrte aber Abstand und drehte sich zu ihr. Sie streckte die Hand aus und hakte den kleinen Finger um seinen. Zu ihrer Erleichterung zog er die Hand nicht weg.

Leise begann er das Gespräch. »Es tut mir leid. Ich hatte versprochen, dir nicht wehzutun.«

»Ich weiß.«

»Als ich dich da liegen sah … wenn ich dich verloren hätte wie Brody … ich wäre daran zerbrochen … das wäre für niemanden gut.«

Sie nickte nur, sie hätte kein Wort hervorgebracht. Hewitt hatte sonst vor nichts Angst, doch seine Gefühle für sie trieben ihn in die Flucht.

»Wenn ich jetzt gehe, ist das auf lange Sicht besser für dich. Ich dachte, ich wäre schon bereit für eine feste Beziehung, aber ich habe mich getäuscht.«

»Ich werde auf dich warten.«

Er zog die Hand weg und verschränkte die Arme. »Das geht nicht. Das wäre zu viel verlangt.«

»Nein, ist es nicht. Und ich warte, auch ohne dass du mich darum bittest.«

Sie blieb ruhig, obwohl ihr Gefühl ihr sagte, dass sie im Begriff war, ihn zu verlieren. Sein Blick war düster und leer, seine Haltung verspannt. Er hatte sich abgeschottet.

»Fliss … ich weiß nicht, ob ich je darüber hinwegkomme … über diesen Schock.« Er rutschte zum Ende des Sofas. Gleich würde er aufstehen, das spürte sie. »Für uns gibt es keine gemeinsame Zukunft.«

Sie gab den Kampf noch nicht auf. Sie suchte nach den richtigen Worten, mit denen sie zu ihm durchdringen könnte. Wenn er erst einmal aufgestanden wäre, würde sie ihn nicht mehr aufhalten können.

»Hewitt … wenn es in der Rodeoarena zu einem Unfall kommt, in welche Richtung reitest du dann? Zu dem Verunglückten hin oder von ihm weg?«

»Ist das eine Fangfrage?«

»Das kommt ganz auf dich an.« Sie lächelte im Stillen.

»Zu ihm hin natürlich.«

»Egal, wie schlimm es ist?«

Ganz langsam nickte er, und in seinem Blick sah sie, dass er verstand.

Ein hoffnungsvolles Flattern regte sich in ihr. Sie legte eine Hand an seine Wange, obwohl er dabei merken würde, dass sie zitterte. Sie musste ihn bei sich behalten. »Ich liebe dich.«

Als er ihre Hand nahm, traute sie sich weiterzusprechen.

»Ich kann dich nicht gehen lassen. Ich würde daran zerbrechen. Bisher bin ich immer mit Männern ausgegangen, die nicht die Richtigen für mich waren. Das wusste ich, weil ich mein Herz nicht riskieren wollte. Aber bei dir ist es anders … du bist der Einzige, den ich will, und daran wird sich nichts mehr ändern. Ich weiß, es war schlimm für dich, mich da liegen zu sehen, aber du brauchst jetzt nicht von mir wegzureiten. Wir können deinen Schock gemeinsam überwinden. Du musst das nicht allein …«

Hewitt küsste sie. Er schob die Hände in ihre Haare, sie spürte die Hitze seines Körpers durch ihre Kleidung. Sein Mund sagte ihr ohne Worte, dass er sein Leben lang nicht mehr wegreiten würde, egal, was passierte. Sie nahm alles, was er ihr gab, und gab genauso viel zurück.

Als sie sich voneinander lösten, sah sie in seinen Augen, dass die Dunkelheit gebannt war. Und sein Lächeln war so zärtlich wie nie.

»Vom ersten Tag an wusste ich … dass du die einzig Richtige für mich bist. Du hast recht. Ich darf mich von meiner Angst vor einem neuen Verlust nicht am Leben hindern lassen. Du ahnst nicht, wie sehr ich dich liebe, Dr. Fliss. Besonders wenn du für alles eine Lösung weißt.«

Sein aufrichtiges, emotionales Geständnis berührte sie tief. So stark er einerseits sein mochte, war er auch zu tiefen Gefühlen fähig. Er war ein Mann fürs Leben.

Sie hielt seinen Blick fest, obwohl sie durch einen Tränenschleier nur verschwommen sah. Der Kampf um den Mann, den sie liebte, war gewonnen.

Sie schob die Hände unter sein schwarzes T-Shirt. »Nein, ich ahne nicht, wie sehr du mich liebst. Du wirst es mir zeigen müssen … immer wieder.«

Da Hewitt seine Sachen schon gepackt hatte, dauerte sein Umzug ins Haupthaus nur zehn Minuten. Und da die Brücke überschwemmt war, konnte Hewitt ihr drei Tage lang ungestört zeigen, wie sehr er sie liebte.

Als das Hochwasser zurückging, blieb ihnen noch eine Woche bis zu seinem Röntgentermin. Wenn der Bruch dann verheilt war, würde er zurück nach Mayfield fahren. Er würde zwischen seinem Haus und Bundara pendeln, bis er auf der Familienfarm nicht mehr gebraucht wurde. Fliss hatte ihm vom Verkauf der Nachbarfarm erzählt, und er hatte dem alten Farmer einen Besuch abgestattet. Als er nach drei Stunden noch nicht zurück war, wusste sie, die beiden hatten ihr gemeinsames Faible für grüngelbe Landmaschinen entdeckt.

Hewitt in ihrem Leben zu haben füllte die Leere, deren Existenz Fliss sich nie hatte eingestehen wollen, solange sie als Ärztin in Sydney gearbeitet hatte. Ihre Sehnsucht nach einem Heim und einer Familie ließ sie jetzt offen zu. Mit Hewitt an ihrer Seite fühlte sie sich erst vollständig.

Seufzend jagte sie einen weiteren Ryan-Stammbaum, zu dem sie nicht gehörte, durch den Schredder. Wenn sie jetzt nur noch ihren Vater fände.

»Wieder ein Fehlschlag?« Hewitt kam in ihr Büro und trug den Karton mit den alten Büchern ihrer Mutter herein. Den hatte Cressy ihr an dem Tag mitgegeben, an dem er den Reggie-Test bestanden hatte.

»Ja, aber das ist okay. Es stehen noch zwei Ryans auf der Liste. Ich komme ihm näher. Wer weiß? Vielleicht stoße ich heute Nachmittag schon auf die entscheidende Verbindung, und wir fahren Hals über Kopf nach Sydney.«

Sie ging zu dem Karton. Aber Hewitt zog sie an sich und legte das Kinn auf ihren Kopf, dabei schauten sie zu dem neuen Bücherregal, das er auch aus einer alten Tür gebaut hatte. In seinem Männerschuppen gab es jetzt fast so viele Werkzeuge wie in Denhams.

»Es sieht so hübsch aus. Cressy wird auch so eins haben wollen.« Sie hielt inne, weil der Regen aufs Dach trommelte. »Oh nein, ich habe die Handtücher gerade erst nach draußen gehängt.«

»Ich fand es auch ziemlich optimistisch, eine Ladung Wäsche zu waschen.« Er gab ihr einen hastigen Kuss. »Ich hole sie von der Leine, bevor sie nass werden und die Leine sich auf Welpenhöhe absenkt.«

Nachdem er gegangen war, öffnete sie den Karton. Ihre Nachforschung konnte eine Weile warten. Ein so schönes Regal verlangte nach besonderen Dingen, und dies waren die Lieblingsbücher ihrer Mutter. Sie und Audrey waren beide Leseratten gewesen, und Audrey hatte auf Claremont sogar eine private Bibliothek gehabt. Fliss sortierte ein paar Romane auf die unteren zwei Borde. Die alten Leineneinbände in Blau-, Grün- und Rottönen passten gut zu dem weißen Finish des Holzes.

Weiter unten im Karton fand sie eine dunkelbraune, goldgeprägte Ausgabe von *Stolz und Vorurteil*. Erfreut blätterte sie durch die Seiten. Ihre Mutter hatte ihr und Cressy je eine eigene Ausgabe geschenkt. An regnerischen Tagen wie heute war die Fernsehserie zu dem Roman ein zuverlässiges Vergnügen gewesen. Cressy nannte sie nur die Mr-Darcy-Serie.

Fliss stellte das Buch auf das dritte Bord von unten, und dabei sah sie etwas zwischen den hinteren Seiten hervorlugen. Ihre Mutter hatte früher oft Blüten getrocknet und zwischen Buchseiten gepresst. Vielleicht lag ein Veilchen darin. Aber als sie die Seite aufschlug, fiel ein Foto heraus. Sie machte keine Anstalten, es aufzuheben, sondern starrte unbewegt darauf.

Ein Mann stand an einem Felsentümpel und schaute aufs Meer. Er war nur im Profil zu sehen, aber das genügte. Der Puls rauschte in ihren Ohren, und ihr Atem ging schnell und flach.

Die letzten beiden Ryans waren auch Fehlschläge. Denn ihr Vater hieß nicht Ryan, sondern Barclay. Kraftlos ließ sie sich auf den Boden sinken. Der Mann auf dem Foto war Lewis.

Hewitt sah Fliss an, die still neben ihm auf dem Beifahrersitz saß.

»Es war wie Weihnachten, als ich die Hunde zu Cressy brachte. Sogar Tippy hat sich gefreut, die Welpen zu sehen.«

Fliss lächelte matt. »Wir werden nicht lange in Sydney bleiben, dann können sie wieder nach Hause.«

»Cressy meinte, es hat keine Eile. Du wirst vielleicht doch gern länger als zwei Tage bleiben.«

»Vielleicht.«

Seit er sie im Arbeitszimmer auf das Foto hatte starren sehen, wurde er nicht schlau aus ihr. Mal war sie erleichtert, endlich Bescheid zu wissen, und mal war sie wütend.

»Wie kann Lewis mein Vater sein? Warum haben sie es mir nicht gesagt?«

Hewitt griff nach ihrer Hand. »Das weiß ich nicht. Aber Lewis wird es dir sagen können. Meredith hat es nicht gewusst?«

»Nein, sie ist genauso geschockt wie ich. Sie kann sich immer noch nicht erklären, wie Mum ihn kennengelernt haben soll. Cressy hat auch keine Ahnung. Sie hat ihn immer gemocht, daher freut sie sich im Grunde darüber.«

»Wenn Cressy ihn kennengelernt hat, dann vielleicht auch dein Vater?«

Fliss schürzte die Lippen und überlegte. »Nein. Das wäre nur während meiner Abschlussfeier möglich gewesen. Aber Jean ging es nicht gut, und Lewis war nur ganz kurz da. Aber ich habe im Lauf der Jahre natürlich oft über ihn gesprochen, und nie haben Mum oder Dad seltsam reagiert.«

Sie runzelte die Stirn, und ihr Ton klang gereizt. Hewitt rieb mit dem Daumen über ihren Handrücken. »Hast du Lewis angerufen und gesagt, dass wir kommen?«

»Nein. Das wollte ich eigentlich, aber wenn er gar nichts von einer Tochter weiß, wird das auch ein Schock für ihn. Er hat gerade Jean verloren.« Sie drückte seine Hand. »Was für ein Geheimnis! Ob Jean es vielleicht wusste? Sie hat immer gesagt, ich sei die Tochter, die sie und Lewis nicht haben konnten.«

»Wir werden es bald herausfinden.« Hewitt griff hinter seinen Sitz und zog die Decke hervor, die er zusammen mit den Taschen ins Auto geworfen hatte. »Wir haben noch einen langen Weg zu fahren. Schlaf doch ein bisschen. Mein Gefühl sagt mir, dass es heute Abend spät werden könnte.«

»Danke, dass du mitkommst.«

Er küsste ihre Hand. Er wollte nirgends sein als an ihrer Seite. Wenn sie bei ihm war, hatte die alte Angst keine Macht über ihn. Nie wieder würde er in die falsche Richtung laufen. Was immer das Leben mit sich brachte, sie würden es gemeinsam durchstehen.

»Immer gern.«

Kurz darauf schloss sie die Augen und schlief ein. Immer wenn sie sich regte, steckte er die Decke wieder fest.

Der Regen folgte ihnen auf dem Weg nach Osten und ließ nur beim Aufstieg in die Blue Mountains nach. Als sie die hinter sich ließen, stockte der Verkehr, weil die Rush Hour begann. Angesichts der vielen Häuser sehnte er sich jetzt schon nach der offenen Landschaft des Outbacks zurück. Vor ihm hupte ein ungeduldiger Fahrer, weil er sich über seinen Vordermann ärgerte.

Fliss wurde wach und hielt nach einem Imbisslokal Ausschau, damit sie sich frisch machen konnte. Hewitt hielt mit ihr vor einem Steakhouse, damit sie auch etwas aß, aber sie biss nur lustlos in ihren Hamburger. Als die Straßenlampen eingeschaltet wurden und in den Häusern die Lichter angingen, parkten sie vor Lewis' Haus.

Hewitt strich ihr die Haare von der Wange. »Viel Glück. Ich hoffe, du erfährst, was du wissen möchtest. Ich warte hier auf dich.«

»Komm doch mit. Bitte. Ich möchte … ich brauche dich an meiner Seite.«

Er sah ihre Verletzlichkeit und beugte sich zu ihr, um ihre Befürchtungen wegzuküssen.

Die Frage, ob Lewis wusste, dass er Fliss' Vater war, wurde beantwortet, sobald er die Tür öffnete. Mit einem scharfen, intelligenten Blick maß er Hewitt von oben bis unten und strahlte dabei eine Besorgnis aus, die keinen Raum für Zweifel ließ. Hewitt begriff, dass er hier nicht der Einzige war, der Fliss liebte.

Lewis trat auf Fliss zu und umarmte sie. »Das ist eine Überraschung.«

Sie erwiderte die Umarmung nicht. »Wirklich?«

Nachdenklich sah er ihr ins Gesicht.

In der schummrigen Haustürbeleuchtung sah Hewitt zwischen den beiden hin und her und bemerkte gewisse Ähnlichkeiten. Fliss hatte den goldenen Hautton von ihrem Vater geerbt, ebenso die Größe und die langen schlanken Hände. Als sie sich in die Augen blickten und keiner als Erster wegsehen wollte, wusste er auch, von wem Fliss ihre Hartnäckigkeit hatte.

»Nein, eigentlich nicht. Ich habe gewusst … gehofft, dass der Tag kommen würde.«

Er trat zur Seite, um sie hereinzulassen, dann blickte er Hewitt argwöhnisch an. »Wenn du nicht Hewitt heißt, musst du draußen bleiben.«

Hewitt streckte ihm die Hand entgegen. »Ja, ich heiße Hewitt.« Er mochte ihn jetzt schon.

»Dann ist es gut.« Lewis schüttelte ihm die Hand und trat ein zweites Mal beiseite. »Komm rein. Ich weiß schon, dass du nichts für Vektoren, Wodka oder blonde Praktikantinnen übrig hast.«

Am Ende des Flurs betrat Hewitt das Wohnzimmer, wo Fliss auf und ab ging. Er setzte sich auf die braune Ledercouch, und sie kam herüber und nahm neben ihm Platz. Sie drückte den Oberschenkel an seinen, als bräuchte sie den Körperkontakt zur Unterstützung, und er legte den Arm hinter ihr auf die Rückenlehne. Ihr rascher weicher Blick war sein Dank, mehr brauchte er nicht.

Lewis setzte sich ihnen gegenüber in einen Ohrensessel und schlug die Beine übereinander. Er wirkte beinahe unbeschwert, als wäre ihm eine große Last von den Schultern gefallen.

Er eröffnete das Gespräch. »Ich werde dir jede Frage ganz ehrlich beantworten. Wo möchtest du anfangen?«

Fliss starrte ihn einen Moment lang an. »Du hast meine Mutter gekannt?«

»Ja. Und ich habe sie geliebt.«

Fliss spannte den Rücken an. »Aber du warst mit Jean verheiratet. Ich weiß, wie sehr sie dich geliebt hat.«

Sein Blick wurde traurig. »Ich sie ebenfalls, aber auf andere Art als deine Mutter … ich habe nie aufgehört, Ruth zu lieben.«

»Hat Jean es gewusst?« Jetzt klang ihr Ärger durch.

»Ja. Vielleicht ist es am besten, ich erzähle die Geschichte von Anfang an.« Er stand auf und ging zu dem dunklen Sideboard. Aus einer Schublade nahm er ein gerahmtes Foto und reichte es ihr.

Es war in der Nähe des Felsentümpels aufgenommen, am selben Tag wie das Foto, das Fliss gefunden hatte. Aber auf diesem war Fliss' Mutter zu sehen, die ihre Arme um Lewis gelegt hatte, und sie lächelten einander an.

»Jean hat das am Strand aufgenommen, in der Nähe vom Haus deiner Mutter. Wir waren alle Freunde.«

Fliss betrachtete das Bild, und ihre Schultern entspannten sich. »Mum sieht so glücklich aus und so jung. Sie hat dich geliebt, das sehe ich.« Sie schaute Lewis an, und danach klang ihre Stimme weicher. »Was ist passiert? Was ist schiefgelaufen?«

Lewis seufzte. »Das Leben. Du weißt, dass ich Meredith kennengelernt habe, weil ich bei Audreys Familie den Rasen mähte?«

»Ja.«

»Gut. Ich habe für mehrere Familien Gartenarbeiten erledigt. Ich bekam zwar ein Stipendium, aber das hat nicht gereicht. Meine Mutter war alleinstehend, und ich hatte zwei jüngere Brüder mitzuversorgen.«

»Und dein Vater?«

Lewis kniff die Lippen zusammen. »Er trank zu viel und hat meine Mutter sitzen lassen für eine, die nur halb so alt war wie er. An dem Tag, als er uns verließ, habe ich ihn zum letzten Mal gesehen.«

»Das tut mir leid.«

Lewis nickte. »Damals habe ich bei deinen Großeltern und bei Jeans Eltern gearbeitet, da sie Nachbarn waren. Es war ein heißer Sommer, und an meinem ersten Tag bei deiner Mutter zu Hause brachte sie mir etwas Kaltes zu trinken. Als ich mir an einem Ast das T-Shirt zerriss, bot sie mir an, es zu flicken.« Lewis hielt inne. »Sie war wie du, Fliss. Fürsorglich zu jedem, mit dem sie zu tun hatte.«

Fliss griff nach Hewitts Hand.

»Aber sie hatte überfürsorgliche Eltern, und reich waren

sie außerdem. Ihre Tochter und eine Beziehung mit dem Gärtner, das kam nicht infrage. Darum trafen wir uns heimlich am Strand. Jean wusste immer davon, denn sie hat uns gedeckt. Irgendwie haben deine Großeltern doch davon erfahren. Daraufhin haben sie ihre Tochter für zwei Monate auf eine Europareise geschickt.«

Lewis rieb sich die Schläfen auf eine Art, die Hewitt von Fliss kannte. »Was dann passierte, war meine Schuld. Ich habe deine Mutter so sehr vermisst, dass ich ständig zu unserem Treffpunkt an den Strand ging. Jean fing an, auch dorthin zu kommen. Ich habe mir nichts dabei gedacht. Sie wusste ja, dass ich deine Mutter liebte. Aber … an einem regnerischen Nachmittag auf dem Rückweg rutschte sie auf der Treppe neben dem Clubhaus der Rettungsschwimmer aus. Ich half ihr auf, und sie … hat mich geküsst. Ich habe es nicht erwidert und ihr sehr freundlich erklärt, dass ich ihr nur ein Freund sein kann. Sie war aufgebracht und ist davongestürmt, die Treppe hoch und auf den Parkplatz …«

Lewis stockte.

Angespannt drückte Fliss Hewitts Finger. »Und sie wurde von einem Auto angefahren.«

»So war es.« Lewis schloss kurz die Augen. »Ich habe mich dafür verantwortlich gefühlt. Furchtbar bereut, dass ich sie habe wegrennen lassen. Jean erlitt eine Kopfverletzung. Ihr Seh- und Sprachvermögen war beeinträchtigt, und sie war ihr Leben lang auf Hilfe angewiesen. Es stellte sich schnell heraus, dass ihre Familie zwar gern alles bezahlte, was sie brauchte, aber davon abgesehen nicht für sie da war. Ihre Eltern waren mit ihrem eigenen Leben beschäftigt. Ich habe tagelang in der Klinik an ihrem Bett gesessen, und als sie wieder verstehen konnte, was ich sagte, habe ich versprochen, mich um sie zu kümmern.«

Für ein paar Augenblicke herrschte Schweigen. »Was passierte, als Mum von der Reise zurückkam?«, fragte Fliss dann.

»Sie hatte gewusst, dass Jean mich liebte, und fühlte sich schuldig, weil sie mich nicht gewarnt hatte. Das war unser letzter gemeinsamer Abend. Sie wusste, ihre Eltern würden in eine Heirat mit mir nie einwilligen und dass ich mein Versprechen Jean gegenüber halten würde. Sie glaubte vermutlich, sie würde alles nur schlimmer machen, wenn sie die Beziehung mit mir fortsetzte. Sie reiste mit ihren Eltern in den Westen, um Freunde zu besuchen. Innerhalb von drei Wochen war sie mit deren Sohn verlobt, und nach sechs Wochen brannten sie durch und haben heimlich geheiratet.«

»Dann kam ich zur Welt.«

»So ist es.« Sein Gesicht hellte sich auf. »Du warst ein wunderhübsches Baby.«

»Mum hat es dir erzählt?«

»Ja. Sie hat es jedem erzählt, der es wissen musste. Davon abgesehen wusste es niemand.«

Fliss sah ihn verständnislos an. »Jedem?«

»Ja. Deinem Vater, seinen Eltern, ihren Eltern, Jean und mir.«

»Und sie haben es akzeptiert? Mich akzeptiert?«

»Ja und nein. Die Eltern deiner Mutter haben dich nie akzeptiert, nicht mal, als du älter wurdest. Aber die Eltern deines Vaters haben ihre Schwiegertochter geliebt und dich ganz genauso.«

»Und Dad?«

»Sagen wir, er hatte sicherlich seine eigenen Gründe, keinen Ärger zu machen. Seine Großeltern hatten das Enkelkind, das sie sich gewünscht hatten, und eine liebenswerte Schwiegertochter, und dadurch konnte er unauffällig ein Leben führen, das sie missbilligt hätten. Auf seine Art hat er dich geliebt wie eine leibliche Tochter.«

Fliss schaute auf das Foto auf ihrem Schoß. »Hast du Mum mal wiedergesehen?«

»Ja. Anfangs hat sie Briefe und Fotos geschickt. Als du in Sydney auf dem Internat warst, kam sie ab und zu in die Stadt, und wir trafen uns auf einen Kaffee oder machten einen Spaziergang am Strand. Aber wir … waren nie wieder zusammen, falls du das meinst.«

»Das meinte ich.«

»Deine Mutter hing an deinem Vater und gab sich Mühe in der Beziehung, und ich hätte mein Versprechen Jean gegenüber niemals gebrochen. Sie war kein eifersüchtiger Mensch, weißt du. Und als du anfingst, an unserem Leben teilzunehmen, hat sie dich ins Herz geschlossen.«

»Ich habe sie auch sehr gemocht.« Fliss wischte sich eine Träne weg. »Wenn alle es wussten, warum habt ihr es mir nicht gesagt?«

»Das hat deine Mutter so entschieden. Sie wollte in erster Linie, dass du glücklich und unbeschwert aufwachsen kannst. Wir hatten abgesprochen, dass du mich an der Uni kennenlernst und wir dann weitersehen. Aber es war fast so, als ob das Schicksal etwas wiedergutmachen wollte, als Meredith mich bat, auf die Tochter einer lieben Freundin ein Auge zu haben. Dann fuhr deine Mutter nach Tasmanien …«

Lewis versagte die Stimme, und man sah ihm an, wie sehr er noch um Fliss' Mutter trauerte. Er räusperte sich. »Um ehrlich zu sein … da Jean und deine Mutter nicht mehr da sind, habe ich mit mir gerungen, ob ich es dir sagen soll oder nicht.«

Fliss schenkte ihm, der immer wie ein Vater für sie gewesen

war, ihr bezauberndes Lächeln. »Dank der DNA-Analyse und des Fotos, das Mum aufbewahrt hatte, bin ich selbst dahintergekommen, und ... hier bin ich.«

Fliss gab Hewitt das gerahmte Foto, dann stand sie auf und ging auf Lewis zu. Er erhob sich ebenfalls, und sie umarmten sich lange und fest.

Als Fliss sich von ihm löste und Hewitt ihre Tränen sah, war er glücklich. Die Frau, die er liebte und die sein Leben mit Freude erfüllte, hatte endlich gefunden, wonach sie gesucht hatte.

EPILOG

»Weißt du, wir sollten die Verandamöbel wirklich mal nutzen«, sagte Hewitt mit rauer Stimme, als sie sich gegen ihn lehnte.

Fliss kuschelte sich an ihn. In seinen Armen auf der obersten Stufe zu sitzen war genauso ein Morgenritual geworden, wie ihren Tee zu trinken, während Molly und Max neben ihr lagen. Nur heute waren die Border Collies mit frisch gebürstetem Fell bei ihren Hundehütten angebunden. Sie würden sie von der Leine lassen, wenn alle da waren.

Fliss schaute zu den weißen Korbmöbeln, die sie zusammen gekauft hatten. Eine Vase mit den letzten hellrosafarbenen Schneewittchen-Rosen stand auf der Glasplatte des Tisches. Tagsüber war es noch recht sommerlich, aber wenn die Sonne unterging, verkündete eine herbstliche Kälte, dass der Winter nicht mehr fern war.

»Warum sich auf einen Stuhl setzen, wenn die Dielen so bequem sind wie ein Sofa?«, meinte sie grinsend.

Hewitt lachte. Fliss liebte es, wenn der tiefe Klang seiner Stimme dieses Flattern in ihrem Bauch auslöste. Er bewegte sie wie noch kein Mann vor ihm. Die tiefe Verbundenheit und das Glück, nach dem sie sich gesehnt und das sie bei Cressy und Denham gesehen hatte, erfuhr sie nun auch.

Sie lebten jetzt gemeinsam auf Bundara, und Hewitt hatte kürzlich den Kaufvertrag für das Nachbargrundstück unterschrieben. Bundara war zu einem beträchtlichen Anwesen geworden, und Hewitt besaß nun eine Farm, wie er sich immer gewünscht hatte. Der Blausteinstall war jetzt ihr Zuhause, und das neue Farmhaus wollten sie vermieten.

Wade hatte seinen Diabetes im Griff und ging zum Arbeiten wieder raus auf die Weiden, wo er immer hatte sein wollen. Poppy begleitete ihn bei allem, und wenn sie es sich nicht im Pick-up bequem gemacht hatte, dann lag sie neben dem Sandkasten und beobachtete Quinn oder sie ging mit Lizzie an der rosa glitzernden Leine spazieren. Ava und Dean hatten ihre Verlobung verkündet, und man plante bereits, dass Dean aus der Teilhaberschaft mit seinem Bruder aussteigen und stattdessen mit Wade zusammen Mayfield führen würde. Und Vernettes Handarbeiten hatten mittlerweile das Haus erobert. Als Fliss neulich nach einer Decke im Wäscheschrank suchte, entdeckte sie ein Fach mit bestickten Babywolldecken und handgearbeiteten Patchworkdecken.

Max bellte drüben am Zwinger.

Fliss drehte sich zu Hewitt um. »Was glaubst du, wer als Erstes eintrifft?«

»Nicht Ava. Die dürften erst in einer halben Stunde kommen. Es wird wohl Ella sein. Sie ist immer pünktlich.« Er nahm sie fester in die Arme und senkte den Kopf. »Dann nutze ich den Augenblick noch schnell, bevor wir den Garten voller Gäste haben.«

Als er sie küsste, wünschte sie, sie hätten bis zum Beginn der Einweihungsparty noch etwas mehr Zeit.

Wie vermutet war es Ellas Wagen, der da vorfuhr. Sie parkte neben den Ställen und winkte, als sie das Gartentörchen öffnete. Im weißen Etuikleid und hohen Schuhen trat die blonde Schönheit in die Sonne.

Fliss seufzte. »Ich mache mir Sorgen um sie. Sie könnte jeden haben, den sie will, aber sie hat keine Lust, mit jemandem auszugehen. Das ist zwar in Ordnung, aber manchmal sieht sie sehr einsam aus.«

»Sie bekommt auch noch ihr Happy End, du wirst sehen.« Hewitt stand auf und zog Fliss von der Stufe hoch. »Genau wie wir.«

Sie drückte ihm noch einen Kuss auf den Mund und strich sich den Rock ihres schwarz-weißen Kleides glatt. Tanners blauer Pick-up steuerte soeben durch die Senke in der Straße. Sein silberner Frontschutzbügel glänzte in der Sonne.

»Tanner hoffentlich auch. Kellie bringt den kleinen Garth mit. Er ist das niedlichste und fröhlichste Baby überhaupt, und trotzdem meidet Tanner ihn, als wäre er ansteckend.«

Hewitt lachte leise und lief mit ihr die Treppe hinunter. »Die Härtesten fallen nur umso tiefer. Tanner wird eines Tages die Richtige kennenlernen, und dann wird er nur noch an Babys denken.«

»Das wäre wunderbar.«

Bald war der sorgfältig gepflegte Garten mit Gästen bevölkert. Wenn sie nicht als Dr. Fliss in der Stadt oder im Krankenhaus war, verbrachte sie ihre Zeit so viel wie möglich mit Gartenarbeit. Sie konnte verstehen, warum ihre Mutter diese Leidenschaft gehegt hatte: Sie fühlte sich dabei Lewis nahe.

Fliss lächelte zu dem Mann hinüber, den sie allen als ihren Vater vorstellen wollte. Er stand unter der Zeder, wo er sich mit Phil und Meredith unterhielt, und lächelte zurück. Er besuchte sie regelmäßig und würde nun eine Woche bleiben, um mit Hewitt zusammen den Winterhafer zu ernten. Er war zwar Akademiker, aber ein Konformist, und teilte Hewitts Interesse für landwirtschaftliche Maschinen.

Zoe und Lizzie rannten lachend vorbei und pusteten dabei Seifenblasen, die hinter ihnen durch die Luft schwebten. Taylor hatte ihnen französische Zöpfe geflochten. Quinn lief ihnen mit seinem Traktor nach. Er hatte die haarspraybegeisterte Friseurin weiträumig gemieden.

Als Fliss ein leerer Wasserkrug auffiel, ging sie damit ins Haus, um ihn aufzufüllen. Hinter ihr klapperten Absätze, und als sie sich umdrehte, sah sie Edna in die Küche kommen.

»Hier sieht alles sehr nett aus, Felicity. Man erkennt das Haus kaum wieder.«

»Danke.« Fliss füllte den Krug mit Eis aus dem Kühlschrankspender. »Daran ist noch einiges zu tun, aber es wird allmählich so, wie ich es haben möchte.«

Edna trat an ein Regal mit lauter Familienfotos und nahm einen silbernen Rahmen in die Hand. »Das Geheimnis deiner Mutter war bei mir sicher«, sagte sie, ohne Fliss anzusehen. »Sie wäre überglücklich, dass Lewis heute hier ist.«

Eiswürfel polterten auf den Boden, als Fliss sich umdrehte und dabei den Krug unter dem Spender wegzog.

»Sie hat es dir erzählt?«

»Nein. Das brauchte sie nicht.« Ednas sonst so scharfer Blick war jetzt ungewohnt weich. »Kannst du dir denken, woher ich wusste, dass dein Ballkleid nicht neu war?«

Fliss schüttelte den Kopf.

»Weil deine Mutter mir die Fotos von deiner Examensfeier gezeigt hat. Da hatte ich das Kleid schon mal gesehen, aber auch … das.«

Edna reichte Fliss den Bilderrahmen mit dem Foto, auf dem Fliss die schwarze Robe und den Doktorhut trug. Lewis hatte den Arm um ihre Schultern gelegt, und sie lächelten einander an.

»So blickt ein stolzer Vater seine Tochter an, die er liebt.«

»Edna …« Fliss war sprachlos. Der Mensch, dem sie niemals

etwas anvertraut hätte, hatte die ganze Zeit über Bescheid gewusst. Edna, Woodleas rührigste Klatschtante, hatte das Geheimnis ihrer Mutter gewahrt.

Fliss stellte den Krug auf den Küchentresen und umarmte sie. »Ich danke dir.«

Edna erwiderte die Umarmung und trat einen Schritt zurück. »Danke mir nicht.« Ihr Ton war wieder forsch. Sie nahm den Wasserkrug. »Ich habe es für deine Mutter getan. Sie war mir eine liebe, fürsorgliche Freundin. Dich lasse ich noch nicht vom Haken, nachdem du meinem Rodger das Herz gebrochen hast.«

Kurz bevor sie aus der Küche rauschte, warf sie Fliss ein Lächeln zu.

Fliss stellte das Foto wieder aufs Regal und nahm eine Schüssel mit frischem Popcorn, um sie nach draußen zu tragen. Gerade hatte sie noch Quinn dabei beobachtet, wie er sich händeweise Popcorn reinschaufelte und Lizzie welches in die Haare klebte, als sie abgelenkt war.

Auf der Veranda hielt sie inne und schaute über die vielen Leute, an denen ihr Herz hing. Hilflos und von Ängsten beherrscht war sie nach Bundara gezogen und hatte schließlich sich selbst gefunden, dazu ihren Platz im Leben und einen starken Mann, den sie liebte. Cressy winkte ihr zu. Sie plauderte gerade mit Denham, und ihr Ring funkelte in der Sonne. Heute trug das sonst so schlichte Cowgirl ein hübsches Jeanskleid. Fliss hatte ein Paar wunderschöne weiße Cowboystiefel für sie gefunden und plante nun eifrig Cressys Hochzeit. Ihre Schwester sollte die schönste Hochzeit aller Zeiten bekommen.

Ihr Blick traf Hewitts, als er gerade in ihre Richtung schaute. Er stand mit ihrem Vater zusammen, und das machte sie überglücklich. Erst einmal sollte es noch geheim bleiben, da sie Cressy und Denhams großen Tag nicht verderben wollten, aber im nächsten Frühjahr, wenn Hewitts Rapsfeld wieder blühte und die weißen Schmetterlinge im Garten tanzten, würden in Woodlea die alten Kirchenglocken zu ihrer Hochzeit läuten.

DANK

Es war wieder sehr schön in Woodlea, meiner kleinen Stadt der Windmühlen, und ich bin vielen Leuten von Herzen dankbar. Mein Dank gilt dem Team von HarperCollins und Harlequin Mira. Auch an diesem Buch haben Rachael Donovan und Julia Knapman wieder Wunder gewirkt. Wie immer danke ich auch meinen Schreib-Freunden Allison Butler, Rachael Johns und Mel Teshco für ihre Unterstützung. Desgleichen meiner lieben Freundin Anne Vail für ihr medizinisches Wissen. Wenn sich Fehler eingeschlichen haben, liegt es an mir. Danke auch meinen Kindern – Angus für die persönliche Erfahrung eines Knochenbruchs und für den Beweis, dass Pfannkuchen die Umrisse Australiens annehmen können; Callum, weil keine Fahrten zur Notaufnahme nötig waren und weil er von seinem blauen Ford Falcon Pick-up so begeistert ist; Adeline für ihre Tierliebe und das Wissen, dass Enten in Wassernäpfen schwimmen können; und Bryana, die zeitweilig rote Erdstraßen gegen historisches Kopfsteinpflaster eingetauscht hat. Ganz besonderen Dank an Luke, meinen Berater, meinen Helden, meine Inspiration. Zu guter Letzt danke ich allen, die meine Bücher gelesen, eine Kritik geschrieben oder mich gebeten haben, weitere Geschichten zu schreiben. Ich schätze jeden Einzelnen von euch. Ohne so treue Leser hat das Autor-Dasein keinen Sinn.

Alissa Callen

Wunderbarer Sommerschmöker vor kroatischer Kulisse

Sofia Caspari
DER DUFT DES
TIEFBLAUEN MEERES
Kroatien-Roman
432 Seiten
ISBN 978-3-404-17709-7

Deutschland, Gegenwart: Nach der schmerzlichen Trennung von ihrem Freund reist Pia Sommer einer Eingebung folgend nach Kroatien. In das Land, in dem ihr Großvater einst vor Jahrzehnten so glückliche Zeiten verbracht hat. Auf der Insel Cres lernt Pia den charmanten Winzer Goran kennen. Doch als er sie auf sein Weingut einlädt, bringt seine Familie der jungen Deutschen überraschend große Ablehnung entgegen, denn Gorans Onkel verschwand vor über fünf Jahrzehnten spurlos in Deutschland ...
Die bezaubernde Liebesgeschichte auf der Insel Cres ist verknüpft mit einer Tragödie aus der Vergangenheit

Bastei Lübbe

Lassen Sie sich von Rosanna Ley in die zauberhafte Bretagne entführen!

Rosanna Ley
DER KLEINE
BLUMENLADEN AM MEER
Roman
Aus dem Englischen
von Barbara Röhl
496 Seiten
ISBN 978-3-404-17997-8

Colette reist nach Belle-Île-en-Mer, an den Ort ihrer Kindheit, um ihrer Mutter beizustehen. Jahrelang hat sie sich ferngehalten, jetzt aber entschließt sie sich, zu bleiben und den kleinen Blumenladen ihrer Mutter zumindest für eine Weile weiterzuführen. Ohne es zu wollen, beginnt Colette, sich auf Belle-Île wohlzufühlen. Als sie sich dann auch noch mit dem Schriftsteller Étienne und der Künstlerin Élodie anfreundet, spürt Colette, dass dieser Sommer so einige Überraschungen für sie bereithält ...